U0678190

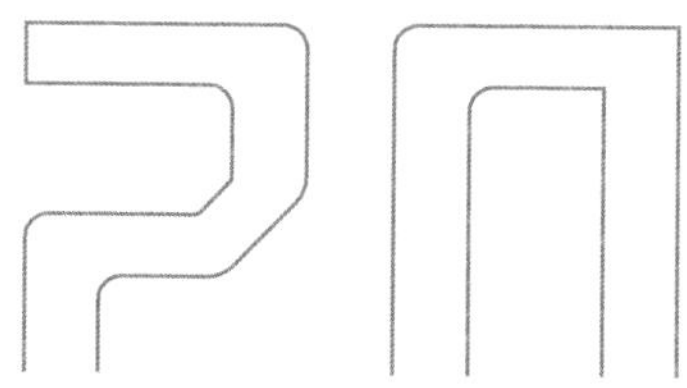

歧园

岳雯　主编

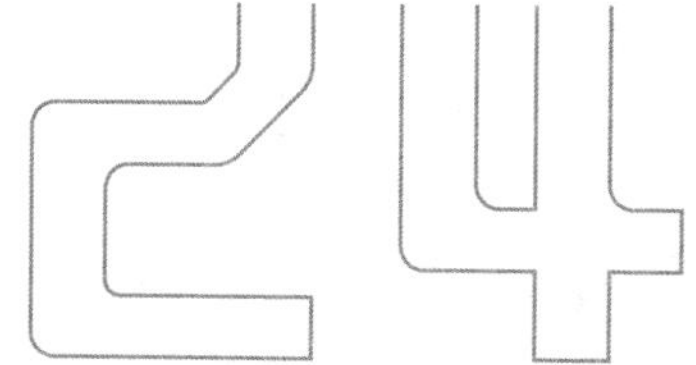

百花洲文艺出版社
BAIHUAZHOU LITERATURE AND ART PRESS

图书在版编目（CIP）数据

歧园：2024年中国中篇小说精选 / 岳雯主编. 南昌：百花洲文艺出版社, 2025. 6. -- ISBN 978-7-5500-5925-2

Ⅰ. I247.5

中国国家版本馆CIP数据核字第2025CV9099号

歧园：2024年中国中篇小说精选

QIYUAN:2024 NIAN ZHONGGUO ZHONGPIAN XIAOSHUO JINGXUAN

岳雯　主编

出版人	陈　波
责任编辑	余丽丽
书籍设计	方　方
制　　作	何　丹
出版发行	百花洲文艺出版社
社　　址	南昌市红谷滩区世贸路898号博能中心一期A座20楼
邮　　编	330038
经　　销	全国新华书店
印　　刷	湖北金港彩印有限公司
开　　本	720 mm × 1000 mm　1/16
印　　张	22
版　　次	2025年6月第1版
印　　次	2025年6月第1次印刷
字　　数	270千字
书　　号	ISBN 978-7-5500-5925-2
定　　价	52.00元

赣版权登字 05-2025-149

邮购联系　0791-86895108

网　址　http://www.bhzwy.com

图书若有印装错误，影响阅读，可与承印厂联系调换。

目录

建筑伦理学

盛可以

一、基础

归根结底，坏就坏在她有一颗糍粑心，麻烦都是自己揽过来的。过去几十年，万紫远在千里之外，操心着每一个家族成员的生活与命运，解决这样那样的问题，现如今又做着一件不自量力的大事：回乡建房。

动念时，她的账户余额只有几千块，在北方置业欠下的房贷与借款尚未还清，但母亲在电话中谈论坏天气，说到雨大屋漏，墙体开裂，天花板像尿了一摊。她的心里酸楚，想起小时候漏雨的房子，雨击打接漏器具时发出的贫穷声响仍在耳边回荡，她不假思索地说，要给母亲建新房，好像她钱多得没地方花。

现有的房子是九十年代建的，算父亲大权在握时期的产物。长兄万福一家与父母亲各住一层。万紫曾出过一份资助。但没有属于她的房间。在外面漂着，就已经没人把她当作家庭成员了。这是女儿与儿子的区别。这是风俗。她不想承认这里头的冷漠。后来回乡已看不到自己的生活痕迹，床被烧了，书桌劈了，连放着私人物品的抽屉也被撬开，厕所墙缝里塞着她的日记本残页——那时候卫生纸在乡村还没普及，甚至仍有人使用树叶或竹片——这些事，她也早就不计较了。

父亲去世后，万紫努力在母亲身上弥补“子欲养而亲不待”的遗憾，吃的、穿的、用的、娱乐的、保健的，把母亲当作孩子宠。每周和母亲通几次话，联系不上就胡思乱想，担心出了什么意外，有时候还弄得兴师动众。母亲的耳背越来越严重，每次通话，万紫总觉得声嘶力竭，后来有了网络视频，看见母亲皆好，万紫只是微笑着听，随便她絮叨什么。

母亲的话题不外乎天气、家禽，以及花花草草，一向是知足常乐的，不知道什么时候开始有了攀比心理。她在电话里说，村里头尽是赚了钱回乡建别墅的，还仔细描述倒卖钢筋的兄弟在河边修建的联排别墅如何闪闪发光，做槟榔生意的孙老板花园里的环廊八角亭如何威武气派，连承包荒田的那个文盲都盖起了崭新的四合院。在母亲的叙述中，过去那个乏善可陈的乡村，似乎在这几年间已经面目一新，人们生活美好，民宅奢阔，唯独万家的旧楼房还在丢人现眼。

“我们的房子是村里面最差的了。”母亲是这么说的。

万紫是有家族荣辱感的人，这句话极大地刺激了她的虚荣心，加强了建房的想法。房子的功能是居住，是阖家欢乐，是让母亲骄傲，面上有光，家族有脸。一栋漂亮的房子还能告白世人：“我们万家，也是出了能人的。”

退路是不必想了的。建筑成本低不了，粗略预算，即便是厚着脸皮延期偿还朋友的债务，强行算上未来新书版税，用点网络小额贷款，仍有一个不小的资金缺口。打开手机银行，没有意外，账面仍然是一个营养不良的数字，最美的梦想也养不肥它，只有醉酒才能让它从四位数变成八位数。恍惚间，数字和小数点摆臀扭腰，疯疯癫癫地跳起了街舞，活像几个不务正业的穷小子。真能人圈养的数字都是会自我繁殖的，细胞裂变似的繁殖，自己不过是一个被虚荣心吹起来的“能人”，失败感击中了万紫。

她是四兄妹中排行最小的，上面有两个哥哥、一个姐姐，都是善良愚直之人。他们经济条件并不宽裕，读书少，教育程度低，在城里当保姆，打短工，努力活着，尽所能养家糊口。只有二哥万寿上了大学，结婚生子，工作稳定，可惜人生无常，几年前病魔掳走了他，父亲过于悲伤，紧跟着走了，母亲一个人固执地独居乡下，万紫主动承担了赡养母亲的义务。

万紫个人短暂的婚姻没留下什么，原生家庭始终是她感情的唯一寄托。亲情是一座富矿，同时也是光秃秃的经济荒山，她从没想过去那里挖点什么，但这次开始考虑这种可能性。因为万福的儿女早几年就毕业参加了工作，家中经济条件有所改善，再加上宅基地与旧屋是他们与母亲两家共有，新的建筑将来也是他们的，这时候出点力，担点责任，恐怕也不算过分。

万紫决定与内当家大嫂子阿桂谈谈。

二、结构

阿桂个子很小，蘑菇头，天生苦面相，但是性格乐观随和，年轻时也蹦蹦跳跳。她是那种获得别人旧物便欢喜满足的人，身上穿着东家不要的衣服，家里堆满二手破烂物，总觉得什么都有用得着的时候。论活着的卖力程度，那是没人可比的。多少年给别人煮饭扫地带孩子，用粗糙结茧的双手将儿女培养成人，好歹让他们读了些书，入了社会自食其力。

阿桂比万紫大八九岁，嫁过来之前，经常带万紫出去玩，有时也给她买件衣服，赢得了万紫的好感，建立了友情。阿桂总是笑嘻嘻的，心境豁达，什么都不往心里去，她吃苦耐劳的品德也是大家认可的。人们总拿她与万寿的妻子阿桃比较，同样是做儿媳妇，阿桃的命可是好了一大截，她只管涂脂抹粉，天真俗艳，两条纤细的鸟腿以及芭蕾舞裙般的超短裙，轻快地蹦来蹦去，回来连碗都没洗过一回。

人们说阿桂是万家的福气。万紫在城里有套大房子，平时空着，回来时就召集全家人在这里吃住团聚，总是阿桂买菜做饭，她从不抱怨。那时的贫穷并不影响大家庭延续融洽欢乐的气氛，没有利益冲突，没有口角，一切都是简单的。虽说后来在晚辈教育问题上与阿桂产生龃龉，但从不伤及和睦。万紫孤身一人，所有的爱只能倾注给原生家庭，通过晚辈的事，她才慢慢意识到家庭结构已经变化，原生家庭早已不存在了，他们专注于各自的小家庭，对她的情感比重，和她对他们的情感比重是完全不相等的，她成了他们的一个远亲。

阿桂已经知道建房的事。母亲迫不及待地放飞了万家要建房的重大消息，在村子里引起了不小的轰动。人们是疑惑的。万家自从相继折损了老将父亲与重将万寿，家族元气大伤，只剩下散兵游勇、残兵弱将，何以能完成建房大业？万家最小的女儿出去几十年了，她靠什么赚了那么多钱？一个在大城市里工作的女人家，为什么要回这乡里造房子？她打算回来养老？乡人疑虑重重地关心着后续进展，暗地里打探更多的真相，也有人不屑一顾，等着看一声空响炮之后的笑话。

“怎么要我们出钱呢？”阿桂原以为坐等新房子崛起就行，接起电话时语气是高兴的，听到要她出钱时身上一冷，脸就垮了下来。这太意外了，这是破天荒的，万紫对所有家人一贯慷慨大方，过去那么多年，连拔他们一根寒毛的情况都没有过。阿桂毫不掩饰心中的不满：“你明明知道我们没能力。”

阿桂的态度变化让万紫吃了一惊。过去这些年，在她面前，阿桂从来不会使用这种直截了当的语气，更未说过任何拂逆的话。她的表现一向是温驯的，虽不至于俯首帖耳，但也是言听计从的。这意味着她承认万紫在家族中的地位与影响，承认万紫的眼界见识，也承认她有恩于她。比如阿桂重病，没钱住院，是万紫主动送钱救了她的命；比如为她家争取了一套廉租房，让他们一家四口得以在城里安家；比如多次替她的儿女找工作；比如赞助他们出去旅游；等等。更别说柴米油盐，以及日常生活中的种种关照。有一回，阿桂说她发现了节约卫生巾的办法，就是在上面垫一叠卫生卷纸，这自鸣得意的“生活智慧”让万紫感到难过，她立刻上网买了几大箱卫生巾寄给她，那是阿桂直到绝经也用不完的。万紫就是这么一个人，任何东西从来不需要他们开口，只要她耳朵听到的，眼睛看到的，心里想到的，她的糍粑心绝不会错过任何一次同情。

但是，那都是历史。阿桂现在有了自己的主见，她强调：“我们没有你那个能力。”这句话里带有不易察觉的一丝挑衅与嘲讽，接下来又表现出一种卑微与自怜：“凭我们的条件，建房子这样的事，是想都不敢想的。”

“坦白说，我也没这个能力，因此才和你商量。”阿桂的语气让万紫感到不适，她听得出阿桂在女儿万莉家，背景有给局长当司机的女婿的声音，他们住在万紫过去的房子里，早些时候因为在北方购房，亲情价卖给了万莉，没想到她闪电式相亲怀孕结婚，司机及他那边的家人也住了进来，自此改朝换代。阿桂最引以为豪的，是司机的铁饭碗，以及局长权力投射过来的影响与便利，她多少有点鸡犬升天的心理，人生终于在女儿这里打了个翻身仗，腰板直了些，说话时不觉显示出魄力与无畏，这也是人之常情。不过，万紫手中握有阿桂的历史，她有自己的想法，只要阿桂仍然属于万氏家族系统的成员，就必须臣服于万紫在家庭中的支柱地位，因为她没有私心，半生都在为家庭奉献，她理当获得尊重。

“乡下的那个房子，连一个我的房间都没有，怎么现在建房，就只该我出钱了呢？你这是什么逻辑？”万紫忍着心中的不快，“你们是最应该出钱的，这也是一种象征。你们是家中长子长媳，爷爷和父亲的丧葬费，我一个人揽了，没让你们出一分钱，母亲是我在赡养，我的生活并不比你们轻松。你们有需要，任何时候可以找我这个妹妹，我有困难，就只能求老天开恩？”

“我知道你为家里付出很多……”阿桂不情愿地承认这一点，“我的苦日子什么时候是个头啊，眼看着万固二十六七了，工作不稳定，还没有买房子，我们也没退休金，他连相亲都不敢去相……”

“如果没有别的债务，我是可以扛下来的。”万紫不觉同情阿桂描述的现状，侄子万固的青春期在打游戏、借高利贷中挥霍完毕，怎么帮也是烂泥扶不上墙，现在作为一个“无理想、无目标、无热情”的三无人员，打点零工过日子。

万紫心里一闪念，想着自己咬牙全部承担算了。她安慰阿桂：“万固的命运，在他自己手里，你们供到他大学毕业，已经尽了父母的职责。”

“建房子的确是好事，问题是……我们真的没钱，到现在都欠账。”阿桂这辈子最擅长的是哭穷，她打嫁到万家开始说起，结婚分家亏账，丈夫身体不好，养鸡发了瘟，养猪猪病死，债越积越多，早就想进城打工，婆婆却不肯帮忙带孩子，耽误了赚钱机会，后来总算进了城，挣的也只够崽女读书，刚还清陈年旧账，儿子却借了几万高利贷，自己买社保被骗掉几万，村里的红白喜事一件接一件，多少年来真的没存得住一分钱……

“你就这么去算吧，出资十五万，收获一套价值八十万，或者一百万的房子，稳赚不亏的投资是不是值得努力？”万紫提供了一个新的思维角度，也算是向阿桂交底。

“万福他倒是很想建新房的，”阿桂似乎有所动摇，她那么精明，当然知道无本生利是最好的，“你知道你大哥那个人，面子浅，从来都不肯去找他那些发迹的同学借钱，我一个女人家，到哪里找这么多钱给你？”

“不是给我，”万紫纠正她，“我不会要你一分钱。是给你们自己建房子。”

“莉莉出嫁，我还找她舅舅借了几万置嫁妆……别的姑娘出嫁，娘家都是几十万几十万地给，我们没能力，觉得真的对不起莉莉……”阿桂竟然哽咽起来，不久便啜泣了，空气穿越稀疏的牙缝发出尖锐的呼啸，“眼下就要做外婆了，不拿出像样的东西来，只怕连莉莉都会被婆家瞧不起了……”

阿桂这番话没有获得预期的效果，反倒证明了她愿意为儿女砸锅卖铁，对婆婆却一毛不拔的事实。

“安顿母亲是大家的责任，你们一家四口都在工作，也请体谅一下我。”万紫不留余地。

“你知道我不爱撒谎，十五万是真的拿不出来，就算我厚起脸皮又去向亲戚开口借，顶多凑个八九万。”阿桂说道。

“要不这样，我就给母亲建个小一点的房子，用她的宅基地面积，不占你们的，我也轻松一点，不用背负那么多债务。”万紫不喜欢阿桂的讨价还价。

“你知道，万福他这个人固执，我再和他商量商量。他一个男人家，在这种时候是应该站出来有所担当了。”丈夫儿女都是阿桂的牌，她想打哪张就打哪张，如果都出完了还没赢，就会自找台阶下，“我们会尽力去凑，什么都不比安顿好母亲重要。你放心，我说话算数。”

三、施工图

资金“落实”，工程“启动”，惶恐、担忧、债务重压，各种滋味倾巢而出，万紫彻底卷进了焦虑的旋涡，每夜身体在黑暗中翻来覆去，伸手却无可以攀缘的东西。鲁莽。悬崖边。精神崩溃。责任碾压。漏雨的声音。腰身不再挺拔的母亲。苦难。银行还款的短信。一根无形的鞭子，抽打着她。黑夜的浓郁聚集在胸口。空气黏稠。呼吸不畅。理论上的资金。手画的饼。弓已拉开，箭在弦上。她知道邻居们聚集在母亲家里，谈论与建房有关的事项，贡献经验的，提醒避开陷阱的，介绍施工队的，推荐材料厂家的，寻找工作机会的，人们以各种各样的方式参与其中。母亲已经成为核心，她满面喜悦，笑对各路人马。

希望。愁苦。心悸。思绪如群魔乱舞。

一只夜鸟在窗外反复叫响，它是在欢唱，还是哀鸣？

回想那些无眠的黑夜，万紫不知道自己是怎么熬过去的。贸然靠近建筑这头庞然大物，一个人瞎子摸象，从纷乱的绳团中找到线头，由一张规范的施工平面图纸开始，踏上建筑征途的第一步。网络搜寻过程，也近乎一项社会调查，她发现很多建筑设计施工的一站式服务，原来社会上早就有一股强劲的返乡潮，多年前进城谋生的人，今天纷纷带着财富返乡，重整荒芜的家园，应运而生的乡墅建筑产业早已如日中天。

她从眼花缭乱中挑选出理想中的建筑风格，买下施工图纸，根据建筑面积和使用需要，调整了户型设计，自己动手画新平面图，在乐趣中也释放了精神压力。房子的东头给母亲设计了套房，洗手间空间很大，淋浴室不装玻璃，避免母亲磕碰。必须给自己一个专用套间，回来不再有寄居感。在西墙加一个落地条形窗，通过这个窗户，可以看到荷塘、堤边的河流和船只。她很想留一间书房，但考虑到自己毕竟是一个外人，占据空间太多，阿桂会有想法。

村里的包工头，他们也许能建造出房屋的实用功能，但肯定无法达到这栋建筑的美学标准与灵动神韵。她认为得找省城经验丰富的工程队。网上搜索“农村建房”，满屏眼花缭乱的结论，页面不断弹出客服窗口。在这场凌乱的信息战中，她打了无数电话，扫了很多二维码，穿过了宣传、广告、情色诱惑等不实信息的枪林弹雨，总算筛选出五个感觉靠谱的施工队，将建筑图纸发送过去，请他们预算报价。

作为一个建筑文盲，在洽谈过程中，她被迫了解了很多专业知识。什么桩基础、条形基础、筏板基础、箱形基础、独立基础，什么框架结构、混凝土结构。什么地质用什么基础，什么结构有什么性能，因为不同的基础与框架，造价差距很大。还有屋顶结构，现浇混凝土坡屋顶，因具有造型美观及隔热功能，比普通屋顶价格是翻倍的。

几个施工队发过来的报价大致相近。预算表、材料清单像天书一样，型号、规格、数量、价格，密密麻麻的数据像一群蚂蚁在心窝里爬动，她勉强看了一阵，感觉是一个人在无边的大海里徒劳挣扎，有种绝望感。她想闭着眼睛谈个一口价，苦于没有还价依据，又不可能去市场调查，更何况计算材料数量、比例，不是一下就可以学会的，要把这些事全部弄透，整个生活必然会被拖下泥沼。

说来也是运气，这时候，有一个报价的工程师，出于某种莫名的好感，愿意在专业方面提供帮助。他坦言自己是做建筑设计的，接了工程，通常会和施工方合作，他不打算在中间赚她一道，推荐她直接和施工方沟通。他教她工程预算砍价通常有20%的空间，告诉她需要避开的坑，付款方式，哪些常用的建材品牌，还有合同注意事项，比如明确工序、竣工期限，罚款制度，在预算清单里一定要注明建材品牌，等等。

被推荐的公司叫“新乡墅”，施工许可等证件齐全，网页做得规范，是干正经事的样子。荣总经理在照片中西装革履，面相厚道，看上去诚实可靠。实际交谈中，荣总的确表现了值得信赖的一面，谈吐、修养、专业知识，都不像江湖骗子。万紫和他交谈愉快，沟通顺利，这也预示着良好的合作前景。接下来修订施工设计平面图，确定工程清单，在造价问题上反复进行心理拉锯战，总算度过了这段漫长的泥泞跋涉，像个真正的生意人一样完成了建筑合同。荣总将工程部负责人王龙翔总经理拉进群里，由他对接签约及具体施工的事。

四、剖面

作为兄妹，万紫与大哥万福一直是两个平行世界的人，一辈子没说过几句话，因为建房子需要有人监工，才有了真正的接触与合作。万福长她十二岁，中学时寄宿，十七八岁参加工作，二十岁蒙冤在监狱困了几年，兄妹俩实际生活相处的时间很短，集中在万福出狱之后，万紫远行之前的间隙，没有从小在成长中建立情感，关系一直是生分与客气的。

万福是一个腼腆的老实人，说话少，手脚勤快，害怕和人近距离接触，也从不和人发生口角与冲突。也许是不幸的遭遇导致性情变化，他总是有点惊弓之鸟的样子，胆小、警惕、惶恐，却又身形敏捷，仿佛随时准备逃命。家人也都很同情他的特殊遭遇，对他的态度格外温和，谁也不会对他说重话。

对于万福的命运与性格，万紫一直深怀同情与理解。

万福在建筑工地干过，懂得一些工程的事。他兴致很高，拿到施工图纸之后，日夜研究，弄懂图纸，以便好好监工，确保房子和效果图一样漂亮。他对工程提出了一些看法，比如宅基地，过去是池塘填起来的，最好使用桩基础，防止下沉，且牢固抗震，屋顶呢，现在流行现浇混凝土的，有个闷顶层隔热防冻，而且绝对不会漏雨，杜绝过去那种修修补补的烦恼。

使用桩基础和现浇坡屋顶，要增加十几万的预算。这一层万福是不会考虑的，因为造价多少不是他的事。万紫的心里产生了一点寒意。万福是知道她的经济状况的。旧屋并没有使用桩基，二层楼的房子，几十年也没有出现下沉的现象，在预算紧张的情况下，桩基可以不打，能不花的钱，可以不花。他不能什么都选最好的做。

为了避免留下任何遗憾，万紫心想，反正已经被压弯了腰，再添一块砖头，也不至于要了自己的命。她没有反对花这笔钱，一是延续着过去对兄长的包容与尊重，二是害怕房子出现任何状况，三是她的确想让家里所有人都开心。小的时候，她总是幻想着突然冒出一位有钱的亲戚，帮助解决这样那样的问题，现在的她，就是在扮演这样一位有钱的亲戚，也不管家里人是不是有同样的幻想。事实上，自从有经济能力开始，她便主动充当了家里的救世主，她总觉得过去那个小女孩还在原生家庭受苦，还在盼着奇迹，救他们，就是救她自己。

正式动工之前，需要给母亲找一个过渡居住的地方，村里不少只有春节才会有人填满的空房子，有干净舒适的，主人也很热情，母亲考虑再三，选择住在家边上一所废弃的破房子里。那里面家徒四壁，没有厕所，没有浴室，没有厨房，只有几个孤零零的灯泡悬在屋中，照着灰蒙蒙的红砖墙，塑料糊住的窗户到处是破洞，两扇大门歪歪扭扭不肯闭合。但母亲有她的古怪与固执，“以前不就是这么过来的吗？”这点委屈不算什么，住破房子更自在，不欠谁的，也不需要应酬屋子的主人。一想到春节还得和别人挤在一起，她就浑身不舒服。她还说破房子离家近，坐在屋门口可以看新房进展，方便给工人烧茶送水。大家只好修修补补收拾破房子，这费了一些时日，万紫出钱，万福出力，也给十二岁的黑狗在屋外用砖瓦搭了个窝。做完这一切，就只等着拆旧建新了。

拆屋这天阳光灿烂，万里无云，笨重的挖机缓缓进场，轰轰烈烈地拉开了工程序幕。有几个村民围观。这是万紫从视频中看到的。第一次通过航拍机看到自己生长的地方，像通过上帝的视角看到全新的景象，河流仿佛一根飘带从房子边上拂过。旧楼房的屋顶灰蒙蒙的，屋身瘦瘦地立着，挖机猿臂一掼，偌大的房子像玩具模型，噼里啪啦哐当哗啦，没几下就被捣得粉碎，转眼就成一片废墟，转眼就剩坍塌后的静寂。浓雾腾空。

她禁不住热泪盈眶。

没想到自己在拆屋时会哭，并且哭出声来，好像过去多年的记忆，也瞬间成了瓦砾。

在过去的二十多年里，它承载了很多亲人团聚的欢乐，几代同堂的温暖时光。她后悔忘记让他们拆屋前拍几张旧屋的照片，忽然感到心里空了一块。眼睁睁看着消失的，不仅仅是一所旧房子，还让她想到建设的艰难与摧毁的容易。她想念曾经生活在这里但已离世的亲人，她想起了有乡绅风范的爷爷，始终在劳动的父亲，曾是家族主心骨的二哥，她的亲人那么少，死去的，活着的，弯着手指头就能数得过来。她还想起了旧屋的前身，童年记忆中到处漏雨的老屋，雨水击打接漏器具发出的声响，这时想起来却是那么的美妙动听。

虽然这个旧屋连她的一个房间都没有过，但是在它毁灭的那一刻，她发现自己是多么爱它。

也正是在这喜悦与泪水交集的时刻，她心中所有的压力与惶恐都消失了，因为她猛然顿悟到自己在做一件了不起的事，在开启家族的新时代，一个崭新的、明媚的未来，所有的亲人都将在这温暖的光环中变得光彩照人。

这么想着，她才发现侄辈们竟然没在现场。万固和万莉是在这旧屋里出生成长的，他们在这里生活了十几年，对旧屋理当有着更深的感情，有更多的记忆与不舍。她感到遗憾。甚至恼怒。也许他们心灵麻木，也许他们过于年轻，还不到感时伤怀的年纪，也许旧屋记忆正是他们要摆脱的，有什么必要特意回来观赏它的倒塌？

她反复看着拆屋的视频，想到不久后一栋崭新漂亮的建筑将在这片废墟上崛起，由她创造的家族最盛大的时刻就要到来，所有亲人都将沐浴在这片祥和与幸福之中，欣悦涌上心头，她也渐渐自豪起来。但没多久她接到两个电话：一个是坏消息，书稿没有通过选题，总编觉得格调灰暗，不合乎当下形势，希望有更正能量的作品；好消息是小说集没问题，价格不错，出版社同意预付。也许是过了焦虑期，心理上适应了重压，她已经不那么担心钱的事了，她有某种信念，一旦动工，房子就会像雨后春笋一节节长起来的。

母亲精神喜悦，说王总带了一箱坚果给她，他在现场指挥了一阵就离开了，赶去另一个工地竣工。母亲还赞他能干，有年纪，讲话客客气气，懂得礼数，样子跟村里的农民一样，“一副黝黑子脸”。要等到正式开工以后，万紫才会知道王总和荣总其实是合作关系，王总的施工队财务独立，工程基本没荣总什么事。王总本来就是个农民，当过建筑工人，在工地时间久了，熟悉了工程项目，有了人脉后开始揽活，久而久之有了相对固定的工人，积累了一点口碑。事实上，乡村建房队基本都是这样，像王总这样头脑灵活，有点文化基础，好学肯干，就会做点名堂出来。

找到了可靠的施工队，又有懂行的万福监工，万紫泡了杯花茶在电脑前坐下，心想终于可以继续做自己的事情了，刚敲击出几行字，万福的电话就来了。

“你得制止他们哩，”万福拉着一种事不关己的腔调，几乎是幸灾乐祸的，“这些人可不太守规矩，有用的碎砖石、混凝土块，都被他们运走了。”

“你不在现场？”万紫相当诧异。这点小事竟然需要两千公里以外的人来救火。

“我叫他们停下来，不要再运了，我说了碎石我们填地基、填池塘用得着，他们根本不听，连宅基地的老土都刨了一层，还在一车一车地往外运，喊都喊不停。”

“你是东家老板，他们是为你做工的，怎么会不听你指挥呢？还挖掉地基老土往外拖运？你就这样看着他们把宅基地挖成一口塘？”地基原本就要买土填高，这么一来，就要花更多冤枉钱了，万紫觉得心被刀子划似的痛，火也上来了，“运输车从你身上碾过去的吗？你为什么不直接打电话找王总？”

万福也焦躁地嚷了起来：“我跟他们说了不要挖了，他们不听我的！”

“你现在就站在车头前阻止他们。我马上给王总打电话。”

阿桂曾经抱怨，家里的大事小事，永远都是由她出面求助摆平，万福几乎不跟任何人正面交流，顶多在擦身而过时扔下一句话，别人回答的时候，他已走出老远。眼下情况紧急，万紫顾不上教万福如何处理现场问题，赶紧挂掉电话联系王总。意外的是，王总并不知情，他只叫了挖机，运输车不是他安排的，但他立刻通知挖机师傅配合，自己也从另一个工地赶到现场。万紫顿时明白，王总把拆屋的工程承包给了挖机师傅，而挖机师傅和卡车司机是熟人和伙伴，卡车运输是按趟收费的，一趟两百多，为了让司机多跑几趟，多赚点钱，挖机就使劲地挖，有用的，没用的，统统装进运输车，在他们看来，建别墅的都是有钱人，钱来得容易，不会在乎这点事。

万紫乐观轻松的心情，就像刚捞起来的鱼没蹦跶一会儿就完了。下午四点多，王总发给她现场图片汇报进展，拆屋平地已经完工，地基前所未有地辽阔，这个一望无际的坑洼氤氲缥缈，比马路矮了一大截，不知道要花多少钱买土才能填回来，她气得眼泪在眼眶里转。本来每一项超出预算之外的开支，都在挑战她的承受极限，割她的肉，让她感到疼痛、恐惧、脆弱，没想到还会产生这种纯粹的、愚蠢的浪费，这是根本不应该发生的。她内心弥漫着深深的失望感，王总原来也不过是提篮子买卖，貌似老实的底层工人是狡猾市侩的，大哥万福竟然无能力应对现场问题……她预感自己即将陷入一个巨大的泥沼，卷入错综复杂的工程内部，被无尽地消耗。

五、空间

对姐姐万红的自甘堕落灰心失望时，万紫的感情重心在屈指可数的亲人中间转圈，渐渐落在已是婚嫁年龄的侄女万莉身上，给她买东买西，教她穿衣打扮，且将自己的房子以亲情价格卖给了她，想着回家时兄弟姐妹照样在这个房子里团聚，延续过往的传统。这之后万红忽然变得言语怪异，带着一股莫名的怨气，添了孙女也不报喜，却一个劲地在网上发女婴的图片与视频，向世界炫耀。这些都是阿桂转过来的，因为她也没有接到消息。万紫的思想活跃起来，心想万红明知道自己喜欢小孩，却偏偏藏起来，明显是对一个无家无后者的嘲笑与轻蔑。在这样的情况下，她没道理去涎着脸，央求着看一眼她漂亮的外孙女。这件事深深地刺中了她的心，她感觉受到了严重的冒犯，于是也假装不知情，就这样两姐妹长时间断了联络。

万红疏远家人之后，扭头去社会上交朋友，男男女女吃饭喝酒，似乎很快活。她的穿衣打扮也风格突变，尽是些花里胡哨的奇装异服，肥大的裤裆垮到膝盖下，像个年轻的嘻哈族，还频繁在网上发视频搔首弄姿，唱歌跳舞。万紫被她的变化吓了一跳，她看得出那不是真的快乐，更像是受了什么刺激，做出这副人生很狂欢的样子。万红的视频都用了滤镜，那张脸年轻漂亮得不像她的，脸色煞白，眼角飞扬，嘴唇鲜红欲滴，她似乎确信自己就是视频中美若天仙的样子，忘了自己已经五十六岁。直到万红的第三任丈夫向阿桂喊冤叫屈寻求帮助，大家才知道，万红已经把他打出家门一个多月了。据说她自认为发现了第三任外遇的蛛丝马迹，将他的衣物统统打包扔在门外面，要他滚蛋。

第三任是一个长相狰狞、内里怯懦的雄性，动不动就哭、下跪、自扇耳光，但这一次脸上还是被万红抓得稀烂，身上被踢得青红紫绿。他本以为像往常一样，不过三天风波就会平息，回到自己的家里，等着妻子消气，没想到却收到离婚的狠话，赶紧哭哭啼啼地搬救兵。

第三任承认也许在微信聊天过程中有过一点想入非非，但指天发誓绝没做对不起妻子的事。阿桂最痛恨的就是男人管不住自己的精神和肉体，吃着碗里的还看着锅里的，她毫不客气地批评他，作为一个条件一般的二婚男人，找到这等姿色的老婆，本来就应该好好珍惜现在的婚姻，任何非分之想都是不应该有的。第三任辩白表明自己的忠诚，也为自己在语言上的不检点进行了诚恳的自我检讨，表示会管住自己，请求阿桂去劝万红，夫妻间十年风雨不容易，不要因为误会伤了感情，也求阿桂去请万紫出面，他说万红只听这个妹妹的话。

第三任说得没错，过去的确是这样。万红刚进城时，和阿桂关系不错，两人曾经一起找工作，互帮互助，结伴做过餐馆服务员之类的零工。但万红受万紫的帮助最多，她有事没事总打钱过来，万红现在的廉租房以及室内装修，都是万紫的功劳。早些年万红在城里漂泊的时候，有一年冬天，和男朋友分了手冲到街上，没地方安身。万紫就想到天寒地冻中，亲姐姐流落街头的情景，糍粑心备受煎熬，一刻也不能忍受，当天就从几千公里外的城市赶过来，冒着纷飞大雪给她租房子，购买生活用品，一切安排妥当后才放心离开。

说起来，万红是握有一手好牌的，被她自己打烂了，像她这等姿色的乡村姑娘，如果不自暴自弃，远不是这种境况。她有好的身体条件，个子高，皮肤白，算得上一方美人，只是性格刚烈，当作优点时，能得一句无用的赞美，作为缺点的时候，常常尖锐易折，对人生损多益少。一个普通的乡村少女，十八岁结婚生子，在一方狭小的池塘中，不断掀起惊涛骇浪，第一次婚姻持续了二十年，充满战争与暴力，离婚时不到四十，孩子已经成人。她并没有舔着伤口，拍掉灰尘，迈开脚步向新的人生前进，相反跌入新的混乱当中，为人行事令人费解。在城里毫无目的、风雨飘摇的生活中，和一个退休多年的老头胡乱结了婚，老头的儿女反对父亲的婚事，认为外人是来瓜分父亲的财产，经常上门骚扰，辱骂，甚至对房子做出一些破坏性的行为。有一次矛盾升级，惊动了警察，也上了本地电视台的新闻。万红竟然接受了采访，配合着将一件并不光彩的事情广泛宣传，成了别人茶余饭后的谈资。

不多谈万红诸多不可思议的行为，略去那几个过渡的男人，她与第三任丈夫经历了海盗船、过山车般的情感动荡，好歹在尖叫声中安全着陆。第三任知道自己条件差，没有安全感，不让万红出去工作，宁愿把她惯成了一个懒惰没责任心的女人，天天活在牌桌上，而且染上了买码赌博的恶习。就这样一晃过了十年。其间赌债缠身，买码输了好几万，逼得第三任不得不联系亲戚帮忙，夫妻俩一起去袜子厂打工，干了一年多，好歹还清了赌债。这时万红在广州当厨师的儿子报喜添丁，要她过去带孙子，万红火速前往，到人生地不熟的地方，就这样无意间戒掉了赌博。

“万紫恐怕不会管你们的事了，生了孙女儿都不告诉她，她可是生气得很。”过去他们吵闹时，阿桂劝过几回，后来也就习惯了，不再多管闲事，“清官难断家务事，这种问题还得你自己处理。”

这引发了第三任对万红儿子的不满和自己的委屈，话语像被枪声惊得满天乱飞的鸟，说他们夫妻感情本来很好，每次吵架都是因为这个儿子带来的矛盾，譬如钱的问题，带孩子的问题，这个儿子又如何不懂事，只晓得索取，有一分钱就被他哄掉了，还榨干了她的健康，她过生日，他却连电话都不打一个。万红从广州回来时，瘦了四十斤，脸上的肉被刀削掉了一样。

“我的老婆，我心疼啊，我买鸽子炖汤给她补身体，她反过来说我是做了亏心事讨好她。”

说到此处，第三任又是一阵深深的啜泣。

“有个事情，我还没跟你们讲。”他擤了一下鼻涕，仿佛是连同前面的那些是非恩怨一起甩到了空气中，“她是胸口疼回来的，我带她去做了CT，肺部有一个阴影。”

六、防潮

阿桂子宫里长过一个鸡蛋大的肉球，切掉子宫之后，意外地获得了神秘的能量，不再是过去那个总是心悸心慌的女人，变得既笃定又自信，她以一种漫不经心的方式，让所有人知道她的亲家公战友众多，好几个在省城做官。女婿是个能说会道的人，尤其是饭桌上端杯喝酒时口吐莲花，很有功底，阿桂特别满意。她养儿育女的辛苦，今天总算得到了回报，走出了低迷的人生，见谁都有平起平坐的底气。虽说女婿本人抽烟喝酒打牌，牙齿黑黄浑身酒气，新婚都在外面喝得醉醺醺的，身上还残留着不知来由的香水味，万莉每次哭诉，阿桂总说这是婚姻的磨合期，磨合磨合就好了。

阿桂抽空将万红的家庭矛盾与肺部的阴影统统告诉了万紫。经历过二哥万寿的发病与死亡，万紫知道急剧消瘦很可能是癌症的信号，更何况还有胸痛、肺部阴影这类明显的症状，她甚至能想到导致阴影的原因：暴躁的脾性，多少年呼吸棋牌室的二手烟，无法自我开解的极端情绪，对生活消极的态度……

“前几天跟她联系，我问她为什么添了孙女不告诉我，她说：‘不告诉你犯了什么法？’我真是哭笑不得。原来她以为我把房子送给了莉莉，觉得自己是家里多余的了，我只和你们是一家人，合伙踩她。”万紫只顾顺着自己的情绪，说完才意识到不妥，因为这会点燃阿桂和万红的矛盾。

“她心胸太狭隘了，我们自己都顾不上呢，哪里踩得了她呀……”阿桂说道，“上次莉莉到广州办事，顺便带了些家乡特产，要她儿子来车站接，结果他们说没空，东西邮寄就行，何必人跑过来。”

“真没有人情味，我骂了她儿子一顿。”

“我跟你说，你骂侄儿侄女没事，我知道你是为他们好，可你别再说她儿子的不是了，她很不高兴的。说真的，我们呢，是没什么能力，但是你这个妹妹做了那么多，对她还要怎样才算好啊？”阿桂貌似说的是公道话，却有点火上浇油的味道，“唉，憋了这么大的闷气，那还不气出病来？”

阿桂的话让万紫陷入沉思，半晌没有回复阿桂的信息。如果万红真是气病的，那么自己就有责任反省，为什么让她生气，以及为什么丝毫没有意识到她在生气。在万红专注打牌买码的十年中，万紫的确减少了对她的关照，一方面因为对她失望，另一方面是她有第三任照顾，对她不错，吃的穿的都随她喜欢。

“饶是她那么不近人情，我也还想着新房子给她留一间，以免将来她老了没地方住。”万紫的糍粑心涌起一阵阵酸楚，二哥病逝的过程历历在目，如果接着又失去一个姐姐，那老天对万家也太残忍了，她不敢想象假如真有那样的噩耗降临。

阿桂没有接话。

聊天在阿桂古怪的沉默中告一段落，直到第二天由万福在电话中续上。

“房子不建了。”万福当头一盆冷水泼下。

“不建房子？妈妈住哪里？”

“你给她在城里随便买一套。”

“买一套我倒是更省事，但是你明知道妈妈不愿去城里。”

“随便她住哪里……反正，我们不想建了。”

万福话一落音就挂了电话。

万紫知道主谋是阿桂，万福不过是个代言人。

“万福说房子不建了，到底是怎么回事？”电话打通，阿桂过了很久才接。

阿桂用“可能”“大概”含糊了几句之后，硬生生地说道：“干脆挑明了吧，你大哥他是不想万红住在新房子里，她那边太麻烦了，大大小小的人牵扯不清。再说了，也合不来的。”

万紫闻言惊愕，不敢相信自己的耳朵，老实的大哥和豁达的嫂子，原来是一对这么自私无情的夫妻，仅仅因为怕万红住进来，就要停止建房，根本不在乎母亲住在哪里。万紫只不过是糍粑心，想到了长远之后可能遇到的问题，假定万红老无所依，就把她拢进新屋来一起养老照应，她并没有跟万红说过这件事，万红也不一定愿意住进来，更何况离老年还有很长的时间，谁知道中间会发生什么变故？

聊到万红的肺部阴影时，阿桂感叹她的命运多舛，洒下了同情的泪；万福批评了万红不体贴妹妹的辛劳之后，转身就用万紫的信用卡买了一张一千块钱的油卡，因为那样就能得到一条卷纸的赠品。汽车是万紫的，万福只负责开，保险、油费、违章罚款，统统不用他管。

万紫对兄嫂的固有认知瞬间被颠覆了。

“你在外面打拼这么多年，为家里付出那么多，你看她一点都不知道心疼你，还生你的气，连孙女儿都要藏起来不给看。”阿桂开始了她旁敲侧击的话术，“她又爱说假话，没规没矩，住到一起，不晓得会搞得多复杂……”

万红是有很多毛病，但都是能够包容的，何况现在她肺部有个阴影，四兄妹已经只剩下仨，他们竟然在拆了旧屋的情况下，不同意建房，置八十岁的老母亲于不顾，更是令人寒心。

万紫已经听不清阿桂在说什么了，后悔像一条冰凉的蛇在胸腔爬行，冰凉中夹杂着阵阵灼痛。她的心里演绎着这样的逻辑推理：

“你们有两个妹妹，一个富，一个穷，富妹妹在帮你们建房，你们心安理得地接受她的资助，却不同意另一个穷妹妹在未来可能出现的坏情况下分享这种好处。换位推断，假如建房的是有钱的妹妹万红，对于没钱的妹妹万紫，你们的态度会是一样的，因为你们把妹妹分成有用的和没用的。”

阿桂常说，人亲骨头香。原来香的是钱，经济决定了感情深浅。

仿佛看见了穷困潦倒的自己被势利的兄嫂赶出屋外，万紫浑身冰凉，在这个秋日的早晨打起了寒战。

建房子固然是为了母亲，最终受益的却是万福一家。向政府申请建房许可证时，母亲曾建议用她和万紫的名字合报，但万紫笑着否定，用了阿桂的名字。万紫的想法很简单，阿桂他们照看母亲，母亲晚年幸福，房子就是他们应得的回报。

万紫的心被戳了一个窟窿眼，所有的热情、欣喜、骄傲，纷纷从这个洞里飘漏下去，像下雪一样。她后悔没有早些醒悟，跳出原生家庭的心理框架。过去她和他们是一家人，现在她也认为他们是家人，但在他们心里，她早就只是一个亲戚。家人和亲戚不同，亲戚是由家人分裂出来的，家人却不是亲戚组合能成的。

“我同意你们的想法，新房子不会考虑万红。”不能眼看着那一片废墟成为笑柄，不能让母亲在破房子里吃苦受难，万紫决定抛开一切，继续建房。同时开始考虑缩减成本，改变装修预算，由高端货改为普通材料，放弃园林绿化，一切可做可不做的，都不做了，他们不值得她投入那么多。

七、放样

住破房子的母亲，形象一下子颓了不少，搬家时无序混乱，东西一堆堆存放在别人的杂物间，想穿的衣服找不到，鞋子也不知道塞在什么地方，索性懒得收拾，头发乱蓬蓬的，脸上脏兮兮的，活像一个无儿无女、孤寡凄清的老人，好在有笑靥如花。看到母亲嘴角贮满了喜悦的小酒窝，万紫心酸又欣慰，真想抱一抱母亲，开一个玩笑，问她为什么没把漂亮的酒窝生给她。

只能尽量让母亲在破房子里住得方便舒适一些，万紫网购了很多东西，泡脚按摩盆、便利马桶、煤气灶、烧柴烤火的炉灶、户外太阳能灯，不断去镇里取件的万福抱怨起来，叫她停止买买买，屋子里都放不下了。

破房子的墙砖薄薄的，仿佛一拳头就能捶穿，这个寄居的冬天无疑会格外寒冷，万紫担心母亲的风湿病，变形的手、僵硬的膝关节，到冬天就疼得睡不着觉，她比任何人都急于竣工，一再跟王总强调母亲的处境，要他马不停蹄，保证按照合同要求在三个月内完工，逾期的话，她会毫不客气地按合同罚款。

动土之时，按照当地习俗，要杀叫鸡公，放鞭炮，敬拜土地公，请求赐福，保佑施工过程平安顺利。万紫把所有的费用转给了阿桂，嘱咐她提前一天买好叫鸡公，确保不误开工良辰。阿桂提前一天买好叫鸡公送下乡来，这只叫鸡公油抹水光，精神抖擞，象征着吉祥与兴旺，孰料夜里头被黑狗巴顿咬死了。母亲大清早发现鸡的尸体，连忙打电话通知阿桂，一定要赶在动土吉时之前，将新的叫鸡公送回来。但是叫鸡公并不好找，阿桂转了几个菜市场，终于看到一只毛色暗淡、与世无争的，没有挑三拣四的余地，过了一个档口，发现一只稍好的，索性也买了下来。

“祝贺万府开工大吉”的横幅拉扯在两棵树之间。母亲和工人们竖起了大拇指，对着镜头笑容灿烂。王总还发来一组航拍图，全方位展示了动土的盛况。漫天的鞭炮烟雾、满地的鞭炮红屑。围观的乡邻。群鸟飞过秋高气爽的天空。一派大兴土木的热闹气象。这一天只放了样，按照万紫的意思，前面地坪八米，后院五米，两侧各留四米，便于车子绕屋行驶。整个建筑盘踞在地基中央，白灰画的施工基础图清晰地展示了建筑的内部格局。

第二天上午万福来电话，说他们放错样了。万紫只觉得脑袋轰的一声炸了，拆屋地基被挖空了，放样又放错，到底是施工马虎，还是监工窝囊？如果她在现场，这都是不可能发生的。她实在搞不懂施工方为什么会出现这么低级的失误，更不懂万福为什么连这么明显的问题都不能及时解决。

“怎么放错的，我不是提供了完整的数据吗？”

“我早上量了一下，整体后移了一米多。”

“昨天放样的时候，你没在现场跟着量尺？”

“我跟他们说了，他们坚持说没放错。”

“你只要提出复尺，不就一清二楚了吗？他们敢看着尺子说没搞错？放样返工是小事，但这不是一个好的兆头，预示着后面的麻烦与不顺。”

“那就按现在的样，不要返工了。”

“不行，后面有坟，退过去太近，屋檐都要搭到坟边了。”

万紫不明白，知道放错了样，为什么不提出复尺，为什么不找包工头，却要等到第二天打电话给几千公里以外的她，就好像他只是她安插在工地的间谍，只要他们完成一个工程项目，他就暗地里检查，搜集情报向她汇报。放样返工容易，万紫担心的是，到了水泥钢筋工程部分，很多项目几乎是不可能返工的，如果不及时解决问题，返工就会造成工期延误和经济损失，母亲要在破房子里多受一些罪。

也许问题就出在那三个叫鸡公上，那个混乱的开局。

王总接到万紫的消息，立刻赶到现场，重新量尺，亲自放样。三天后打桩队进场，在机器的轰鸣声中正式拉开建筑工程的序幕。

“你放心，我会把你的房子当个样板房来建。”王总打消万紫对工程的顾虑，“你的房子建好了，这本身就是一种宣传，活广告，比我们到处吆喝强多了。”

王总早就看到村里的商机，那些旧楼房都是改革开放与市场经济的产物。九十年代的乡村有一股建造楼房的潮流，哪怕是弄一个空壳，屋里家徒四壁，也要建二层，不矮别人一头。这些屋子和万家的旧屋一样，都是村人自己在没有施工图纸的情况下建成的，风雨中坚持了二三十年，已经筋疲力尽，不少呈现危楼状态，有几户已经在走报建程序，寻找施工队了。总之，明里暗里的客户蠢蠢欲动，都在等待这栋建筑落成的样子。

打桩工人没穿统一的工作服，王总称不方便施工。万福拿一根长竹竿插进桩孔测量深度，发现有的桩孔没达到八米的深度，甚至只有四五米深，觉得工人不负责任。工人则认为他的检验方式苛刻，因为他们的利润基本上是靠偷工减料实现的，照万福这样的监工方式，他们在工程上做不了半点假，利益受到损害。双方都带着不满的情绪，终于矛盾爆发，万福与他们发生了争吵，有两个工人甩手不干了，剩下的人无法完成桩基运转。

“这些施工的都是土八路，是王总在天桥下临时叫的民工，施工毫无规矩，也不专业，现场弄得乱七八糟。工程主管是个小混混，建筑上的事一问三不知。明明混凝土质量不行，稀泥一样，我跟他说了好几次，他才换了大一点的卵石，增加了水泥的比重。做工也是三天打鱼，两天晒网，施工半个月了，连桩孔都没打完。”

万福用一种激烈的对抗保证了桩基的深度与质量，代价是停工。

母亲一看工地空荡荡的没人工作，打电话问万紫怎么回事，万紫觉得母亲应该问在现场监工的儿子，他肯定比一个远在几千公里以外的人更清楚事情的来龙去脉。

这节外生枝让万紫心烦意乱，她郑重要求王总整顿，抓紧时间继续施工。

连着下了一周雨，等太阳将泥地晒干，重新开工已经是半个月以后的事了。新的施工队伍面貌焕然一新，工人们穿着统一的蓝马甲，戴着蓝色安全帽，个个精神抖擞，两天打完剩下的桩基，接着挖沟砌基脚，各工种合作有序。现场材料堆放整齐，杂物清理得干干净净，一切井然有序。王总亲自在现场紧盯了四天，确保某些关键点准确无误，才离开去了另外的工地，由新的主管小马负责盯着。他是王总的外甥，据说在本市城市学院念过土木工程，有大楼盘的工作经验，不过小马很快就会暴露他对工程的一无所知。他身高接近两米，谦卑腼腆地略弓着腰背，动不动脸红扑扑的，青春疙瘩痘也会亮起来。

小马有些志不在此的散漫，性格随和，露怯，对工人不管束，不斥责，还经常搭把手干活，甚至听凭工人使唤。他人缘不错，工人们喜欢他，但对东家来说这不是好事。施工最忌主管懦弱，又没有专业知识，不但无法指导工作，也没有能力发现施工错误，发现了也无力纠错，慢慢地建筑的数据会随着工程的进展被不断修改，最后整个房屋的还原度会非常低，甚至出现不协调不对称的笑话。

母亲不懂这些，看到这支作风优良的施工队在工地上弄得叮当作响，热火朝天，觉得照这个速度下去，过年前就能建好搬家。母亲的乐观感染了万紫，她提醒母亲装修需要两个月，装完还得空置一段，释放甲醛，明年春暖花开的时候搬家正好。好心情没维持几天，母亲又打来电话，说又停工了，万福和工人发生了口角，两个泥工生气不来了。万紫心头一阵焦躁，打电话给万福，他说门窗尺寸留错了，墙砖砌斜了，两头差距偏差了六七公分，相当于脸上的鼻嘴长歪了。

“我当时就提醒了他们，尺寸不对，要搞准，他们不听，只顾着一窝蜂砌了上去。他们的工钱是按砖头计价，砖头砌得多就赚得多。”

“你不要和工人吵，有事跟小马说。”

“小马是个配相的，顶个屁用。”

“建房子吵架，不吉利，你可以直接找王总，或者告诉我，我来跟王总谈。”

“你不在现场，不知道他们砌得多快，我只上了个厕所他们就搞完了。”

“严格按照图纸数据施工，错了就要返工。”

“我就是要让他们返工，返工返怕了，就不会犯错了。”

万福采用了惩罚式的监工方式，没考虑这样做也严重损害了自己的利益，时间成本对他来说也许没什么意义，但对万紫来说非常重要，只要房子不竣工，母亲没搬进新家安居，她就无法安心创作，不创作就没有经济收入，活在债务的重压下，无法轻松地呼吸。

每一件事都需要万紫亲自沟通处理，每一次刚获得一点内心安宁就被瞬间破坏，她真想放手算了，随便房子建多丑，只要不塌不漏雨就行了，但下一秒想到自己花这么多钱，付出这么多心血，怎能不达成自己的心愿？她从不是凑合的人，她是一个完美主义者。

万紫怀着一股无处发泄的怒火联络王总，她从没用过那种严厉的口吻。

“哎，万总，很抱歉发生这种情况。我非常理解你的心情。主要是你们工期太赶，本来我是要用我们自己的工人的，他们在另一个工地，还需要几天才能过来，你们催得急，我只好在本地找了一个包工头。这些泥工的技术没问题，他们只是平时在农村习惯了这么干活，没想过你们家对房子的要求与标准很高，不知道你们这栋楼是与众不同的，是讲究艺术审美的。你放心，我马上要求他们返工，保证让你满意。”

八、接缝

几次返工之后，施工时间一再拉长，再加上天气、人手不足等原因，工程进度彻底缓了下来，慢到近乎停工，长时间里只有一两个人在工地晃。那是离过年还有两个星期的时候，一楼天花板的混凝土没有浇筑，整个建筑只是一个没盖的模型。工地上起先有三个人：主管小马、年轻泥工，以及一个新来的智商偏低的中年男人。后来泥工粉完墙走了，只剩小马和低智男人在工地做些杂活，比如捡垃圾，搬碎砖。小马还要负责买菜做饭。低智中年男人做小工的时候骂骂咧咧，说他妈的有人偷钢管，胆子那么大，当着我的面拿钢管。人们这才知道他是有来头的，他是王总的亲哥哥，智商低，但还是懂得维护自己的弟弟。通过他的描述，人们大致能判断是谁在偷钢管，不仅是钢管，工地上那些无端消失的东西，也算在了那人的头上。后来每天收工时小马都会让傻舅舅把有用的东西收起来，放在安全的地方。

这时候万紫已经真正了解万福的性格与为人。他不傻，但发现问题不能解决问题，或者不能及时就地处理问题，往往是小病拖成大病，生米煮成熟饭，这时候再来处理增加了难度，有的甚至无法弥补，留下遗憾。比如两个前庭柱子造型不对称，万福在木工师傅装模的时候，就提出尺寸问题，并且发出了警告，但木工师傅还是胡乱完了工。工人的确不听他的话，一是他说话的方式别人不太接受，二是都知道真正的老板是万紫，他们总想着施工如何方便简易，稍不留神，就按自己的想法，玩“木已成舟”的把戏。

主管不得力，监管也让人头疼，听说又有地方要返工，万紫忍无可忍，终于气得大喊大叫，质问万福为什么同样的错误一犯再犯，万福也大声撑她，似乎也压了一肚子怒火，暴躁程度让她吃惊。两人吵到恶语相向。万紫认为他没有资格朝她发火，她出钱出力，为他们付出，而他只是为他自己的家付出。母亲见兄妹不和，眼泪就流个不停，说要是知道建房子吵架，她情愿住在旧屋里。万紫为了哄母亲开心，主动息事宁人。

万紫每天开着监控视频，她喜欢听工地的噪声。那是房子生长的声音。她也喜欢看母亲在屋门口遛狗，和路人大声聊天。鸟在枝头跳动，啼叫声清晰悦耳，搅动着乡村的宁静与怡然。

一场寒霜之后，薄雪覆盖了工地。

视频中一派肃杀。昏暗的天空。枯枝在寒风中颤动。万紫久久地盯着屏幕，感觉寒意弥漫。母亲穿得鼓鼓囊囊的，弓着腰，背着双手，从建筑桥板走到前厅大露台，在那儿眺望了一下远处，转身进了客厅，紧接着从一个房间走到另一个房间。她每天都这样在未来的新家转来转去。

看到母亲寒冷中的身影，万紫心里就一阵疼痛，责怪自己没有早些建房。如果在父亲健朗的时候为他们打造新家，也许父亲会活得更长一些。现在她祈祷母亲能够长命百岁，享受这专门为她打造的舒适大宅。眼看着年前竣工无望，万紫心急如焚，母亲这时倒接受了现状，反过来安慰她。破房子里没有热水，想到母亲用冷水洗菜做饭，艰苦挨冬，万紫心里非常难受。阿桂一直没有回来过，万莉、万固也没回来过。万固大学毕业前的半年时间里，阿桂几乎每周都要下乡看母亲，用食物将她的冰箱塞得满满的。万紫帮万固联系实习单位，毕业后安排到报社当记者，没几个月忽然辞工，辞工了又后悔不迭。万紫对万固是尽了全力的。

万紫在寒意包裹中奔赴英国当访问学者。两国时差增加了处理建房事务的难度，经常下半夜打电话，发信息，熬夜。万福不会说普通话，她得亲自打电话咨询和预订铝合金门窗和瓦，这些她从没接触过的建筑材料没有一点温度，她对它们既不喜爱也不厌恶，她只是不得不狂热地在网站上搜索，学习规格型号，懂得不同利弊，进行品牌价格对比，计算新房的门窗面积，在自己可以承受的预算范围内挑选产品。

万紫面临的最大问题是无法信任商家，在已有的建筑经历中，她发现人们处处体现缺乏诚信与职业道德的品性。上市公司的品牌产品质量有保证，这意味着她要投入更多资金。漏雨的童年记忆使她毫不犹豫地选择了一线品牌的琉璃瓦。因为小时候门窗都单薄不严实，会被风推搡得发出怪异的声响，她经常做怪物破门而入的噩梦。她不允许再有刺骨的寒风从门窗缝隙中灌进来，门窗要牢固坚实，挡住噩梦中的怪物，连超强台风也不能撼动它。

铝合金门窗和琉璃瓦总价超出预算一倍。别墅大门的预算更是由五千元飞升至一万五。那款非洲进口沙比利木质大门彰显质感与格调，想象母亲每天清晨打开这扇结实厚重的大门，同时开启一天的美好心情，她咬着牙付款预订。这是佛山一个专做木门的厂家，也是网上找到的，虽有第三方保证资金安全，产品可退换，但万紫仍不放心，和销售经理进行了无数次沟通对话，销售经理非常有耐心，不断给她发送车间生产视频，堆放原材料的仓库，各种客户订单、出货票据，甚至与其他客户的聊天记录、付款信息，尽一切可能打消她心中的疑虑。

“你不要老是这么不相信人。这样你会活得很辛苦的。”

万紫承认销售经理说得对，她的辛苦有一半是因为她对人缺乏信任造成的，或者说是人们普遍不诚信造成的，前半句说的是主观自己，属于自作自受，后半句说的则是客观现实，是人性带来的负面影响。建筑工程包工包料，并不意味着省事省心。整个施工过程，万紫同各行各业的人所洽谈的内容，可以出一本巨著。在买琉璃瓦的事情上，她经历了巨大的诚信挑战与考验。瓦的厂家也在佛山，是她在网上联络的。瓦商发来产品图片，根据建筑面积计算出用瓦数量，给了些有益的建议。与其说是经过了几天的洽谈，不如说是万紫一直在质疑、查阅、求证、观察和判断之中，以确保对方不是虚假诈骗。最后商家给出一个银行账号，要她付清全款才发货。就这样将几万瓦款打到一个陌生人的账户里，这需要绝对清醒的头脑。万紫不敢这么做。她要求预付部分，货到付清尾款。瓦商说他们从不这样做生意，都是一次性付清，运费另付，他们可以推荐提供货运联系人，她也可以自行安排。

“你相信我就打货款过来，不相信就不要打。”瓦商最后丢下一句话不理她了。

这之后万紫陷入了激烈的反思。她在寻找症结。这反思甚至是痛苦的，尖锐的。她其实被自身的多疑困扰已久。这种多疑的正面效果是，迄今为止她从没上过当受过骗。这显示她的聪明和理性。但也不排除有人容易相信别人，也从没上当受骗。也许她应该选择相信别人，即便是上当受骗，人生当中失去的肯定远没有她得到的有价值。万紫抱着背水一战的心情将钱打给了瓦商。四天后果然一辆超长的大卡车将瓦送到了工地，瓦的品质和宣传的一样，数量准确无误。后来的沙比利木门同样也没让她失望。

九、边缘托梁

监控视频里的天空渐渐发白，听到公鸡打鸣，狗吠，母亲咳嗽和洗脸刷牙的声音。天全亮时，视频由黑白跳到彩色，高清画面可看到很多细节。小马走在桥板上，双手缩在袖子里，手臂直直地垂在身体两侧。他的低智舅舅裤脚一高一低，为了将那两轮斗车调头，在泥地里碾来碾去，他骂斗车不听话，也骂弟弟给钱太少，一百五十块钱一天，什么都要他干，他自己却待在家里舒舒服服地烤火。小马伸出手来帮了一把低智舅舅，一直将斗车推过桥板。他的任务是将几个卫生间的坑洼填满，为做地面硬化和防水打基础。此时离过年还有一个星期，一层混凝土楼板的浇筑工程推迟，王总说工人都回家过年了，只能等到年后。而天气好得让人心痛，阳光明亮，濯洗着残缺的建筑物和空荡寂寥的工地，有种眼睁睁地看着工期推延的恼怒。万紫重申了逾期罚款的警告，王总却拎着两袋子礼物来给母亲拜年，母亲留他吃了一餐饭，说眼下没有什么是比过年更重要的了。

二月底，破房子开始零星漏雨。邻居有装修过的房子空置，全家人在广州做生意，让母亲搬进去，但母亲说房子就要建成了，懒得挪来挪去，直到有天晚上大雨倾盆，屋里漏得无处安身，连睡觉的地方都泡在水里，这才大半夜撤离。万紫是第二天知道这个事的，母亲遭受这样的磨难，她迁怒于王总，因为工程已经逾期两个月了。这时候新房子已经浇筑完斜坡屋顶，一栋漂亮的建筑如出水芙蓉，线条流畅飘逸，显出灵动和生机。万紫的脾气发不出来，反倒感谢王总慢工出细活，对建筑赞不绝口。

相比于造房子，装修工程要简单得多，但是更琐碎。万紫原本就认识几个装修老板，经过洽谈比较，最终把工程包给了钟老板，十年前她在城里的房子就是他装修的。从建房子开始，她就在同步构思室内装修的内容风格，早已酝酿成熟，定调为原木色侘寂风。她在网上挑选了灯具、电器等东西放进购物车，也与橱柜衣柜订制商沟通完毕，谈妥了款式与价格，提前完成了装修内容。

她是四月回乡的。本打算和母亲一起居住，给母亲做饭，兼顾装修。在视频中见过宽敞整洁的房间，河水在窗外荡漾，宁静诗意，似乎是理想的居住空间，住进来才觉得简陋不便，厨房没有热水，冷水唤醒了手上的风湿，手指隐痛。房间里有一股无人居住的陈年霉味，到处是蛛网。床上没有席梦思，厚薄不均的老棉被像石头一样硬，里面还藏着饥饿的跳蚤。最要命的是没有空调，四月已经热起来了，蚊子早已活跃，白天在厨房做饭，都要遭受它们的攻击。

她只好在城里租了一套三居室。晚上打开浴室镜前灯，镜子里突现一尊观音菩萨，吓得她魂飞魄散。心想将菩萨放在脏污的卫生间，只能是为了避邪，说明这房间里发生过不好的事。她搬到客房睡，还是感觉有股寒毛倒竖的阴凉，勉强挨了两夜，不得不求助万红带小孙女来做伴。

她租的自己熟悉的小区，在万莉家对面的楼里，就近去她家拿自己原来的床上用品。阿桂和万莉在客厅里逗孩子，万紫说明来意，阿桂屁股不挪窝，不紧不慢地问：

“要新的，还是要旧的？”

虽已嫁人生子，侄女万莉还是她母亲的影子，毫无主见。她木然地笑着，仿佛与眼前这个远亲并不相熟。

“无所谓新的旧的。”万紫已经感觉不太舒服。

“去拿旧的吧，反正她都要买的。”阿桂吩咐万莉。

万莉这才应声而动，转身去了房间。

万紫无心落座，站在那儿看着屋子里熟悉的一切，心里忽然一阵刺痛。家里的每一样东西都是她亲手挑选布置的，原木书柜里还有她没有搬走的书，酒柜里放着她的酒具和酒，她精心挑选的立式空调还是崭新的，套着她买的蕾丝边碎花尘罩，她在宜家购买的沙发和地毯也是原样没动……这些东西换了主人，也不认得她了，也都冷冷地一声不吭。她像个乞丐一样，站在这个持续了十年大家庭聚会的屋子里，等着新主人施舍一床被子和枕头，没有一丝家人的热情，更没有她对她们那样的慷慨。她也想到万莉从小就穿着她买的衣服，村子里没有谁比她穿得洋气。毕业后给她找工作，鼓励她自考本科，给她交学费，出钱给她办出国旅行的签证，给她去广州面试的交通住宿费；也曾不远千里赶回来，几宿不睡处理她个人感情上的麻烦事……

万紫不知道自己当时为什么不拂袖而去。

十、范围蔓延

泵车浇筑坡屋顶时，万福在屋顶上，穿着长靴，手里拿根东西戳来戳去，测量混凝土的深浅，与工人发生几句争吵之后，索性拿起工具和他们一起扒整屋面。但是混凝土最终仍是厚薄不均，又重新浇筑了一遍，施工盖瓦时发现仍不达标，高低不平，东边比西边厚了几公分。盖瓦的包工头手拿卷尺站在屋面上骂屋面浇筑的乱搞，这意味着他们必须先凿掉高出的混凝土，低洼处用水泥补平，尽量降低偏差，即便这样，盖瓦时仍然有许多需要调整的地方。他抽着烟在屋顶走来走去，最后拨通了王总的电话，大声批评了一通屋面浇筑的人不负责，他盖过那么多房子，从没遇到过这样的情况，这样子施工难度太大，并表示这个活他接不了，要王总另请高明。王总很快赶过来，上了屋顶，和盖瓦包工头一起检查测量，情况使他的表情越来越凝重。王总与盖瓦包工头讨论整平屋面的费用，盖瓦包工头仍是推却不干，说这里头的活几乎是看不见的，他不想让王总觉得他在诓他。但王总弹掉烧到指尖的烟，利落地接受了盖瓦包工头的要价，在屋顶再抽了一支烟便走了。盖瓦包工头吩咐工人工作的时候，万福已经在凿凸起的混凝土，电钻机狂躁作响，水泥灰飘散。

以上是万紫在监控视频中看到的。因为工程进展与施工的种种问题，她已经与王总有过无数次电话沟通与微信讨论，有几次甚至发生了不愉快的争执。大部分情况下，王总都同意按照她说的去做，但往往要经过很长时间的扯皮、理论，他会使用疲劳战术，用源源不断的词语，滔滔不绝的自说自话（这一点和他低智兄长很像），使用狡辩、偷梁换柱、移花接木甚至死打烂缠等手法，企图把理扳到他那一边，或是用话语将她绕晕。有时候她会在厌恶与精疲力尽之间做出让步，但绝大多数时刻坚持死磕。王总从没遇见过这样的对手，她脑袋里面装着超强的逻辑与清晰的思维，而且有理有据，甚至能将几个月前的聊天内容截屏作为证据，弄得他哑口无言。

他们还没正式见过面，王总的样子基本符合万紫的想象，如果用地域来形容他，那就是城乡接合部的样子，戴着金项链的小麻雀，努力像凤凰那样华丽地飞翔。和他的低智兄长眉目挺像。说不清是倔强还是僵硬的脖子上面顶着一个小脑袋，身板也是直的，皮肤很黑，举手投足间显得经验丰富，利索果断里也有股狠劲，不拖泥带水，做决策毫不犹疑，的确像干大事的——这副样子在乡村的确是能唬住人的——乍一看，与她所接触的那个为了达到某种目的可以无休无止啰唆不断的形象截然不同。

她和他曾经为了各自的目的互相说着违心吹捧的话，她夸他专业懂行施工质量好，只不过是为了获得更好的工程质量；他夸她容易沟通合作愉快，是为了让她手不攥那么紧，指缝间额外漏下些碎银来，或者在工程结束后慷慨地奖励红包。完成屋顶浇筑后，王总常说的话就是这个项目进入了亏损状态，他大可以立刻停工止损，但他要履行承诺，在这里亏的，在别处赚回来，无论如何要在这里建起一个漂亮的样板楼。在万紫看来这都是聪明过头的话，她也懒得戳穿他。只要能尽快竣工，她乐意忍受这些虚伪的言语。

曙光即将刺破云层。不料下午接到母亲的电话，说万福又和别人起争执，盖瓦师傅不做了，正在收拾东西准备离场。万紫第一反应是不能再次延误工期，立刻驱车回来。

瓦工们在屋顶抽烟等她。万紫望了眼屋顶，二话没说，就从钢管架起的楼梯爬了上去。站在屋顶，万紫才意识到自己是个女人，连微风也在破坏她的身体平衡，她腿脚微颤，不敢朝下看。

“你们都知道，这房子从去年到今年，建了很长时间了，真的再也耽误不起了。有什么问题，我们坐下来谈谈。”她轻松愉快地说道，双脚暗自努力稳住重心。开阔视野中，她重新认识了她的村庄。第一次眺望到河对岸的村庄田野，甚至更远处的城市。

“万紫，你不记得吧，我是你老同学。”盖瓦包工头腼腆地说道。

万紫使劲回忆，终于从他沧桑的面部搜索出宝贵线索，认出他就是经常拖着两条鼻涕虫的小学同学张太山。三四十年过去了，他脸上的肌肉还保留着抽吸鼻涕的运动习惯。

“是你啊，老同学，那我就放心了。”万紫和包工头握手致意，“这里有什么困难需要我解决的？”

“你哥说我们不晓得搞，他比我们懂，我们搞的他说不好。”老同学指了指万福，他正在破房子门口洗手。

“到底怎么回事？你跟我说，我们来商量决定。”

张太山抽吸了一下鼻子，把事情的来龙去脉说了一遍。

因为彼此沟通不到位，万福不信任他的技术，用贬低的话刺伤了他的自尊。万紫下屋找万福做思想工作，说她以前也不信任别人，总是在疑虑、担忧，结果把自己搞得很辛苦。她在建房过程中，慢慢学会了相信别人。建筑不像裁剪衣服，容不得有一分一毫的偏差，建筑体积庞大，有时几公分出入并不明显，也不会影响美观。整个施工过程中，事实上每个地方都没有精确到图纸的数据，有的地方甚至出入十公分，现在房子不是照样好看，大家都很满意吗？

万福到屋顶与张太山握手言和。盖瓦继续。

十一、找平

王总与万紫在工地见了面。在长达八个月的频繁沟通博弈中，似乎成了老熟人，都没有第一次见面的寒暄客套，直奔主题。王总带了色卡，请她选定外墙漆颜色型号，然后要她再付一点工程款。万紫认为外墙漆还没刷完，按合同是工程竣工才付清尾款，扣除一万五作为维修保证金，工程没问题则一年后全部退还。

“你要我提前支付工程款，这是合同以外的要求。”万紫说。

“万总，你这个项目，我真的亏损很大，屋顶我都给你浇筑了两遍混凝土，防水保暖也都是做得最好的，绝对不会漏雨。”

“这个我要说清楚，你浇筑两遍，是因为第一遍不达标，盖不了瓦，而且浇两遍也没有解决屋面不平的问题。说实话，你额外浇那么多混凝土，我还挺担心承重问题的。房子不漏雨，难道不是施工最基本的标准吗？至于工程亏或赚，那都是你的生意。我们是签了合同的。”

“我真的亏得不行了。盖瓦这里的工钱都是一两万，他们完工了，我也得给他们钱吧。”王总说道，“我本来是想亏一点就亏一点，只要把项目做好，让客户满意……但是现在亏得太多了，现在连盖瓦的工钱都没有了。这个项目返工次数太多……为了让你们满意……我真的是不计成本在做……”

“你的盖瓦工钱，跟我有什么关系呢？我并不曾欠你一分钱工程款。”万紫有点恼火，他开始了那种絮絮叨叨的话语进攻术，他的目的就是想让别人失去耐心，图个清净赶紧满足他的要求。但她偏又喜欢以理服人：“项目多次返工，是施工方的原因导致的，合同里注明了施工方承担全部返工的损失，你不要把纠正施工错误说成无私奉献。”

“买外墙漆也需要钱，我可真是拿不出来了，”王总启动拖延新战术，掐住她急于竣工搬家的弱点，“只能等下个月，另一个项目付我工程款，我才有钱买漆。”

她嗅到王总开始要赖的气味，知道合同对他已经失去约束力，撕破脸只会使竣工在即的工程陷入僵局。尾款还有四五万，只要王总无理停工三天，她就有权终止合同，自找外墙工程，能节约一两万块。付出时间和精力，她会赢，但这样扯皮，不是十天半个月可以终结的。权衡再三，她最终妥协，提前支付了一万块油漆款。

“对了，散水什么时候做？”当初讨论工程项目时，她还不知道散水是什么东西。

“合同不包括散水项目。我不做合同以外的事。”王总说道。

万紫拿出合同，指出散水工程在清单里，王总指出散水后面的价格栏是零元，零元代表不施工。

“我们的工程是打包一口价，清单中项目的标价高标价低没有任何意义，但出现在清单中的项目，就是工程必做项目。”

“没有，没这个项目，我不做合同以外的事。”

“你口口声声不做合同以外的事，怎么就要我做合同以外的事，提前付工程款呢？散水一直在项目清单上，价格修改过好几次，最后你由两千多修改为零元的，因为后来是工程总款一口价，我就没在意任何单项价格了。你现在这样狡辩，只能说这个零元价是你挖的坑。”

“我们都是这么处理的，不施工的项目，价格栏里就是零元。”

“这个附件明摆着写的是《施工项目清单》，更何况那么多不施工的项目，为什么没在这个清单里备注零元，偏偏只有散水？”

“我做了这么多年工程，从来没出现你这样的情况。”王总偏离主题，“散水是合同以外的工程，我可以做，但是你要支付散水工程款，我一分钱都不赚你的。”

“好，王总，我们现在就来按合同办事，这样公平。我现在请你做散水，要多少钱你说了算。另外，工程已经逾期四个月，按合同罚款三万，还有延误的每天罚款累积，你也仔细算算。”

王总闭上嘴巴，半晌说道：“这么着你是不想付尾款了？”

“你放心，我是要脸的人。该我付的钱，一分不会少。”万紫态度坚决。

王总拿手机计算器算了点什么，面孔突然软化松弛，笑得像老友重逢。

“算了，散水我来做，我亏就亏了。挖埋排污管道是我做，还是你自己请人做？”

“什么？你建一个房子，不做管道排污？那房子怎么使用？”她察觉到他又在耍花招。

“这些不在施工范围内，合同里没有写。”

“我理解你做一个工程也不容易，从没想过按合同罚你的款。合同里有好多东西没有写，需按常规施工的都没有写。你是内行，哪一个建房子不考虑排水排污？这是最基本的工程。我真的不理解，你这么大一个老板，怎么到最后为了几千块钱要如此绞尽脑汁？”

“要不是亏得太多……”

“行了，你就说要多少钱吧。”她决定吃亏让步，一秒钟都不想待下去了。

“管子加人工，三千八。”

“没问题。我出。”

爬出令人不快的泥沼，甩掉王总那副无赖的嘴脸，万紫还是像吞了苍蝇似的难受。她没料到会要如此直接、正面地和包工头接触纠缠，在他们挖就的池塘里扑腾，不可避免要呛几口脏水。王总脑海里并没有法律意识，合同只是废纸，或者是一种狡黠，知道建新房的人求平安顺利，不愿惹上官司的晦气，工地瘫痪不吉利，都会选择退让息事。

万紫带着狗到了田间，大口地呼吸。

装修老板来电话，他认为主体没有完全竣工，装修不宜进场，同时施工会造成某种混乱。母亲似乎度过了最焦虑难熬的阶段，变得从容了。她可以笑着谈论施工过程中的曲折风波，说装修也是大事，不争这几天，一切要从容有序。万紫知道自己还远不到轻松解放的地步，室内装修是另一个高峰和折磨期，她得重整行囊，继续攀登。

十二、防水层

屋面盖瓦通常一个星期可以完工，但这个屋面整整花了二十天才告一段落。万紫多次爬上屋顶检查施工情况。这个屋面让小学毕业的张太山伤透了脑筋，但他什么都敢接，他的经验就是这么摸索积累的，铺错瓦修改了几次，浪费了不少材料，万紫碍于同学情面，主动承担了损失，追购补货。

万紫最后一次上屋顶验收盖瓦工程，她承认老同学张太山算得上天才，最终能把瓦铺得如此整齐美观。她指出了一些需要修整的小问题，比如缺了角或掉了色块的瓦，需要涂上瓦色漆，烟囱的油漆没做到位，屋脊瓦下裸露的水泥远观一道白，破坏了瓦景，瓦檐下的水泥天沟壁刷上瓦色漆，最后清干净瓦面的水泥浆和脏东西。老同学张太山高兴地抽吸着无形的鼻涕，开始滔滔不绝地描绘以往铺瓦的速度和这次施工的难度，声称没有他不会铺的瓦。

来自文化前沿上海的建筑设计图纸，一个不发达省份的小村落能有这样的完成度，这是值得称赞的。这是万紫完全按照自己的喜好来做的，建筑预算最终膨胀到了一百万。房子与效果图一样，明媚大方，由于抬高了一米的地基，即便是大平层，仍显出几分巍峨，显得高高在上，衬得周围民居渺小寒酸。母亲整日笑眯眯的，背着双手走来走去。路人都要停下来打量一阵，纷纷赞叹。

过去十年间，万紫曾经梦想有一栋这样的房子，种菜养狗，写书画画，远离尘世喧嚣，但她梦想的地点不是这里，而是在大都市旁边，或者欧洲某处。万紫心怀骄傲，一种微妙的情绪在胸腔弥漫，她感到自己和房子有着直接的血缘关系，这是她付出全部生活换来的，是她生产出来的孩子。

端午节那天，阿桂终于带万固回来了。这是建房以来万固第一次露面，但他就像昨天就来过似的，没有任何新鲜事物能使他表情波动。

“这下好了，再有人给万固介绍对象，就回来这里相亲。”阿桂笑嘻嘻地挑眉睃眼。

万紫知道阿桂又在使用旁敲侧击的话术，也听出了话外音，眼前浮现阿桂与儿孙辈在这个房子里唱主角的情景。

“万固相亲，应该去你们现在居住生活的地方，向对方展示真实的家庭状况。”万紫认为年轻人要自己打拼自己的世界，“这个房子，是母亲和兄弟姐妹养老的地方。”

阿桂沉了脸，没有反驳。

过几天万紫带菜回来，给母亲做了午饭，母女俩沉闷无声地吃完，到洗碗的时候，母亲终于说话了：

“听说你不许侄子用新屋做婚房，不同意他在这里拜堂？”母亲冰冷尖刻，“这是万红的主意吧？我就知道她会在中间挑事。”

万紫明白阿桂不敢直接顶撞她，暗地里添油加醋，借母亲的力量，煽动母亲为孙子争取利益，柿子找软的捏，拿万红开刀。

“你们不能冤枉万红，这不关她的事。我是为你建的房子，也是我们养老的地方，大哥大嫂是沾你的光。难道你想要四世同堂？”万紫一字一顿说得很大声，一半是因为母亲耳背，一半是恼怒阿桂拿母亲当枪使。

“祖宗牌位在这里，他不在这里拜堂，到哪里去拜堂？”母亲继续质问。

“我哪有资格不让他们来拜祖宗牌位？”万紫说道，“阿桂的话你不要全信，你不是不知道她牙齿稀。还有，你听力很差，有些话你可能只听了一半，传来传去，只会造成更多的误会。”

母亲沉着脸，噘着嘴，抹起了无声的眼泪。

母亲总是用哭做武器。在与父亲漫长的婚姻中，万紫没少目睹母亲在地上撒泼打滚，呼天抢地。他们的战争给孩子蒙上了巨大的心理阴影。万紫讨厌母亲的哭相，她年轻时有阳光明媚的笑容，牙齿洁白整齐，嘴边两个小酒窝，但她偏不轻易展示这些。

母亲使劲挤动脸部肌肉和眼睛，让眼泪滚出眼眶，以便手抹过去时不会扑空。

“你为什么要哭呢？”万紫说道，“你想要四世同堂？你们三世同堂时，不是吵得天翻地覆吗？你孙子性格那么懦弱，未来的孙媳妇要是厉害，不通文墨，不孝顺老人，你怎么办？我建个房子是让你享福的，不是受气的。”

母亲似乎在回忆过去婆媳间那些撕破脸的争吵，儿子和儿媳共同对付她。后来他们到城里打工，住得远了，少了眼前的利益纷争，回乡像客，婆媳关系才慢慢好了起来。

“你说得也对，万固读了大学，是在城里工作的，应该在城里买房置业，他住到这乡旮旯里来做什么？”母亲想明白了，抹干眼泪，“他也是太不争气，想想你二哥的儿子万明，只比他大一个月，自己在广州闯得多好，去年就挣了二十万，回来买了房。”

“万明的性格胆识是放养出来的。父母越是死管、包办，孩子就会越无能。”

“他和你有联系吗？”谈到另一个孙子，母亲就想到死去的儿子，眼泪又流下来，“万明伢子长得好呢，讲话、声音都像他爸爸，笑起来两个酒窝。”

“一直有联系。”万紫对母亲撒谎。实际上，在万寿的葬礼过后，阿桂通风报信，说万明对万福态度恶劣，万紫心想万寿都没这么做过，怎么轮到你一个晚辈这么无礼冲撞了？她没有问阿桂一句为什么，直接批评了万明。本来联系就少，这么一来，就完全断了联络。

万紫在现代化的大都市里读书工作，有着一套完全不同的思维与价值观，也一直游离于家族纷争之外，偶尔充当他们的调解员，秉持公正。没想到回乡建房这个简单的想法，却踏进了乡村伦理俗世，掉进他们的伦理价值规则的泥沼，这里面开着是非的花朵，长着清除不净的利益杂草，只有金钱衡量并暗自推动着他们的情感与行为。村里的事情万紫知道一些，比如：有个患癌的母亲在家里等死，七个儿女没有一个人送她入院；一个孤独的老人瘫痪了，儿女们因为轮流照顾的日程争吵不休，毫不掩饰期待老人死亡。万紫隐隐感觉，这一类的世俗纷争，已不可避免地缠上了她，她的心在渐渐发疼。

想到阿桂对万红的态度，想到久久地站在万莉家中，等着她拿出一床曾经的旧被单，想到万固的冷漠麻木，想到万福的大吼大叫，想到假如年老时回到自己辛苦建设的房子，不过是投靠在阿桂家族的屋檐下，进不进得了门都尚未可知，万紫越发意识到有必要未雨绸缪，认真考虑房产归属的问题。

她编写了一条浅显易懂的信息发给阿桂，内容如下：

> 阿桂，有几件事情，我觉得有必要跟你沟通商量。
>
> 1.关于房产证署名问题，我经过综合考虑，希望加上我和母亲的名字，三方各占的份额比重为：你们占20%，母亲占20%，我占60%。
>
> 2.我的新书出版不了，装修款无法落实，部分装修区域可能顾及不到。
>
> 3.我旧债未还，建房又添新贷，压力很大，无力独自承担母亲的生活。希望你们理解我的难处，尽力在经济上赡养老人，每个月给她两三百生活费。

“我什么都不要，我只想死，太累了。”阿桂是第二天回复的。

“什么意思？”万紫不知道阿桂受了什么刺激。

“我想知道你的真实想法。”

“我说了，要在房产证上加我和母亲的名字。”

“加你们的名字可以……为什么要写这么多东西？”

“怕你不明白。说清楚些好。”

“如果硬要这么讲，还是不明白。”

“什么不明白，尽管问个明白，什么死啊活的，你为谁累？我为谁累？你的命运不是我造就的。”

“给母亲出份子钱，要出就都出。”

“你还要谁出？要死了丈夫的阿桃出？”

“那倒不是。”

“还有谁必须出？万明吗？那万固是不是也得出？”

阿桂像往常一样怀着一肚子不同意见沉默下去了。

十三、挑檐

事情就是这么拧巴起来的。阿桂若还是从前的阿桂，摆出一副什么都不往心里去的豁达，表现人亲骨头香的信任，万紫是根本不会想到要在产权证上加名字的，正如当初申报建筑时，她主动要阿桂当户主一样，意思很清楚，房子属于阿桂。这么多年，阿桂理当了解万紫的糍粑心，她每次坐飞机前，都会把几十万房款打到阿桂的账户上，免得飞机掉下来，影响房子的竣工。阿桂是被房子的美丽蒙蔽心智，一心为自己的家族盘算，计算到家，不料越算计获得越少。

阿桂的阴阳怪气促使万紫尽快做房屋财产切分。明确产权是第一步。阿桂自然不同意份额的分配法，嫌她占的比重太少，尽管这比她实际投放的比重要多。她也担心母亲那一份将来留给孙子万明，到时她阿桂家族恐怕连祖屋地基都保不住。万紫是家族的女性，嫁出门的女，泼出门的水，一个外人却占着房子的大头，意味着她还是家族的话事人，未来还得臣服她家族主心骨的地位，这对自认为出人头地了的阿桂来说，是绝对不能接受的。万寿去世后，连家人团聚做饭这件事，阿桂都想甩手不干了，何况她自己的家族已经枝繁叶茂，撑起了一片天空，她弯了半辈子的腰，能够直起来了。

阿桂撕下脸面，挑明了对抗万紫。

房子还没竣工，财产战就拉开了序幕。

万紫从国土部门的朋友那儿了解相关情况，乡村房屋产权署名有法律规定，署名人的户籍须在本村，但朋友也留了一个活口，说会研究研究，看看有没有可能打政策擦边球。

这一天，万紫带菜下乡给母亲做饭，刚到家门口，就看见一个穿宽横条纹T恤的中年男人正与母亲聊天，一边在本子上记录什么，抬头见到万紫，热情地迎上来握手：“我是镇国土所的李主任，很荣幸亲眼看见家乡的名人呀。”他说遵照领导吩咐，就万紫的房屋产权署名问题，先来熟悉了解一下情况，再看看怎么操作。陪同李主任的村主任也握手打招呼，他们都像对待一位大人物似的，分寸掌握在热情和小心翼翼之间，万紫说话时，李主任在本子上记了点什么，表现他尽职尽责的工作态度。末了李主任合上笔记本，请万紫去镇里吃饭，还有村支书和村主任作陪，具体在饭桌上再聊。

镇上的餐馆没有任何格调，就是一吃东西的屋子。圆桌上面铺着一次性薄塑料，显得非常低廉，菜谱上却尽是野味珍奇，也没有标价格，显然来的都是知晓内情的熟客。李主任根本不看菜单，随口报出几道菜名征求万紫的意见。村主任似乎也是这里的常客。万紫对野味珍奇没有兴趣，要求普通家常菜就行，最后李主任硬要加上一道红烧脚鱼，不然这餐饭吃得太简陋，他过意不去。

饭间李主任再次聊到万紫的户籍问题，在法律上有难处，不过他也向上级汇报了，看怎么能协调好这种情况。他也提出了建议，比如产权证可以署母亲的名字，由母亲写遗嘱，指定她为继承人，这是最便捷的办法。万紫觉得这不吉利，建个新房子，却让母亲写遗嘱，她内心也有忌讳。李主任说还有一个办法，就是在村里再拿块地，以大嫂子的名义申请。万紫觉得这个可以考虑，即便他们不愿意在那块地上建房子，多一块地总归是好的。有没有合适的地，还是个未知数，万紫想着等到事情有了眉目，再和阿桂商议。李主任当即让村主任通知熟悉情况的队长，约好队长一起在村里选地，但队长在医院，只好另做安排。

万紫回来告诉母亲喜讯："也许能拿到一块好地皮。"

"哪里有地皮拿？"母亲问道。

"村里的地皮，暂时还不知道在哪一块。"

"拿地皮干什么？"

"看阿桂他们喜不喜欢再说。"

满肚子意见但沉默不语，这是万氏家族的风格特征。母亲偏过头假装打瞌睡。她对这个女儿有几分畏惧，她多年来对家人的无私奉献以及见识智慧在家里树立起来的权威，是连有霸权地位的父亲都会服从的。母亲不露声色，和阿桂进入史上最亲密、互动最频繁的时刻，称得上婆媳关系的蜜月期。这两个曾经吵得撕破脸、恶语相向，在同一个屋檐下仇敌般互不理睬的女人，一个为了儿子，一个为了孙子，在面对一个共同的强大敌人——女儿、小姑子时，秘密结成了同盟。政府工作人员下来，母亲已经留了心眼，提防万紫利用关系，瞒着儿子和儿媳妇，在房子和地基方面做手脚。

装修已经开始了，万紫隔天就要回来一次。她喜欢在沿河的无名公路上开车。穿过城市拐上江边长堤，江水辽阔，淹没了俗世的嘈杂与喧嚣。在船笛声中行驶片刻，驶入河流边的芳草长堤。这是万紫最喜欢的河流，秀美可亲，听得见鱼尾弄出的声响，看得见细小的涟漪一圈圈荡开。河边有垂钓者。河里横着渔舟。河堤已经铺了混凝土，路面有不少新老补丁，会车时需要慢下来才能通过。通常道上没什么车。万紫听着欧美流行音乐，音响开得很大，低音炮中座椅震颤。有时也听英语新闻。她熟悉这条路上的每一个坑洼，知道哪家养了条马犬，哪家有个拄拐的残疾人，哪里会有一片芦苇，哪里会有一棵古樟。经过声名远播的百米双桡龙舟栖息的地方，她会想一想不久前的龙舟盛况。水中泊着数十尾龙舟，天上盘旋着无人机。比建筑物还高的巨大的屏幕里进行着现场直播。看龙舟的人挤在河边，像河边种了一排薄薄的绿化带，不是小时候十里长堤水泄不通的壮观。

万紫一般不走正式公路，有意绕开镇子里的混乱与堵塞。自打古桥被人为破坏之后，镇里就没有她喜欢的事物了。村子里似乎也没有她眷恋的，除了母亲。但午饭时关于地皮的事让万紫有小小的兴奋，即便不建房子，在那块地皮上种点什么也是很不错的。

车拐弯下了江堤，进入市区主干道，万紫立刻绷紧了神经。这里的人开车经常不打转向灯突然拐弯，有时是忽然快速挤到前面，还要提防斜刺里冲出来的摩托车。这个城市的人总是在争分夺秒。

“万福说什么你做初一，他做十五，要你在中国都不得安生，什么事情这么严重？”手机显示万红的信息。

万紫脑袋一热，踩了一脚刹车，电话拨过去：“发生什么事了？”

“电话里说不清，等你回来当面讲吧。”万红说道。

天气高温闷热，一整天在装修工地，汗水遍身流淌，还要做饭洗碗，给母亲搭配营养，疲惫不堪地开车回城，一句“在中国都不得安生”的话，将本已奄奄一息的万紫击得粉碎，就像一枪打爆一个瓜。万紫知道这句话的分量，万福不是随便说的，是阿桂给他递了刀子，过去万紫跟阿桂分享的个人秘密，都成了阿桂手中的黑材料，她认为把这些当作武器，能断万紫的财路，毁她的事业，甚至能让她失去人身自由。

“他们是为了什么？要干什么？”万紫握着方向盘，呆呆地望着前方。

暮色渐渐凝重。

后方的汽车鸣着喇叭，从她的车边绕行过去。

十四、尺度

万红的第三任也来了。他们的夫妻关系有点任性，基本上是第三任配合万红的脾气，要他滚就滚，要他回就回。这一轮战争持续时间最长，以第三任向万红上交两万现金获得“保释”为结果，太阳照常升起。这一次苦头吃得最大，除了长久的精神折磨，对自己一毛不拔的第三任，吸取了两万块血的教训，发誓不再和女人聊天，删掉了一批潜在的“危险分子”，生活中也不再随便和女人搭讪了。

万福和第三任的关系一直不错，他的信息是往第三任的手机里发的。

万紫查看所有信息，聆听语音播放。她的心脏被一只手死死地揪住了。

“从上面压下来做手脚，要把我们赶出去，我们还蒙在鼓里……她做初一，我做十五，我要让她在中国不得安生。”

“我们没想要建房子。拆了我们的旧屋，要给我们赔偿。我在工地做了七八个月，工钱一分都少不得……”万福以一种吊儿郎当的腔调说着这些，似乎还有一种幸灾乐祸的愉悦。背景是“打官司，一定要打！”的叫嚣，很难想象那因歇斯底里而破嗓的声音，是从身高一米五，满脸苦相、柔弱无争的阿桂嘴里迸发出来的。

看完所有信息，听完所有语音，万紫明白是母亲制造了这场矛盾。当她从镇里吃完饭回来，告诉母亲可以多拿一块地皮的喜讯之后，母亲别转头假装瞌睡，但是背地里迅速通知阿桂，自己的女儿要霸占宅基地了。

万紫一阵晕眩。建筑之事耗尽了她的心血与能量，连续奔波工地装修，原本酷爱开车的她一想到要开车上路就恶心，身心俱疲到了崩溃的临界点，如果不是为了母亲这一信念支撑，她早垮掉了。

“我怎么生在一个这样的家庭中？”万紫浑身发冷，从心底蹦出了这句话。被母亲歪曲其意后的出卖，阿桂他们歇斯底里的表现，一件子虚乌有的乌龙事件，成了人性的试金石。

万紫彻底散了架，瘫倒在沙发上。

万红的火暴性子上来了，打通阿桂的电话，劈头盖脸地斥骂一通：

“你们有没有一点良心，说什么她要赶你们出去，让我搬进来住。她是这样的人吗？我会住进去吗？她为了这个房子有多辛苦你们不知道？没想到啊，你们终于有出息了，真的有种了，要和帮了你们一世的妹妹打官司了，还要让她在中国不得安生？你们知道自己在干什么吗？为什么把她想得那么卑鄙无情？她干了什么对不起你们的事？旧房子拆了要她赔，非要这么说的话，你忘了拆旧房是你们自己在现场指挥的，妹妹在几千公里以外？再说了，你忘了建旧房时你们求她帮忙解决资金？忘了生病时找她要钱？忘了救命也找她拿钱？忘了你们现在住的房子是谁帮你的？谁把你的儿子扶到写作的道路上来？谁给他介绍了工作？烂泥扶不上墙是他自己的责任吧？别人不可能一次次地给他找工作吧？爷爷和父亲去世，医药费、葬礼，你们作为长子长媳，没让你们掏一分钱。母亲一直是她赡养的吧？她做了什么对不起你们的事情，就值得你们要这样置她于死地？”万红一口气数落下来，手都在颤抖，“谁害妹妹，我杀他全家。我反正也不是长命的了。”

阿桂沉默着。

“不是妹妹有一千万，拿一百万出来建房子，而是在负债的情况下做这件事。你们想想，为什么她现在要在产权证上加署名字？就是因为你们没良心，对你们失望，你们太让她寒心。你忘了每次坐飞机前，她都要把几十万房款打到你的账户？她怕飞机掉下来，怕房子烂尾，怕母亲没地方住。你们竟然一点都不明白她的心思。你们现在在争什么？你们要什么？打官司打什么？你们现在过来说清楚！”

“我不知道万福说了那种话。”阿桂轻轻说道。

“你不知道？那电话里叫嚣着要打官司的堂客们是谁？”

“那是有上下文的。”

“帮你们建房子，犯了法。”

“我什么都不要。”

万紫吐出一口长气，拿过电话：“阿桂，有些东西不是你张嘴就能要到的，得看别人是不是心甘情愿地给你。”

“我没想要房子。”阿桂低声说，“但宅基地是我们唯一的家。”

“知道农夫与蛇的故事吧？”万紫说道，“你们现在过来，我们把一切都说清楚，我不想和你们有任何财产纠葛。”

阿桂在万莉家，她很快就过来了，进门就抹眼泪：

“你们都知道，万福一向是口无遮拦的，他又不会真的那么去做。当然他说出那样的话肯定不对，一个妹妹这么辛苦地帮家里，只有感激的，我已经骂过他了，回去我还会跟他谈。老这么信口开河伤人心，要不得。”

“让我在中国不得安生，对你们肯定是有好处的吧？”万紫已经不相信阿桂的眼泪了，“我马上降级装修水准，你们房间的木地板和卫生间装修，资金也到不了位。”

“他是嘴上厉害，心里软。”阿桂假装没听到，“你都不晓得他是怎么骂孩子的，骂得比这恶毒得多，好在儿女都不记恨他……这是你们兄弟姐妹之间的事，你们是血亲，我也不好说太多。”

“这不是我们兄弟姐妹之间的事，这是我和你们家的事。”万紫纠正道。

阿桂开始数落丈夫的毛病和缺点：“又没本事，又不会沟通，脾气又暴躁，开口就骂人，尽挑伤人的话说，说完又后悔，我太了解他这个人了。要不是看在儿女分上，要不是知道他心底是好的，我早就和他离婚了。你们不知道，我被他气得出走、住院的事都有。但有什么办法，看着他那么刮瘦的，身体又不好，在外面做一天苦力，又没吃什么好的，也没享过什么福……”

阿桂打出苦情牌，所有人都沉默了。

万紫心里涌起一股怜悯。如果他们老老实实的，不那么精明地计算着房屋财产，对万红宽容友善，房屋产权自然全部是他们的。她明白阿桂在力争获得新房子更多的权利，她眼里只有自己的生活，只想着自己的儿孙满堂。她过于用力，暴露了她对亲人的无情冷漠。阿桂是一个可怜的女人，为了自己的家庭埋头苦干，在城里当了几十年保姆钟点工，依旧家徒四壁，屋子里的烂家具旧电器全是别人的施舍，一年到头她都在工作，切掉子宫没完全恢复就开始出去做事。万福瘦得下巴像锤子，环卫工人、筑路工人、保安、抢险员，哪里要他去哪里，还要经常与体内的血吸虫抗争。

万紫惊觉自己堕落到和可怜人争吵的境地，羞惭万分。她从来没有这么真实地卷入过乡村家庭的内部生活，她没有拿过任何人的东西，也没想过拿，她只是停止一味付出的模式，决定在经济上和他们划清界限。他们不习惯她的改变。和他们相比，她是强者，他们也认为她是强者，她比他们富有，比他们有文化，比他们见过更多世面……她理所当然地为他们付出。他们不懂她，她应该懂他们，甚至理解他们，因为她是研究人、分析人的，她有更高的思想层次。

但是当万紫在自我反省中，对阿桂他们的情感趋向友善缓和之时，却发现他们已经编织了强者欺负弱者的故事在亲戚当中传播。弱者天生站在道德制高点，强者自然会遭受不公平的谴责，连平时联络稀少的亲戚都说："阿桂委屈。"

十五、截体

母亲亵渎了万紫对她的爱。那一天她离母亲那么近，母亲半靠在床头吹风扇，万紫坐在床沿，怀着一种向母亲撒娇的小女孩心理，分享她带回来的好消息。地皮可不是随便什么人都能拿的。她想让母亲知道，过去老是要看各级领导干部的麻木脸色，现在村干部领导干部都要请她吃饭了，以后没有人敢欺负万家人了，女儿可以保护母亲了。她以为母亲会开心。可是母亲把这些看作女儿与权势勾结，欺负儿子的情报，偷偷地通风报信了。

李主任又来调研。万紫看见母亲与他在屋后说话抹泪。她还没来得及告诉母亲，她的乌龙情报，导致了一场巨大的冲突，阿桂肯定也没提。她可以猜到母亲在和李主任说什么，她正以伟大的母爱阻止一场儿子宅基地被夺走的阴谋，毫无顾忌地损害女儿的尊严与名誉。

万紫感到屈辱与羞耻。

“你还不过来，你喊的上面的人，又来做调查了。”母亲黑着脸。强调“你喊的”，敌我分明。

万紫心里咆哮着，对母亲那张哭过的阴郁的脸涌起一股厌恶。

她笑着和李主任握了握手，问母亲哭什么。她多希望有一个慈爱的、知书识礼的妈妈，有能力化解家庭矛盾，至少不会制造矛盾。

“没有，她是眼里吹进了沙子。”李主任很聪明，逗留了一会儿就走了。

“你应该把事情搞清楚了，再去通风报信。”万紫对母亲说道。

“我不该告诉他们？”母亲流着泪护犊子，“上面都来这么多人了，只有他们都还蒙鼓里。”

“什么事情蒙在鼓里呢？你为什么要把我想得那么坏？说什么我要把他们赶出去，让万红住进来，心得有多狭隘才会这么揣测别人啊。”母亲的脸脏兮兮的，眼睛只剩一条缝，满脸皱纹，万紫真不忍心吼她，可是不吼她又听不见，“不要什么都怪罪于你那个可怜的穷女儿，她太无辜了，你知道她要养病，老天保佑她不是癌症吧。”

万紫想起万寿，一股悲伤袭来。

母亲一扭头走开了。这是她的习惯动作。不知道是不懂表达，还是不屑一说。她总是无法把一个事情说透，无法水落石出，每次沟通，总是随着她脖子一扭宣告终结。只有和阿桂聊天，对于东家长西家短的事情，她才有滔滔不绝的见解和评析。

万紫不知道此刻母亲心里在想什么，她有没有反省，有没有对大女儿心生怜悯，产生一点愧疚，有没有为自己并不准确的情报，给子女间造成了误会和矛盾感到不安。她有没有想过，原本是书斋中的小女儿，放下自己舒适的生活，放下赖以为生的电脑，像个男人一样顶着烈日在工地上指挥、劳动，晒得黑黑的，忍受因阳光过敏带来的皮肤刺痒，只是为了给她建房，为了家族团聚。她为什么不留着钱过自己的日子，去世界各地游山玩水？

万紫面向菜畦呆立。母亲的菜种得很好。那原是个洼地，是母亲找她要钱填起来的。万紫觉得自己在此地的忙碌就像一个笑话，一个并不逗人发笑的笑话。她感到窘迫，可又无法一走了之。她还要负责外墙的漆面验收，和王总结账。无论如何，她要保证房子按原计划完工。她已经没有心思计较室内装修。装修师傅和她商量什么，她都由师傅自行处理。全屋铺木地板的计划改为铺瓷砖，取消了吊顶，取消玻璃淋浴间，洗手台由三千一个降到一千五，即将动工的园林围墙也暂时不做了，屋子周围的土也不填了，绿化园林自然不会考虑。

外墙漆已经做完了。一个黑壮的河南人从王总手中包下了这个项目，然后将工作交给了两个本地的年轻人。万紫这才想到应该检查外墙效果，随便转了一圈，发现施工毛躁，喷得厚薄不匀，边界线不直，有几个地方还弄错了颜色。她打电话告知王总整改。隔天过来，只见咖啡墙面打着几个白补丁，王总说油漆工已经撤走了，补丁是小马打的，没有咖啡色油漆了，所以用白色的填补。

“你家的黑衣服会打白色补丁？这么大的工程都做完了，几个小地方就不能好好收尾？”如此敷衍了事，万紫觉得不可思议。

“你买油漆来，我免费给你刷。”王总说道。

“你又蛮不讲理了，对吧？做好外墙漆，是你的责任，咖啡色上打白补丁，我相信你心里明白这是个笑话。我不可能验收。”

王总以亏损为由不断狡辩，双方在电话里纠缠了很久，最后万紫说，这几个地方的颜色不处理好，工程验收通不过，无法竣工，延期将要追加罚款。

“万总，我已经通知你验收了，三天之后你验不验收，工程都会竣工。砌墙和盖瓦的工钱我还没付，你欠我的尾款数目差不多，就由你支付给他们吧。”

“你欠农民工的工资，和我没有关系。你得按合同办事。”万紫觉得这世界到处在和她作对。

“我跟你说了，这个项目我亏损，你不要太欺负人了。有好几个地方你要求返工，我都没收你的钱，是不是？你要是不承认，我就去把返工的地方砸了。”

“你敢损毁我的私人财产？有没有一点法律知识？只要是甲方的责任需要返工的，我都承认，那几个小地方返工，不过是一两个工的事，我就给你三个工，九百块钱。你还有什么要算的？我给你算合同违约金了吗？遇到我这样的甲方，算你走运。”

王总说工程逾期是客观原因造成的，天气不好，陆续下了很多天雨，工人又轮流感冒，有一段时间因为管控，工人还不能离开本地……他不顾一切地狡辩，渐渐露出下三烂和混混儿的蛮不讲理，言辞中还带着某种隐隐的威胁。

万紫掐掉了电话。

第二天，瓦面包工头张太山和泥工师傅来找万紫，说王总交代了，工钱在她的手里。万紫如实相告，尾款不多，扣除质保金，并不能够付清他们的工资，而且王总无权转移债务。万紫请他们放心，如果王总不付工钱，她会帮忙联手告他。

当天晚上，万紫发了一条信息到建筑群里，通告王总工程烂尾，以及拒付农民工工资的情况。一直沉默的荣总也在群里劝王总好好收尾，不要引发更大的麻烦。

王总没有回复。

两天后，万紫发出一份关于乙方拒不履行合约，甲方保留法律解决途径的书面通知。

尊敬的乙方（王总）：

甲方别墅工程逾期四个月尚未完工，两次通知乙方，修补外墙漆，完成洗手间防水，尽快竣工验收，但乙方拒不执行合同，反复商谈无果。现甲方最后书面通知乙方，务必在周一八点之前，解决处理工程烂尾事宜，如仍拒绝履行合约，甲方将即日通过法律途径维护权益：

1.报案。恶意拖欠农民工工资，不付房东水电租金跑路。

2.起诉。工程逾期四个月，严重违约，造成巨大损失，须按合同赔偿。

时限三天。

甲方：万紫

2023年8月4日

十六、散水

万紫的生活从来没有这么混乱，这么充满无力感。家人的态度，工程烂尾，包工头耍赖，装修电工埋错了线，瓷砖老板为了销货故意发错颜色，产品型号也不对，仍然狡辩那就是她要的。大大小小的事情在这一瞬间全部涌来，万紫无力应对，退一步将错就错。不去计较瓷砖颜色、装修样式，来的什么，就安装什么。她也厌倦了这些小商小贩，厌倦了他们防不胜防的欺骗，厌倦了他们巧舌如簧的坑，厌倦了在毒辣的太阳天出门，为这样那样的事继续奔波，却没有人在乎。建房子是她一个人的事。他们认为她无所不能。是的，她是无所不能。离开这么多年，她从来没有要求过家人的任何帮助，没倾吐过苦水，没诉说过悲伤，没表现过脆弱，她比钢铁还坚固。没有人主动打电话给她，关心她，问候她；屈指可数的电话，都是要钱，生病，或者发生了别的事情，以至于她看到他们的来电，心跳就急剧加速。

她又想起了二哥万寿。如果万寿活着，很多事都可以推给他来做。他办事她放心。她后悔没有回来参加万寿的葬礼，没有关心过他的儿子万明。从阿桂那里听了太多关于阿桃的负面信息，比如阿桃外遇，不关心万寿，万寿在家里喝了很久的粥，病得连粥都咽不下去，才肯花钱到医院看病，听起来简直是个蛇蝎心肠的女人。

万寿的死，万紫是怪罪阿桃的。阿桂说什么，万紫都信了，不容分说便拉黑了阿桃。万明聪明开朗有魄力，比阴郁鲁钝毫无主见的万固更受欢迎，阿桂乐见万紫抛下这对孤儿寡母，将焦点放在她的家庭。

无眠长夜，万紫心头涌起对阿桃母子的愧疚，尤其是当阿桂一家如此无情，扳着手指头能数过来的亲戚，眼看着就扳不了几下子，她忽然想重新拾起阿桃这头亲。所有关于阿桃的动态都是阿桂说的。什么矢志不改嫁，自称永是万家媳妇的阿桃找到了男朋友，然后是阿桃同居了，阿桃结婚了，阿桃要带新人回去见母亲，母亲拒绝了。已经过去七年，时间改变了一些固有的东西，万紫发现自己早已谅解了阿桃，同情阿桃千疮百孔的生活。在万寿诊断出癌症晚期前两年，她自己经历了一年多的化疗，与死神近在咫尺。

万紫想好好地祝福阿桃，她是苦过的女人，她理当追求幸福，获得幸福。她记得万寿第一次带阿桃来家里，阿桃双脚踩在门槛上玩。现在想起来，阿桃应该也是一个率真的人。她又想起某年回家，万寿将两岁的万明放在她的床上，要姑姑带着睡，说是“再不抱他就长大了”。第一次见面，万明一点都不认生，好像知道这是很亲的亲人。

想到这些，万紫忍不住泪流满面。

她决定去见阿桃。

天气持续高温。万紫的脖子和手臂冒出密密麻麻的红色颗粒。她一直没空去买抗过敏药。挤入自私与粗鲁的车流，嗅着焦躁而自大的气息，她想回到自己北方的家。她在这里像一个可笑的蠢货，掉进了漆黑的陷阱，在他们的伦理价值观念包围中，感受到自己的失败，承受他们对一个单身老女人诡谲的眼光与揣测。母亲也是其中之一。母亲从来不和她谈任何个人问题，她喜欢和阿桂在背后议论她，就像谈论某个邻居家不正常的女儿。

一辆比亚迪车不打转向灯忽然往左横去。万紫猛踩刹车，爆了一句粗口，自己也吃了一惊，短短几个月，她由一个说话缓慢的文明人，变得如此急躁暴戾。

她脑海里又出现“在中国不得安生”的声音，还有阿桂变声的吼叫，“打官司，一定要打”。她曾经感动于每次回乡阿桂买菜做饭，万福杀鸡剖鱼，他们是她的亲人。她也想好了请阿桂在家照顾母亲，她付她薪水，她会照顾他们没有退休金的晚年，当然也包括万红。

她心里始终装着他们。

可是……

一股凄楚拥堵在她的喉咙口。

“在中国不得安生……”

“亲情是什么……亲情就是金钱和物质的总和……”

眼泪涌出来，满脸爬行，她渐渐泣不成声。

“我没有自己的家庭，在我心里你们就是我的家人……既然是出口伤人，为什么不来道歉，为什么不向我道歉？”

万紫突然感觉左侧传来刺耳的鸣笛声，她本能地将方向盘往右猛打，一个巨大的阴影覆来，一辆庞大的油罐大卡车擦着车尖飞过，轮胎因为紧急刹车摩擦出浓烈的青烟。

命悬一线。

从油罐车呼啸而过的阴影中回过神来，她意识到自己活着，脚还听使唤，双手在方向盘上，没有血迹，浑身上下没伤一根毫毛。

也许是二哥的庇佑。

她花了些时间平复这幕惊险带来的冲击，缓慢地开到镇餐馆。

阿桃已经在这里了。一见面就抓着万紫的双手，眼睛瞬间红得像兔子，眼泪汩汩外涌，冲刷着涂着白粉的脸，露出皮肤老化的底色，显得不太洁净。万紫没想到自己也会哭，就像盼着家人替自己出气的小时候，终于见到了二哥，滚下委屈的眼泪。

做了几十年姑嫂，还是头一回这样亲近。两人在能容纳十几个人的大包厢里时哭时笑，好半天平静下来，菜也快凉了，两人一边吃，一边从容地说些体己话。

万紫谈起来自阿桂他们的误会与伤害，越来越感觉阿桂是“老骥伏枥”，扮猪食老虎。阿桃倒是有些为嫂的气度，劝万紫别往心里去，家里只剩这么些人了，要和和气气地住新房，让母亲开心。但她也会说起过去的不快，比如万寿刚落气时，阿桂就发号施令，要按镇里的习俗办丧事，她不同意将万寿葬回村里，万明就是因为这件事顶撞了他们。

阿桃云淡风轻地说了很多她似乎早已看开的往事，有些事情与阿桂的说法截然相反，倘若阿桃没有撒谎，那么阿桂就算得上一个城府很深的有术之人，她掌握了万紫爱憎分明的性格，灌输了许多阿桃的负面信息，成功培育了万紫对阿桃的厌恶之苗，万紫相信阿桂的每一句话，这么多年被牵着鼻子走，断了阿桃这头亲，疏远万红，最后只守着阿桂一家转。

万寿在世时，阿桂曾经对万紫说，万寿他们想回来分宅基地和祖屋。但阿桃说他们从没有过那样的想法。万紫相信阿桃说的，这就是阿桂典型的旁敲侧击的话术，一为试探万寿他们是否真有此念，二是看万紫对此的反应与态度。如今面对新房子，她张牙舞爪，同样是害怕宅基地被万紫瓜分。

万紫为自己的头脑简单感到羞愧。

“过去的事情都过去了，”阿桃含泪而笑，“一家人永远是亲人。”

十七、雨篷

与阿桃见面，冰释前嫌，这肯定是善意的，于情于理都应该弥合这道裂缝。事实上万紫夸大了内心的歉疚，她并不欠阿桃的。她曾经在救治万寿的事情上全力以赴，得到消息便立刻找人安排入住省会医院，并且提前结束了在欧洲的旅行赶回来。她强有力的支持给了万寿活下去的信心与希望。万紫和兄弟姐妹住在医院旁边的酒店，陪伴他治疗了两个多月，她负担了所有的开销，付出了近十万的医疗费用。阿桃与万紫姑嫂多年，从来没有建立单独的联系和私人感情，经常一两年不通音讯。

不过，万紫迈出这一步的动机应是更复杂一点。有那么一刹那，因为阿桂一家的言语和行为态度，万紫忽然间产生了势单力薄和众叛亲离般的惶恐，因此特别怀念二哥万寿，而阿桃是万寿的象征。也许这是推动万紫去见阿桃的深层因素。也许万紫在这次见面中有建立同盟的企图，但因双方相互缺乏基本的信任基础，又有关于阿桃厉害的传闻，万紫不会在悲喜交集的眼泪中掉以轻心。

阿桃只是另一个版本的阿桂。万紫依旧不喜欢阿桃，甚至觉得见面是多此一举，家长里短的无聊琐事，弄得沉渣泛起。无非是提供了一个彼此宣泄的机会。她们原本是不同价值观世界的人。这一次并不完全信赖，甚至暗藏戒备的交谈，将是两人此生唯一的一次，她们的交情也终将只是在做红白喜事时往来的亲戚，不会溢出。

不过，她们毕竟见面同哭，万寿泉下有知，多少会有些欣慰吧。

下乡的路上，万紫的心情明朗了许多。

太阳一早就释放出辛辣。天气预报显示最高温四十摄氏度。黑狗看见万紫欢欣吠叫。万紫牵着它在田间遛弯。黑狗嚼着叶子细长的青草。狗不舒服会自己找草吃，万紫也想嚼一种青草治疗不适。她内心忐忑，给王总下了强硬的书面通知之后，不知道形势会朝哪一面发展。她真的无力再应付任何节外生枝的事情。假设王总来了，她就通知张太山过来，他们打算扣押王总的车，逼他现场付清工资。如果王总不来，她就得带领张太山他们采取法律手段。打官司是最坏的结果。

“现在谁都不敢欠农民工工资了，这是犯法的。只要去劳动部门一告，很快仲裁，资金就直接从包工头的账户划拨出来了。”张太山对打官司并不悲观。他抽吸着无形的鼻涕，说起去年承包的工程，施工时有一个工人摔死了，被判赔十二万。他对这条路很熟悉，律师都是现成的，和他们打交道不是一次两次了。

农民工懂得使用法律维权，这出乎万紫的意料，自己免于被拖拽进官司的泥沼，心里略微轻松。建筑工程剩下的几个小施工项目，装修师傅答应完成，卫生间做防水，涂掉外墙漆的白补丁。如果王总不来，等于放弃尾款和质保金。但他人不在本地，张太山讨薪也没他说的那么容易，拿不到钱，终归会牵扯到东家，横竖是件麻烦事。

万紫心里正七上八下，只见一辆黑亮的豪车停在了堤边上，王总和小马下了车。万紫发信息通知张太山，拴好狗，在工地等着。

“今天咱们把所有问题都解决好。”王总往建筑里头走，小马拿着账本跟着，“你来说清楚，有哪些地方需要修整？”

“天花板已经开裂，看到了吗？”万紫指着屋顶几条细长的裂痕，“但我不想追究责任，我请装修师傅处理这个事情。工程太马虎，有个房间的天花板一头比另一头高五六公分，只好通过吊顶来整平。至于卫生间做防水，以及外墙漆修补这两项，你现在就可以计算一下费用，我们今天做一个彻底清算。你用工程尾款减去这八个月的施工水电费三千六，由我母亲垫付的，减去卫生间防水及外墙修补费用，再减去质保金一万五，我要付你多少？”

“行。防水工程加外墙漆修补两项就算八百块钱吧。”王总埋头计算，很快得出结果，“你总共还要付我三万九千六，再加上上次提到的九百块钱返工费，一共是四万零五百元。”

“按照合同约定，扣除质保金一万五，一年以后退还。”万紫说道，“你不能要我做合同以外的事。”

“万总，不能这样，这都不够我付泥瓦匠的工钱，”王总恳求，“要不剩下的工钱，我让他们一年后找你拿？”

“你欠谁工钱，和我无关。我现在马上付清工程尾款。”万紫打开手机转账，“我已经全部履行了合约责任。”

“这不行啊，我欠着别人的钱还不清，你怎么能欠着我的钱不给呢？我的血汗钱啊。你不给，我今天就跟着你走，你走哪，我就跟到哪。”王总边说边无耻地贴近万紫。

“按照合同规定，质保金一万五一年后退还。你不要耍赖。”王总靠得那么近，涎着一副下作的嘴脸，做出侵犯的姿态。他身上散发出不洁的气味和劣质的气息，万紫迅速地避开这团脏污的东西，往长堤上走。王总紧跟在后，嘴里念念有词。

万紫疾步前行。

王总如影随形。

万紫猛地停步转身，甩了他一耳光。

“打人了，打人了呀！”王总几乎是欣喜地叫了起来，扭头寻找自己方面的人，见小马垂着手木然旁观，厉声问道，“你拍呀，拍了没有？”

小马不情愿地拿出手机，开始拍摄。

万紫恍然大悟，原来找打正是王总的目的，挨了打，他就获得了进一步闹腾的筹码。

小马的手机对准了现场，王总的表演开始了，他继续逼近，几乎要贴到万紫的身体，挤眉弄眼，肢体挑衅，企图再次激起她的愤怒。

万紫克制着，只能用冷冷的眼光射杀这头野兽。

但野兽的皮早已厚到刀枪不入。

已经有不少村民围观。屋角边、树荫下，三三两两的。男人抽着烟，女人摇着蒲扇，神情闲淡。

毒太阳像舞台灯光，照着一对男女主角。

小马的摄像头准确地捕捉着演员的肢体动作与表情。

“你敢再碰我一下？”男女主角的脸相距不过一巴掌宽。男主皮肤油汗泥泞，身体不动，运用面部表情和眼神肆无忌惮地挑衅，羞辱、刺激，忽而鄙夷，忽而邪恶，忽而轻佻：“你再打我一下试试？”

被冒犯的女主眼里是愤怒、厌恶、绝望、孤立无援，如果导演安排她手里有一把西瓜刀，男主就会捂着肚子倒在血泊中。

一个外地人敢在村里这样撒野，这是过去历史上从来不曾发生过的，更莫说这样明目张胆地欺负女人，左邻右里早过来揍趴他了。但是，这个年代的这一刻，一个外地人对本村女性肆无忌惮地冒犯与羞辱，没有一个人站出来把这个泼皮拉开，没有人出面秉公论理，更没有义愤填膺的拳头砸过去。

好戏开场，人们在外围静静地观赏，小声议论，探讨故事的来龙去脉。背景是一栋新鲜明媚的别墅，蜘蛛还未来得及织网，尘埃还没有积满窗台，烟囱口还不被油烟污染，瓦缝里还没藏下一片落叶。它一尘不染，在阳光下散发出厚厚一沓新钞的清香。

长达八九个月的建筑工程，王总掌握了万福胆小怕事的特点，熟悉了村里的人际关系，但凡万家有一个硬汉，他也不敢如此放肆。

万紫的眼里渐渐贮满了泪，失望与心酸替代了心中的厌恶与愤怒。她没想过向万福求助，她心里还回响着“在中国不得安生”的刺耳声音。围观者中没几个她认识的，他们对她更加陌生。

她慢慢恢复了理性与冷静，清醒地意识到眼下的村庄，已经不是她那时的村庄，她不过是一个外地人，村民们围观的，是两个外地人的纷争。

无计可施中，万紫打电话给万红，叫她和第三任“带些人来”。这话是说给王总听的，她想暂时挫一下他的嚣张，摆脱眼前的困局。

王总像一只斗鸡，紧盯着对手。

“你别欺负一个女人。”这时候张太山来了，连扳带推逼退王总，“有话好好说。”

“我没欺负她，是她打人！”王总向周围人求证，“你们刚刚都看到了吧，是她打人。”

没有人回应。

王总望向小马，小马低下了头，这个年轻人脖子都羞红了。

“你们的事我不管，今天你必须结清工钱。”张太山说道。

王总的车被围住了。有人喊“把轮胎卸了”，有人喊“打残欠薪的人”。

见形势不妙，王总友好地搭着张太山的背：“哥们，你放心，你的钱我一分都不会少……只要万总的尾款一付，我立刻转给你……由她直接给你也行。”

“一码归一码，我不管你那些啰里吧唆，今天你就得把工钱给我付了，我的工人在等着呢。”张太山不吃这一套。

“保证一分钱都不会少你的。这个项目我亏大了，真的没钱……”

“没钱你还换了新车？”

“我的车坏了，这是临时借的……”

“不给钱，那就扣车。”张太山毫不客气。

王总掉转矛头，手指万紫：“大家看吧，她欠着我的血汗钱不给，我们辛苦做了这么久，亏本做的这个项目……”王总又死皮赖脸地逼近万紫，“你还我血汗钱，还我血汗钱……”

这时一辆摩托车咔嚓停下，是万红和第三任，他们真的带人来了，“人”就是万红怀里那个一岁半的孙女。

三个人来势汹汹。

“你干什么，欺负女人算什么东西？老子一耳巴扫死你个杂碎。”万红腾出一只手来直指王总。

本已蔫巴的王总顿时来了精神，将右脸朝万红跟前一伸：“你打，你打呀！”

话音未落，他便挨了“啪啪”两巴掌。

“你敢动我老婆一根毫毛，老子两根手指拈死你。”王总还没反应过来，第三任已经挡在面前。

“拍到了吗？”王总转头问小马。

小马点点头：“都拍到了。”

“我要报警，这里暴力打人。”王总心满意足地打通了110。

母亲忙完事情从屋子里出来，看到堤上聚了些人，不知道发生了什么，见到王总也在，连忙客气地迎上去，问他要不要在家里吃午饭。

十几分钟后，来了两台警车，四个警察，胸前都别着微型摄像机，落地犹如四大金刚。

“谁报的警？”高个警察问。

“我。”王总回答。

“谁打的人？”高个又问。

“我打的。”万紫说道。万红回屋给小孩换尿不湿去了。

“不是她，是那个抱小孩的女人。”王总说道。

“走吧，都随我们去派出所做记录。”高个说道。

人们堵在王总的车前，说不能让他走，他还没付清农民工工钱。

高个警察说他们只处理打人的事。

“他的车留下，人可以跟你们走。”张太山灵活。

“我也是当事人，我跟你去。”万紫说道。

“要打人的当事人去。”高个警察很严肃。

“我姐姐在带婴儿，而且她晕车，去不了。”

“那我就只能强制执行。”高个警察威容难抗。

“你敢！你得先搞清楚事实。”万紫厌恶这冷血的执法，“是那个包工头逼过来，我姐姐出于本能要保护孩子。”

黑壮警察叉开腿堵在万紫面前，警告她这是在妨碍执法，眉目凶恶。

“收起你这副嘴脸吧，别对着基层老百姓作威作福，你是来为人民服务的。”被王总堵住，万紫心中的厌恶感到了极点，这会儿被黑壮警察堵住，瞬间觉得自己强大起来。对泼皮无赖，她没有办法，但对警察，她可以运用文明社会的礼法和逻辑，“你要知道你是纳税人养的，我也是纳税人，所以你也是我养的。你明白我在说什么吗？”

黑壮警察愣了一下，沉着脸用手扶了扶摄像头。

头脑灵泛的围观者被万紫那句一语双关的骂人话逗得笑了起来。

“你们听着，一个女人抱着孩子，如果和他有肢体上的冲撞，那也是为了保护孩子。他是个壮年男人，他那么情绪失控地逼近她们，很容易伤到一个柔嫩的婴儿。”万紫开始了她擅长的雄辩，“而且，今天最主要的事情是，他不给农民工工资。警察是抓坏人的，这里明摆着有个坏人，真正违法的坏人，你们不去管，却要对一个抱着孩子的女人强制执行什么，请问你们的执法里面有没有一点人性？你们这是在变相帮助坏人。我可以告诉你，你无权强制我做什么，如果你要求我配合，那你还得对我客气一点。基层民警执法为什么这么野蛮？为什么这么机械僵化？你听着，我现在就向你们的领导投诉。”

万紫真的拨通了电话，她用的是免提。

人们静下来。警察也竖起了耳朵。

“伍哥，我乡下建房这里出了一点麻烦。包工头拒付农民工工资，在这里撒野。我姐姐抱着小孩和他发生了冲突，他报警说我姐打人。现在镇里的警察过来要强制带走我姐姐，却不管违法欠薪的包工头。伍哥，你们的基层民警办事能力太差，执法水平太低，太野蛮，连是非都分不清楚。我不接受滥用职权的强制，请伍哥派市里的警察来处理。”

“好，你别着急，我马上打电话。”

此时已是上午十一点。围观者堵在长堤上，影响了车辆通行，一个警察不得不临时当起了交警。

看上去空荡荡的村庄，一出事竟然能凑齐这么多闲人。世界一片混浊。万紫感到荒诞，感到羞耻，没想到离开几十年，竟以这种方式给人们提供了一顿免费的盛宴，供他们津津有味地咀嚼着，沉浸在闲适迷人的田园风光之中。

她立在沼泽中。四周雾气氤氲升腾。阳光刺激下，皮肤上有更多的颗粒冒出来，痛痒的面积在渐渐扩大。

两三分钟后，高个警察的手机响了，他边接边走到僻静处，所有目光齐刷刷地望向他。十分钟后，又来了两台警车，后面一车全是着黑色便衣的警察。

一个帽子有点紧的警察跟万紫握手，自我介绍了之后，转身朝人群大声说道：

“乡亲们，请安静一下。这里发生的情况，我都已经了解了。我们也不欺负外地人，全过程请大家随便监督、录像，我们保证实事求是处理。请问，谁是万女士建筑工程的包工头？”

“我。”王总摸着脸，表示他受了伤。

“哪些人被欠薪了？”

“我们。”张太山和泥匠包工头站出来。

“有没有凭据？”

“有。”张太山和泥匠包工头递上票据。

“欠条是不是你打的？”帽子有点紧的警察问王总。

“是的。但是……”

“别废话，立刻把农民工的钱付清。”

王总面如死灰，默默地掏出手机，开始微信转账。张太山和泥匠收到钱，朝帽子有点紧的警察竖了竖大拇指。群众鼓掌，称赞帽子有点紧的警察是个办实事的。

“那她打人的事怎么办？”王总问。

“那是一个抱着孩子的女人，你是一个年轻力壮的男人，一个弱者，一个强者，弱者为了保护孩子，发生了肢体碰撞，也是情理之中的。我问你，你有没有孩子？”

“有。”

“那我相信你更能理解我刚才那番话了。”帽子有点紧的警察拍拍王总的肩，语重心长地说道，“伙计，在外面做工程不容易，和气生财，了结了这个工程，回家去抱抱孩子吧。”

王总脖子僵直，像是噎住了。

这时又来了一辆警车，是镇长和镇里的派出所所长。

村里头第一次集中出现这么多警车。

十八、分水线

“阿桂，我得告诉你事情的来龙去脉。母亲实在是不愿在别人家住下去了，我想着提前把她的东西搬进新屋算了，即便还没铺地板，住起来也还是要舒服很多。天气那么热，顶着中午十二点的太阳，我一趟一趟地搬。有些东西我搬不动，我只能喊你丈夫帮忙搬。只要是我能做的，我绝不会麻烦他。施工队已经竣工撤离，屋边的横排水管被运泥车压坏了，你丈夫在挖开检查，准备换新管子。我喊了他几回，他才扔掉铲子，不是很耐烦。

“搬完东西，我正在搞卫生，供电所打电话告诉我，他们在别的工地匀出人来了，马上来给我们挖洞埋电线杆，工人已经在路上了。我赶紧放下手上的事，问你丈夫电杆埋在哪里，都定好位置了没有，确定不要影响砌围墙。他就放下锄头，走到化粪池边上，脚踩中电线杆位置。我说你的定位正好在分界线上，而且太靠沟边，一挖洞沟边的水泥块也会垮掉，电线杆正好在围墙线上，而且影响终端做圆柱造型。你丈夫焦躁不安，狡辩着说没在围墙线上，他定在那个位置的原因，一会儿说是避开排水沟，一会儿说线在空中要拉成直线。

“我让他解释一下，排水沟在哪里，从哪里排的，他要是说得对，我肯定要听。我不知道他是不是单纯地要反对我，不愿承认我总是对的，他闷声不吭地走了，继续去挖他那边的水管。我是一个讲道理的人，以理服人对不对？他采取这种态度是表示抗议吗？我朝他喊，位置都没定好，怎么就跑了？既然你提到了水沟，你连这个事情都解释不清楚吗？他就在那边发火，不知道他心里积着什么怨。我累得像条狗，也失去了耐心，我极度厌恶跟他合作，太难沟通，太拧巴。我们就隔着一个地坪大声吵了起来。他说我一直欺负你们，最后甩掉手中的锹，大声骂我：‘你是小人。’

“阿桂，我过去真的一点都不了解你的丈夫。他说要让我在中国不得安生，我可以原谅他的有口无心，但这划下了伤痕。这一次又骂我是小人，这是要把我的人品踩进泥地里，让我沾一身污。三只叫鸡公早就预示了这些不顺。避免反目成仇，我们不应有任何利益关系，我考虑如何切割房产。”

万紫一口气说完，表示要请律师走法律程序。

“哎呀，你莫听他的，他讲话跟放屁一样。”阿桂说道，“知道你们吵了架，我也很生气，狠狠地骂了他，给他做了很久的思想工作。我说，妹妹和阿桃这么多年没联系，现在见面是很正常的事情，哪里会有别的什么目的，家里还剩几头亲呢。死去的死去了，活着的要珍惜啊。”

阿桂又以旁敲侧击的方式提到万紫与阿桃的见面，透露这件事触动了他们敏感的神经，他们怀疑这里头有某种阴谋，因此给她扣上“小人”的帽子。

“幸亏我给了阿桃一个说话的机会，我现在知道了，什么是偏听则暗，兼听则明。”一股绝望的、厌恶的、污浊的怒火堵在万紫的胸口，夹杂着累积已久的悲伤、痛苦、寒心，这两股力量推动她与他们拉开距离，划清界限。

万紫受够了这些令人唾弃的鸡零狗碎。离家闯荡三十年，走遍东西南北，正是自己的努力与人格赢得了尊重，回到自己的家中却遭受亲人的侮辱、藐视、怀疑与敌对，听信他们的一面之词。无所谓阿桂是怎么知道她和阿桃见面的，也不去想阿桃到底是个什么样的女人，这对曾经的妯娌，究竟是对手还是盟友，万紫已经意识到该如何与这些亲戚保持距离，她决定和阿桂切割房产（关系），永远摆脱这纠缠不清的局面。

切割谈判定在星期一。万紫请了彼此信任的林主任做公证人，便于双方发生争执时调解，他曾经为村里的筑路项目出过力，阿桂住的廉租房，也是他帮的忙。

切割房产唯一可行的办法，只能是万紫出一笔钱，阿桂放弃房子的权利。

太阳炽热，阳光透过驾驶室车窗烘烤着裸露的手臂，万紫根本没有时间处理皮肤过敏的问题。看到自己的形象和周围的一切，都在这个夏天变得面目全非，她悲哀地感到自己活成了一个笑话。

林主任带了一位律师朋友。万紫请他们在条桌边坐下。上茶。厨房是开放式的，阿桂在洗碗。她说这事儿她不管，随她丈夫怎么办。一贯当家作主的阿桂，在这等重要的事情上忽然放手交权，傻子都知道她玩的是垂帘听政。万福在外面劳动，听到阿桂喊，就从后门进来，侧身坐在椅子上，仿佛椅子瘸了脚，需要他用身体平衡。他的身体语言显示了内心的怯懦和心虚。他不自在地笑着，含着腼腆，衣服上还有刚刚劳动时留下的泥浆，手上也有些泥土。

万福的样子让万紫感到一阵心酸。

有什么不太对劲。

但谈判已经开始。

万紫双肘搁在桌子上，以前所未有的严峻说道：“今天林主任在场，我先说几句心里话。没建房子之前，我们兄弟姐妹的关系是最和睦的。在建房过程中，随着更多的接触与更深的了解，我们家里不断发生矛盾与冲突。毫无疑问，房子是一切矛盾的源头。我认为，只有彻底解决房子的问题，才能避免亲戚关系恶化，反目成仇。”

“我很感谢你们的信任。”林主任劝和，“我今天就像你们的一个兄长来参加你们的家庭会议。你们的父亲在世的时候，常到我办公室喝茶。他是很为儿女们骄傲的。万紫为家里做的贡献大家都有目共睹，她是最小的，是理当被呵护的。你们的家庭其实相对简单，像我们家族，还有同父异母的兄弟姐妹，成员更多，亲戚关系也更复杂，作为长兄，我也处理过家里大大小小的矛盾。值得欣慰的是，我们所有的家庭成员都认同一点，那就是，要有爱，爱是凝聚家庭和社会的力量。”

一阵沉默。

爱是黄金，穷人家早当掉用来吃饭穿衣了，哪里存得住。

“我是这么考虑的，”万紫硬着头皮往下说，“你们也知道我的经济状况，我仍然会尽我的承受极限，想办法拿出四十万给你们。各自为安。我拿这笔钱，不代表我有钱，更不代表这个村旮旯的地皮值钱。你们也知道，邻居家的那栋楼房卖给亲戚，只收了三万块。”

在厨房缓慢擦碗的阿桂一直竖着耳朵，听到万紫开出的数目，人瞬间凝固，微张着嘴，呆呆地望向窗外。她在掂量这个数目的分量，心里飞快地计算它的用途，能在城里买一套什么样的房子。万紫将房款暂存她账户的时候，她每天翻查利息，作为一个月薪两千多的保姆，她从没见过这么多钱。

“要得。都依你。”万福站起身说，“没别的事吧，我继续去干活了。”

事情迅速地了结，仿佛一个急刹车。

万紫回城时，看到万福还在即将不属于自己的土地上忙碌，心里一阵凄楚。她想到父亲当年砌红砖固定分界线，担心万福老实被别人侵吞宅基地。父亲保护未来属于儿子的土地，她却在用金钱将父亲的儿子“逐出”家园。

虽然阿桂做梦都想有这么一大笔钱，万紫仍然觉得自己在做一件残忍的事。她并不想成为那栋房子的主人。那不是她想生根的地方。她就是不甘心。

万紫一夜难眠。对阿桂他们怨恨一阵，怜悯一阵，时而又自怜一番。想到自己无人体会的艰辛，想到相继离世的父兄、树倒猢狲散的家族，又想到枯瘦的万福穿着泥靴，一辈子没直过腰的劳苦姿态。也许上天指定自己成为这个家庭中最有出息的小女儿，同时也指定了她照顾家人的责任。她想起万寿在世时对万福的关照与尊重，万寿不满阿桂将儿女拢在自己的阵线，一起蔑视与孤立自己的丈夫——因为他赚的钱没她多，还常常生病——这是非常伤人自尊的。也许这就是万福性格暴躁的症结所在。万寿去世后，万紫对万福倍加关心，她的车留给他开，信用卡给他每个月刷用一定的额度，经常给他买衣服，回来后还在想给他买一台新能源车。但是不断发生的冲突打消了她的积极性，他们对待万红的态度也让她灰心。

纷乱的尘埃在破晓时分沉落下来，万紫睡了过去。但很快从梦中惊醒，睁开眼就给阿桂打电话，说万福爱土地，那些土地属于他，她无意霸占。阿桂说她丈夫也后悔了，回来一直唉声叹气，失了魂一样，晚上一夜没睡，说土地没了，乡下回不去了，这可怎么办。

“唉，看他累得那个样子，我想骂他也骂不出来。”阿桂哭了起来。不管她是不是通过编造情景的方式表达自己的想法，她的态度总归变了，她在退步，示弱。

万紫心里又是一阵悲悯，于是暂时搁置方案，没多久发现这是阿桂的话术，她是嫌四十万太少。

十九、天沟

万紫买了很多除甲醛的东西。搬家的良辰吉日已经选好。母亲似乎并不开心。建房过程中她也过于操心焦虑，在破房子里历经寒冬酷暑，已经变得又黑又瘦，再加上整日嘴巴紧抿，嘴角下垂，像一颗干枣，再也没有显露出嘴角的小酒窝。

好友寄来几十饼普洱茶祝贺乔迁之喜，每一饼包装都印着烫金的贺词。万紫想到母亲一个人在家，买米、换气、交电费等诸如此类的琐事，都是邻居帮忙，对于经常关照母亲的人，她都送上一饼茶叶，没帮过的，甚至略有龃龉的，也送了点小礼物。与母亲实际往来的邻居不多，也就三四家，万紫想着入伙那天，也请上这些关照过母亲的邻居一起吃饭，表示感谢。万紫还不知道自己对村里人的善意引来了家人的暗中猜忌，喧宾夺主出手大方，显然是有所图谋的，因为乡里人不会平白无故送人好东西。

母亲心里有事。通过她这么阴郁的表情，不难猜出阿桂在母亲面前说了什么。

万紫一心为母亲，如果母亲反过来对她不满，她也不快乐。建房、矛盾、心碎，她疲惫不堪的心绷得紧紧的，变得坚硬，失去了弹性。母亲的黑脸让她更加灰心与绝望。母亲绝不会在万红面前压抑她的情绪，肯定早就直接开撕了。父亲病危住院期间，她们当着父亲的面吵起来。万红翻了一通旧账，指责母亲重男轻女，心里只有儿子和孙子，见到外孙连笑脸都不肯给一个。万红的理由是自己没被娘家人重视，因此遭到婆家欺负。母女间的恶语相向让万紫感到震惊，没想到有一天自己也会与母亲大动干戈。

母亲当家做主强势惯了，在新居里得听万紫的安排，心里别扭。比如出浴室要在地毯上蹭蹭鞋底，不要将水带到木地板上；万紫扔掉的烂东西，母亲又会捡回来；万紫要求东西用完放回原位，便于下次使用；拖把分区域使用；切肉刀和水果刀分开。母亲在她自己的现代化卫生间放置塑料桶储有机肥料，万紫没管这些，她并不试图改变母亲的私人习惯。

但所有这些都不至于令母亲脸色这么难看。

万紫买回家具、电器，淘汰的旧东西寄存在破房子里。母亲事不关己地看着她进进出出。阿桂他们的房间里始终空空荡荡，万紫连窗帘都没给他们装。她最后运回十几幅专门为新居画的油画，将父亲、母亲以及小万紫的巨大合影放在客厅壁炉上。

“看得出这都是谁吗？”万紫笑着对母亲说，她以为母亲至少会夸她一句。

“是谁？”母亲瞟了一眼画，冷淡地说，“不认识。”

万紫由头凉到脚，心里打起了寒战。

想到自己用满腔的爱，仔细描绘母亲脸上的每一道皱纹，涂抹她因劳动而变形的手指关节，想到母亲并没有享过什么福，她边画边流泪，心里愧疚，发誓要宠着母亲，照顾她，保证她那个秘不示人的盒子里永远装满现金，让她不再为生活有一丝担忧。

母亲又一次轻蔑地亵渎了万紫的爱，她感到胃里一阵发烧。

将大油画肖像放在客厅，意味着父母是房子的主人，对于母亲来说，父亲早已变成牌位住进了祖宗神龛，儿子万福才是这房子的主人。

“不认识么……那是我没画好。”万紫勉强稳住精神。打算把画藏到母亲看不到的地方。

“我好像听谁说到，万红想要那张旧餐桌？”母亲忽然问道。

“她家那么小，应该放不下。我问问看。”

万紫打电话问万红，她的确需要旧餐桌。

“她要就给她吧。”万紫对母亲说道。旧餐桌是万紫一年前买的，她忘了可以折边收缩。

“给她干什么？那么好的桌子，还新得很呢。”母亲脱口而出。

“不给她给谁呢？反正这里用不着。”万紫震惊于母亲对万红赤裸裸的嫌弃。

“他们要放到杂屋子里去，以后有用。”

“他们要什么东西，他们自己去买！”万紫音调高了起来。

“只晓得买，他们哪里来的钱买？”母亲也露出厉害脸色。

“妈，你怎么能够这样，情愿这张桌子给儿子存到杂屋子里落灰，也不给你的女儿？你不知道她家里的样子，我知道！她现在的饭桌矮小得跟过家家一样，你这里有她用得着的东西，为什么不高高兴兴地给她？这也算是帮她啊！”

“哎呀，拿去拿去拿去，要什么都拿去。”母亲不耐烦地挥手。

“妈，我是在给你说道理。你一定要认识到这个问题，桌子给她，一定是要你真心实意地、高高兴兴地给，她才会高高兴兴地收。万红很可怜不是吗？她又没上班，哪里来的钱？”

“赌博几万几万地输，谁有她那么多钱？”

“那是她过去犯的错误。我们都要宽容她。她现在不是在辛苦地带孙子吗？省吃俭用贴补小孩子生活费。我们要力所能及地帮她，而不是笑话她。”

“行行行，给她吧。你大哥抹得干干净净的，全都整整齐齐地摆到那个破屋子里了。”

听到“干干净净”与“整整齐齐”的词句，万紫眼前便浮现万福擦拭桌子时的认真与爱惜。他也是家徒四壁的人，结婚时添置的几样家具早就东倒西歪，搬出去便散了架。万紫不觉对他也心生怜悯，一时间不知道桌子到底应该留给谁。

“家里还有九条长高凳，十把椅子，两张小方桌……”母亲自顾自计算起家里的老财产，那都是些瘸腿裂面的烂东西，只有劈了烧柴用。母亲执着于旧物，似乎对新东西不屑一顾。

二十、空心墙

万紫回北方开会期间接到母亲的电话，她说黄昏时队里来了五六个人，他们怀疑花园围墙越过了界线，占用了公共马路，在家门口拿铁棍戳，用尺子量，最后说西边角侵占了三十公分的马路，要求整改。万紫知道这个情况，为了拉直前围墙，她腾后了一米宽的宅基地，西端的角仍然伸进了马路，但她计划将整个马路向外侧用混凝土拓宽九十公分，实际马路会比原来宽敞得多。母亲已经告诉了他们这个施工计划，他们不同意，有一个人还说，就算你马路拓宽一百米也没用，这边就是不能越界。

万紫嗅到一股蛮横无理的戾气。拿着铁棍到家门口到处戳，这本身就是羞辱与挑衅，也算是欺负万福软弱。过去父亲为了分界线，曾经和邻居打得头破血流，几十年相安无事，如今又有一种死灰复燃的意味。

万紫只能采用文明手段，给镇长电话，请他安排协调处理。第二天村支书和村主任到了现场，测量记录，承认拓宽马路便利了村里交通，从此再也没有人来指手画脚。

万紫在乔迁之日前一天坐早班高铁回来，行李都来不及放下，直接开车去超市准备水果、坚果、一次性纸杯、彩纸礼炮，更重要的是检查礼仪公司的现场布置，气球、灯笼、彩幅、音响设备——为诗歌朗诵会准备的，还要挂匾，盖红绸，粘绣球，每一件事她都得亲自到位，没人关心这些。

驱车到乡下已是下午四点。房子周围一圈巨大的红灯笼，散发着张灯结彩的喜庆。新房美得像新娘。阿桂在搞卫生，明显有了隔阂与拘谨。万紫有意化解，叫阿桂一起粘绣球，一起忙到很晚才大致安排妥当。万紫这一天马不停蹄，累得不能开车回城，晚上和母亲挤一床睡了，翌日一大早就爬起来，清扫地坪，摆桌椅，分果盘，为乔迁仪式和朗诵会做准备。

这一天小雨淅淅沥沥，交织着爵士乐的缠绵与轻愁。友人陆续到齐，喝茶吃瓜果。朋友们轮番发言祝贺。这一天母亲相当高兴，头发梳得整齐顺溜，穿着万紫特意从北方购买的玫红色外套、布鞋，步履也显得轻盈愉快。她揭匾时，在梯子上挥手，笑容灿烂。鞭炮撕扯着地面，花炮直捣着天空。建筑的劳累在欢乐的气氛中似乎也随风飘散。一切似乎圆满顺利。没有吵架，没有争执，人们看到的是一个和睦欢乐的大家庭。

这种假象很快被一次更尖锐的爆发打破。

距离母亲生日半个月，万紫张罗在酒店订两桌，给母亲过一个特别的生日。一桌是自己家里的，一桌请村里经常帮助母亲的。母亲是情愿的，一起仔细商量了请哪些人，核实了名单，万紫最后加上了五保户邻居，还有一个瘸腿残疾人。母亲虽不喜欢无缘无故地请人白吃白喝，但也勉强同意了。万紫对镇里不熟悉，请教阿桃哪家饭店最好，约了阿桃一起去现场看。包间算得上宽敞，没什么格调，但有一窗河流与渔船，这会使气氛美好一点。

万紫回到家，一进客厅就听到母亲在房间里和阿桂讲视频电话。母亲说话的私密语气让万紫感到震惊，心里也涌起一阵嫉妒：母亲和阿桂像一对老闺蜜。她们显然早就结成了联盟来共同对付她。

“……那张餐桌万红要，给她算了，莫眼浅她们的。”母亲已经把万紫和万红捆绑在一起，视为敌对势力。

“她要拿就拿去吧，那床也是她妹妹原来买的，问她要不要，都搬走吧。”阿桂说道。

“她家里那么小，都不晓得她要了给谁去。”

“可能是给她儿子用吧。”

“不是我们万家的人，我看见都不爱……”母亲不喜欢外孙是明显的，在阿桂面前赤裸裸地说出这番话，有些谄媚的意味。“你知道吧，我的生日，她说不在家里搞，要到饭店里搞两桌呢。”

“那估计是要请她那些城里的朋友了……”阿桂吸气时湿漉漉的牙缝里发出嗞嗞的响声。

“不是的，村里的人她都要请一桌。我懒得管，反正我是不会去请的。她要请，她自己去请。你不要去吃，算了吧，你们都莫去。”

“嗯，我们提前一天回来给你过生日。”阿桂响应，“你随她怎么搞去吧，反正她做事不商量是搞惯了的……”

“以为请村里人吃饭，送东西，村里人就会喜欢她。”

“……前一阵她跑到阿桃那里说了很多事，把自己洗得干干净净……”

“阿桃当时就跟我讲了！”

“她讨好左邻右舍，只怕是打算老了落叶归根。”

万紫听得浑身战栗，悲愤交加，忍不住快步冲进母亲房间，大声喊道：

“我听见了，我全都听见了！刘桂枝你个混账东西，我警告过你，不要总是在母亲面前说我！你少他妈的自作聪明，躲在背后起拱，我不会让你得逞的！我对你们一直心怀良善，是你逼我再次和你们切割。”

母亲像见到鬼一样吓蒙了，但迅速反应过来，将平板电脑往床上一扔，耍起母威：“你搞得好啊，听起壁脚来了。我们说你什么坏话了？”

“你开着免提，我在客厅听得一清二楚。妈，你怎么能这么狠心？我这么辛苦，这么无私地为你，照顾你，每一粒米，每一滴油，你从里到外的衣服，住的吃的用的，所有的一切，都是我给你准备的。我是在报答你的养育之恩，但是你为什么这么冷血？你为什么从来都不心疼我？为什么我从来得不到你的夸奖？

“你过生日，请谁不请谁，我都是和你商量定下来的。请乡里人，是感激他们对你的照顾！邻里关系搞好，不也是为了你们吗？你要阿桂他们不参加你的生日聚会，你是要丢我的脸是不是？要让我难堪是不是？你知不知道，你这是砸你自己的场子，丢你自己的脸？你这是团结子女吗？你这纯粹是挑拨离间，火上浇油！

“我为什么要讨好村里人？我有什么必要讨好谁？我又不是这里的农民，我又不需要他们抬丧，我烧成灰也不会撒在这个角落里。我做这些都是为了你们，我这一辈子都在想着让你们过好。你怎么能这么诋毁你自己的女儿？刘桂枝给你灌了什么迷魂汤！我有跟你说过她的不好吗？当我请她尽力给你一点生活费的时候，她说她想死。这就是你的闺蜜。还有阿桃，阿桃做了你几十年儿媳妇，她给你买过一双袜子吗？她们给你传宗接代有功，女儿就不是你十月怀胎生下来的吗？”

连母亲都在往自己身上甩污泥，万紫彻底崩溃了，她声嘶力竭，所有压抑的愤懑、痛苦，如排山倒海。她豁出去了。

“我不要谁给生活费，我自己有抚恤金，活得不会比别人差。”母亲强词夺理。

“你那几百块钱能干什么？要不是我每个月给你钱，你会活得像个乞丐！你会是全村活得最差的！我为你盖这么大的房子，你觉得很容易是吗？”

“我没要你建房子！我的旧屋还住得，漏雨只要修补屋顶。”母亲的话和万福的话如出一辙，“我宁愿住在旧房子里……子女不和，我住得不开心。”

“怪不得你每天对我黑着脸……”万紫的愤怒没有了，深深的悲凉占据了整个胸腔，“你们都没想要建房子，是我在作践自己……太难了……如果能掀掉新房，还原旧屋……”

“掀了就掀了。”母亲的耳朵好像只能捕捉某些关键词。

“好，那就掀了。你们的旧屋值多少钱，我赔。”万紫动真格的。

母亲傲慢地挤扭五官，将眼泪赶下来。

“以前我们家是最和睦的大家庭，现在四分五裂。为什么？因为利益。房子让人现了原形。是我在争夺你们的财产吗？可惜你们一无所有。现在，是你们逼我拿走属于我自己的那一份产权。我从十四岁起就没用过你一分钱对吧，实际上你都没有把我抚养成人。打我当童工起，你们谁也没有关心过我的死活。我有点成就了以后，你们打电话就是要钱。”

“我们哪里找你要钱了？”母亲不肯低头。

“妈，你说话要凭良心。”万紫震惊于母亲睁眼说瞎话。

“你把大哥赶出去，你有良心？”母亲指着父亲的牌位，“你父亲在这里看着，你跟你父亲说你有没有良心？”

“我真希望父亲在这里。”万紫心里更委屈了，“至少父亲尊重我，尊重知识，只有你们，把我当农村妇女看待，你丝毫不了解我。父亲曾经流着泪，后悔没送我读更多的书。父亲都向我道歉了，妈妈，你为什么还要这么说伤人的话……你不觉得你也应该说声对不起吗？”

母亲哑口无言，突然拉长音调，捶胸顿足地哭喊起来：“啊呀……我的老倌啊，你为什么不带我一起走啊？”她几步跑到神龛前扑通跪下：“老倌呀，你怎么丢下我一个人呀，我这样活着有什么意思啊……”

万紫冷冷地看着地上的妇人，心里想这个人怎么会是自己的母亲。除了外貌，她们之间没有任何相似之处。她们是房子里两堵平行的墙。

母亲不认输，不讲理，撒泼打滚，还有一招以死相逼的撒手锏。她开始玩命。膝盖因风湿僵硬跪下去痛得直叫唤，在祖宗牌位前呼天抢地，失控的情绪刺激血压，脸色立刻变得通红，马上就要昏厥过去。

万紫想到母亲的高血压，如果她就这样发生意外，那是最大的悲剧与讽刺，她的余生将会活在懊悔与内疚当中。

她妥协了，像哄小孩一样安慰她，承认自己脾气不好，好不容易把母亲从地上抱起来，挪到沙发上坐下，又给她倒了一杯水，小心伺候她喝下。

“我要立遗嘱，房子将来属于万福。”母亲眼泪一抹，得寸进尺。

母亲竟然知道立遗嘱指定继承人，万紫知道是阿桂在背后教唆。

“妈，我会比你先写遗嘱，一碗水端平，房子由万福、万红、万明平分。”

“这是我的房子，不可能给万红，”母亲拍了一把茶几，“凭什么要给她一份？”

“我花钱建的房子，你们谁也做不了主。”万紫望着母亲那张皱纹密布的脸，话不再高声，这使她的话听起来更严肃，也更有分量，“万红是你的女儿，我的姐姐，她是我们家的一员。今后谁欺负她，就是欺负我。”

母亲瘫软在沙发里一动不动。

已是午饭时分，锅冷灶凉，万紫肚子饿得慌，胸口被堵得密不透风，没有任何胃口。但做饭是一种态度，这表明争吵终结。她转身去了厨房。母亲的权威受到了挑战，这一仗她打输了，输在离家三十年的小女儿手里。

万紫希望母亲能意识到自己做得太过分，“我是你的娘，错了也是对的”，理论上成立，但任何一个明事理的母亲，不会将这句话当作母女关系的真理，更不能无所顾忌地伤害自己的女儿。

承认自己不受欢迎，在这里还有点丢人现眼的意思，万紫心如刀刺。

她取消了母亲的生日酒席。

第二天清早，万紫听到菜园里传来母亲和邻居聊天的声音。昨天的争吵很多人听到了，房子外围有好几个人“欣赏”了这对母女的战争，但没有人弄清事情的来龙去脉。邻居老太太一早到了母亲的菜地，假装弄几棵白菜，不经意间打探到了某些虚实，不免提高了一点音量，说道：“没想到她也真是个没用的家伙呢，实在是出去了几十年了，怎么还这么不晓得世事？”

村妇们本来就擅长并沉迷于拨弄是非，只要有新的内容加入，就能像秃鹫一样扑向这块美味腐肉，啄啃，咀嚼，扑打着翅膀叫嚣。母亲竟然还在外人面前败坏自己，万紫立刻起床，随便披件外套，趿着拖鞋，快步到书房拎起父母合影的油画，到了路边的垃圾焚烧地。她的手颤抖着。引火费了些时间。但火苗终于升起。火焰迅速吞噬着画中人物。她怀着深深的爱意画下的“全家福”，在晨风中渐渐化为青烟。

父亲亲手种下的槐树，已经遮天蔽日。人们嫌弃它落下的果子使路面变脏，建议砍掉，万紫却修起了围栏保护它。槐树是父亲的身影。画这幅画时，她甜蜜地幻想着自己是父母的掌上明珠，他们宠爱她，呵护她，她在他们的怀里撒娇。她在这幅画中倾注了她这一生对他们最完整、最深刻的情感。过去她像孤儿般四处漂泊，她很坚强，她不需要他们。但现在没有人理解她的脆弱，她从来没有像现在这样需要他们，需要他们接受她的照顾，需要他们分享她的生活，需要他们的温暖与阳光，需要他们为她能照顾一家人而感到骄傲。她要告诉父亲，不必对她内疚，她感谢生活中的每一个沟坎成就了她。

乡村社会是泥沼、漩涡、搅拌机……万紫回房间迅速收拾行李，大箱子扔进车尾，一脚油门驶离了这个令她心力交瘁的地方。

二十一、封顶

万紫没有哭。眼泪在心里奔涌。车内音乐咆哮。没有词语能够描述她此刻的感受。车轮在坑坑洼洼的路面起落。这是她从广阔走向狭窄的必经之途，从光明进入幽暗的唯一道路，是一条远方连结家园的情感钢丝，她在这条钢丝上来来回回半辈子，最终丝断坠落。她想起房间里的飞蚊尸体，在黑夜里为了屋子里的那一点暖光拼命钻进纱窗，清早成批地死在地上。

她把车停在小区里，打的士去机场。她感到世界一片空洞。人们拖着行李离开，返回，煞有介事。什么在终点？她不去想了。不去想那苦心孤诣造的房子，里面有多么冰冷；也不去想母亲如何抹杀一切，将她当作一件万能的工具。

逃离了泥沼，就是得救。她知道必须尽快把自己的精神也从那泥沼中拯救出来。

万紫告诉万红，她与母亲头一回发生了激烈的冲突。万红怒火冲天，当即就要打电话给母亲，质问她为什么一碗水不端平，制造矛盾。万紫知道万红说话不分轻重，那一次在医院当着父亲的面骂母亲“心黑心毒”，万紫便觉得过分。万紫本能地保护母亲，说母亲已经溃败，不能再打击她了。

托运行李。过了安检。回望身后，万紫感到自己用真实的肉身演绎了一部小说，获得了仿如虚构的躁动与悲伤。她反思事情为什么到了这个地步，她是依恋母亲，一心要让母亲快乐的。她想起与母亲拍桌子对峙的情景，自己那一刻的执念，就是要把母亲的威风打下去，让躲在她背后的阿桂现出原形。

母亲不知道万紫已经离开，她登机前接到母亲的电话，说政府来了几个人，好像是关于产权的事。“他们打你电话没人接。我打给万红，她以为是你大哥找人来落实产权的，那个凶哦，把我一通刮，我哪里晓得他们是谁叫来的。”母亲的声音突然变了，有着前所未有的衰弱，以及颤颤巍巍的怯懦。

万紫的心立刻悬了起来。

在这场冲突中，万紫知道，自己的态度肯定也伤害了母亲。她想起母亲长久地瘫坐在沙发里，眼睛肿成一条缝。背影是萎缩的，稀疏的白发凌乱。她做好了饭，母亲才勉强起身。坐到桌子前，她们都没吃什么。但坐到一起吃饭，也代表着某种和解。

只是两人都没再说话。

万紫在飞机上。底下是万里晴空。与母亲的物理距离越来越远，心却又倒退着靠向母亲。

回到自己的家，万紫依然无法平静。心不在焉地搞卫生，东擦西抹，仿佛某个喜欢的物品被打碎了，心里空落不安。晚餐勉强吃了点蔬菜粗粮。脑海里晃动母亲几近蹒跚的身影。稀疏的白发。沟壑交错的脸。摇摇欲坠的门牙。她晚上吃的什么？她还在伤心吗？她会不会病倒？她是那种死倔死不开窍的人，会不会气得神经错乱？她一个人在家里，会不会有什么危险？

万一母亲有个三长两短，槐树下再也没有母亲等候的身影，园里不再有四季常青的蔬菜，空荡荡的房子里再也没有母亲应声而出……万紫胡思乱想起来。越想越急，越想越不放心，越想越内疚，她拿出手机想打母亲的视频电话，但是内心的委屈、寒心、不甘、郁闷、悲伤……这些东西被瞬间召集起来，一股无形的力量阻止她这么做。

她又变回那头受伤的小动物，蜷缩在自己的黑洞里，舔舐着滴血的伤口。

夜里，她做了一个梦，梦见大雨中，母亲在低矮昏暗的厨房里做饭，往泥灶里塞稻草，年轻的面孔在青烟中隐约。她身材丰腴，双脚灵巧地避开接漏的盆碗，熟练地沥干米汤，将米倒入锅中……忽然间风雨大作，青烟乱舞，母亲无助的脸皱纹密布，眼睛肿成一条缝，地动山摇中，她向万紫伸出了双手……贫穷烙下的心理阴影转化为梦，万紫无数次在梦里保护家人，拯救他们，她尤其不会让母亲受一丁点伤害。

就凭儿时的夏夜里躺在母亲的怀里乘凉，母亲一只手臂像上了发条一样不断地摇着蒲扇为她驱蚊降暑；就凭着她害怕走月光下的独木桥，母亲将她背起来走到对面；就凭母亲自己假装不饿，为了让孩子们安心吃饱；就凭母亲把她生得这么健康，抚养长大……就凭这些，她就不应该生母亲的气，不应该把母亲逼到角落。

万紫被巨大的愧疚和担忧袭倒。挨到天亮时分，估摸着母亲已经醒来，急切地拨通电话，是万福接的。他说母亲在医院，半夜接上来的。万紫脑袋里嗡的一声炸了。

母亲从来不去医院，有点病痛都是熬过去的。

万紫想母亲真的是被自己气倒了。可怜她失去了一个儿子，紧接着又失去了丈夫，孤单一人度过了多么艰难的时刻，在悲伤中迅速老去，却没有人陪在身边。万紫的心被什么揪住了，她指责自己活到这个岁数，仍像年轻时一样冲动，不计后果，这跑来跑去的狼狈也是自讨的，她本应当陪母亲过完生日再离开。

万紫没有犹豫，即刻启程飞回小城。

赶到医院，母亲半躺在病床上，眼里湿漉漉的，见到万紫笑容满面，露出了嘴角的漂亮酒窝。

“孩子呀，你不生妈妈的气了吧？”母亲使用了从未有过的温柔和称谓，“妈妈老了，明年就八十了，老糊涂了呢，你莫怪妈妈。”母亲的脸眨眼间就瘦了一圈，剩下一巴掌大了。

“妈，是我不对，我遗传了爸爸的坏脾气。”万紫很想拥抱母亲，很想握住她关节粗大变形的手，但这种情感外露的表达，对万家的人来说都太不容易，“你哪里不舒服？现在感觉怎么样？”

“昨天晚上肠子绞痛，胃也绞痛，就好像被人抓住，拧干衣服一样，紧一把，松一把，痛得我哦，衣服都汗湿了几套。”母亲有点虚弱。她对肠胃痉挛的描述与比喻具有文学色彩。“……还有恶心，头晕，一晚上拉了十几回稀……医生说是食物中毒……现在好了，只是胃里面还有点发烧……你大哥半夜里非要用摩托车拉我来医院……我这辈子没住过院呢……这一下打破我的历史纪录了。”

“昨晚上吃了什么？”万紫对大哥心存感激。母亲这把年纪来一次食物中毒，太危险了，要是儿女都生活在千里之外，她必然会煎熬一夜，谁知道熬不熬得过去。

“开了一包新米，炒了一把白菜秧苗，还有你买回来的猪肉，就这些。”母亲觉得是白菜秧苗的问题。

“米给鸡吃，猪肉不要了，白菜秧苗全部扔掉。”万紫清理一切嫌疑食品。

母亲问她昨天去哪里了。“夜里等你回来，门都没关。”

万紫没有说自己回了北方。

“中午你姐姐送的南瓜小米粥。”母亲头一回显示她的幽默感，“要不是住院，我哪里吃得到这么好吃的东西。”

这时阿桂进了病房，讪讪地笑着，将亲自做的饭菜摆在床头柜上。

万紫闻到菌汤的味道。她明白自己忽略了一件事，在她远离故乡的岁月里，是阿桂他们在身边照看着父母。

天空飞过执念与虚妄的鸟。

斜晖映射窗前，将粉色三角梅濯洗得清新悦目。

原载《湖南文学》2024年第4期

秋　水

陈春成

一

她记起自己名字的由来，是在飞往湖南的夜间航班上。

院里给订了九点多的票，落地得十点半往后了。长沙的项目本来与范圆圆无关，负责绿化的同事病倒了，明早的会，副院长要带两个人去，临时找的她。不重要的例会，露个脸，记记笔记就行。她手头有别的事，本可以推脱的，可她想了几秒，马上就答应了。答应之爽快，连领导也讶异。她平时没这么好说话的。其实范圆圆早就想去一趟长沙了。那里有一个悬而未决的疑团，让她记挂了快两年，正好趁这次去探个究竟。明天周五，会后她可以自己留下过个周末，周天晚上再回。中午她赶回出租屋，收拾好简单的行李，花一下午改定了图纸（免得周末再找她），就出发了。

整个十月，范圆圆过得很惨烈。进入十一月，她也病了几天，这周终于从一个项目里脱身。是一个植物园的景观改造。做这行多年，她不再追求虚妄的成就感，误以为自己建造了什么，每一次熬过那些夜晚和争执，得到的是一种幸存后的恍惚。她此刻就尝味着这种恍惚，让自己悬浮在事件与事件之间的真空地带，水母一样悬浮着，虚弱得接近透明。她决心好好享受这摆脱了手机信号的一个半钟头。尽管领导和同事就在前边不远处。降噪耳机将引擎的隆隆声和现实感一并隔开。点开头顶的阅读灯，让一小束光落在怀里，她掏出《梓翁说园》，一本早想看而总也没看的小书，看起来。可半小时后，她还是关了灯，把酸涩的眼转向窗外。

透过舷窗，透过云层缺漏处，不时望见夜间的城市，如一些发光的藻类，聚在黑沉沉水面上，微微骚动着。那灯火渐疏的外围，她辨出几道光的细流，像江水的分支，各自蜿蜒着远去。是通往其他城市的公路吧。她凝视着其中一道，在黑底子上描出一缕金线，闪烁不定，忽然被茫茫的云影一截，全都不见。只剩机翼的灯呆呆地一眨，一眨，她头一偏，瞥见窗玻璃里自己的轮廓。三十三了，今年。

就在这时，她记起来了。

她的名字曾和一条江有关。

范圆圆的五行缺水，刚出生时，家人想了一堆带三点水的字，正拿不定主意，当过农村教师的外婆提了一个“沅”字，大家觉得好听又好写，也雅，父亲说，“沅”是《楚辞》里的字，“男诗经，女楚辞”嘛。就定了叫范沅。外婆在四年后一个早春里去了。

范沅小时多病，人总是呆呆的。六岁时，算命的对父亲说，你们姓范，姓里就有水，名字再带水，水势就太盛了，女孩子压不住，改个名就好了。父亲回来和母亲商量，觉得平时叫“沅沅”也叫惯了，不如换个同音字。于是就叫圆圆。这名字她倒没不喜欢，平实，简单，读音上扬，听着挺柔和。当然也谈不上喜欢。而年幼时的名字，在她三十三岁飞往湖南的这个夜晚之前，至少有十多年没有想起过了。父母也一定忘了。

她偶尔会想起外婆。范圆圆和家人的关系都不太亲，有那么几次，工作中受了极大委屈，或对恋情茫然无措时，她向想象中的外婆哭诉过。其实对外婆的印象已经褪得很淡，只有两个残存的片段，分不清属于记忆还是幻觉。

“沅啊沅，你怎么这么乖啊。”一个嗓音轻声念着。一只手摸着她头。是午后，一个石板铺的院子里。是哪里的院子？桂花树漏下一地的光斑，悠悠地晃。眼睛跟着那些光斑，马上就困了。那时的她有随时随地睡去的能力。天气暖融融的，一两声猫叫。她抱着什么睡去了。

另一次是在老家公园的水潭边。一清早，她坐在草地上，看着水波，感到草尖刺着大腿，一旁有个瘦瘦的身影，蓝布衣衫，灰白短发，弯腰在地上摸索了一会儿，捡起一枚石子，甩手扔了出去。石子在晨雾初散的水面上一下一下地跳着，点出一串涟漪。那人回过头来冲她笑笑。那笑脸和黑白照片里的外婆重合在一起。这一笑并不确凿，也许是多年后补上的幻想。

外婆的生平，她仅从母亲简略的描述里知道一点。外婆和母亲都是寡言的人——范圆圆也是。她只知道外婆很小就没了妈，随父亲到湖南做药材生意，寄居在沅江边上一个小村子里。六七岁时（抗战爆发前），曾外祖父攒够了本钱，推了一架板车，历时数月，带着她回福建老家定居。此后她再没离开过那个多山的小县城。她过了怎样的一生，有过什么念想，甚至性情如何，连她的后代也所知寥寥。母亲提过外婆是顽固和小气的。就这两个词留下。有一点可以推测，关于沅江，想必她有过一些很好的回忆。她的童年在那里度过。机身一阵颤动，范圆圆望着窗外绵绵的云，在一瞬间明白了，并且毫无根据地确信：就是在那时，在沅江边上，一个小女孩学会了打水漂。半个多世纪后，当她给外孙女寻找一个名字时，眼前或许闪过了一片波光。

范圆圆闭上眼，裹紧了毯子，身躯在幽暗中下沉，她想，究竟为什么要让我和一条遥远的江同名呢？只是为了一个纪念吗，还是另有什么寓意？比如，希望我能像那条江一样？下降时的失重，让她感到体内激起了波澜，层层叠叠，又渐渐平复。她在心里问，那又是什么样的呢？清澈？宽广？平静？顺遂？已经无从知道。

震荡过后，机舱里亮起来。众人揉着睡眼与乱发，呻吟着站起身，去够各自的行李。

二

范圆圆有很多本子。

她的本子都是一个样式的。

牛皮纸的封面，16开大小，厚60页。棕色封面的用来记工作上的事，绿色的是她自己抄东西和练手绘用的。有一回领导因她工作疏漏，点了她几句，她取出棕色本子翻了一会儿，指出这事她曾在某月某日向他汇报过，令领导语塞、同事侧目。绿本子是她从大学就开始用的。除了抄一些风景园林相关的笔记，画几张树木和建筑的速写，也记一些琐事，如锻炼计划、日常开支、衣物清单，也抄歌词和诗句。后来工作久了还抄养生知识。写满了，就依次码在柜子里，封面上都标好了使用的年月。她喜欢井然有序。这些年来，棕色本子增加的速度，远远超过了绿色。

昨晚睡前，在酒店的台灯下，她打开绿本子，把网上搜到的沅江简介抄了下来。

沅江是湖南省内第二大河流。发源于贵州省都匀市斗篷山，主源在都匀称剑江，都匀以下称马尾河，至岔河口与重安江汇合后，称清水江，逶迤流入湖南省，至黔城，始称沅江（她一面抄，一面想：换了好多名字），沿途接纳巫水、辰水、武水、酉水等支流，干流全长一千零三十三公里（也有别的说法），最后注入洞庭湖。

她查了一下地图，从长沙市到沅江流经的几个市镇，都不算太远，几小时的车程。赶一点，可以当天来回。范圆圆没来过湖南，这是她距离沅江最近的一次。不过，她不打算真去一趟沅江。郑重其事地去见一条和自己同名的江水，固然富于仪式感，可预设的仪式感里往往包藏着失望。她在提防失望这方面很有经验，马上提出了几种假设：比如，万一江水不怎么干净，漂着垃圾或油污；或者更糟，是一条平常的江，平常地流着，与她见过的江全无分别；最尴尬的是，江水很美，可她无动于衷，人与江漠然相对，无处掩藏自己的麻木。综上，还是不去的好。就让沅江停留在一个符号、一道长而透亮的影子上，蜿蜒在一个陌生的省份，而不是裹挟着无数细节向她涌来。隔许多年，偶尔让她想起一次，神往心驰一下，就挺好的。

何况，她在长沙还有别的任务。

范圆圆在会议上走了神。这在她是罕有的事。笔尖自己游出去，在纸上画出一道弯弯曲曲的线条，从一堆植物名称、修改意见中穿过。没人能猜出这是沅江的干流。昨晚她在网上查到了它，记住了它，随手可以画出。像一个抽象的签名。会议室里众人的话语，和他们不断吐出的烟雾，一并在半空中扭成不可解的造型，又一并消散了。可那些语句也和烟味一样，渗入一切缝隙。有时在临睡前，发呆的寂静里，飘过只言片语的残响，“有机整合的空间体验感”“在地性的先锋表达”，在耳廓里反刍。最后，总是这样，老是这样，一只烟蒂拧在一缸灰烬中，像烙上一个句号，“今天的会先到这……”

下午，踏勘现场。晚上有施工方请的饭局。她推说不舒服，要回房间自己点外卖。领导知道她脾气，也没留她，临去时说：“那好，我们明早撤了，你自己待着吧。去按个脚放松一下。下周还好几个事……”“好。按什么脚？”“长沙洗脚业很有名的，你不知道吗？”他嗓门很大，耳后夹着根烟，边说边往包厢走去。

范圆圆回到房间，洗完澡，在阳台透透气，试图把身体里的什么摒除出去。拧开一瓶水，慢慢地喝着。湖南的十一月，夜已经很凉了。一盏老式的壁灯，垂下乳白色光，照见阳台椅上有一些黄叶的碎屑。周末从现在开始了。

走进屋，她打开电脑，深吸一口气，开始列一份表格。她要搜寻的是长沙及其周边所有酒店中的一家。

去年初，她和陆泽还在一起时，有一同追剧的习惯。不太忙的时候，下班后一起看一集，忙起来，就各自在通勤路上看。从不一口气追完，而是逐日看完一整部剧。她喜欢这模式，让一个故事跟着你的生活并行一段，生活似乎也变成双声部的了。有时回想起某个时期、某个事件，会连带想起当时在看什么剧，像一种电子的结绳记事。另一方面，她觉得他俩得在日常的纷乱中找一点共振，不然，很容易就无话可聊了。她尤其喜欢那种所谓的“单元剧”，一集或几集为一个单元，一个单元里是一次风波、一个案件、一场遭遇，过去了，又开始下一个单元，只要愿意，可以无限循环下去。比如《法证先锋》《律政英雄》《潜伏》《非自然死亡》……一种小型的，地久天长的格式。

当时不知怎么的，开始看起一部冷门的民国谍战剧，叫《暗格》。是陆泽找来的，好像说还行，就看起来。说是谍战剧，可没什么刺杀、刑讯和毒药，看得出经费紧张，布景简陋，演员多是眼熟但叫不出名字的人，可剧情意外地抓人。主角是一个伪装成报社记者的地下党员，代号“抽屉”，办公室里一个编辑是他的同志，上司暗中怀疑且不断试探着他们。每三集执行一次任务，然后又若无其事地上班，开始新的任务。故事多半发生在报社大楼和街对面的茶馆里，危机埋伏在闲谈和书信之间。外景很少，只有那么一次，主角借出差之机去交接情报。他在“意园大酒店”办好了入住手续，走向行李寄存处，掏出一张票据，取了他人先前存放的黑色皮箱。向服务生微一点头后，他拎着箱子上了楼。长廊昏暗，经过的一扇扇门如假寐的眼。进入房间，锁好门，他又贴在门边听了片刻，才在床上打开了皮箱。里头是一份名单、几本伪造的证件。他花了点时间，把名单默记下来，用一根火柴烧掉了。灰烬捻碎，在洗手池里冲走。又取出其中一本证件，放进大衣内袋，锁好箱子，推进床底。他正要出去，又回身迈步到窗前，撩开纱帘，往楼下看去。这时发生了一件不可思议的事。范圆圆仍记得当时滑过脖颈的酥麻感。主角从楼上俯瞰着酒店一侧的砾石小径，镜头越过他肩头投下去，那小径紧挨着一道石砌的矮墙，墙内是个园子，浓荫下，几块野山石披着苔藓，石上似有水光摇荡。园中也有几道起伏的石砌景墙，舒缓的弧线，分割出相连缀的空间。一株黑松斜倚在墙边。午后阳光下，小径上唯有蜜蜂的嗡嗡和花影的动摇，丝毫不见盯梢者的踪影。一只灰猫在矮墙上踱着步。镜头给了猫一个特写，猫似察觉了，一甩尾跃入园中。楼上的主角定了定神，隔着衣服按了按那本证件，向房门外走去。

范圆圆微微有些眩晕。她按下暂停键，倒退，重看了那一段。哎，干吗呢，陆泽看她。她微张着口，没出声，一动不动紧盯着屏幕，又看了一遍。又一遍。背上出了层轻汗。她站起来，在房间里走了半圈，不理陆泽的追问，先倒了一杯水喝，喉咙发紧，可水却太烫了。

在范圆圆电脑文件夹的深处，有一个加密压缩包，里头是邻市一个展馆周边的景观方案，一千平方米不到的园子。那是她颇为得意的设计和相当糟心的回忆，糟心到她把全过程资料打包压缩，扔进最荒无人烟的文件夹，以防自己手贱点开来回顾。而因为那一点得意，始终不舍得删除。此刻她不需要调出图纸来比对，在那几秒的镜头里，“意园大酒店”隔壁的园子，和她设计过的那个，无论是俯瞰还是局部，几乎完全一样。如果你为了几株树暴怒过若干次，为一道墙哭过若干次，就绝不会认错。

她的第一反应，是《暗格》在那展馆附近拍摄，镜头扫过了园子。随即就否定了。那园子最终在各方压力下成了面目全非的怪物，而镜头中那一个，她不得不承认，建得出乎意料的好。比她经手的项目好，自不必说，甚至比她的效果图，都更接近自己设想中的园子。第二反应是找手机，打前领导电话，她做那项目时还在上一家设计院，会不会是院里把她的方案一鱼两吃，或者不慎外泄了？立马按捺住了。就算是，也一定不会承认的。从前期到完工，太多人收到过方案文本，哪一环都可能流出去。甚至有人专门收集一堆旧的方案资料，做成设计素材在网上卖，以很便宜的价格。

在这行里，被抄袭几乎是无可避免的事，往往也无从追究。被抄而又撞上了的概率极低，大部分人永远蒙在鼓里。让范圆圆无法理解的是，为什么抄得如此明目张胆，一点也不改？为什么偏偏又是这个她不愿想起的方案？简直是一缕阴魂追着她来了。最让她百感交集的，是镜头中那园子，完美得简直像出于她的臆想。猫走过的石墙，就砌得极精美且粗粝，那几秒令她屏息。惊愕和愤怒留待着慢慢消化，还剩下一点困惑，就是那园子究竟在哪？这我总有权利知道吧，她在心里嚷道，打开了浏览器。

当晚她就开始查《暗格》的取景地。没想到这剧相当冷门，2020年初上线的片子，百科里只有干瘪的简介，微博上没几条讨论。翻相关的资讯，都是一样的文案，往回翻了许多页，终于找到一则湖南地方媒体在2018年6月发的新闻：

“近日，由某某担纲导演，由演员某某、某某某领衔主演的民国情景谍战剧《暗格》在长沙开拍。值得一提的是……”后边是不重要的话。

她拿出绿本子，在当天的那页记下：

“《暗格》第17集，10分27秒到10分35秒。位置：长沙。”

三

周六上午的寻访，不出意外，徒劳无功。

剧中与那酒店相邻的园子，看不出附属于什么，可能是一家餐厅、茶室、民宿，甚至属于私宅，范围太广，无从找起。只能从那酒店上查。可《暗格》里拍的酒店，甚少全景，大堂、走廊，都是一晃而过，且光线晦暗，镜头过多停留在主角冷峻的脸上。会不会是影视城里的酒店呢？隔壁那园子，如果是建来拍电影的，倒也不屈才。长沙有几家影视城，都不大，网上图片很多，还有游览攻略，范圆圆细细看过一圈，全都排除了。

那么，还是得在真的酒店里找。

剧中拍到较清晰的细部，可供辨识的几处：行李寄存处的柜台上，有一盏墨绿罩子台灯，不排除是道具；大堂拐角有一只深褐色木雕，似鹰或凤凰；走廊铺的是灰色地毯；房间里的沙发椅，浅黄色缎面，末端卷曲的木质扶手。订房软件上就可以查看酒店图片，要从中寻找这几样的踪迹，工作量可太大了。刚发现被抄袭那阵子，她一闲就搜长沙的酒店，一无所获。她闲的时候毕竟不多，这事就这样搁下了。有一天她发现视频网站下架了《暗格》，应该是版权到期了。她想，那园子真的像是她臆想出来的，是她长久以来执念的残像，在网络深处依依浮动着，又飘散了。她在心里偷偷给那园子起了个名字，叫“臆园”。它只存在于她加密压缩的方案和消失的《暗格》之中。不过去年底，她多方搜寻，还是重新找到了《暗格》的资源，保存了那一集。

昨晚范圆圆重整旗鼓，理清了思绪，她琢磨，那酒店在拍摄时，既然能假装成民国时期的，装修一定不新潮，以“复古风”“民国风”加上“长沙”“酒店”为关键词搜索，结果应该不太多吧？还是出来不少。再从中搜寻那几样物品，滴了两次眼药水，一番比对，还真找出一家走廊地毯挺像、两家有同款沙发椅，先记下来。2018年拍的片子，至今已过去五年，很可能酒店更新了设施，因此看到装修和布局接近的，也都记下来。然后再从地图上看，周边有没有疑似花园、绿地的地块。临睡前，她终于制作出一份表格，把最终筛选出的七家酒店按“有可能”“有点可能”和“不太可能”分了类，计划挨个走一遍，不是就挨个划掉。她习惯如此按部就班地做事。

上午的时间，多半花在酒店与酒店之间的路上了。到了酒店，里外走一圈就能排除。出租车上，她望着街景，出于等待的无聊，或出于等待将要结束的紧张，她需要一点消遣，就开始自虐般地复盘起2016年夏天的遭遇。那展馆位于邻市一个文化创意产业园里头，甲方是文旅下边的公司，管着这园区的开发。范圆圆负责展馆外部的景观设计。她现在闭上眼，还能唤出当时的平面图，在脑中把那些建得糟糕的部位逐个圈出来。铺装。树形。小池驳岸。廊架基础。置石。景墙。很快整张图就布满了圈圈，像落雨时的水面。她做过的项目就没有不糟心的，这项目可以说是各类型糟心的“集大成者”。尤其那方案又是她的精心之作，她决心做成一个拿得出手、留得下来的作品。怀有这样的执念，痛苦就在所难免。施工方在最初几次交锋中，已探出她的底线在哪，然后把水准控制在略低于她底线的地方，以便使她的怒火保持在文火状态。甲方领导除了频频兴之所至地让她改图，还“推荐”施工方去他朋友开的苗圃选苗，去他亲戚的石厂买石材。于是树不是胸径太小就是截干苗，石材总货不对版。最让她耿耿于怀的是那石砌景墙。那几道连绵流转的景墙是方案的脉络，质感尤其关键，对砌墙师傅的手艺和审美有较高要求。他们找了几个师傅试过，都做得蹩脚。范圆圆已有预感，反复交代，一定要她在场，或拍照发给她确定了，才能动工。她在院里赶别的图，只三天没去现场，他们已暗度陈仓地做好了。完全不按图纸要求，该圆润处尖锐，该错落处齐整，像一条灰白僵硬的巨蟒横陈在园中，所到之处一切都毁了。

那个长得很像蜜獾的现场负责人说：“改了两次了都，我们是亏着给你做的呀范工。几十年都这么做的，就你不中意。要不这样，这墙先放着，别影响进度，后面再想办法改改。体谅体谅，别的地方，别的地方我们一定尽量配合你。”以这个话术拖到了最后，其他部位都等着验收了，就差那石墙，这时甲方也开始催了。院领导也劝她，能过就尽量过吧。他指望着设计费早点回款。范圆圆不是没有自我调节能力，每当她暗骂“这行业真是烂透了”，马上安慰自己：“哪一行不是呢？”这两句话总是紧挨着出现，像快速合上的手掌，将所有无谓的抱怨都拍死在其间。但为这项目，她还是难受了很久，整个人都憔悴了。僵持了两周，还是签字验收了。像签了一份丧权辱国的条约。

那展馆原定和一个富商合作，展他的瓷器字画，后来计划黄了。入驻的是一家茶艺会所，还挂展馆的名，叫“茶文化传承与展示馆”。两年后范圆圆有新项目在那文创园附近，路过时望见了那招牌。她不往园子里看。

范圆圆偷瞄着出租车的计费器，有点心疼。下家酒店离得挺远，希望也不大。长沙的红灯竟有一百多秒的。眼望着数字，想起陆泽对自己的调侃，他说她是一个连做梦被丧尸追着跑，到马路边看到红灯也要停一下的人。司机放着有声小说——重生在明末的故事，皇太极正被主角杀得落荒而逃。车又往前开去。窗户降下一条缝，让风吹着太阳穴，刹那的清爽中她分析起自己的心境。这一趟大费周章地找下来，是为了向抄袭者要一个说法吗？不是的。见了面有什么可说的？简直有点尴尬。她就想去那园子里看看。看它好好地造出来是什么样的，然后坐下来，发半天的呆，类似一种凭吊。园中游客来去，没人会知道这是她事业的遗迹。她已打算明年辞职，不再做这行了。十一年。和自己较着劲，和他们较着劲，一路做下来，看着行业从混乱的兴盛进入混乱的萧条。萧条也还有加不完的班，因为许多人离开了。她扫了一眼亮起的手机屏幕，像应和她的思绪似的，微信上冒出了红点。她没有点开。

从最后一家“有点可能”的酒店里出来，已过正午。这家大堂蛮像的，在订房软件上展示的“周边风景”，只拍到一角草地，不知绵延到哪里。到了一看，果然只有一角草地。就近找了家馆子，点了份米粉。她平时就喜欢吃粉。长沙的米粉是扁粉，盖码点了经典的青椒炒肉，很香，边吃边擦汗。店里嗍粉的都是附近的上班族，年纪都不大，可几乎每只手机都在公放，众响齐发，在从碗口腾起的热气间厮杀。她皱眉，又松开，提醒自己别介意这个，专注于粉。她早就不再抱怨别人没有公共意识，大家都在放呀，这才是公共。似乎唯有吵闹才能缓解什么，或填满什么。她最怕听的是抖音里一个男人笑得喘不上气的嘎嘎声，好像此人覆盖了全中国，无处可避开。果然又听到了。斜对面的男生，眼镜雾蒙蒙的，穿了件优衣库的法兰绒衬衫，是前几年出的，陆泽也有一件，而且常穿。刚分手的半年，这类骤然袭来的细节，还能让她在胸腹之间感到一阵生理性的酸楚。现在不会了。她只是想，这款衬衫卖得挺多。午饭后，她在树荫下走了一段，想着下午是接着去看那三家“不太可能”的酒店呢，还是干脆放弃，开始享受剩下的周末。最后她决定先找一家咖啡馆，思考一下对策。

咖啡意外地好喝。沙发椅也舒服，位置在角落里，临一扇小小的圆窗。店员很精神，桌椅杯碟都讲究，只是说不出在哪里，弥漫着一股预示着衰败的、类似雨后荒郊的气味。她这方面很灵，凡是让她嗅出这种气味的店，没多久都倒闭了。午后店里人不多，她打开电脑，戴上耳机，听着柯川，上下拉动那张表格，又关掉了。如果那家酒店装修过，她想，那就毫无办法了，它就隐入众多酒店之中，再也无从辨识。五年了，或许那园子已经被拆掉了……她一下把思绪收束住，对自己冷冷地说，好了，这事就到这吧。伸了一个懒腰。午后阳光淡淡，像要融进桌面的木纹，与木纹一道流淌，穿过玻璃杯，被透明的棱角切割成细细的光芒。她旋着杯子，擒纵着那道光，看它在桌上铺展又收敛，玩了一会儿。好久没这样放空了。可十分钟后，她又想，就当作最后告别好了，点开了《暗格》那一集，又看起来。臆园的部分，她来回倒了许多遍，那一集却始终没看完。这次左右无事，就顺着看了下去。

“抽屉”出了酒店，沿街走去。街景拍得有技巧，压着角度，虚着远景，看不出什么年代。拍了几秒路人往来的脚步、“抽屉”故作轻松的表情。范圆圆细看时，却找出一些破绽，譬如临街一座仿古建筑，窗下那只棕色栅栏箱子里，显然藏着空调外机。像是那种民国风的商业步行街。她暂停，查了一下，长沙有好几条，都像，又不太像。“抽屉”按接到的指示，步行去附近的公园，和“壁炉”接头。

镜头一切，浓绿照眼，已到了公园里，树旁一条长椅，有个穿风衣的男人坐着，听见来人脚步，张开一张报纸看起来。“抽屉”在他身旁坐下，两人装模作样地交换起暗号。这时，范圆圆注意到在他们身后不远处，映着绿树，有一座小小的塔，三四米高吧，看不太清，但样子有点古怪。塔是黑的，塔身很瘦，只比寻常路灯柱粗一些，下面的底座也泛着黑，显然年深月久。外边围着一圈条石栏杆，灰白色，材质像是芝麻白，一看就是近年修的。

她又按下暂停。那圈栏杆似乎暗示着这塔有点特殊。是不是一处古迹？截了屏，把镜头角落那黑沉沉的塔影裁下来，拖进识图软件里，太模糊，识不出来。她又点了一杯咖啡，换了一支曲子，开始搜长沙的古塔。她心里清楚，公园与那酒店的距离，未必真有剧中拍的这么近，公园也未必真是公园，那塔也可能是现代人修的，但这时她已被一种无望的热情驱使着，非要在最后的线索里消磨完最后的精力不可。当然，她对自己的解释是闲着也是闲着。

长沙有不少古塔，都是巍然的高塔，有一座小的隋代舍利塔，像个僧帽，明显不是。半小时后，她转而凝视起那黑瘦的小塔，把它的轮廓同网上搜到的各种类型的塔比对着，试图找到一个恰当的名称，来回来去地看，渐渐焦躁起来。

四

湖南图书馆在韶山北路。白墙，深蓝色玻璃窗。正面平展展的，是上世纪末的风格。

她记不清多久没进过图书馆了。学生时代她很喜欢待在里头，有一只灰绿色保温杯总陪着她，如一只安静的狗。后来遗失了。挺老的图书馆，她稍微逛了一下。占据了大半桌面的是做题的年轻人。三楼的陈列室，摆了许多卡片柜，是过去检索书目用的，形似中药柜，一只一只小抽屉，铜制的把手，里面密匝匝盛满了索引卡。她很喜欢它的样子，喜欢它的笨重，方正，提琴般的暗棕，拉动抽屉时沉钝的声响。里面是一个压制过的，严整的宇宙。她忽然想到，或许最适合自己的工作就是管理那些卡片，那才是强迫症的用武之地，她对规则的偏执就不再只是消耗自己、硌硬旁人，反而是正当的了。在柜边流连了一会儿，还是去楼下用电脑检索了她所要的书目。中午在咖啡馆不得要领地搜了半天，头晕气闷，她决定用最笨的办法，到书里找。先有个框架，再比对名录。借了这几本：《中国塔》《中国古塔》《中国古代塔刹艺术探源》《佛教建筑的演进》。学生时代，她就喜欢有条不紊地复习整个学期的笔记，而不是突击考点重点，所以成绩始终不是最好的那一拨。可她享受那种循序渐进。现在想来，未尝不是出于强迫症。来的路上，她把黑色小塔的截图发在网上，问可有谁认识。她的账号是小透明，果然无人理睬，正合她意。还是自己查出来比较有意思。抱着那一大叠书，走向一个临窗的空位时，她逐渐意识到自己是快乐的。这样不疾不徐地摸索着，接近一个亦幻亦真的目标，没有比这更好的消遣了。这一趟旅程本该是愤懑的维权，或伤感的凭吊，却成了一场慢条斯理的寻宝，那园子就如同什么闯王的宝藏、沉没的亚特兰蒂斯，虚无且迷人。

她喝一口水，从包里拿出绿本子和笔，摆在一旁，心平气和地翻起书来。

先看了塔的起源。然后才看分类。塔结构按形式，可以分成楼阁式塔、密檐塔、亭式塔阁、窣堵波式塔、花塔等等；从材质上，又分为砖塔、石塔、木塔、铁塔、琉璃塔等等；按时代分……她画了几个大括号，把它们依次抄下。又翻了一会儿图册，在心里和那小塔比较着，好像都对不上。她看到清代的一只金嵌玉石塔，只有8厘米，手办一样，也管它叫塔，觉得很有意思。一只红耳鹎停在窗沿，转着头，隔玻璃瞪视了一会儿范圆圆蓝色的身影，又飞去了。如此低效地推进着，直到五点多，她才羞愧地发现自己弄错了。那小塔可能是一座经幢。她在一个庙里见过一座唐代的经幢，印象中相当魁伟，上面有几道挑檐，也有莲瓣，当中是一截很长的柱身，布满小字。她对经幢形制全不了解，觉得就是刻了经文的石柱吧。此刻在模糊的截图中，她辨出那小塔只有两道短檐，间隔较远，整体造型说是塔吧，也有点像柱。但比她见过的唐经幢瘦得多，线条柔和些，唐经幢盛气凌人，它看起来有点内向。又去书中找提到经幢的部分。原来幢本是丝帛制的，置于佛前，上书佛号和经咒。唐代开始出现石制经幢。“经幢由基座、幢身、幢顶三部分构成。主体幢身为柱状，上刻《佛顶尊胜陀罗尼经》，”她摘抄道，“经文说，人沾到幢上飘落的尘埃或为幢影所覆盖，就能消灾除业，不堕地狱，所谓‘尘沾影覆’。”她打开电脑，又看了几遍公园片段，反复比对那形制，确实挺像经幢。搜索“长沙的经幢”，搜到几座，都不是它。视频中，有一瞬间，镜头移动时，那幢身似泛着一层黑黝黝的光泽，和基座的黑不太一样。以她做景观多年对材质的敏感，她有把握说那种黑不是石头老旧的发黑，而更接近某种金属。于是马上输入“金属”“经幢”。先出来几则广告，有佛殿悬挂的“金色经幢”，看着像涤纶的，也有“电动金属经幢”，通电会转，其实是转经筒。她想起刚才读到过，宋代流行铸铁为塔，就敲下“铁”“经幢”试试。

一个胸前挂着卡片的女人走过来，推齐邻桌椅子，她才惊觉这层楼就她一个读者了。再看屏幕时，那座黑瘦的经幢现身了。十五分钟后闭馆，那女人说着走远了。她没听见。

经幢大多是石制的。铁铸的，全国仅发现两例。一在四川阆中，六十年代已毁去；一在湖南常德。“常德铁经幢，俗称‘铁树’‘金刚塔’，铸于北宋建隆年间，原位于德山乾明寺左侧，寺毁后，迁入滨湖公园湖心岛。”还真在公园里。铁铸的幢体，石质的基座。网络图片中的铁经幢，大多是精心拍摄，显得凝重且秀拔，《暗格》的镜头把它拍得像个黑小子。但毫无疑问是同一座。

常德。她查过沅江的资料，知道那是沅江边的城市。从长沙过去，驱车要两小时，动车一小时。《暗格》仅有的一次外景，类似动漫的特别篇，去一趟常德拍摄，这不是不可能的。那酒店大概率也在常德？她在搜索栏输入

“常德”“民国风”“酒店”，又打开手机的订房软件，定位改成常德，她着急地浏览着跳出来的一列酒店，半天才注意到馆员站在她身后。马上马上，她说。

那家酒店倏然浮现时，她最初的感觉是慌张。她在图书馆外的台阶上坐了下来，懒得铺纸巾，那凉意加深了奇异感。此前她的搜索，好像在给一个冥冥中的机构频频发送着无效的申请。她乐此不疲地发送着，终于上头厌烦了骚扰，或垂怜她的苦心，决定给出一点回应。申请通过了。她却不安起来，不知这意外的好运是不是冒犯了什么，或赊欠了什么。那家酒店很好找。叫盛湘大酒店，在常德东郊。从整体装修到大堂木雕到走廊地毯到房间沙发椅，全无二致，严丝合缝，好像是专为她精心布置起来的场景。到了这一步，已经不容她不去。订动车票时她一阵恍惚，发现从昨天散会到此刻，还不满二十四小时。

夜行列车没什么风景。只是光与暗的交替。进入一片疏松的黑暗，是郊野。板实的黑暗，是隧道。有一阵望见半边缺月，山头的灯火。又是疏松的黑暗。云的底部被烘亮了，下面是个县城吧。路过一片密密的楼盘。窗户几乎全黑，明晃晃的是楼顶和两侧镶的灯带，横平竖直，画出一个金灿灿的门框，不知通向哪里。她在座椅上睡了片刻。醒来时精神好多了，先前无端的不安也无端地消散了。于是愉快起来，把在车站买的华夫饼拿出来吃了。

从手机地图上看，盛湘大酒店地方不小，周边有几块未标明的空地，或绿或棕，臆园想必就在其中。再细看地图，她的心怦怦直跳，酥麻感又流过了背脊。马上往窗外望去，恰好有相逆的列车经过，那压迫着窗玻璃的震颤好像她心跳声的外放，节拍就是那一扇接一扇掠去的光亮。车身过后还是郊野，多了些厂房的暗影。一个小孩哭起来。

原来刚才睡着时已驶过了沅江。

五

后视镜下方，平安符的流苏停住了摆荡。

她发觉司机在和她说话。

“什么？”

“问你要不要发票。”

车停在酒店前的喷泉旁，她下来后，车绕过喷泉开走了。说是喷泉，其实是水面隆起的一个鼓包，奄奄一息的样子。池底小灯投以诡异的绿光。酒店外墙是暗红的，几根罗马柱是石头的青灰色，顶端有金色的繁饰。上台阶时，她注意到那柱头涡卷的金漆已剥落了小半。过了旋转门就是大堂。虽然之前细看过照片，有点心理铺垫，但亲身走入时，还是有闯进了剧情的错位感，步子都虚飘飘的。先看见的是不一样的地方。前台多了几台共享充电宝机柜。没有行李寄存处，剧中那柜台是个小吧台，沿墙一排高低各色的酒瓶。角落那木雕是凤凰，做昂首欲飞状，神情矜贵。一切都比镜头里亮一些，也旧一些。

她正要办入住，想着先不急，就又出了大门。信步往酒店一侧拐去，走到沥青路和石铺地面的尽头，果然看到一条砾石小路，夜色中淡淡的白。鞋底碾着砾石的细响，陪她往前走去。她在脑中将这趟旅程顺了一遍，好巩固此刻的现实感。《暗格》，酒店，臆园，铁经幢，像一个又一个的路标，引她往沅江边上来。可她还没收拾好状态到那江边去。事情一件件来，她想。一步步往前，就要抵达此行的目标。这时她倒没预想中的紧张，进入了一种迷蒙的镇定。前面不远处有一盏路灯坏了，频频闪着。就在那忽明忽灭的冷白光中，她看见了臆园。园中草木是团团的黑，只有高处叶子表面那一层蜡质，对灯光的闪动有所回应。那道石墙微微颤动着，像一段虚弱的全息影像，随时要消逝。她慢慢走上前，走到那矮墙边，伸手去摸，掌心的粗糙和微凉像一种保证。她这时很想给谁打个电话，好好说说这一番经过，不知打给谁好。隔墙向园中张望。路灯亮的每一刹那，只够她瞧见一个细部，随即又失去，如此一点一点拼凑着，臆园在黑夜的底片上逐渐显影出来。是褪了色的臆园。看久了有些晕眩，她沿着外墙走，绕了半圈到入口处，那道木栅栏挂着锁，木头微潮，沾了露水。庭院灯都暗着，路灯又隔得远，她想这样看终究看不真切，也不过瘾，还是明天一早再来。一抬头，望见臆园深处，黑魆魆树梢上方露出的房屋，不由得愣住了。她认得那轮廓。清水混凝土墙面间的长窗也随灯光闪着，就是那展馆。原来连建筑带园子，整个的从福建搬过来了。竟然是这样。房里暗着灯，没有人气，看着像荒宅。地图上没标这一块的名称，不像是商业用途，大概是私人别墅。她调匀着呼吸，慢慢走回大堂。

前台小姑娘有双杏眼，鼻梁上浮着粉，看着还像学生。她把身份证和房卡递过来，说："电梯在右手边直走。刚看你一进来又出去了，是东西忘在车上了吗？"范圆圆说："向你打听个事。你们酒店右边那个带园子的别墅，请问是什么地方？"她想了一下说："是F栋吧。""F栋？是酒店的房子？""对，但是不对外开放的，原来好像是餐厅。我来的时候就关着。"

原来是酒店的一部分。她在订房软件上看过这酒店晒出的每一张图，没有那园子或建筑，为什么不展示呢？因为关闭了吗？地图上，那里和酒店确实没有明显的边界，过了那园子，就是野地，有山行步道通入林中。她想了一会儿，掏出名片，递给前台。"景观设计师？业务范围……""对，那园子是我设计的，"范圆圆说，"设计院让我来做一个回访。请问之前建的时候，是由谁负责的呢？"立即发觉话里有漏洞，要是她问"那你怎么不知道园子是酒店的呢"，就只能胡乱搪塞了。

"我也不知道哎，酒店前几年换过老板。我们都是后面来的。"

范圆圆想，嗯，就这样吧。就算找着人又能问出什么呢？到房间睡一觉，明天精神饱满地去看那园子。正要走，小姑娘说："对了，可以问一下韩经理。他今晚当班。他是一直就在这里的。”“酒店经理吗？”“康乐部经理，你稍等，”她拿起话筒，“喂，韩哥吗？有个事……”她讲了一会儿，抬头说：“你去四楼找他。”

她在电梯里才明白“康乐部”什么意思。四楼的按键边贴着“水疗SPA中心”。出了电梯，昏暗中，迎面一只碧蓝的金属孔雀，一旁是柜台，一个大姐把手机往桌上一盖，向她说：“晚上好。请问做什么项目？”范圆圆说：“我找韩经理。”走廊的昏暗被一道光截断，一扇门开了，探出一个男人的半身：“你找我？到这边来。”他出了门就径自走去。范圆圆犹豫一下，跟了上去。两人沉默地走着，两侧的门都关着，沿途没遇到一个客人。空气中浮荡的香气让她发晕，像是不太正经的香气。她有些后悔，感到事情正往一个不可测的地方发展。喉咙做了一个吞咽的动作，却没有口水。

他一下拐进了一扇门，啪地开了灯，几张皮沙发围着茶几。门边写着“VIP休息室”，她张望片刻，走进去，坐在挨着门的位子。茶几上摆着一盘薄荷糖，他连剥开三个，一并扔进嘴里，往沙发上一靠，两手搭在脑后，说：“说你是搞设计的？到底什么事？”范圆圆在福建和人谈业务，哪怕就几句话，对方也要泡个茶，一杯杯地请她喝，她一向觉得麻烦，但眼下这阵仗也让她有点发蒙。这人四十多，不像干酒店的，有点道上混的气质。她正盘算着怎么把刚才的说辞改进一下，登时呆住了。灯光下韩经理那张方脸非常眼熟，她瞪着眼看了半天，却想不起来。“什么情况？”他被她看得有点发毛，“哎，不说话我走了啊。”

他脸一绷紧，那僵硬的表情让她记起来了。

“你是服务生！”

“什么？”

“我见过你，《暗格》，十七集，主角找你拿寄存的箱子。你是酒店的服务生。”

“嘿！”对方一下子高兴了，一挺身坐起来，又陷下去，说，“就几秒的戏你也能认出来？那个剧很少人看过。”

“我看了很多遍。”

“好记性，我以为就中老年才看谍战剧。”

他又嚼了一片糖，说：“那是哪年的事？我想想，那会儿是世界杯，法国队，是一八年。妈的真快。”

“是剧组来酒店拍戏，找你当群演吗？”

“差不多。是我们老板请过来的。前老板。”

“请过来？”

“他喜欢这个，电影、电视剧。投资过几部，也爱请人过来拍，他出场地和经费。就是要让他演点什么，多小的都行。”

“《暗格》当时在长沙拍。”

“对。他跟那导演认识，也不远，就过来拍了一集。那时我给他管着这酒店，就也露了个脸。他演的戏份多一点，有词。”

“还有这爱好。”

“嘿，他这人一辈子就两个爱好，一个美女，一个拍戏。姓印，印总，当年在常德那叫一个呼风唤雨，很多产业，酒店是小头。我二十岁就跟着他了。”

“后来怎么把酒店卖了？”

“破产了呗。一八年就有点苗头了，还搞了个文化小镇。资金链断了。一九年彻底崩了。酒店也抵了债，大半年的工资没给我结。出去躲了两年。听说去年又回来了，开了个小饭馆，还叫酒店餐厅的名字。”他开始讲起印老板如何不念旧情，但他也不太记恨；新老板如何重用嫡系，一点小错就把他贬到这里。

她正想把话题掰到园子上，他站起来，快步出去了。她摸不着头脑，不知哪里得罪他了。过了一会儿，他又回来，笑笑说：“抽根烟。现在的头儿屁事多，还得躲阳台上抽。以前我管事的时候……”

范圆圆说：“F栋的园子是什么时候建的？”

“一七年吧。刚小黄说园子是你设计的？”

“对的。”

“你是哪的？”

“福建的。”

“那就是了，听口音像。我们是从福建拿回来的图纸什么的。”

“怎么拿回来的？”

“你问这做什么？”他有点提防了。

范圆圆想，都到这了，干脆就直说吧。她省略了《暗格》的部分，只说朋友来这住过，看到和她画过的一模一样的园子；她到常德出差，就顺便来看看。

他说：“就是说，画图的钱你已经从上个项目收过了，就不能再收一遍了对吧？人家送我们的嘛。”他脑中没有一点侵权或抄袭的概念，范圆圆只好说是的。他放了心，接着说：

“当时印总想在酒店边上再建一个高档会所，专门接待贵宾的。正好他去福建，我陪他去的。谈一个推广湘绣文化的项目，最后没成。是在一个文创园，和园区领导在一个会所吃饭。印总说那儿盖得不错，高级，就问他们要图。本来他们只说回头找找，不一定有。后来吃完饭就打牌。我们赢了一万多。印总说，零头就算了，明天把整套图给我就行。第二天就送来一个U盘。连楼还送园子，全在里头。印总自己就有工程队，回来就交给他们做了。”

范圆圆沉默半晌，说：“建得挺好的。”

“我监工的嘛。印总说要完全按图来，建个一模一样的。别省钱，也别乱搞。就建出来了。”

“那为什么关了？”

“后来被封掉了。”

她就猜到除了吃饭那里还有点别的什么，说：“石墙砌得很好。很少见到这么好的手艺。”

“是个老师傅。老洪。这人有点毛病。”

“毛病？”

“揪得很。”

“什么意思？”

“德语，常德话，爱自己和自己死抠。”

“怎么说是毛病呢？”

“他特别能收拾。六十多的人了。没见过那么干净的农民工。衣服鞋袜，啧。工具包里一样样都排得齐齐的。听他们说宿舍里也是。他们故意把他毛巾杯子搞乱，他就不得劲，一定要摆回原位。他的活好，就是慢。施工的时候，我时不时去看看。白天墙砌起来了。有一天晚上，我买输了球，郁闷，走到那园子边抽根烟。看到飘着一个红点，我以为是贼，喊一声，原来是老洪，也叼着烟。”

“嗯。”

“他说白天做的不对劲，图有点没弄明白。我看他们垒那个石墙挺麻烦的，和砌路边挡土墙不一样。不露浆，墙有弧线，有圆角有方角，纹路还要自然。他要挑一遍石头，再依着形状敲出来，我看像拼图一样，很费功夫。老洪说，总觉着哪里没弄对，想来想去睡不着，就走过来看看。这会儿想通了。他们租在挺远的民房里。我说你这是自愿加班，不算工的啊。我走近一瞧，石头上用粉笔画了一些数字和箭头，指过来，指过去。他就着月光画的。第二天，墙又拆了一半，重弄。一周多就垒出来了。确实挺讲究的，那墙。”

范圆圆静静听着。过了一会儿，问：“这个老洪是什么样的人？”

“我想想。话不多，酒喝一点，嫖好像不嫖，赌赌得很厉害。”他是用这四个坐标来记人的。

“印总倒了以后，他到别地做了几年工。后来听说做不动了，又老输钱。去年有人在商场地库遇见过他，在做保安。”

“福建好地方，”最后他送范圆圆到电梯口，说，“就是菜没有味道。”

六

到房间已十点半了。她放下包，往床上一坐，就闻到极浓郁的雨后荒郊的味道，无遮无拦的倒闭气息弥漫在房中。过了一会儿，发现是墙角渗水。于是换了间房。

这时她才觉得饿了。傍晚只在动车上垫了一点东西。看外卖软件，都离得挺远，一时兴起，不如就去那印老板的店里吃个夜宵。说不清什么动机，她想看一眼这个人。他是她这一番追寻的始作俑者。其实她不看也知道他是什么人。无非是上世纪末冒出的无数老板中的一个。就是凭着胆量、手腕、运气、关系，还有别的什么，攀着时代的浪尖腾空而起，又随之覆灭了的那班人。而那园子凭着他对规则的无视和不惜工本，还有一个老工人的执拗和手艺，偶然地建起来了。但她还是想见见他。就像电影里那些侦探，历经险阻，锁定了旧案凶手，但已过了追诉时效，或没有证据，就默默地找过去，什么也不做，隔着人群望着他。

坐电梯下到餐厅那层，看了餐厅名叫“山滋海味”，搜地图，果然找到一家，营业时间到十二点。就叫了车过去。

店里除了她就一桌客人。不大的馆子，十几张桌子。她点了常德炖粉。“这个粉炖不烂的，多炖会儿，越炖越好吃。”点菜的阿姨说。常德的粉是圆粉，白嫩嫩的，在一锅红油里载浮载沉。老板似乎不在。正等着吃，听旁边一桌人喊着“印公子印公子”，有一个鼻梁挺高的男生，眯缝眼，笑骂着他们。似乎是那印老板的儿子带了伙朋友来。她想起进门前看到的几台花哨的机车。她真饿了，埋头吃起来。一会儿从后厨走出来一个大高个，一面走一面脱下白围裙，里边竟是西装马甲和衬衫，又拿起椅背上搭着的西装套上，扯扯袖口。也是高鼻梁，浓眉，年轻时应该挺上镜，只是发了腮。

范圆圆举着筷子，忍住了笑。他是“壁炉”。

“菜怎么样？”他冲那群人嚷，“厨师有事先走了，老子炒的！”

“哎哟喂，吃上印总炒的菜，难得！”

他头发已是浅灰，用发蜡往后抹着，眼周皱纹不少，像一只苍老的狮子。但比范圆圆想象中爽朗快活得多。有些人顺了一辈子，那种欢畅已经沁到骨髓里去，就算落魄了也还是一样。

“不说五星，我这水平到四星酒店混口饭吃那是一点问题没有。”

“盐再少放点就能混五星了。”

他儿子说，大家笑。结账时，范圆圆注意到柜台边一面墙。全是他的照片，和各种明星的合影。大多是不认识的，就认出一个刘青云，光着头。

“《暗花》看过吗？”一个声音在身后说。是印老板。

“好像看过。”

“梁朝伟到港澳码头逃命，候船室里一群人，里面有一个是我。”

她故意问：“你当过演员？”他笑笑。

“我这辈子就两个爱好，一个是拍戏，”他朝满墙照片一挥手，范圆圆盯着他看，“一个是慈善。你别看这馆子，我以前捐出去的钱够买几十个了。电影是美。慈善是善。做生意讲诚信，是真。钱呢，是最小的事情……”范圆圆没听他讲完，笑起来，转身出了门。

当晚睡了极沉的一觉。

早上七点多，她在一片光亮和鸟声中醒来。原来睡前忘了合上帘子。昨天一整天，她被纷至沓来的印象和情绪搅得累坏了。望着天花板又躺了一会儿，觉得疲劳渐渐消散了，身体被那光亮和鸟声所充盈。走到窗前，是明净的天，几缕云凝在山际，凉意使它们有些肃然。一低头，臆园就在下面。她特意换了这个方向的房间。她像“抽屉”那样俯瞰了一会儿园子，穿好衣服下楼了。

早餐是半温的粥和发酸的咖啡。她在沉思默想中服下，觉得今天什么也败坏不了她的兴致。

她是翻墙进去的园子。墙不高，矮的一段只到她腰际，范圆圆这辈子没做过这样的事情，但这时她觉得可以。这是她的园子。

先慢慢走了几圈。走过那展馆，如一座锁闭的荒宫。落地窗本来垂着百叶帘，已经滑落。隔窗望见卸下来的水晶吊灯，委顿在大圆桌上。一个房间安了许多镜子，天花板也有镜子。

园路上黄叶堆积。小池底剩一层积水，在几块野山石间浮漾着天光和枯叶。云影从其间移过。朝阳在石墙上拓印着松枝。那几道石墙砌得真好。大与小、方与圆的搭配，表面的质感，蜿蜒的曲线，与树木相掩映的效果，完全如她所愿。她对做事讲究的人都怀有敬意，但对那个老洪几乎是感激。她做过那么多项目，从没有人这样耐烦地满足过她的偏执。石墙比镜头中所见的旧了，石缝间勾勒了青苔，且伸出许多草茎，纷乱的细线，如笔尖扫出的。常德的气候较闽南冷，其实照搬植物品种是不合理的，所幸她方案中几种草木都耐寒，但因疏于管养修剪，这时不是蓊郁得过分，就是近乎枯死。石阶上也蒙了青苔，滑腻的绿，边缘冒出许多虎耳草，密密的圆叶子漫过了石面。日光和土地对她的设计自行作了一番增删。在这秋日的早晨，却另有一种放肆和苍劲，那是她所欠缺的风格。

她拂去池边石上的落叶，坐下来，抱着膝盖，看着这园子。一只虫子，是山仙子吧，在草间叫着，是一种银质的敲击声。这样坐了许久，她对臆园、对自己有了一个较通透的印象。这是一个不错的方案，或许相当不错。但称不上什么杰作。当园子真如她臆想般地造出来，激赏之余，她也看出了其中的不足：园路的线形有斟酌的余地，石墙漏景处可以多一些，池边的置石稍显刻意……这些细部不足以动摇臆园之美，不减少她的快慰，但逐渐使她觉察，且终于接受，她并不像自己之前认定的那样有才能，有着被行业弊病所抑制所污损的灿烂的才能。她是一个挺不错的设计师，但也就是这样。而且很快就不再是了。捡了一片叶子，在手心里捏碎了，拍拍手，站起来。

这园子正在最好的时候，她想。那种放肆和苍劲，那些溢出她方案之外的色彩和线条，那些因疏于维护造成的衰败之美，在这个秋天已到了顶峰。如此再过一年，最多两年，这园子就要无可避免地破败，荒芜将统治一切。廊柱会朽坏，石墙有一日也会倾颓。此刻的臆园正如一枚微微腐烂的果子，沉浸在醉人的甜香中，内部已开始溶解。

她忽然很想喝一杯酒。

就出了园子，绕回大堂。那个吧台这时没有服务员，她就问前台能否让她买一杯威士忌。前台已不是昨晚那个热心的姑娘，一个戴黑框眼镜的男生客气地回绝了，说负责吧台的同事还没来。那吧台离前台不过几步远。她心想这酒店真像一个王朝的末世，根基千疮百孔。她今天好像特别的蛮横，一点不顺心都不行，坚持说，要不我自己来，记在我房卡上或者扫码给你可以吗。前台想了半天，说，那还是我来吧。给她倒了一杯双份威士忌。

她拿着酒回到园子边，把杯子放在墙沿，笨拙地翻进去。又端着杯子，坐在园中，环顾四周，慢慢地喝起来。山仙子已经不叫了。凉风卷着枯叶在石板上巡游，园中只有那窸窣的脆响。

七

下午三四点钟，天地间有一种清透的光。江面是无可形容的颜色。通体是温软的碧绿，近岸处掺入草木的沉郁，云影下更沉郁，偶尔有平如镜的区域，就吸收天的淡蓝，云的白，随即糅入波纹，波纹推移着远去，远远如一层透明的釉质。日光的碎金横贯江面。

她握着渡轮的栏杆，握久了发现手心有锈迹。想起一句词，记不全，她刚在心里念了一遍“水天清，影湛波平”，就闻到淡淡的机油味。于是走向船尾，望着被船头犁开的水面在远处愈合。她沉静下来了，置身于这澄明的时间，这静静流逝的空间，望着对自身的流逝安之若素的江水，她决心把一些旧事想想清楚，回顾这些年的哀乐是如何交替的，将那些考试、恋爱、工作中的荣辱、微不足道的心绪，都重温一遍。可是两个小孩跑过来，抓着栏杆蹦跳尖叫着，然后是一个母亲的厉声喝骂，一直一直骂着，听久了她觉得被骂的是自己。刚要走开，渡轮已靠岸了。

在江岸上走着，沿着江流的方向。有一个地方没有石栏，裸露着草与泥，她走过去，蹲下，伸手去摸那江水。她忽然想到一个奇幻的情节。她刚出生时是以沅江命名的，或许有什么冥冥的牵引，比如她的命运是这江水的隐秘的支流，一旦相接触，她就要融化进江水中，成为无穷无尽的涟漪中的一缕，在某个黄昏微微一闪，然后了无痕迹。可是指尖入水，秋水冰凉，什么也没发生。她指望着江水会为她洗涤掉什么，或注入些什么，赐予她某种疗愈或启悟，可什么也没发生。沅江只是漠然地流着。

脚边恰好有一枚小石子，扁扁的，嵌在泥土中。她捡起来，往江面抛去。她不会打水漂，只跳了三四下就沉没了。那些涟漪还没平复时，她轻轻叫了声，外婆，外婆。这时她闻到了江水的气味。也许是水中浮游生物或水边淤泥草叶的气味，说不清好闻还是难闻，只是莫名有点亲切。她深吸一口，记住了这气味。

她又沿江岸走了一阵，走到一带沿江种着柳树的地方，像是公园，她在柳树间的石椅上坐下。常德很多柳树，好像叫柳城。柳条已经黄了。她坐在那里，凝目久望，渐渐觉得枝叶的摇摆、江水的闪烁，有着相似的韵律，像在隔空交谈着，以光和风的密码。语句越过她头顶交织着，只是她听不明白。

沅啊沅，她在心里问，你要流到哪里去？你是一条什么样的江？一条忙碌的江，或者孤僻的江？好像对谁也不搭理。一条大气的江，或者健忘的江？好像什么也不在乎。你这样流了多久了，偶尔也觉得累吗？

胡思乱想被一阵喧闹惊飞了，鸟群一样散去。回头一看，不远处停了一辆推车，炉子上煨着一锅玉米，还有一笼一笼裂开口的栗子。是一个脸色紫黑的胖子，袖套和围裙都脏极了，在推车边挂了一只钢炮似的音箱，隆隆咚咚地贴地震着。那声音与其说招揽不如说驱散客人，完全是他在自娱。她气恼起来，好像所有人串通好了，轮流来搅扰她和江水间的寂静。正要走开，看到一个上年纪的妇女，发髻蓬乱，牵着小孩，走过去和那摊贩大声地互骂起来。她以为是在抗议他的噪声，听了一会儿，原来在砍价。简直杀气腾腾，相互比赛着不屑，佐以悍然的手势，在咚咚的音浪中各喊了一阵，妇女拖了小孩作势要走，小孩一步一回头地望着那锅子，妇女板着上身，撇着脚走，气势很足，步伐却慢了。摊贩冷眼看着，忽然看笑了，说，算了算了，妈的，三块五三块五。小孩终于擎着一根热腾腾的玉米走了，那妇女，大概是他奶奶吧，低头数落着他，走远了。音响还在震，摊贩刷着手机，肚子随节奏惬意地摇摆。

范圆圆在石椅上继续坐着，抵抗着音浪，回味刚才那番粗野的争执。不知为什么，比起她和江水之间那忧郁的寂静，那一幕似乎更吸引她，里头有一种强健的东西，是她纤弱的神经更需要的。是和她想化为涟漪的念头完全相反的一股劲。

她站起来，往前走了一段。算算时间，一会儿要回趟酒店再去机场。晚上的飞机。背包并不重，但她非常不想带着电脑来江边，于是退房时寄存在前台了。她算着还能待多久，这时有一种奇异的感觉，她一抬头，望见前面远远走来一个和尚。一身白色僧衣，微微飘动，还看不清眉眼，只觉得他脸上非常清朗，身材也颀长，一手提着一条细细的禅杖，迈步向她走来。他的身影印在这公园中如同幻觉，和周边景物简直不在一个图层上，是从钟鼓悠徐的世界移过来的。有一瞬间，她甚至觉得他是江水的化身，从容，明澈，怀有各种问题的答案。她和他之间，有一条岔路背离江水，通往公园的别处。她突然想，如果他径直向我走来，那我就不辞职，继续忍耐下去；如果他拐入那岔路，我就辞职，去当一个插画师或平面设计师或别的什么。她站直了，凝望着他一步步走来。可他走了几步，停住了，转向石栏，环顾着江面。这时她注意到，那和尚手中的禅杖有些怪异，黑亮而细，好像是登山杖。再一看，竟然是一根带支架的自拍杆。她愣住。那和尚已掏出手机，安在杆头，背对江水，举起来，对着镜头说着什么，频频转动着脸颊，像在挤眉弄眼。原来是一个主播。

她顿时觉得非常滑稽，不是那和尚，而是一旁有所期待的自己。越想越忍不住，笑声冲口而出，远远振荡开去，和江面上的波光相贯通，那波光像是笑声的一种明亮的形式，一路闪烁着闪烁着，消泯在对岸的树影中。她好几年没有这样大笑过，笑得眼泪都出来了，扶着石栏慢慢蹲下去。过了好久才平息。

这时她才感觉到沅江的注视。是那样一种若有若无的泰然的目光，好像把她的一切经历、种种念想全看在眼里，存于它潺潺的意识中，但不加干预，就这么泰然地注视着。片刻后又感觉不到了。江面绿得像在出神。沅，沅，临去时她在心里念着，并且说出声来。柔和，微微上扬的音节。她一路走，一路想着：以后当我念出自己的名字，有一条江在那个音节里秘密地流淌。

走了很远，隔着树林，还听见那摊贩的音响隐隐地震着，一下，一下，平稳，强健，好像是沅江的心跳。

原载《收获》2024年第6期

去县城的路上

胡性能

1

这条黑暗中的隧道阿站走过多次，每次都精疲力竭。当然都是在梦中。他坐火车的次数不多，更没有徒步穿越隧道的经历，可为什么这种离奇的体验会在梦里一再重复？隧道里光线黯淡，空气稀薄，两条铁轨在身后的入口处反射着金属的亮光，像黑色巨龙伸出的触须。单调的脚步声、水滴声，还有隧道前方无尽的黑暗，令阿站感到呼吸困难。他机械地迈着沉重的双脚，还隐约闻到了隧道里轻微的霉味。一如既往，他感到孤独、无助，直至看到远处隧道顶端有一条细缝透出光亮。阿站朝它走了过去，看到那条发光的细缝往两侧撑开，露出了他卧室上方带有亮瓦的屋顶。

从睡梦中醒过来，阿站将放在侧边的另一个枕头放在颈下，深吸了一口气，又吸了一口，望着屋顶上的那块亮瓦，他看到橙红色的光线照射进来，在对面墙体的上端，留下一块菜板大小的楔形光影。这当然是因为碰上那种阳光灿烂的晴天。如果整个白天都待在楼顶的卧室，就会发现那个金黄色的光影会从对面墙上缓慢移动到这面墙上，然后在接近屋顶的地方消失。上午的光影与下午的光影颜色不同，形状也不同，而夏天光影的位置与冬天的也不一样。有时，阿站会觉得他的卧室里仿佛藏着一个无形的大钟，耳旁甚至会传来咔嗒咔嗒的声响。

这是阿站搬过来住的第五个年头。当初装修房子的时候，他不顾妻子小玉的反对，固执地让人在斜面屋顶凿开瓷砖那么大的一个洞，装上了一块透明的玻璃采光瓦。就在他枕头的斜上方，一睁眼就能够看到。曾经，他目睹过一片褐色落叶掉在上面，像一只眼睛，令人有些惊悚。几天后落叶不见了，估计是被夜里大风刮走的。去年夏天的某个清晨，下过一次巨大的单点暴雨，隔着几寸厚的水泥板，都能够听到雨点砸击在屋顶细碎而密集的声响，好像那场雨就是冲着他的房子而来的。阿站当时躺在床上，看沸腾的雨水在亮瓦上流淌，觉得自己好似置身于一条河流的底部。冬天的时候，他还看到过雪花一片片掉落下来覆盖住了亮瓦，银白色的一块，像梦境一样轻柔，那样的夜晚大地一片安宁，容易入睡。

借着亮瓦透进来的亮光，阿站将左手握了起来，放在眼前端详。看似完好的手，只在手腕侧面有个不易察觉的疤痕。他紧攥拳头，用力，再用力，像是要牢牢把什么东西握在手里。阿站看见自己弯曲的拇指、紧绷的指节，以及指节上的一条条纹路。他想起师父王九说过，左手拳头的大小，约等于心脏。这时，他感觉楼口那儿站了个人，望过去，是妻子小玉。

“醒了？”小玉问。

“醒了！”

“那我去给你煮早点。”小玉说着反身下楼。

昨天晚上睡觉之前，她上楼来，摸了摸阿站的额头，说烧退了，让阿站把她端上来的姜糖水趁热喝了，再发身汗。现在，阿站望着眼前攥紧的拳头，感觉自己缩紧了几天的心脏，正在慢慢恢复原状。他偏了一下头，看了看床头柜上放着的那台圆形座钟，秒针的尾端有一只袖珍的小公鸡，正在啄食虚拟的米粒。表盘上的时针已指向八点。

在家躺了几天，感冒已经好得差不多了，狂风暴雨砸击过的土地又恢复了宁静。每年夏天，他都会病上一次，仿佛身体里有两只镶嵌的齿轮，其中一只某处有个缺口，每当转动到那儿，齿轮总会打滑，让他有那么几天持续的晕眩并发烧，走路时地板会晃来晃去。这是阿站一年一度的劫，持续十年了，像预先设置的闹钟那样准确。但过了此劫后，他的身体会在接下来的一年里水净沙明，不再有那种混沌的时刻。

一年中，除了病的这几天，阿站几乎不休息。他任劳任怨，无论多么艰难的活计，都风雨无阻。病愈后的阿站从床上起来，将双臂高高举起，转动了一下手腕，伸了个懒腰，感觉自己像是一只从冬眠中苏醒过来的动物。洗漱池在阁楼入口的地方，池子上方镶嵌了一米见方的镜子，顶端安装有长条形的卷灯，柔和的光线从那儿弥漫开来。这是几天来他第一次认真洗漱。阿站在镜中看到自己的脸。病了几天，他以为脸色会很差，便将头凑近仔细观察，发现比预料中的要好。也许这几年长胖了，阿站的脸看上去不再像过去那么狭长。洗漱完之后，他对着镜中的脸凝视了片刻，然后把老婆专门为他买的大宝护肤霜挤了一些擦在脸上，对着镜中的自己笑了笑。

早餐是面条。酸辣面。但小玉习惯在碗里给阿站放上两个油炸鸡蛋，说是这样就能保证他一天的营养。烧退了，人有了精神，几天以来阿站第一次有胃口，他往面条里又加了一勺油辣椒，吃得满头大汗。

2

“有些人长在中年！”吃完早点，阿站开车去服务队，路上，他想起当年母亲对他的安慰。阿站读初中时，毕业前，班上通知每位学生要交几张一寸大的免冠正面照，阿站便去了县城的照相馆，正襟危坐在一面白墙前，面对摄影师的相机，他努力屏住呼吸，脸上的肌肉变得僵硬。几天之后他从照相馆取出照片，很沮丧。照片上的人是自己，确定无疑，可他又不愿意承认这是自己。阿站甚至想把照片撕掉，他没有想到自己正儿八经照下相来，会是那样的丑。回到家后，阿站闷闷不乐，母亲知道了原因，宽慰他说，有的人长在少年，有的人长在青年，还有的人长在老年。那个时候他不太相信，但现在，他觉得母亲的话说得有道理。至少，他比以前更能接受自己的样貌了。

其实只是休息了几天，可阿站觉得自己像是有很长时间没来上班了。车窗外，早晨清新的空气灌了进来，让人神清气爽。又到了夏天，空气中充满了植物蓬勃生长的气息。经过钢结构厂、小纹溪大桥，翻过一道隆起的低矮山梁，便能看见不远处灰色围墙里的殡仪馆。公路边，有鞭炮炸过之后留下的一地纸屑，阿站从打开的车窗里闻到了熟悉的硝烟味。路过殡仪馆大门时，他侧头朝里面望了望，看到许多戴黑纱和白花的人，正三三两两聚集在院坝里交谈。服务队的办公室租的是殡仪馆旁的一个农家院子，里面有一栋两层的红色砖楼，围墙也是红砖砌成，一人多高。以往，阿站总是来得早，但他会把车停在围墙外的路边，把院子里的空地留给其他人。但这天他将车开进了院子，停在了过去队里“金杯”车停的地方。阿站从车里下来的时候，看到了院子里停的车和摩托，知道早上队里的人都来过了。他掏出钥匙打开办公室，屋子里没人，师父他们一早去了中水乡，那儿出了事故，死了不少人。

从门后的挂架上取下抹布，在屋外的水池里浸湿后又扭干，阿站把办公室的茶台、桌子和椅子统统擦了一遍。殡仪馆围墙边高高的烟囱里，每天都有人顺着那条管道爬到天堂，留下的肉身焚烧之后，会有些细小的粉尘飘落下来。所以大家每天到办公室的第一件事，就是擦拭桌凳。以往，这件事大多是阿站来做，谁让他总是比其他人早那么一点到队里呢?

早上还在家中吃早点的时候，师父就打来电话问了他的病情，此时他们正开着队里的金杯车行驶在去中水的路上。中水是离县城最远的乡镇。乡村公路，交警鞭长莫及，农用车常违规用来当客运车，这次还超载，车从高崖上坠落，尸体掉落在深涧里，收殓的难度大，除了阿站，队里所有的人都赶过去了。否则，阿站还能在家里再休息一天。

上午处理了一些杂事，下午才想起来，又忘记吃药了。小玉每天都让他吃粒复合维生素，说是对身体怎么怎么好，可阿站觉得没用。他一年四季与尸体打交道，看到有人每天一把把保健药吃下去，比谁都注重养生，最后还不是早早走了。但想到老婆的叮嘱，阿站还是喝了口茶水，一扬头，把药片吞了下去。

以为这一天不会有什么活计了，正在这时，电话响了。是老丁。他的声音像是经过了纱布的过滤，沙哑、有气无力。老丁是医院里常年给队里提供活计的人，他说有人要急送，到昙城，还特意叮嘱病人是刘主任老乡，怕是挺不过今晚了，要赶回去。城里人大多在医院咽气，乡镇人的习惯，更愿意留着最后一口气回到老家，就像落叶归根，办丧事啊守灵什么的，都方便。

听说去的是昙城，阿站并没有像老丁催促的那样立即出发，反而是慢吞吞倒掉泡了大半天的旧茶，来到茶台后面坐着，烧水准备另沏新茶。办公室对着门的那堵墙下，有一个树根雕制的褐色茶台，上面放着一套景德镇产的青花瓷茶具，没事的时候师父就坐在墙下泡茶。最近两年，师父迷上了云南的普洱茶，烫杯、洗茶、泡茶，师父做得有板有眼，每喝完一口茶，还习惯性地把杯放在鼻下闻一闻，夸张地说能够闻到稻花香、玫瑰香或者橘香。阿站没这么讲究，他喝绿茶，一个大容量的浅蓝色防爆太空杯，抓把茶叶丢进去，一杯茶可以喝上一天。但这天阿站接了老丁电话后像是有了心事，他等茶台上的电水壶咕嘟咕嘟响了以后，摸出手机，拨了队友刚子的电话。

电话里的彩铃声一直响，但没人接。

自动烧水壶，到沸点后便会自动断电。阿站握住电水壶的手把，将开水冲进太空杯，看见卷成米粒大小的茶叶在水里慢慢舒展开来。停了一会儿，他又拨了师父的电话。通了。

“师父，你们那儿情况怎么样？是不是在回来的路上了？”

“还没呢，崖底有个水塘，还不晓得有没有人掉在里面，”师父的声音里夹杂着风声，“今天能不能回来都难说，回来也会很晚了！”

“噢！”阿站略微有些失望，“师父，老丁派了个急活，送人去县城……”

“绳子，绳子，卡住了！刚子二毛快来帮忙。”电话那头好像很忙，师父说，“忙着呢，挂电话了啊！”

望着手中的电话，阿站想，看来这次躲不开，得跑趟县城了。

3

阿站坐在驾驶室里，将车窗玻璃摇下，手肘搁在车窗外面，嘴中喷出的烟雾间歇性地飘了出来。五月，天气已经变热，即使是在医院，穿裙子的人也多起来了。这时阿站看到一辆滑轮车从住院部大门推出来。几分钟之前，老丁催促的电话打到了阿站的手机上，阿站说已经在住院部门外候着了。隔着一个长条形的花台，阿站看到病人身上盖着一床红色缎面的被子，但戴着黑色绒线帽子的头露在外面，这意味着滑轮车上的人还活着。服务队除了处理尸体，护送病入膏肓的患者回老家也是业务之一。阿站轻轻点了一下喇叭，示意对方自己的位置，并从驾驶室里跳下，准备搭把手。

几个穿着蓝色大褂的护工推车的推车，拿杂物的拿杂物，朝他的车走了过来。一个中年女人跟在旁边，像是家属，抱着个塑料编织袋，一脸的倦容。

送人用的是五菱宏光面包车，改装过，后面的座椅取了，铺上一块草绿色外套的海绵垫子。车身也重新喷了蓝白相间的油漆，晃眼一看还以为是救护车。阿站绕到车后，打开车门，准备和护工一道，把病人转移到车里。这时病人挣扎着想起身跟旁边的中年女人说话，似乎是想要交代什么，却没余力让声带颤动，发出的声音嘶哑而短促。

“带上了，带上了！”中年女人答复病人，声音里带着轻微的焦躁。病人这才不再挣扎，放松下来躺在垫子上，手伸了出来，尽是明显的骨节。不仅是手，病人眼眶和脸颊都内陷进去了，嘴皮失去水分，萎缩得厉害，就像是骷髅头上蒙了一层蜡黄的绵纸。

阿站帮着抬病人，他低头下去，近距离看到那张皮包骨头的脸。病人的眼睛紧闭着，嘴微微张开了条缝，因疼痛发出嘶嘶的声响。阿站心一沉，他看到病人左嘴角上方有一颗痦子。尽管病人的皮肤萎缩，肤色发黑，可那颗痦子仍然很明显。阿站的头皮有一些发麻，这颗突然看到的痦子让他感到恍惚和虚幻。

站在车旁的中年女人两眼发红，打了个长长的哈欠。她爬进车厢，依次接过护工递过来的杂物，将它们摆放在病人身侧。

“是你什么人啊？”阿站问。

“还能是谁啊，这种时候，吃苦受累的还不是女儿？”中年女人说着，背对着车头坐在了病人的头旁。护工们散去，阿站关上面包车后门，爬进驾驶室，呆坐了片刻才启动汽车。面包车发出熟悉的马达声，朝医院大门驶去。临近晚餐时分，医院里人来人往，热闹异常，像个超市一样。院内道路人们无序穿行，阿站放慢车速，他背对着车厢，看不到病人的脸，但刚才看到的那颗痦子一直在他眼前晃动，让他心神不宁。

阿站将病人那张瘦得脱相的脸，与记忆中“痦子”的脸两相对照，觉得有些相似。病人的脸尽管被病痛折磨得扭曲变形，但嘴角左上方的那颗痦子明显，又是县城人，年纪也差不多……阿站确定他们是同一个人。难怪一早他在洗漱池边洗漱时，右眼跳个不停。左眼跳财，右眼跳灾！阿站警惕起来，怀疑这趟送病人去县城，会不会碰到什么不顺的事情。

太阳西斜，面包车穿行在县城熟悉的街道，阿站隐约感到就像是在与什么东西告别。人行道上下班回家的人，街道两旁商铺里传来的音乐声、打折商品的吆喝声，路灯电线杆上挂着的红色中国结……面包车驶往城外，所经过的一段环城路正在进行排水改造，一侧路面被剖开，泥土翻卷开来，排水沟裸露，沟边混乱地堆放着一些灰白色的水泥管。因为正值雨季，再加上汽车轮胎碾压，道路变得泥泞。前方，公路边窜出一位交警，将阿站前面的一辆车拦下。隔着几十米，阿站就看到一辆农用车抛锚在路边，车体红色的油漆剥落，司机站在路边束手无策。因排水系统的改造变得狭窄的环城路变得非常拥挤，往来的车辆只能交替驶过，喇叭声此起彼伏。估计还得等上一会儿，阿站熄掉发动机，将汽车停在路边，望着对面的汽车一辆接一辆驶来，绵延不绝，像是永远也不会停下来。

一些往事在心中沉渣泛起，却又理不清个头绪。过了一阵，阿站他们这一侧的车才被放行。路面溃烂得不成样子，挡风玻璃前方是一眼望不到头的车辆，阿站担心此时要是再有一辆车在前面爆胎就麻烦了。谢天谢地，车速虽然缓慢，毕竟顺利通过了这段拥堵的路。阿站换了个挡，斜眼看了看仪表盘上的时间，已经快下午六点了。

也许是面包车驶过这段环城路有些颠簸，车厢里传来病人的呻吟声。从业十来年，阿站几乎每天都会出入医院，什么样的病人都见过了，他估计自己拉的“痞子”患的是癌症，否则不至于瘦得那么脱形。怎么偏偏由自己送“痞子”回家？阿站觉得这事巧合得有些离谱，心中有些不安，他猜不透这种巧合中，究竟隐藏着命运的什么算计。

之前停在路边等待会车时，阿站注意到，在他身后的车厢里，中年女人给病人喂了药。是止疼药还是镇静剂？过了一会儿，病人停止了呻吟，车厢里安静下来。阿站扬头往斜上方望了望，他在后视镜中看到了自己的脸，但仅限于眉骨和眼睑之间那个区域。早上洗漱时他曾观察过这张脸，但此时，他发现自己的眼神正在变得阴郁。

经过猪鬃厂、中石化加油站、烟草公司仓库，这些单位过去都在城郊，现在全都缩进城来了。这几年县城像气球一样膨胀，似乎也顺带改变了周边的地理，阿站茫然地望着窗外，第一次感觉他生活了几十年的县城是那样的陌生。终于出了城，驶上213国道，走了几公里后，前方出现一个岔口，有蓝底白字的路标，往右的箭头指向“昙城”。

昙城并不是一座城，它只是一个乡镇的名字，至今阿站都不知道它名字的由来。随着车速加快，公路两侧的行道树、零星建筑、菜地、塑料大棚在后视镜中越来越小，然后彻底消失，有如船尾的泡沫破灭后又融化在水里，阿站的头皮一紧，他感觉到挡风玻璃的前方，暮色正汹涌而来。

4

去昙城的这条乡镇公路，阿站当年曾跟随运货的卡车跑过多遍。空车的时候，他曾经坐在驾驶位，在老师傅的指导下，见缝插针地学习过驾驶技术，幻想着自己某一天也会成为一名卡车司机。他觉得自己已经熟悉这条公路的每一个坡道和弯道。但事隔十来年，当他驾车重新返回昙城，熟悉中透出的竟然更多是陌生，这令他有一些恍惚。有一段路，两侧皆是条形土地，新麦收割后，地里整齐的麦桩还没有来得及拔除。

走在这条路上，他当然会想起吕磊。他们一度过从甚密，像配对的桌椅，如今却天各一方。已经有好些年没见到吕磊了。最后一次见到是在哪儿？阿站的记忆在吕磊这儿打了个结，像几股毛线缠绕在一起。但他至今能清晰地想起吕磊的样子来：肥头大耳，梳了个大背头，还上了发油。那一年阿站下岗赋闲在家，之前他在水泥厂上班，厂子垮了，正当阿站感到前途一片茫然时，吕磊突然来访，他穿着宽大的黑色夹克和同样颜色的西装裤，黑色的尖头皮鞋擦得锃亮，看上去像一个发了财的老板。说起来他也算是阿站的远房表哥，但血缘关系远得虚无缥缈，甚至连他们自己也说不清楚。两人曾同在翠华中学读书，吕磊高阿站两个年级，与其他几个同学常在一块儿玩，并且给自己这个小团伙取名叫翠华五鹰。

吕磊读中学时就提前发福，身体里像是加入了苏打粉。但他脑子灵活，主意多，从那时开始就有大哥的派头。其他人叫他大哥，唯有阿站还叫他表哥。两个人的关系特殊，在团伙里的地位就会很微妙。阿站中学毕业，去了县城的水泥厂，而吕磊考到外面去读书，回来只工作了两年，就下海了，此后两人几乎断了联系。再次相逢，阿站发现吕磊气质变了，他喜欢用戴着金戒指的右手，夹着一根雪茄。偶尔，他会将雪茄放在鼻子下面，噘起嘴，从左到右，像吹口琴那样缓缓拖过。这样做时吕磊的眼睛微微闭着，很享受的样子。是他告诉阿站，雪茄的味道很好闻，醒脑。

吕磊在昙城乡弄到一个工程，是一段乡镇公路的路面改造，原来的泥土路面，要用砖块大小的石头镶嵌，然后压实，被称为弹石路。工地说是在昙城，但有点偏，从乡政府出去还有好一截路程。

“表弟，要不，你跟我过去一起干？”吕磊说。

一句“表弟”，唤醒了同为五鹰成员的峥嵘岁月。他们当年在校园里抱团，称兄道弟，但毕业以后，就各奔东西了，但彼此的情谊，还是与其他同学不同。

吕磊开给阿站的报酬不低，包吃包住，每个月还有五百块。吕磊说：“如果工程顺利完工，挣了钱，还会发一点奖金！”

那是遥远的1997年，五百块的月薪是阿站在水泥厂的两三倍。阿站有些不相信，他说自己又没得啥子技术，不知道去工地能干啥。

“看工地嘛，我需要个助手，你不晓得那儿的农民狡得很，”吕磊以一个城里人的优越口吻对阿站说，“人㞞了莫得行，守不住工地，表弟你的气场强，镇得住当地人！”

当天下午，吕磊就开着他的二手桑塔纳把阿站带去县城南郊的停车场。有一批货要从县城拉去昙城的工地，吕磊雇用的大货车，在南郊停车场等待装货。那时，碰到要创建卫生县城，规定白天不允许大卡车进城，所以拉到昙城的货物，只好找微型车拉到停车场来装车。交代完后，吕磊便开车先去了昙城，说是会在那儿等阿站他们一道吃晚饭。阿站守着空车等着装货，他将自己的行李包放在驾驶室车门边当枕头，跷着二郎腿躺在座椅上养神，没想到还真睡了过去。

醒过来，是因为微型车陆续拉了货物过来。阿站像个监工，看着货物在车厢里码好。装完货后，司机将车厢门上了锁，又围着卡车绕了一圈，对着几个车轮踢了几脚，拍拍手，与阿站先后爬上了驾驶室。卡车摇摇晃晃从停车场里开了出来，像浪涛里失控的舟船。那是四月下旬的一天，气温已飙到二十多摄氏度。对于一个水泥厂的下岗工人来说，重新找到工作，有如落水的人又爬上了岸，阿站对未来的生活充满了向往，那个时候的他并不知道，会在昙城经历铭心刻骨的事情。

就像是某种预兆一样，阿站第一次押着货去昙城，路上就遇到了麻烦。从县城去昙城，途中会经过一条叫黑堰沟的峡谷，当他们抵达那儿时，夕阳已经爬上右侧的那道崖壁上方。这条乡镇公路，司机已经开车跑过多次，他指着右前方山崖上的一道裂罅对阿站说，那石缝里放着好几具棺材。

悬棺啊？这事阿站以前隐约听说过，他仰头望着那道崖壁，发现那道崖壁已被阴影笼罩，上面的石缝看得不太清楚。一两百米高的悬崖，石缝离地面七八十米高，里面真要有棺材，怎么放进去的呢？

“要是爬上左侧的那个尼姑庵，就能够看到石缝里的那些棺材！”司机指着左前山崖上的一处建筑说，“用望远镜在那儿看，那些棺材看得清清楚楚！”

隔着一条水流不大的小河，安放悬棺的崖壁下，有人挂了些红布条。司机放慢车速，以便阿站可以仔细观看。贴着石壁，似乎还有一些没有完全燃烧就熄灭了的香烛，阿站打了个寒噤，就在这时，俩人都听到一声爆响，伴随着排气的声音，卡车左边一矮。

“麻烦了！”司机说，“爆胎了！”

两人从车上下来，蹲在左后轮那儿查看。此时，阳光已经从右侧的山顶消失，山谷里黯淡下来，两人用千斤顶将卡车顶起，费了好大的劲，弄得一身泥土，才换上卡车的备用轮胎，耽搁了许久时间。

进入四月，白昼渐渐变长，原本他们会在天黑前赶到工地，但换好轮胎离开黑堰沟时，天早已黑了下来。当卡车穿过昙城乡时，有几个十来岁的孩子在街上疯跑，司机将远光灯调成近光灯，小心翼翼从集镇上穿过。又开了半个小时，当卡车的远光灯照着公路边一道红砖砌成的围墙时，司机说声到了。阿站看了看戴在左腕上的电子表，发现已是晚上九点，他的肚子饿得咕咕叫。

听见卡车的马达声，有人从大门里走了出来，是吕磊。

“怎么这么晚才到？”吕磊的语气中有些抱怨。

“路上爆胎了！”师傅将头从车窗里伸出来说，“在黑堰沟！”

阿站从驾驶室里跳了下来，走到吕磊身旁，叫了声表哥，卡车跟在他们身后。车灯的照射下，阿站注意到大门旁的门柱上，挂着一块长长的白色木板，上面写着“奉水公路改造第九标段指挥部”一排黑色的大字。

进了院子，阿站发现所谓的工程指挥部，其实就是一排活动工棚，有十来间，还有块几百平方米的空地，上面堆着一些施工机械，院子里黑灯瞎火的，好像没有通电。

“鲁师，鲁师，叫你婆娘热热菜！”吕磊站在院子里喊。随即，工棚有间屋子的门打开了，一位身材矮胖的男人从里面走了过来。

“这是老鲁！”吕磊对阿站介绍。又对老鲁说：“这是阿站，我表弟！”

阿站伸出手去与老鲁握了握手，感觉对方的手结实、粗糙、有力。老鲁把香烟掏出来，是云南产的红塔山，他先递了一支给吕磊，又递了一支给阿站。“不会！”阿站摆摆手说。老鲁就把烟叼在嘴上，用火机先把吕磊的烟点上。借着屋子里透出的黯淡光线，阿站看见院子里的围墙边，停放着一辆压路机，一台挖掘机，还有一些码放整齐、用于浇筑水泥的模板。

有锅铲相碰的声音传来，不一会儿，一个身材高挑的女人从屋子走了出来，说菜热好了。女人背对着屋门，光线不是太好，看不清她的模样，但感觉很年轻。

“我老婆！”老鲁吐了一口烟说道。

“五红是我们指挥部的厨师。”吕磊补充说。

“什么厨师，就一做饭的！”老鲁说。

饭后，几人坐在屋檐下聊天。阿站坐的地方正对着院子的大门，有一条路隐约通往对面的那座山。视野的尽头，是黑乎乎的山梁，其中一座山峰的剪影，看上去像是翘嘴的鱼头。

那是阿站到昙城的第一夜。

5

老鲁平头，只是头顶前端的头发稍长，看上去像是一个遮檐。他个子不高，但很结实，长相算不上英俊，但也不能说丑。那年他已经过了四十岁，年纪对于阿站来说，介于父亲和兄长之间。老鲁说一口带西北腔的普通话，在一群说川南话的人中间，有些格格不入。显然老鲁此前经历丰富，但他似乎不愿多谈。阿站猜测，也许因为年轻的女人五红，老鲁才来到了昙城。

多数时候，吕磊在外面跑，工程有许多外部的事情要协调。所谓的指挥部，常常就只剩下阿站与老鲁夫妇。老鲁喜欢喝酒，每天晚上都会来上几杯，阿站就陪陪他。喝的是昙城当地人用苞谷烤制的土酒。男人嘛，只要坐在桌子边喝上几顿酒，立即就称兄道弟——老鲁就这样成为鲁哥，阿站就成为兄嫂呵护下的兄弟。喝到酒意上脸，两个人会划上几拳。

老鲁的十个指头短粗，皆因以前练过铁砂掌，除拇指外，其余四个指头几乎一般长。指尖是厚厚的老茧，指甲只有正常人的一半，却有正常指甲的几倍厚。他的手看起来变形、呆板，但划起拳来，老鲁笨拙的指头会突然变得灵活，伸缩和变化非常迅速，激起阿站的好胜欲。

“黄鳝黄，黄鳝死了肚皮黄，泥鳅出来哭一场，虽然不是亲兄弟，同在一个烂泥塘！四季财呀烂泥塘，七巧巧呀烂泥塘……”院子里传来两人划拳行令的声音。这是县城一带风行的行酒令，阿站以前也这么划拳，但与老鲁比比画画时，他不觉得这个工地是烂泥塘，即使是，也有一种别样的温暖。

房屋建在一个前不着村、后不着店的荒野之地。相比起七八公里外的乡政府所在地，这个简陋的指挥部像个野地孤儿，感觉是被人遗弃的临时建筑。也许在此处选址，不过是因为后面就是堰沟，取水方便。所以这里平常门可罗雀，只在中午的时候热闹一阵。在公路上挥锤敲打石头的工人，都是附近村民，这是当时吕磊拿下合同的附加条件。有人到工地时带了午饭，盛饭的器皿是铝制饭盒或者带盖的搪瓷口缸。早晨来工地时将它们放在指挥部锅炉房的蒸笼里，中午便能够吃到热饭热菜。平常在指挥部吃饭的，除了老鲁夫妇和阿站外，就是开压路机的师傅、送材料的司机以及公路养护段巡游在各个标段的技术人员。

吕磊每隔数天会露上一面，主要是陪县上和乡里的人过来检查，那就得大吃大喝，鸡鸭鱼肉都得提前准备，吃饭时划拳行令的人也变成了别人。五红一个人忙不过来，老鲁也会给老婆搭把手，阿站忙着端盘子送菜。等把各路神仙送走之后，他们才会安静地坐下来，吃五红事先给他们留好的饭菜。

因为把老鲁叫作鲁哥，五红也就成了阿站的嫂子。夫妻俩一日三餐照顾他不说，阿站的衣服裤子脏了，有时也是五红帮着洗。他们每天吃一样的食物，喝一样的酒，后来阿站学会了抽烟，还抽与老鲁一样牌子的烟，连洗衣粉的味道都一样……阿站逐渐习惯了这种一家人式的生活。

老鲁右手食指上，有个月牙形的疤痕。阿站以前问过，老鲁笑而不语。但后来两个人关系亲近，老鲁才对阿站讲起他当年的经历，讲起他在缅甸九死一生的故事。是老鲁告诉阿站，缅甸有人用铁棺材养鳝鱼，杀人做鱼料。当时阿站没有想到，就在听过这个故事不久，他自己差点被沉入雨洒河，喂了里面的鱼虾或者鳝鱼。

把土路铺成弹石路，需要大量的石头，所幸县城一带遍布石灰岩，就地取材就行。早在工程动工之前，吕磊就搞定县城的有关领导，在指挥部斜对面的山洼里建了一个采石场。老鲁的主要工作是打眼放炮，这项活计胆量大于技术。炸下来的石头，质地坚硬，成本很低，直接用农用车运到工地，工人们再用锤子把石头砸成砖块大小，一块块镶嵌进路面，然后等着压路机从上面滚过压实。

炸下来的石头用不完，还会卖给其他标段的工程队。红颜色和蓝颜色的农用车前来拉运石头，不时出现在起伏如浪的道路上。在指挥部和对面山梁之间，有条小河顺着山势流淌，因处于洼地，在公路上看不见小河的身影。如果把河边那些合抱粗的老柳树砍掉，视野也许会好一些。不过，还没看到那些农用车，就能听到它们靠近的马达声。

出事前的那天晚上，阿站又陪着老鲁喝了不少白酒。之后两人坐在院子里聊天，老鲁又说起对面山脚的那条河："水主财，这个工程下来，吕磊是要发大财了。不过呢，这是老板的事，咱该干啥还干啥。"

是啊，阿站心里明白，外面说起来自己是吕磊的表弟，是帮吕磊看摊的，其实他也就是个打工的。不管吕磊怎么发财，都和他们没什么关系。老鲁还是炸他的石头，阿站还是负责看管他的仓库。

叮叮当当，工地每天都有锤头敲打石头的声音。哪怕是干活时神思恍惚，把高扬的锤子砸在手指上，也只是惨叫一声，到指挥部找半瓶云南白药倒在伤口上，用块纱布裹住，要不了几天又能够干活。所以修弹石路是比较安全的，危险是在采石场。所以吕磊反复叮嘱老鲁和阿站小心，万一出事，工程就白干了。

阿站管理仓库，负责分发炸药和雷管，还要记录放炮的情况，尤其要排掉哑炮再爆的危险，做到万无一失。而老鲁放炮炸石头，更要胆大心细。他先用掘进枪在岩石上打眼，然后填药。为安全起见，引线往往布置得比较长，等人们有充裕时间躲到安全之处再引爆。有时点燃引线后，要经过超出心理预期的等待。

凡是采石场，都避免不了哑炮。每次碰到这种情况，就有一种紧张的气息在空气中弥漫，大家屏息以待。所幸，结果总是虚惊一场。事后查看，往往是引线中途熄灭，需要换上新的引线，重新引爆。老鲁粗中有细，几次哑炮的险情，都被他安全排除。

炸药和雷管都是爆破前才领取的，阿站像一位忠于职守的狱警，认真核查用量，也包括炮眼的数量，用笔做好原始记录。放炮前，老鲁会吹响哨子发出预警。引线的长短不一，燃烧的速度也不一，所以一炮与一炮间隔的时间不一样。每响一炮，阿站就在笔记本上画上一笔，每个“正”字代表五炮。

即使这样细心，还是出了事。

6

……病人呻吟了一声。不知道是因为疼痛还是颠簸。阿站现在驾车到昙城，他发现这条公路虽然又经过改造，铺上了沥青，但路面仍旧不够平整。阿站换挡，让车速有所下降。

昙城。一别数年。

当年那个铭心刻骨的夜晚所经历的事情，还有此时这个左嘴角有颗痦子的脸，它们同时回到阿站的眼前。突然的恍惚影响了阿站，他握住方向盘的手松了一下，面包车随即像条丧失平衡的鱼，侧身滑向一旁。好在只是一个瞬间，阿站便清醒过来，急忙打了一把方向。行车偏移造成的效果，似乎是他想专门绕过路面的水坑。阿站定了定神，握紧方向盘，细汗从他额头上沁了出来。汽车的前方，是远处色泽黯淡的山峦、路边暮色中的村庄以及仿佛从过去岁月中延伸过来的公路。耳旁，是呼呼的风声。

以往，阿站不碰县城的业务，宁愿跑更偏远的乡镇。他推说，自己在那里遇过事儿，心里有阴影。队友开玩笑，说他当年在县城一定留下孽债，不敢回去面对。玩笑归玩笑，但一转眼，阿站干这个行当这么多年，的确没再回过县城。碰到县城的业务，师父照顾阿站，会安排其他的队员去。

师父对阿站有所偏爱，队里的人都知道。当年师父收阿站做徒弟时说过，不是每个人都可以从事殡葬这个行当，得命里带才行。阿站不知道师父说的对不对，如果确有其事，那么他隐隐觉得，县城或许就是这个命的起点。当年，离开县城的阿站四处寻找谋生的办法，找来找去，左右不成，最后阴差阳错，竟然找了个每天都跟死人打交道的工作。

殡葬师的收入不低，但这碗饭的确不是每个人都端得起来的。有人壮起胆子，可连太平间都不敢多待，也有人见识了几具不成样子的尸体，就再也没有坚持下去的勇气。师父曾经考验过阿站，第一天就让他跟随到医院重症室，拉回一具因车祸被撞得面目全非的遗体。那是个电闪雷鸣的夜晚，死者的面孔和肢体都已变形，一只眼珠带着浑浊的黏液爆裂在眼眶外面，好像覆盖着一层污膜，凝固地注视着阿站——在青蓝色的荧光灯的照射下。

师父示意阿站把滑轮车推到病床边，把一块蓝布扔在了床尾，歪了一下头告诉阿站："你抬上身，我叫一二三，一起用力。"阿站寻找便于用力的位置，将手伸在死者的肩下。他抬起头来，目光与师父对上，伴随着一声"起！"尸体被两人动作默契地抬起，放平到滑轮车上。

将床尾的蓝布抖开，覆盖在尸体上。师父的脸上并无一丝笑意，即使是他对阿站的表现满意。师父用手指指，让阿站推着滑轮车往电梯口走。师父按亮电梯向下的指示键，等着。

电梯轿厢宽大。阿站将滑轮车紧贴一侧，给师父让出位置。然而电梯门外，没人。阿站等了一会儿，师父还是没来，就像凭空消失了。

师父是故意的，他想考验阿站，便借故上厕所，让阿站独自与尸体待在一起。等他从厕所里磨磨蹭蹭出来，再坐电梯下去，以为阿站会在下面的大厅等他。可电梯门打开，外面同样空空如也。

往太平间方向追过去，师父远远看到阿站步伐平稳的背影。他由此猜测，新来求职的这人也许与尸体打过交道，否则难以那么淡定。

随后，师父安排阿站独自清洁死者——他就在旁边看着，没有要搭把手的意思。这是阿站职业生涯的开端，面对清洗台上被扭曲的人体，阿站停了一会儿，像是不知如何开始，也像是一种有意的迟疑，或是一种出自亲人的缅怀和默哀。清洗台上方的金属龙头，套着暗红色的胶皮管，水流将死者的身体打湿，然后被涂抹上阿站掌心里的沐浴液。然后，阿站像对待一位弥留者那样细心地处理着尸体，直到完成最后的清洗。

清洗之后，那具已经告别的身体似乎变白了，也更瘦了。引人注目的是他发黑的下体萎缩在一堆荒草里，很难想象那里也曾有过生机勃勃的春天。也许是不相信最终葬身于自己的驾驶失误，老头爆裂的眼睛睁着，阿站怎么也合不上，师父过来，摆弄了几下，死者才在师父的帮助下变得近于安详。

“你以前干过这行？”师父怀疑，他知道很难有谁第一次面对尸体可以这样从容。阿站摇了摇头，没有说话。他那时，还无法向师父提及老鲁。

从事殡葬以后，阿站处理过形形色色的尸体。有因为情杀被人用刀捅的，有亲自驾驶把自己喂进卡车底部的，有头天欢天喜地庆生、第二天就身子凉掉的，有绝望轻生喝下一整瓶农药的……当这些人到了太平间，清洗、穿衣、入殓，就都是一具具失却生命体征的肉体。阿站认真处理每一具尸体，然后把他们推进火化炉。每个环节他都十分熟练。

也有一些尸体要留着打官司，那就需要先做遗体防腐处理，先将死者的血液放干，再将福尔马林和酒精的混合液注射进血管。每当做遗体防腐时，他便有轻微的对抗和异样的感觉。那把摆放在铝盒里的刀，不知道切开过多少人的身体。人死了，心脏停止跳动，血管里的血不再流动，就像一条遍布大坝的江河，往日奔腾的江水失去了活力，成了一滩死水。

曾经，阿站对一具遗体印象深刻，那是因为死者面孔看上去与老鲁有几分相似。处理那具尸体时，阿站比平时更小心，动作也更轻柔，像是收殓自己亲人的遗骸。是与老鲁有几分神似，高矮差不多，胖瘦也相近，为此阿站还特地检查了死者的双手，查看了他的手腕。死者的手上没有老茧，十个指头参差不齐，没有血色，但死者生前保养得不错，指甲缝里没有一丝泥垢。

也许，如果时间能够倒退回去，以阿站现在的从业经验，重新面对当年老鲁的尸体，他会认真替他清理脸上伤口里的碎石，他会替他清洗头发、身体，给他整容，化最后的妆，亲自将他送入炉膛，完整收殓他的尸骨……

如今重返县城，阿站想起师父，心中充满感激。师父将一身收殓尸体的本事教给了他，无论是清理尸体里的金属，还是为残破的尸体塑形，乃至给死者化妆，师父都毫无保留。而阿站通过处理一具具尸体，不知不觉间，他当年在县城的伤痛，以及曾经铭心刻骨的仇恨，都在与死亡打交道的过程中淡化了，就像溃烂的皮肤因为清凉的药膏而渐趋愈合。

7

这些年，阿站偶尔会想起当年他在县城的经历，往事好像一只扇动着翅膀的鸟飞来，在他的大脑里短暂驻扎，然后再度飞走，越飞越远，只留下一个黑色的斑点。离奇的事情是突然发生的，那个炮炸得有些诡异。不是哑炮突然爆炸，而是老鲁在打炮眼时出的事。

出事那天没有任何预兆。风和日丽的好天气，像遮盖在灾难上面的华丽饰物。吃过早餐之后，老鲁去了采石场。按照常规操作，他会在中午之前把炮眼打好，然后等人们吃午饭休息时，他就放炮。一切都像以往那样正常。

老鲁离开指挥部不久，采石场那儿柴油发动机的响声便隐约传来，突突突的声音，像来自一挺上个世纪战争中的马克沁重机枪。谁知道是怎么回事，正当老鲁用风镐在石壁上打炮眼时，突然就爆炸了，从山体上崩出的石头，造成老鲁前额和右眼部开放性挫裂。致命伤不止一处，老鲁的腮腺还被炸开了一道四五厘米的口子，石块镶嵌进了肉里，血流如注。

听到爆炸声，阿站先是一脸疑惑，他还没有分发那天中午用于爆破的炸药和雷管，也没听到哨子的预警声，怎么就爆炸了呢？他开始以为是卡车爆胎，但声音不对。他满怀狐疑，走出屋子向采石场方向眺望。不一会儿，就看到有人惊慌地奔跑过来，不用问，阿站知道出事了。

吕磊不在工地，阿站的责任感陡然上升。他还没有赶到采石场，就看见有人把老鲁抬了下来，放在了河堤边。老鲁的头部血肉模糊，人已经没了气息。阿站在老鲁尸体旁边蹲了下来，不敢相信眼前的一切是真的。但阳光明亮、河水流动、风中有明显的血腥味，阿站不知不觉，用自己的右脚掌在泥地上搓出一个椭圆形的坑。工地上敲打石块的村民此时也停止了工作，他们远远近近围在周边。阿站在老鲁血迹斑斑的脸上，看到多处火药爆炸造成的点状灼伤。

“鲁哥！”阿站感到大祸临头。回头看到闻讯赶来的五红，他用更低的声音叫了一声“嫂子……”

躺在地下的，果真是自己的丈夫老鲁，五红掩面而泣。

指挥部的院子里，堆着一些修筑护坎时用于保持水泥湿度的草席，有村民抱了两床过来，阿站将它们小心盖在老鲁身上。

“我得去乡上给吕磊打电话！”阿站找了一辆摩托，着急地往乡上赶。有一段路湿滑，摩托车不好控制，像一头发怒的公牛，让阿站重重地摔在地上，好在他没感觉出什么疼痛，继续上路。一路上，这一年多来与老鲁相处的片段像电影倒带那样回闪，阿站忍不住哭出了声，眼泪打花了他的脸，也影响了他的视线，不得不暂时将摩托车停下，用手臂当帕子，揩干泪水。

“黄鳝黄，黄鳝死了肚皮黄，虽然不是亲兄弟，同在一个烂泥塘……”隐约听到老鲁行拳时的声音在哪里响起，遥远得，像是从另外一个世界传来。

消息传得比阿站胯下的摩托车还快，连乡政府都知道第九标段采石场死了人。值班室里的那台摇把子电话发出刺耳的机械摩擦声，数十公里外的县城里，得到消息的人迅速行动起来，像篦子一样，将县城吕磊可能藏身的地方梳了一遍，终于将这不幸的消息传到了某个茶室的牌桌上。

吕磊不信："老鲁死于打眼？你别狡辩了，一定是有哑炮你没有清点完，"他愤怒地对阿站吼道，"工程白干了，你把我害死了！我马上回来。"

阿站放下电话，他知道吕磊即使把桑塔纳车开成赛车，到这儿至少也得一个多钟头。

老鲁不是本地人，他算是入赘，老婆五红的家就在县城，是一个离工地只有数公里的村庄，阿站曾经陪老鲁一起去过，那情景仿佛就发生在昨天。此时阿站重新回到放置老鲁尸体的地方，守着他。他掀开覆盖在老鲁身上的草席，看到老鲁脸上的血污已经凝固。那张脸，似乎上了一层陈旧的油漆，看起来有几分陌生。

一切恍如梦中。河水流淌，阳光如常，附近的田地和山野清晰而明亮。而周围是脚步声、呼吸声和窃窃的私语声。阿站幻想吕磊赶到这儿时，老鲁能从草席下面坐起来，更希望眼前的一切只是个短暂的恶作剧，或者是在梦中。

阿站对上午突然的爆炸百思不解，老鲁出事以后，他飞快对过自己的笔记本，查验是否出错。昨天下午发放出去十二炮，包括火药和雷管；他的记录里，也是工工整整写了两个"正"字和一个"T"字——十二炮，不会错，没有错！而老鲁出事的这天，火药和雷管都还没发放，怎么就炸了呢？除非是老鲁自己想不开，偷偷盗了火药和雷管，去采石场自寻短见，而且他还必须从自己这儿偷到仓库的钥匙。

8

那天中午，和吕磊一起赶回工地的，还有乡上派出所的警察。确认老鲁已经成为尸体之后，大家又一同去了事故现场勘察。

然而，现场一片狼藉。采石场到处是石头，分不清哪块石头是哪天掉落的。树枝和石块散乱堆放，钻机倒在岩下，柴油发动机悄无声息。警察终于凭借自己的专业经验，找到炸死老鲁的那个炮眼，但那只是岩壁上一个毫不起眼的凹痕。

虽然不能当场给出定论，但综合各种勘查，警察初步判断是哑炮复爆，倾向于认定是老鲁操作失误。即使炸药或引线本身有问题，也是吕磊的责任。各种证据都表明，并非阿站失职导致的事故。阿站倒是自己存疑，觉得事情可能没有这么简单，尤其是他今天的炸药和雷管还没分发给老鲁，哪来的哑炮复爆？除非像警察分析的，是以前的哑炮存留，没有及时排除。阿站难以祛除心中的谜团，他感觉周边变化的光影中，人影晃动，虚虚实实，显得扑朔迷离。事故的真相只有一个，隐藏在难以寻找的线索之中。

等吕磊他们回到指挥部商量怎么办时，院子里突然冒出来许多老鲁的亲戚，他们吵吵嚷嚷，围着吕磊要说法。

为了防止意外，吕磊从城里返回时还带来了两个人，但对比人数众多的老鲁的亲戚们，他们显得势单力薄。阿站尽管择清了自己的责任，尽管他对老鲁怀有兄长般的情感，尽管他和五红一样没有从错愕中完全反应过来，但阿站知道自己必须站队吕磊。他偶尔帮上几句腔，当然也担心情况失控。吕磊低声与他耳语过几句，阿站就从这份秘密的叮嘱里明白：一定要稳住，千万不要把事情闹大。

对吕磊来说，哪怕责任全是老鲁的，只要死人的事一旦捅开，不仅要停工整顿，工程还要遭受巨额罚款，甚至能否继续都是个问号。所以，吕磊决定私了。

巨大的变故让五红几乎失语，出声的时候，也是喃喃自语发出一些重复的音节。作为受害方家属与吕磊进行谈判的代表，是五红的舅舅。那个黑脸的中年男人，精瘦，长着一对三角眼，眉毛短而黑，最为醒目的是，男人左嘴角上方有一颗痦子。令人意外的是，五红的舅舅思维敏捷，用一双精光四射的眼珠打量着吕磊，然后开出了二十万元的高额赔偿。

“你这是抢劫啊。老鲁人不在了，我没法追究责任，但他给工程造成的损失也是事实。我愿意出点钱，也是看在往日的情分上……”吕磊说。他以往朝后脑梳的头发跑到前额来了，有一绺搭在脑门上，这让他看上去好像不是往常那位信心满满的吕总。

“不要装好人，显得你多仗义似的。老鲁没了，五红以后的日子怎么办？我们农民的命贱，就你们城里人金贵？”痦子推了一把吕磊，像是动手前的警告，“二十万一条人命难道贵了？要不赔二十万，你今天就走不出这个院子！”

“对，不交钱别想走。”老鲁的亲戚们附和，并且挥动拳头，明显是在威胁。

虽然因为老鲁的事情，阿站被吕磊错怪和责骂，但那是小事。关键时候，阿站还是站出来，挡在前面护住吕磊：“有什么事情好好说，不要动手。”阿站的表情变得凶狠，目光锁定在领头的痦子身上。

“你们看着办！赔不了钱，就给老鲁陪葬吧！”痦子语气激烈，毫不退让。

“嗷——”吕磊像疯了一样叫了一声，他蹲在地上，用双手抓扯着头发，像是想把它们拔光。突然，他站了起来，喘着粗气：“二十万，就是杀了我，我也凑不够啊！你们得说一个我能力范围内的数字，这才能解决问题。”

“哼，你一个包工程的，凑不出二十万？”痦子斜着眼睛望着吕磊，“这话鬼才信。”

在痞子的挑衅和怂恿下，周围的人七嘴八舌，磨刀霍霍。阿站看着这些所谓的亲戚，似乎没有亲人离世的悲伤，在意的，只是拿死去的老鲁卖个高价。无论是对老鲁，还是对吕磊，阿站自认怀有一份对待兄长般的情义，此时的嘈杂，让阿站觉得仿佛有千军万马在身体的某个地方激烈厮杀，愤怒像野火一样从他脚底生长起来，瞬间就从他的天灵盖蹿升出来。

“你们别欺人太甚！”阿站冲着对面的痞子脱口而出，“大不了，老子用这条命赔你们！”

“你算哪根葱？你的命也值不了几个钱！”痞子轻蔑说道，并用力推了阿站一把。

阿站怒目而视，紧攥双拳刚要挥向对方，就被吕磊拦住了。“表弟！我们不吵，我们要抱着解决问题的态度，”吕磊一边感激地看了阿站一眼，一边按下他运着力气的手腕，然后转头对着痞子说，“赔偿金肯定得往下降。至于降到什么数额彼此都能接受，现在就商量！你们看好不好？”

讨价还价进行了漫长的时间。吕磊给他们讲理由，摆道理，语气时而强硬时而柔软。阿站插不上话，但一直陪在旁边。屋子里偶尔会出现间歇性的静默，是因为博弈的双方都精疲力竭。院子外面的公路，有辆汽车驶过时响了两声喇叭。阿站抬起头向外张望，有些恍惚。他想起到达这里的第一天晚上，对面的一个山头，看上去就像鱼嘴。

最终双方做了妥协，敲定的赔偿金额是十万元。这在当时，可不算是一笔小数目。谈妥之后，吕磊当即决定返回县城筹钱，他怕阿站留下来再起冲突，就把他也拉上了自己的桑塔纳汽车。

但车被人挡住了，车门被痞子一把拉开了。“你们不能都走了！要是都不回来，我们找谁去？”痞子警觉地说，“把你的表弟留在这里！”

“表弟！”吕磊转头望向阿站，眼睛里充满妥协后的恳求。阿站默默坐了几秒钟，低头钻出汽车。拦在车前的人让路了。阿站听见发动机的轰鸣，桑塔纳的轮胎摩擦着地面，碎石被弹起……然后消失在前方。

9

说好当天下午吕磊就带钱回来。就这样，阿站被当作人质扣留了下来。担心阿站会找机会逃跑，痞子坚持把阿站关在宿舍里，还特地嘱咐人上了锁。

痞子率着亲戚们在指挥部驻扎下来。他们与老鲁都没有关系，只是五红的亲戚。阿站和衣躺在床上，睁着眼睛望着简易工棚的天花板，此时的他，已经完全接受这个事实：老鲁死了。

虽然平时两人情同手足，但老鲁对自己的身世和往事似乎不愿详谈。只知道他家在甘肃，再详细的阿站就不知道了。不过，老鲁给阿站描述过浩瀚的戈壁，斑斓的丹霞地貌，还说唐僧西天取经路过的火焰山，就在离张掖不远的地方。此时，阿站想象着遥远的西北，想象一片闪耀着星光的夜空，想象夜空下静寂的小镇和村庄，感觉到好像有一个人影，面孔模糊，正在朝着那个方向急行。

想起和老鲁一年多来相处的点点滴滴，想起老鲁行酒令时认真的模样，想起老鲁用普通话叫他兄弟……阿站的泪水流了下来。隔了几间屋子，痞子一群人在喝酒。喝酒就罢了，还划拳。划拳就罢了，他们还哈哈大笑，声音里听不出半点难过。直到此时，阿站才发觉自己一天没吃饭了，身体像是个空空的漏斗。阿站期待着外面传来汽车驶近的声音。来县城一年多，每当吕磊来工地，就能听到那种熟悉的马达声。没有。只有喝酒和划拳的声音。倦意像大雾一样弥漫过来。半梦半醒的阿站梦到了老鲁，梦到自己眼睛里进了沙子，而老鲁用他短粗的手指翻动他的眼皮……然后，他的意识和老鲁一起消失了。

房门被重新打开，力度不小，像是被人用脚狠狠踹开的，逆光进来几个黑影。领头的，还是一脸凶相的痞子，声音像一把匕首那样尖利刺人："狗日的老板肯定跑路了，到现在还没有送钱来，打几次传呼过去，他回都不回。”

筹钱的吕磊一直到天黑都没有现身，他消失得像石沉大海。痞子渐渐失去耐心：“他要是再没回音，你就等着收拾吧。”然后，他气急败坏地狠踢了阿站两脚，才恼怒地走出房门。

如果吕磊真跑路了呢？阿站不敢往下想。干脆回避这个问题，饥饿感促使阿站幻想，曾经吃过的饭菜以虚拟的方式再次进入自己的肠胃。

阿站原以为，会有人给他送点什么吃的。但等了太长时间，一直没有人来。直到，阿站用力拍门，希望他们想起自己的晚饭。终于听到杂乱的脚步声，阿站松了一口气。可这次房门打开，就像是海水倒灌进船舱，他立即被从门外涌进来的人群掀翻。

他们不由分说，嘴里骂骂咧咧，仿佛阿站是直接杀害老鲁的凶手。他们好像也是这样认定的，骂了吕磊骂阿站，说老鲁就是死在他们手里，而且还打了阿站几个耳光。阿站像绝境中的狼一样亮出獠牙，企图以凶狠的表情镇住对方。屋子的空间受限，阿站就是反抗也放不开手脚；何况涌来的，还都是长期干体力活的壮汉，手脚有劲。这些人充满希望的等待、发财落空的失望以及怀疑被骗的愤怒，让他们的内心像一口炒锅，不断被加入硫黄、木炭和硝石，阿站的挣扎点燃了最后的火药。屋子里一阵噼里啪啦，等硝烟散尽，阿站已被摁在地上动弹不得。脸被屈辱地杵在地上，嘴里塞进一块满是油腥味的抹布；双手反绑在身后，绳索捆得很紧……阿站感到羞辱和恐惧，身体有股洪水横冲直撞，就是找不到泄洪的出口。

虎落平阳，所有挣扎均是徒劳。不知道他们要干什么，莫非他们晚餐时喝多了酒丧失理智，真要让阿站去给老鲁偿命？阿站高一脚低一脚，被痞子一伙人推推搡搡，拉扯着往前走，不知道要去哪儿。跌跌撞撞走了一会儿，隐约能够听到河水流淌的声音，阿站像一个被押向刑场的囚徒，来到了通往采石场的水泥桥与小河交错的堤岸上。这时，阿站依旧抱有幻想，希望耳朵能够捕捉到风中的蛛丝马迹，希望能够突然目睹一对车灯由远而近……阿站觉得，此时没有比桑塔纳汽车发动机更美妙的声音。

说好吕磊当天下午一定带钱回来的，但后来不管怎么联系他，吕磊都毫无音信。痞子从怀疑到几乎确信：吕磊已经跑路了。谈好的赔偿金拿不到手，曾经许诺的十万元，可能仅仅是吕磊用于金蝉脱壳的骗局。痞子恼羞成怒，觉得自己的智力和面子都受到了侮辱，甚至影响了自己在家族里的形象和地位。他迁怒于阿站，要逞逞威风。

10

随后到来的惩罚，完全超出阿站的预想。

躺在河堤上的老鲁，遗体上覆盖着的草席被人掀开。“把狗日的与尸体绑在一起！”黑暗中传来痞子的声音。阿站用脚底死死撑住路面，希望自己的双脚能够像粗壮的钢针那样插进地里，不再向前靠近，但他被那群酒足饭饱的人控制住，按在了老鲁的尸体旁边。

一路的挣扎耗尽阿站残存的体力，此时他无力又绝望……痞子觉得放走吕磊是一个错误，他不无遗憾地说：“妈的，应该把狗日的老板扣下来，让别人送钱来才对。”

痞子拿着小指粗的麻绳过来绑阿站。麻绳勒进他的胳膊，像一条缠绕的蛇，绕过阿站的手腕和老鲁的手腕，阿站突然奋力扭动，他拼命挣扎，像一条碰着盐粒的泥鳅。“捆紧一点，免得狗日的挣脱了！”绳子被一捆再捆，勒得阿站的肩膀像要脱臼了。痞子和他带来的人一起用力，很快，老鲁就像是长在阿站身体上的一个部分，累赘而笨重。此时，老鲁那张被石块砸烂的脸在阿站的记忆中不再是兄长的亲切，而是变得血肉模糊地狰狞。阿站控制自己不要去想那张脸，可那张变了形的脸愈发清晰。尽管痞子他们将阿站与老鲁背对背捆绑在一起，可阿站总觉得老鲁的脸就在他的眼前。与一具尸体绑在一起，阿站觉得自己的心往一个深渊掉了下去，越来越远，越来越远。

嘴里的布被他顶掉了，阿站的牙齿一边不停叩击，一边哀求痦子放开自己，保证吕磊一定会带钱回来。

“他可能是筹钱时碰到了麻烦，你们放了我，我一定找到他送钱。一定，送钱！”阿站开始结结巴巴，赌咒发誓，“工地还在这儿呢！他跑，跑不了……我保证，保证！”

“你的保证顶个屌用。他什么时候把钱带来，我们什么时候把你放开！”痦子蹲下来，就在离阿站头部不远的地方，他点燃了一根烟。那张痦子突出的脸，因为烟蒂的火光，仿佛在黑暗中慢慢浮现，又慢慢隐入黑暗。

阿站的头皮发紧。要是吕磊真如痦子所说的那样跑路，他不知道该怎样面对接下来的这个长夜。

片刻之后，痦子将抽完的烟蒂摁进脚下的泥里，站起来对身边的人说：“走，咱们回去，继续喝酒！妈的，明早再不送钱来，老子把尸体给他抬进城里！”

脚步声陆续散去，空气冷了下来，黑暗仿佛向这儿聚集。老鲁、五红、吕磊、痦子……无数人变形的脸孔，像揉皱的纸团，塞进了他的大脑。

空旷中，阿站感到从来没有过的孤单。黑暗中的一切再度变得具体，身旁河水流淌的声音也清晰起来，空气中能够闻到一股潮腐的气息，仿佛夹杂着微微令人发呕的血腥味。和他绑在一起的老鲁，沉得像块石头；两人喝酒行令的快乐时光已然远去，阿站背负着的，是一具令他陌生的尸体。这时，有什么东西掉在了阿站的眼皮上，他晃了晃头，重新睁大眼睛望着漆黑一团的上空。片刻之后，又是一滴，滴在他的鼻翼。是雨点，稀疏的雨点。阿站希望这雨点密集一些，密集得像他心中想流出的泪水，为老鲁，也为自己。

11

雨刮器的速度慢了下来。阿站重返县城的路上，下了会儿阵雨，但时间很短，不大一会儿，落在阿站汽车前挡风玻璃的雨越来越少。在阵雨停下之前，车里的病人就不再呻吟。阿站听到陪同的女人打了几个电话，除了急躁的抱怨，还有夹杂的哭声……她边哭边说，似乎既有对痦子弥留之际的不舍，也是在申诉自己遭受的某种委屈。

沿着当年修筑的弹石路驶往县城，道路两侧的田野里出现不少灰色的水泥楼房。两侧向前延伸的电线上，不时会看到挂在上面的塑料袋，那是大风吹拂留下的痕迹。路过黑堰沟时，阿站特地抬头，专门看了一眼一侧的崖壁。他想起了第一次来县城时，汽车在黑堰沟爆胎……在那之后，他就认识了老鲁和五红夫妇。

路面结实而粗糙，偶尔的路障让车轮小幅震动。车里拉着气息奄奄的病人，阿站平常会职业性地减速，以降低患者的不适；但病人脸上的那颗痦子，让他内心有了波动，似乎又突然体会了多年前的那种无助。车头的前方，远方山岭逶迤着延伸，汽车一旁的行道树不时晃过，间隔不一，让人想起缺损的牙床。

重返县城，景象熟悉而又陌生。到了乡政府所在的集镇，天色已经黯淡下来，距将要前往的李家屯，还有一段距离。两侧田地里的苞谷正茁壮生长，阿站找不到当年自己待过的地方。似乎这条路左侧，从没有过那样的工棚和院子。阿站甚至没有发现当年从指挥部通向采石场的丁字路口。大地上的标志被时间擦除，仿佛，从未有过那样一个刻骨铭心的夜晚。而那的确，曾是阿站所经历过的最漫长的夜晚，似乎比一生都还要漫长。

“慢一点！”轿厢里传来女人哽咽的声音。说话的是痦子的女儿，能看得出她对即将离世的父亲依依不舍。也许在女儿眼里，父亲就是父亲，尤其是在弥留之际，他这一生的好，可能会被密集地想起，像海水蒸发之后，碗底露出洁白的盐霜。但对阿站来说，痦子是一把记忆里的苦碱。所以，他内心隐秘的不快，会转变为肌肉的较劲，好像车轮不听支配，只要稍稍加速，就颠簸明显。

雨是彻底停了，但云层仍然躁动不安，它们不断聚拢又撕开。汽车偶尔会被阳光照耀，更多时间是在云层的阴影中滑行。经过多年打磨，车轮下的这条路比当年陈旧得多。无数转动的轮胎，让车辙变得低洼，有的地方甚至积了水，汽车驶过会溅起泥浆。这时，对面有辆大车驶来，正好相遇在狭窄之处。阿站将汽车停在路边，为对面的大车让行。

等阿站错车后下一个缓坡时，他突然有种奇怪的直觉，就像车体在一瞬间变轻了。他怀疑，那个时刻，可能是痦子断气了。拉着痦子的尸体，与拉其他人的尸体有些不一样。阿站感觉到自己的背部像贴了一块过敏的膏药，让他格外不舒服，他下意识踩了一脚刹车，仿佛是想等等谁。假如判断是对的，那么刚才痦子应该是走了，可面对痦子的死，阿站的内心并不轻松也不快乐，反而有些荒芜中的茫然。尽管离开县城最初的几年，他曾一想到痦子，就会愤恨，甚至幻想过无数报复的手段，每一种都希望让痦子生不如死。

那时的阿站从没想过，有一天，自己将成为痦子最后的送行者。

终于到了。

已经有几个人等在院子里，有大人有孩子。因为院子狭小，不足以在里面掉头，阿站是倒车进入的。后门对着屋门，更方便抬动病人……或者，是死者。有些气息奄奄的患者，就像所有螺丝都松动的机械，稍不小心就会散架，甚至就是在最后的挪移中从患者成为死者的。当经验丰富的阿站指挥家属搬动时，意外地听到痦子发出一声微弱的呻吟。他没死，垂落的手搭在了阿站的手腕上。

阿站低头，垂死者这只瘦骨嶙峋的手，像是从岩石上生长出来的：骨节刺眼，触目惊心。阿站想起另外一只手，那是属于老鲁的手，它曾坚硬粗糙，后来变得皮开肉绽、血肉模糊。老鲁的手，仿佛和他那张惨不忍睹的脸一样……仿佛，是被炸药同时摧毁的。

12

阿站曾问老鲁，哥你一个西北人，怎么会来到县城娶了五红？好奇的目光注视着他。老鲁没有详说，但大意是说，在缅甸的经历使他随遇而安了。

老鲁讲过一个场景，听起来吓人。他说，有不少幻想一夜暴富的人被诱骗到缅甸赌博，有人因欠下巨额赌债被控制，那些无法交付赎金的人很惨，有人被锤杀，赤裸的尸体被扔进一个长条形的铁箱，沉入养鳝鱼的池塘。铁箱上用钻头打上许多筷头粗的小洞，鳝鱼的幼苗会从那些小洞中钻入，然后把里面的尸体当成食物。它们疯狂啄食，当尸体被啃个精光，幼鳝已经长大，变粗的身子无法从那些细小的孔洞中钻出。所以，当铁箱被人从水里捞出时，里面是大小均匀、颜色泛绿的鳝鱼，以及一具发白的人骨。

这个可怕的场景到底是真的，还是那天晚上老鲁划拳输得太多，编出这样一个故事来吓唬阿站？但老鲁那个独特的划拳令让阿站印象深刻，倒背如流。对于数年前那个夜晚，阿站首先想起来的，竟然是这个。

……安静。绝望的安静。只能听到稀疏的雨滴掉落的声音，以及阿站自己粗细不均的呼吸声。安静，也让捆在身后的尸体变得具体。活着的时候阿站与老鲁亲如兄弟，经常搂肩搭背，没想到，他们后来竟会以如此陌生的方式肩对肩、背靠背。他们曾经划拳行令的手，在彼此身后捆死在一起。痦子捆得非常认真，他把绳子捆绑得很结实，让阿站既无法站立，也很难躺下，前后挪动也困难，只能姿势难受地相互贴着，像倚靠着一个刑具般的椅背。阿站不知道会被捆上多久，他只能遥望黑暗而变形的远山，祈求吕磊能够尽早带钱赶回来。

为了对抗恐惧，阿站回想和老鲁之间经历的往事，回想他们喝酒划拳时的亲密。幸好是背对背绑在一起，阿站看不到老鲁残破的脸，但他的手会触碰到老鲁的手。老鲁的手比原来的冰冷，比原来的坚硬，似乎也比原来的粗糙。以前划拳，老鲁常常互换左右手，既改变自己的出拳习惯，也打乱对方的出拳节奏。阿站还记得老鲁右手食指上那个月牙形的疤痕，他极力劝说自己：绑在一起的是他熟悉的人，碰到的是他熟悉的那双手。

“黄鳝黄，黄鳝死了肚皮黄……”黑暗中响起阿站结结巴巴的声音，他想通过重温以往与老鲁的划拳来缓解心中的恐惧，但他很快闭嘴了，因为他想起行酒令时老鲁说的：“黄鳝黄，黄鳝死了肚皮黄，泥鳅出来哭一场，虽然不是亲兄弟，同在一个烂泥塘。”眼下他与老鲁躺的地方算不上烂泥塘，但也差不多。午夜，河边水汽弥漫，空气中有股难闻的鱼腥味，而土地的寒湿之气也侵入了他的身体。

不不不，不说这个……换一个！他自言自语。

四季财、八马双、哥俩好……行拳是在想象中进行的。老鲁每次喊八马双时，他右边的眉头会抖动一下，阿站发现这个规律之后，他与老鲁划拳就渐渐占了上风，这是阿站与老鲁之间的一个小秘密，可他永远也无法告诉老鲁了。这天夜里，阿站想象与老鲁划拳时嘴里没有声音，被捆住的手指没有动作。在此之前，阿站多次尝试逃脱失败，现在他放弃了，只能靠想象与老鲁划拳，来缓解恐惧。

突然，阿站感觉自己的手被老鲁的指头回钩了一下，好像又钩了一下，阿站的后背一凛，起了一身鸡皮疙瘩。此时，他才发现老鲁的手和背都不像刚才那样坚硬了，似乎柔软起来。这个发现让阿站头皮发麻，他犹疑着伸出手指头触碰了一下老鲁的手，没错，老鲁原本硬得像钢筋的指头有一种怪异的弹性。

“鲁哥，你可别吓我啊！”阿站的声音里带着哭腔，好像老鲁此时活过来，要比他是一具尸体更令人害怕，阿站想象老鲁此时把脸伸到他面前，哈哈大笑，露出被烟熏黄的牙齿……阿站的身体再度颤抖起来，就像身后绑着的不是老鲁，而是一条巨大的电鳗。过了好一会儿，阿站才慢慢停止颤抖。以前在什么地方听谁说过，一个死去几天的人因阳寿未尽，阎王不收，只得返回人间。莫非老鲁死而复活？阿站压低声音叫了两声“鲁哥”，没有回应。

这是第一次，阿站离死亡这么近。近到，仿佛整个世界的死都背在他的身上。也是第一次，阿站觉得自己面对的是死亡，背负的也是死亡。

他不由自主地叹了一声气，开始回忆自己短暂一生中的温暖。就像死囚临刑前的最后一顿好饭那样，他想起一个给过他温暖的女人。阿站在水泥厂工作时，与一个离异女人有过秘密的欢情。女人三十多岁，比阿站大很多，会诱导，也主动。那些夜晚，阿站像是一架永动机，不想停下来。那是多么美好的夜晚啊，女人用她丰腴的身体，喂饱了阿站这头饥渴的野兽。曾经，阿站还提出过娶她，然而，女人觉得阿站与她的年龄悬殊，不适合。再后来，女人改嫁到外地，两人天各一方，此后阿站虽然时常回忆起她来，但再也没有见过她。

来到县城的工地，夜晚漫长，阿站特别想念与女人在一起的日子，他一遍遍反刍那些温柔之夜，回忆甚至编造一些细节，让身体像气球那样膨胀。阿站愧于承认，有一次在夜晚的梦境中，那女人长了一张五红的脸，带给他格外的满足与快乐。阿站没有什么对不起老鲁的事，如果有，只有这么一件。

奇怪的是，这个夜晚，当阿站再次回忆起与水泥厂女人的欢情时，他完全感觉不到自己老二的存在。为了验证自己的判断，阿站将自己的两条大腿夹紧，缩肛，将想象中的它沿着脊柱往上提升。不是幻觉，那个地方变得空空荡荡。阿站恐惧之余又想，也许，自己再也用不到它了。

13

当阿站渐渐适应了身后老鲁的存在，身旁的小河突然水声大作。阿站坐着的地方水流像游蛇那样浸了过来，他感到一阵迷惑。虽然打过雨点，但没有人会料到，雨洒河竟然暴涨，河水速度很快地漫上堤岸。

原来那天夜里，雨洒河上游下暴雨，让拦河而建的电站开闸，导致河道里的水位急速上涨。水势越来越大，泛着暗光的河面变得越来越宽，阿站突然有种不祥的预感，全身收缩起来，他意识到，如果河水继续上涨，他会被淹死在这儿，为老鲁陪葬。目睹灾难的来临，身体却动弹不了，阿站仿若置身梦魇。

阿站发声求救，沙哑的声音被河水的声浪所淹没。喝多了酒的痞子他们，根本无从得知阿站的险境。不过，得知又能怎么样呢？即使意欲施救，浑浊而漫灌的河水也容不得这样的时间。很快，阿站和老鲁被冲离原地，水流的力量惊人，像铲着阿站和老鲁，跌跌撞撞向前。与此同时，水位仍然在上涨，阿站就像一个手无寸铁的人等待着杀手的逼近。

阿站生活在江边，即使水性不错，也对付不了这样突如其来的洪灾；何况，还拖着一具沉重的尸体。令阿站意外的是，当他被水流冲刷，背后的老鲁竟像一个托垫。如果下面没有老鲁，阿站就会完全浸在湍流中。现在是老鲁完全浸没，让阿站得以露出水面呼吸。也许正因为两人而非一人的体重，让他们甚至会暂时卡顿，像河道上那些暂时未被冲走的石头。阿站的脸侧，是浑浊的河水，水有时会呛进他的鼻孔……他尽量伸长脖子，扬着头，努力把口鼻更高地露出水面。而老鲁的脸，可能正在大大小小的鹅卵石上摩擦，或埋进淤沙与烂泥之中。

这种停顿和拖延，让阿站在绝望的窒息感中，生出一丝祈祷：但愿，河水在他尚能仰头呼吸的时候突然消退，就像它意外地到来一样。当阿站这样想的时候，他不切实际的希望立即遭到嘲弄，原本水下托举的老鲁晃动几下，然后又带着阿站，跌跌撞撞地顺流而下。

在蛮横的水流里，阿站的肢体像被冻僵，调整和控制都变得极其困难。不知道是运气，还是阿站的挣扎，老鲁多数时候都在他的身体下方。但偶尔，两人像在缠斗搏命，阿站被按压在水底，然后又被奇怪的力量翻到水面。连续呛水，让阿站喘不过气来。

接下来的陡滩，让时沉时浮的两人卷入漩涡。阿站四周全是无尽的水，没有方向的水，阿站无法分清上下左右，他感觉自己被囚禁在一个棺木里，清醒而又身不由己……棺木是用金属制成，沉重、压抑、冰冷。黑暗中的手扼住了阿站的喉咙，让他呼吸困难，胸腔里翻滚着找不到出口的岩浆。直到，棺木顶部出现了一个又一个圆形孔洞，筷子头那么大，阳光像是突然从那些孔洞中照射进来，通透明亮。它们像一根根黄金打造的光柱，阿站盯着看，直到看见无数细小的幼鳝顺从光线的指引，从孔洞中钻入。它们蛇形游动的身子，在那些条形的黄金光影中穿梭，飘逸，舒展。阿站甚至能看见幼鳝们暗绿色的光滑脊背，以及鳝头两侧针尖一样闪耀着冷光的眼睛。

不知道这样过了多久，几近虚脱的阿站才缓慢醒来。河水从阿站的肋下流过，仿佛有无数冰冷的蛇鳝爬过他的身体。阿站的心一紧，同时庆幸自己竟还活着，并且被冲到原本已是岸边的位置。一棵几近倒伏的树，把枝条延伸到水里，卡住老鲁的就是这些枝条。水流冲刷，让阿站身上的绳索有所松动，但并未打开痦子在手腕上系紧的锁扣。不过，也正是因为和老鲁牢牢捆绑，当阿站意识昏迷，冥冥之中，是卡在枝条上的老鲁救了阿站。

阿站不能等在原地，救援者也许根本就不会出现。因为这一段河道狭窄，两侧山势陡峭，平常也人迹稀少。他必须利用水流稍缓的时刻，利用缓上来的一点力气，利用这难以置信的运气来自救……这也许是最后一次机会。

随后的阿站没有任何情绪起伏，像耐心的工匠只专注于工艺；他全心全意对付老鲁那双手，就像他们在划拳中再次博弈。对付痦子那些欺辱他的人，阿站无能为力；但现在，他必须集中全部的气力，用于对付自己的兄长。

阿站想与绑在一起的老鲁分开，最终，一块有棱角的石头，使阿站的愿望变成现实。阿站在上面用劲地磨、拼命地磕、竭尽全力地摔打，一下一下又一下……为了让绳结断开，他让老鲁的手皮开肉绽，让老鲁的关节和筋骨断裂。阿站不知道自己这样做了多久，他只是连续不停，不停。当然，阿站偶尔会磕碰到自己的手，但他尽量小心，始终把蛮力放在老鲁那双已然烂掉的手上。

又是一阵突然加大的雨势。阿站精疲力竭，浑身发冷，他还想用脚死死抠住河底的石头，却感觉身体轻得像棉花，控制不住地要从水中浮起，跟随水流往下漂，也就是这个时候，阿站感到身后一松，有什么东西离开了他的身体，是老鲁。阿站刚才的努力终于磕碰开捆绑在两人手腕上的绳子，他能够再站直了，用脚死死抠住河底的石头，劫后余生的他长吁一口气。

只是稍微恍惚了一下，老鲁就漂出好几米开外。阿站有些自责，他竟然没有想过用捆绑他们的绳子固定住老鲁。黯淡的光线下，漂浮在水中的老鲁张开身体成一个粗壮的“大”字，膨胀的背部在水流中若隐若现，越漂越远。虽被繁密的雨点击打，但老鲁似乎获得了某种自由，就像趴着入睡的人……直到消失在阿站视野的尽头，老鲁的这个姿势都没有改变。

“鲁哥！”望着空寂而幽暗的河面，满脸是雨的阿站低低叫了一声。

14

筹钱返回县城的吕磊，见到的是精神恍惚的五红。老鲁的命没了，遗体也不见了，还搭了个阿站。而那个号称主事的痦子舅舅说是带人沿河寻找，也不知道是不是担心又出一条人命，他们提前溜走了。

吕磊寻人无果，便报了警。更大范围的搜寻开始，河水退去，岸边的岩石和滩涂再次裸露，但没发现两人的身影。直到搜寻队在雨洒河下游几十公里之外，找到了老鲁。河水浸泡，石块撞击，鱼虾啃食，让老鲁的尸体毁坏得不成样子，手腕伤痕累累，手指都露了骨头。阿站，不见踪影。

那天，阿站在路边拦截一辆又一辆过路的汽车，但没有谁愿意停下来载他。司机们总是对路边突然闪现的人影心怀警惕，何况，湿淋淋又沾着河泥的阿站，一副人不人、鬼不鬼的样子。游荡了许久，阿站才爬上了一辆运粮食的货车，回到了父亲的家。

到家后的阿站就病倒了，发高烧，整个人像只正在燃烧的火炉。他不停说着胡话，身体不由自主地痉挛。昏昏沉沉地睡，零乱的闪回片段，有些记忆如同河底的淤泥，混沌而黏稠。等阿站清醒过来，已经是几天以后的事了，他躺在自家的老屋里，一个神汉正在将一叠黄色的彩纸插在墙上，旁边方桌上，放着一个盛着凉开水的土碗。父亲请来神汉，驱除附在阿站身上的鬼魂。阿站无力阻止，他浑身瘫软，任凭那个神汉将水碗定在墙上。

当吕磊硬着头皮来到阿站家里报丧，却意外发现阿站活着。阿站告诉了吕磊，自己经历的那个惊心动魄的夜晚，但他回避了从河道脱险的具体细节。吕磊离开前，给阿站留了钱，嘱咐他先把病养好，再来上班不迟。

阿站康复之后，执意离开县城，再也不愿意回来。吕磊很快解决了老鲁出事带来的麻烦，但此后阿站与吕磊的来往越来越少，直到中断联系。听说吕磊生意做得越来越大，离开了县城，迁居到了重庆。再后来，又听说他投资失败，亏了本，破了产，还欠下不少债。不知哪个传闻是准确的，但有件事是真的。吕磊当年真的给了五红一笔补偿，阿站想起来，就有一丝隐约的暖意，毕竟吕磊没有丢下他一走了之。不过，无论是对吕磊还是阿站来说，两人都是彼此人生中短暂的过客，像一条月光下分岔的铁轨，螺钉已锈迹斑斑，铁轨旁长满杂草。

当年离开县城的阿站四处求职，找其他工作都不顺。最后阴差阳错，跟了师父入了殡葬行。这样说来，那个雨洒河之夜，那个曾经兄长般的老鲁，倒成了阿站人生的一种秘密衔接与转折。他说不清，自己对遗体的态度和处理，是否包含某种特别的个人原因。也许正因那个命悬一线的夜晚，有了与老鲁捆绑在一起的经历，阿站反而对尸体没有了常人的恐惧。老鲁活着的时候像兄长一样照顾他，这种照顾，甚至延续到了老鲁死后。甚至说，阿站如今端着的这个饭碗，是老鲁送他的，也不为过。所以，阿站兢兢业业地学手艺，凡事不太追究，也不太计较，这也深得师父的喜爱和器重。

阿站曾经猜测过老鲁的意外，他觉得始终是个谜。当年勘查现场的警察，前几年出车祸死了，遗体还是阿站帮忙收殓的。做了殡葬师，阿站见过各种各样的死亡，也曾听到过有人在头天的炮眼里塞进雷管和炸药，如果打孔时为了省力，将风镐钻头伸进去，只要一转动，雷管就会引发炸药爆炸，让人还以为是哑炮响了。当然，这只是阿站的猜测和不甘，过去这么多年，所有的秘密都淹没在时间的大水里。

因为让他怀有遗憾的老鲁，也因为让他怀有遗恨的痞子，昙城始终是阿站心中的某种禁忌。他不愿意前往昙城，也不愿意提及这段往事。甚至，往事中的阴影，让他再也没有吃过黄鳝，他连泥鳅也不吃。有一次去师父家吃晚饭，师娘把那些待宰的泥鳅放在一个不锈钢盆里，舀了一小勺盐丢进去，随即用锅盖盖上。尽管只是短暂的一瞬间，阿站还是看见盆里的那些泥鳅疯狂扭动身子，并听见它们挣扎时碰撞盆体的声音，听上去像是雨水的敲打。阿站浑身发麻，一阵反胃，就像有条巨大的黄鳝想从他的胃里蹿出来。他慌忙冲到卫生间，刚把头对着蹲坑，胃里还没消化的东西就喷涌而出。

除此之外，阿站对自己的生活没有什么不适应，也没有什么不满意。他的生活有基本保障，有师父和兄弟们的关照，尤其他还有温柔的小玉。阿站因此怀有一种难以名状的感激。

15

巧遇痞子，让往事重新翻卷上来，但阿站面若平湖。

恨意的确消退了。因为精瘦而强悍的痞子也成了病人，走到了弥留之际的倒计时。阿站苦笑了一下，痞子想死在自己家里的遗愿，竟然是由自己来护送完成。然而，令阿站没有想到的是，自己判断上的失误。

当痞子垂落的手搭在阿站的手腕上，像一种无奈的求助与求乞……护送的女儿和另一个上前的男子似乎为了急于告慰病人，争相说着：“到啦到啦！妈，你醒醒！妈，咱回到家啦！”

阿站的耳朵捕捉到了意外的称呼：“妈”。什么，他送回来的病人不是男的？黑色绒线帽下光秃秃的头颅，病人脸上甚至有些狰狞的线条，仅仅是因为病痛和化疗的折磨？问题是，阿站从事多年的殡葬行业，他怎么会犯这样的基础错误？仅仅因为巧合，一个嘴角的醒目痦子，让阿站以为护送的是当年的仇人？仅仅是因为“昙城”这两个字，让阿站乱了心里的方寸？

阿站迷惑地追问：“这位……是你们的妈？”

“是啊！”男人叹气，“唉，我妈她不抽烟不喝酒的，得这种癌。”

返程之前，阿站先给小玉打了电话，告诉她这就回去。小玉还是按照习惯，叮嘱他路上小心。“你的病刚好，开车别累着啊。”小玉的声音温暖，“快到家时再给我个电话，我给你准备夜宵。”

车窗外，夜色笼罩大地，山野的轮廓模糊。车灯的光束，照耀着延长的道路、路边连续的塑料大棚、闲置的土地以及静寂的房屋，通往朦胧的远方。从车头望出去，远天黑暗的布幔缓慢卷开，细碎的星光悬浮而闪耀。

经过黑堰沟，阿站放慢速度，把汽车停在路边，拉上手刹。这是他第一次来昙城汽车爆胎的地方，如今想来像是宿命的预示。他跳下车，望着对面模糊的崖壁。当眼睛适应了周围的黑暗，崖壁的轮廓慢慢显露，他知道就在秘密的罅缝里，隐藏着悬棺。不知是被谁放置，也不知是什么年代放进去的，仿佛它们自古就生长在那里。峡谷寂静，隐约传来河水流淌的喧响。

阿站从固定在轿厢的铁皮盒里，拿出香炉。平常阿站护送病人回家，如果人在路上死了，他会在返回时在病人落气的地方停下，烧几支香告慰一下亡灵，也算求个自己的平安。那些亡灵，都是前往老鲁的那个世界……所有人都会前往那里，有一天也会包括阿站自己。对着岩壁上的悬棺，阿站缓慢地点了三支香，弥漫草木焚烧气息的青烟缓缓上升，融入头顶的虚空。

阿站的头抬得更高，注意到许多黑影在无声穿梭。是蝙蝠，它们高速振翅，翼膜光滑如丝绸，能够在黑暗中灵巧穿行，在峡谷的此岸与彼岸之间畅行无碍。阿站的嘴角上扬，不知不觉，他笑了。

离开黑堰沟，离开县城，阿站稳稳握着方向盘。风，从摇下玻璃的车窗外吹进来，吹动阿站的衣衫。有个瞬间，阿站觉得自己的身体轻盈起来……星空下，他像蝙蝠那样，他的黑夜拥有白天一样的自由。

原载《钟山》2024年第1期

三昧真火

杜　梨

1

闷蒸的热天，太阳的芒刺从云朵里伸出，钩住了眼皮，恼人地刺痛。陈娜迦时不时就想到小弟阴沉的脸，发青的嘴唇，黑白分明的大眼，像被天狗咬剩的月，黑瞳里游荡的只有空。

八岁那年，陈娜迦被迫懂事，爸妈吩咐她，若在家，要带好五岁的小弟陈力源，谁人敲门也不许开。“生”字能出头，“工”字出不了头。爸妈一直在用打工的钱做小生意，跟着潮水走，循环往复，败了还来。爸妈去进货躲债，她便带小弟躲进大柜里剥花生和瓜子。门外的粗话像潮水那样冲进门缝，潮起潮落，卷噬灵魂。他们用铁棍痛扁门窗，音弹从高空落下。

她骗小弟是在做游戏，等外面人一走，他们就胜利了，可以出去买唐僧肉辣条、仙人掌大辣片和奥特曼子弹糖。

他们捂住耳朵，凝神看着彼此，没有掉过一滴眼泪。

小弟忽闪着眼睛讲：“阿姊，有钱乌龟坐大厅，没钱我们躲衣柜喔。”

她把手伸过去，摸摸他的小圆头，头发掠过手心，像青苔那样柔软毛绒：“小弟真巧（聪明）！待伊走了，阿姊挈你去粘田婴（蜻蜓）。”

那日，保生大帝巡境，他们在自家门口摆出香案、蜡烛、敬茶、香、金纸、五果和糕饼点心。小弟起床太早，实在肚饿，偷食了一块龟粿，由此受了罚。之后，阿嬷提起来就要怪妈妈，慌慌乱乱，没给小弟吃饱饭。小弟后来变那样，厝里人都说，是他偷食的错。

2

很多说唱歌手都暗里比谁穿得帅，范思哲的棒球衫，Off-White（美国街头潮牌）的裤子，ROA（意大利徒步品牌）的皮靴，一件衣服顶娜迦Nagaraja几次出场费。她很羡慕，但穿不起。有段时间，为了多口闲饭，她会在“甜蜜蜜”打工，四处凑演出拼盘，挣录音的钱。

上次在街头击败快乐王子后，粉丝们几乎扒了娜迦一层皮。那天现场簇拥着那个男孩的歌迷，满满一场都是烧水壶的尖叫。当主持人举起她的手，粉丝们大闹，嘘声四起，攻击她的长相与打扮。她压低帽檐，慢慢地从他们面前走过。那些年轻的脸，被愤怒扭曲，失去了美丽。新款手机掷过来就像臭鸡蛋，屏幕碎了一地，蛮像蛋壳。她想捡起来还给对方，想着它还有抢救的机会，但很快迈过去，责备自己财迷。

那晚，她熬了很久才躲进别人的车离开。手机上的私信多了几百条，攻击、谩骂、黑幕，怎样新鲜的词语搭配都有。后来她才听说网上有个“口吐莲花”的生成器。

也就是从那时起，她开始关注代购那些说唱歌手所穿名牌的商家，想添置一些体面的衣服。有小姐妹介绍A货（仿冒产品）给她，她便跟着一起买。家里的剪标货和出口原单堆了两个简易柜。算下来，还不及成都的街娃儿一身。好在夜场灯光暗，没人细看针脚到底匀不匀。

直到一次去给人打碟。一个满头小辫子的知名说唱歌手，戴着黄玻璃偏色镜，唱完从台上跳下来，盯着她胸前的老虎头看了一会儿，随即丢一句："嘿girl，你的老虎跑线了。"

娜迦装没听见，把碟狠搓了一下。舞池里的一些人向她看来，窃窃地笑，吹起斑驳的口哨。

那晚回到家，她把所有A货都装进一个老式的红色布皮行李箱，像装一具尸体，刚好够她的重量，拖到楼下那个橙色的衣物回收箱。她查过，乱扔衣服不环保，不如进入回收。

做完这一切，她坐在回收箱边抽烟，伸直腿，摇着双脚。拖鞋上香奈儿的白山茶花接近象牙色，行李箱磕碰了一路，她以为这朵花已经掉了，A货到底是结实。她脱下鞋，准备扔到身后垃圾站，又心软了。

她站起来拍拍屁股，留下了那双鞋。她发誓在出人头地前，要好好留着这双结实的假山茶花。走上楼，拎了空空的行李箱，这才感觉到心酸，恨不得把那些衣服再从回收箱里掏出来。算了。

当晚，娜迦放着XXXTentacion（美国说唱歌手）的歌，抓着头发喝着速溶黑咖啡写了一晚上的verse（主歌部分的歌词），心就像一块土笋冻，截断的星虫在里发颤。写到天空既白，打开手机，没有一句新的问候，也没有什么厂牌邀请。她发誓一定要把这首歌唱给那个小辫子听。

拉开窗帘往下一看，夜晚去地下王国跳舞的猫咪们回来了。她只有打折的猫粮给它们。她趿着那双山茶花，下楼去给它们添猫粮，刷干净的塑料盒。她抚摸着那些粗糙的猫猫头，流到下巴的眼泪怎么也抹不完。

大兴，六环外高速边，废弃工厂房改造的一片loft公寓楼，花三千块就能租到的二十八平方米上下小隔断。早晨七点半，会有工厂用大喇叭放进行曲，督促附近服装厂的工人早起做操。这时她总想到儿时住的古厝，每逢有什么大事，总先播一段南音，再通知各种事。

受到启发，她让好友制作人NeZha李截取了福建南音《梅花操》中的一段做loop（编曲中的小节循环），对此进行升调和加速，琵琶音色加上偏disco（迪斯科）的鼓点，配上古老的丝竹管弦，让最后成形的beat（节奏）变得更加现代——海浪中打拼的摩登闽南。NeZha李学民乐出身，家里要求他回武汉，继承船厂零件的生意。他誓死不从，现在主要给厂牌“武昌鱼”和一些独立歌手做歌。方言不是问题，很多摇滚乐队都唱家乡话，旋律的作用大于歌词，大众会更加痴迷旋律，哪怕是复杂的闽南话，粉丝们也会鹦鹉学舌跟着一起唱，只要副歌够吸引人。

3

过了两个月，是China Bling Bling MC Queen（中文说唱武则天）的华北区决赛。她索性穿着“甜蜜蜜”的工作服，黑色T恤，左边胸口贴着一只胖墩墩的小黑熊，举着它的冰激凌。衣领之间蒸发着黑珍珠冰激凌的甜和茉香奶绿的香，短暂缓解了她的紧张，让她重新回到了那个不停唱着《甜蜜蜜》的小柜台里，无人认识她，可以机械做事，双手打好几支冰激凌的轻松又回来了。她戴了小黑熊的棒球帽，压低脸，默默坐在角落听歌。不想见到那些似曾相识的熟脸，对她这身行头冷嘲热讽。

后台女孩们互相交流，有人拿来像是嫁妆的金链子戴在脖子上，互相夸张地称赞。她想，真是够拼，可我一定要赢。

地下拼盘练就的灵活控场，在那天全部迸发出来。她的喉头不再发紧，甚至咬字都比以往更加掷地有声。在最后的一对一环节，她碰上了留美回国的说唱歌手雾都辉夜。两人将用即兴说唱的方式来进行对决，谁的话语更锋利、赢得的呼声更高，就能拿下华北区的女子说唱冠军。

雾都辉夜有一头闪闪发光的栗色大波浪，金属浅紫色的吊带和银纹流动的流苏斜裙，耳朵边的钻石长坠飞出两双翅膀，声音缠出很多棉花糖，伴着夜场的波浪黏在身上。

> 哟哟哟whassup（怎么了），怎么今天没穿你的杜嘉班纳，甜蜜蜜反而成了你的独家，还不赶紧回去做你的波霸，反正卖多少杯奶茶也成不了2Pac（美国说唱歌手）……

台下响起哄笑和热烈的欢呼，不断有尖厉的口哨声传来。巨大的镁光灯后，颤抖的乌暗，似小弟的眼睛，冷冷地望她。

她这才知道他们早就看破，甚至传为“佳话”，她的汗凝在鬓边和后背，居然是冷的。手中不断交换着麦克风，等一段新的beat——

> 嘿，哟，看个动漫就以为自己是四宫辉夜，到哪里走都装作大小姐。当你觥筹交错我忙碌在每一个深夜，我早已写完《琵琶行》你只会嘈嘈切切。这位虚荣又无知的missy（小姐），要论听说读写，你还不如我的椰椰拿铁，S-A-D!

一个从头上倾倒饮品的手势，干净的爆点，没有一句粗话。她无疑炸翻了整个池子，观众山呼海啸。她低着头，汗才热起来，头稍微抬起一点。

> 哟，check（听着），都什么年代还在翻老掉牙的唐诗，A货林黛玉快点来学会真实。我生来就在争斗从来不肯认输，对付老娘之前请先摆摆态度！当你在北京搬砖而我在洛杉矶发新专，我乘着宇宙飞船到了银河系的边缘，哦你还在地心想啥子地球的方圆。你来自底层而我从来就在顶峰，我想告诉你不是啥子百万富翁都来自贫民窟！

用了重庆方言，标志性的娇憨，雾都辉夜绵里藏针。惑人的摆动和夸张的手势，烘得台下的气氛烈火烹油。

> 你的说唱就像乌鸡国的小儿，哭哭啼啼我根本听不清楚。Hold（控制住）！嘿来自雾都的辉夜小姐，你刚才说落汤鸡还是什么落山鸡？高仿的“麻辣鸡”不如来盘辣子鸡！你在怡红院做你的红楼梦，我在花果山大话我的西游，闽南的热天我在工厂的流水线，太上老君的熔炉里我历经淬炼。再说一遍，老子去西天取的是真经，不信看我现在三打白骨精！

她用力甩了麦，摔了可赔不起。台下的欢呼一浪高过一浪，娜迦知道自己赢了。

本来，那些人并没有对女性说唱歌手的即兴对决有多少期待。国内女性说唱始终被什么压着，似乎不适合过于激烈的对战和人身攻击。毕竟大多数女孩都被教得很乖，克制住自己，降伏野性，不要出头，踏实工作，快点结婚。女性说唱要背负比男性更多的压力，更少的曝光量，也要承受更多的质疑和冷嘲热讽。临场的爆发力、遣词的攻击性和控场的强大，无一不来自多年的磋磨，甚至是深藏的火焰岩浆。

蛋糕就这么大，更何况这个行业的男女比例严重失衡，有些女说唱歌手只能帮一些男说唱歌手唱hook（钩子，即歌曲中最勾人的部分）或比较抓耳的副歌，总被称赞声线优美、有记忆点，仿佛进来就是做蛋糕上的漂亮裱花。有些女孩太爱美国说唱明星卡迪碧，便去注射丰唇，涂亮色唇膏，一切向偶像看齐。有些女孩剃短头发，以此来挣脱洋娃娃装扮，风格中性，自成一派。

最后一段几乎不用比了。

雾都辉夜的眼睛如蒙上一层蓝雾，娜迦很久都没有见过这种蓝雾了。上次还是站在台上，穿着普通，不费吹灰之力就将那个快乐王子击溃的时候。

娜迦走下台，狂欢的人群纷纷打手势表示尊重，或是冲过来和她撞肩拥抱。很久都没这么多人压过来，她浑身不自在。她礼貌露齿微笑，笑线僵化。心脏像进入黑洞旅行，被扯碎在黑洞的边缘，进入无的状态。

又走出很远，站定，娜迦才敢装作不经意地回头一瞥。雾都辉夜仍站在舞台一侧，没哭也没笑，只看着她。那也许是看见灰姑娘盛装上了南瓜马车的眼神。娜迦既没有华美的衣裙，也没有仙女教母，只有小黑熊帽子陪着她。她此刻只想喝一杯春风蜜桃，多加蜜桃酱。

4

拿了奖牌，连连鞠躬，和几个厂牌的主理人打招呼，随便聊聊创作计划。终于解放去洗手间，有人拿着酒杯，半路劫了道："嘿，台上挺帅啊！我看你跟我挺像的，不如一起做首歌儿，怎么样？"

刚好她疲于应对，心里七上八下，听到悦耳的声音，像被人群赶至悬崖边，纵身一跳，燥热的身体坠入海中，水母在肋边游走，清凉刺痛。定睛一看，一顶渔夫帽，钻石耳环和项链，晒得均匀的棕色皮肤，穿着海魂衫和白短裤，脚踩一双蓝格的Vans（美国运动品牌）滑板鞋。他的脸似乎很熟，但她一时想不起来是谁。

盛夏的夜晚，热气蒸这么狠，彩妆的汁液流进眼中蜇得有点痛。对方眉骨上的一道疤痕，在这种疼痛下撞入她眼睑。涂了金粉的浅浅眼窝，眼皮折出细褶儿，西域高山般的鼻梁，薄薄的嘴唇被酒精点得很红。她忽然记起他的歌："手持金箍棒，掀起万钧雷霆，我已成佛奈何还掀不翻这天庭！"

杨青桃当年这首《斗战胜佛》因为多变的韵律、抓耳的副歌和颇具内涵的歌词，传唱度相当高，频频上热搜。前后因为种种原因，上下架几次，他坚持不改，错过大火的风口，却成了地下的传说。早年，美猴王杨青桃曾在地下说唱对决大赛“长安三万里”和“燕云十六骑”中勇夺双魁，用丰富的词汇量和现代派反押韵来肢解传统说唱。他很少说粗话，也不唱香车宝马，而是利用碾压式韵律技巧和天马行空的想象力将听众的心脏牢牢囚禁在乌鸡国的小儿笼中。有人叫他“大圣”，有人叫他“师尊”，美猴王的出场总能带给大家无限惊喜。

从高中就开始玩儿说唱，美猴王早以悦耳的中国风和精妙的歌词赢得了大批听众。他甚至没有很多说唱歌手的地下漂泊史。他仿佛一出江湖就带着些道法自然，古典音乐的音律、非洲部落的鼓点、昭和时代的霓虹，信手拈来。

> 氛围环绕的音乐，极度透明的人，下雨天的池塘边点上一滴蜻蜓的水，高炉边就黄酒撕几块烧鸡填满燃烧的胃，在暴雨的昆明湖中坐着小船，绿色水藻缠绕着清凉的龙尾，消去几百年风雨后那些疲惫……

如今，唱出这一切的美猴王杨青桃就站在她眼前。

她说：“好，但我想先喝一杯饮料，口很干。”

美猴王哈哈大笑：“来吧，我请客。”

她第二句话是：“您是美猴王？怎么会在这里？”

他说这场比赛的主办方是他哥们儿，也有熟悉的朋友，赞助方的咖啡很好喝，过来尝尝。没想到有惊喜。俩人走在暗夜里，避了炽热的大灯，穿过喧闹的人群。娜迦比赛时的汗凉下来，湿衣服贴着后背，周身浸泡在湖里。

她又问：“不会是因为我说去西天取经，让你想到了斗战胜佛吧，咱们先说清楚，我可没有套你的词。”

他又是大笑：“那倒不是因为这个。”

周围的酒吧挤满了看比赛的人群。美猴王说可以走几公里去一个叫“杜子美”的酒吧，那边环境不错。

“肚子美？哈哈哈这名有意思。”

“是杜甫的名字，不过就是兼顾两者的意思。”

两人走出环岛，绕到高耸的立交桥下，雾霾如怪物的上颚抵在天边，一口吞不下又吐不出的闷。

娜迦在古厝时想象的北京可比现实中的北京要精彩得多。摩天的灯红酒绿，穿梭的空中电梯，永不停歇的巧克力喷泉，在云霞和玉宇交相辉映的地方，拖着长腔的京剧，跳迪斯科的人群和音乐节的酒精。说唱歌手不惧这一切，说唱歌手看透这一切，说唱歌手敢唱很多个紫禁城。

北京的说唱在当年是全国的传奇，南城的几个著名说唱组合都爱闹天宫，他们很有态度，经常提着口舌兵器去敲敲南天门，闯进王母娘娘的桃园，说这蟠桃尝起来都是民脂民膏，而玉帝面前的宫廷玉液酒，也不止一百八一杯。他们看到这座城市很快修起云梯，可以供人们攀上天宫，可下方却狼藉一片，人们在爬云梯的过程中逐渐被云梯吞食，变成云梯不可替代的骨头。可到了天宫，发现里面也不过就是些海市蜃楼和红粉骷髅。

最开始，大家都用最原始的技巧唱一些有深度的歌词，哪怕是脏话，哪怕是抱怨，哪怕是些片儿汤话，出来还有些“喻世明言”的味道，虽然听起来粗糙，但确实原汁原味，能闻到立交桥下的尾气和建筑工地的土腥味。他们去livehouse（小型现场演出）或音乐节上表达自己的态度，保持态度和呼吸，做出新的歌，发出新的声音。直到新鲜的资本注入，将说唱提到台前，包装出很多光鲜的舞台对垒，制造出大量抓耳的旋律和空洞的歌词。每个人都在说自己的艰辛和不易，想快点吃上蟠桃盛宴，喝上宫廷玉液酒。北京的说唱组合有的隐入烟尘，有的尝试新风格，有的枯守老三板，有的到处跑，想分上一杯羹。最后，地域特色剩下的大多是口音，城市故事里大多是些陈情表。全国的厂牌霜天竞自由，地方口味最终开成了连锁店，特色菜都变成了预制菜。

在那间叫“杜子美”的酒吧里，墙面书柜里果然放着精装的杜甫诗歌全集，这里四处坐着打扮文艺的男女，但没什么人看杜子美，大家只想要肚子美。没人来打扰，嗡嗡的人声让她感觉安全。她狂饮几杯柠檬水。

杨青桃说他最近在做一张以《西游记》为主题的专辑，可以卖推广曲，赚点钱。但他又不想做得太茶，最近灵感枯竭，还想请她一起来看看，有什么新的想法。

她手一摊，因紧张又要了杯海盐鸡尾酒，“我可不会给你唱hook，先告诉你，我不会唱副歌”。

他呷了口“蜀道难咖啡”，用勺子在瓷杯上敲出音阶，偏黑的皮肤显得年轻，但也看不出什么表情。“钻石、黄金、琉璃、宝珠，这天地间有一切的好东西。卷帘大将打翻了琉璃盏，被流沙河里的人头所吞噬，沉香劈开莲花峰本想救母却带来了新的末世。如果叫你来就是为了唱副歌，岂不是大材小用？”

“你说的，当真吗？”

“真假美猴王，我是六耳猕猴、赤尻马猴、通臂猿猴还是灵明石猴，你能靠肉眼就看出来吗？你只要知道孙悟空是盘古的心脏，就够了。”

“原来你是大猩猩。”娜迦被他转的词弄笑了，手心里出了汗。

他伸了个懒腰，微微一笑。

她把头埋进臂弯里，细嗅自己的汗味，有些像铁锈。

他的声音凉下来：“这早已不是一个爱与和平的世界，多点张牙舞爪也没什么坏处。我听过你那首歌，如果用闽南话唱会怎样？”

“唐僧有遇见过说闽南话的妖怪吗？更何况我已经很少讲闽南话。”

美猴王哈哈大笑。他们聊到酒吧打烊，天一拳地一脚，仿佛在喊山，仿佛在移山。她起初头昏脑涨，慢慢冷却下来。进入他拿语言浇灌出的绿色湖面，看河狸在水中漂流，啮咬柳树枝，忙着拼凑起温暖的小窝。

5

当晚，有人将她的对决视频传到了网上，随即繁衍出无数标题：“‘甜蜜蜜’员工说唱比赛夺冠”“‘甜蜜蜜’的幕后奶茶大佬”“奶茶小妹娜迦对阵白富美雾都辉夜，跨阶级的逆袭暴打！”……

正值那首广告歌《甜蜜蜜》火遍大街小巷的时段，她作为“甜蜜蜜”的临时工，很快被人曝出来。努力这么多年，吃了这么多苦，却因为偶然的视频，病毒式的传播，将她的形象重新钉死。从“地摊公主”到“甜蜜蜜”，无论是哪个称号都让她觉得好逊。她并不希望通过这种形式被固定想象，可却注定成为她被包装和多次创作的来源。

视频迅速火遍大小媒介窗口——“仿佛看到了小人物的崛起，在看一出平民英雄传”“英雄不问出处，总有人大闹天宫”“是不是有点儿美猴王当年那意思？”“最高端的食材总是出自最简单的烹饪”“娜迦是不是受到了说唱圈儿的排挤？我记得她之前对战Amber的那场，被快乐王子的粉丝冲得太厉害了”……

> 娜迦以前总穿些原单衣服。据我所知，一些说唱歌手没红的时候都这么干过，但不知为什么就她成了靶子，可能得罪了谁吧。后来她因为这个被圈里人嘲笑，这次她只身穿上“甜蜜蜜”的战袍平地翻身，这就是咱们贫民窟的百万富翁。

娜迦仔细看了看那段科普评论，觉得这人语气很眼熟，看了看ID——NZL。一时又想不起来是谁，刷评论到半夜，默默睡了过去。

“甜蜜蜜”的小店里竟出了一个说唱歌手，文化类媒体和特稿记者闻风而动，几乎打爆了总部、分公司和小店里的电话。微博堆满了各式各样的私信，打听她的、采访她的、赞美她的、说闲话的，甚至是来羞辱她的。娜迦又一次经历了备受瞩目的风暴。虽说这次不像上次那样被网上的“食死徒”抽走了灵魂，她拉上窗帘蒙着被子，在三十多摄氏度的天气里，蝉鸣高嘶时仍然觉得寒冷。这是复出的第一战，也是打的一场翻身仗。她口干舌燥，扬眉吐气之余，心中还是寸草不生。望着略带光芒的星，她想，赢的不是该赢的。

没有厂牌，没有公司，更没有经纪人。她只靠圈内的朋友介绍，所有物料信息都自己在群里对接。她不断接到各个大小媒体的采访，直到最后说话已经练出了肌肉记忆。

只有奶茶店的店长打电话过来告诉她要小心谨慎，现在的网络喜欢造沙神，可以瞬间捧你上天堂，也可以瞬间让你下地狱。店长还说，不知是谁泄露了她的这个打工地点，自拍杆和稳定器蜂拥而至，比北京动物园看大熊猫的人流更甚，甚至影响到了平日正常的生意。店员忙得不可开交，城管都来过好几次。听那架势，娜迦还以为自己夺了格莱美。店长劝她先不要来，说已经紧急招了几个实习生，怕她来了以后导致更严重的拥堵。

“那我还能回来上班吗，万一钱不够花？”

店长在那头哈哈大笑：“行，如果你还会回来上班的话，你之后把假期补上就可以了。”

“苍蝇腿也是肉。”她小声在这头念，看了看晾在阳台的工作服，一阵伤感像把隐翅虫不小心拍在肤上，转瞬洇出刻骨的刺痛，灼伤的红疤又痛又痒。她在打雪顶咖啡时，总是想象雪顶咖啡的顶端是乞力马扎罗或是珠穆朗玛峰，都是她还去不了的地方。每次看谁又成功登顶珠穆朗玛峰，她都在想，那个人为什么不是我。这样想着，雪顶咖啡的尖就歪了，崭新的奶油纹路，冰激凌细腻的肌肤，被夕阳染成了金色山脉。之后，她迅速用塑模机一压，金色山顶就压塌了，封好口，递给顾客。

算了，那个人怎么也不会是我。

6

如今，在时尚杂志里，她穿着香奈儿的西服和芬迪的短裤，又提了巴黎世家的编织袋，踩着范斯的黑帆布鞋，扎了一头张牙舞爪的小辫子。整个人看起来就像刚从北京动物园批发市场出来，准备赶绿皮火车去广州集贸市场进货的。

她很想开口抗议，我只是卖奶茶的，哪怕没有星巴克那么高端，出单量还是大的，到底有没有搞错。但她还是保持了礼貌的微笑，任造型师将她化出风吹日晒的沧桑感。

灯光将她的脸打得惨白。她在取景地表现出一种枯竭的奋斗感，一种绝地反击，轻轻咬着嘴唇，涂的是圣罗兰的“贪婪”色，柿子红里带着些樱桃红，眼神空而远，琥珀色的瞳仁映出远处的枯枝，细看去，枯枝上似乎还站着一只灰头伯劳。不自觉咬紧嘴唇，竭力收腹，做出胸口疼、腿疼和腰疼的姿态，努力拍好这些照片。

一说收工，整个人的脸像冬天的柿饼，被灯烤得通红，还挂着层流油的糖霜。来不及洗脸，用吸油的纸巾拍拍，赶往下一个目的地。

妈妈打来视频，正麻利地穿着多春鱼。她说经过报刊亭，看见查仔在封面上光芒万丈，忙喊老板买下来，回来给店里的人炫耀：“看，这系吾婴囡（这是我的宝宝）。”店里便响起啧啧声一片，称赞水渣某（漂亮女孩），即个真厉害，成大明星了！又问她辛不辛苦，赚了多少钱。小弟也听说了她的事，为她欢喜……

娜迦靠在快车的椅背上，困得神游物外。一听到小弟，蜂子蜇了心，一万只马蜂在皮肤里游。她慢慢问道：“小弟缺钱了？”

妈妈的喜悦夹在眼角，粉熠熠地生出愕然，随即又堆上笑脸：“你还是保重自己要紧。”

她细细看，妈妈眼角颧骨处似乎有乌青，肿起来一块，她皮肤黑不太显，还是用粉遮了。

“爸爸打的？”

妈妈摇摇头。

“小弟打的？”

妈妈不说话。

娜迦和妈妈各静止半秒，随即她挂掉视频，给妈妈转了三千块，账户里还剩下两千块，够用了。妈妈恐怕以为她成了明星，家里终于熬出头了。她拼命想摆脱，远远逃离的龟壳，终究又像金钟罩那样把她压在地上。

她默默揩眼泪，擤擤鼻涕，把帽檐压很低，重新补了妆，又涂了层口红。快车司机戴着口罩，在后视镜里盯着她。她知趣地戴上口罩，把纸巾团成一团，捏在手心。

她很早就把小弟拉黑了，担心他会用狐朋狗友的电话打过来骚扰她。为了离开那个家，她很早就逃来北京打工。绿皮火车都要走三天，永远也不要留在厦漳泉。说唱也不敢用闽南话，生怕被家人发现追来。他们以为她最远也就到广州。

大概有很多年，她推说工作忙，没有再回过家。

7

收工后，她走向地铁，站都站不稳，手机里很多条信息。她来不及甄别回复，直接回家埋头大睡。睡到凌晨一点多，手机多了很多来自厦门的未接来电。她直觉是小弟，浑身发抖，连忙屏蔽掉。很快，又看到了杨青桃的QQ消息。

他说：“最近看到好几个你的通告，还忙得过来吗？歌曲有什么想法了吗？”

为了那天晚上加他的好友，她重新下载了QQ。美猴王喜欢用QQ聊天，上论坛灌水，沿袭了千禧年的习惯，没少被朋友笑老派。他说QQ上传音乐、照片都无损，很方便。而且QQ更加开放，孩子们也在用，还有过去黄金十年的稻花香，哪怕那时候大家都不富裕，可是一切蓬勃，心里很甜。

她睡意全无，想到他说的那句“还是打歌实在”，遂发消息过去：“还没睡？在写词吗？”

对方很快回复：“我在看《西游记》，找找新灵感。最近听了The Brave的*Scared Spirit*，美洲原住民布鲁斯和古典乐的融合，小提琴合奏的旋律特别柔和，里面的吟唱又像咱们的老头儿民歌，有时候你会感觉整个世界没什么差别。”

“哈哈哈，老头民歌，是信天游吗？”

“是你们的歌仔戏，哈哈哈。”

杨青桃的初步想法是，去西天取经的那几首歌，可以用梵音风格的伴奏带，再加点电子乐进去。像许镜清做《西游记》主题音乐时，用线条化的电子乐来营造出那种如梦似幻又充满探险精神的感觉，音乐攀阶梯快速上升，给人以无限的神往和快乐。

“大之则弥于宇宙，细之则摄于毫厘。无灭无生，历千劫而亘古；若隐若现，运百福而长今。上报四重恩，下济三途苦。若有见闻者，悉发菩提心。同生极乐国，尽报此一身。十方三世一切佛，诸尊菩萨摩诃萨，摩诃般若波罗蜜。这是他们最后取得正果之际，作者给他们写的大结局赞歌。”

“十方三世一切佛，诸尊菩萨摩诃萨，摩诃般若波罗蜜。我觉得这句做hook不错，特别有历尽千帆、众神归位的感觉。”娜迦把这句话发过去，又用语音发了一遍节奏，“十方、三世、一切佛，诸尊、菩萨、摩诃萨，摩诃、般若、波罗蜜。”

这句念慢，一句定，天地开。她缩在小屋里，天还是乌的。鏖战后拨开云雾而天地瞬开，瞬开后只有一丝金光。

她在聊天中很快睡去。

8

《文化》杂志的记者染着一头棕色的短发，戴着黑框眼镜，大眼睛藏在眼镜框后，不时咧嘴大笑。和娜迦怕说错话引起网暴相比，对方显得如此轻松。娜迦暗生羡慕。

对方问起她的童年，关于那些创伤，娜迦选择一笔勾销。她给自己虚构了一个打工者的家庭，说虽然父母总是在外面做工或做些小生意，但总体来说，家庭幸福，母慈女孝。

“你还有别的兄弟姊妹吗？我听说你们那边当时由于传统，家里如果第一胎生的是女儿，那么第二胎可以要个儿子。”

正中痛点。墨西哥娃娃蒙着眼睛打中皮纳塔，正中胸口的闷痛。有那么一瞬间，她希望小弟从这个世界上消失，那种无法摆脱的梦魇，不断纠缠又不断大笑。仿佛是美猴王面对六耳猕猴时那份羞辱、痛苦、不甘和冲天而起的愤怒。只有地藏菩萨和释迦牟尼知道，哦，还有那头大象。

她张了张嘴，绞动手指，补了一句：“可以不写我的家庭吗？”

“好的。没问题，我写完后会给你看一下稿子的，别担心。”

娜迦微微挪了下屁股，椅垫上有些黏。

大众感兴趣的是她在“甜蜜蜜”奶茶店上班这个点，怎么一个说唱歌手可以甘心去“甜蜜蜜”上班呢，是因为接触社会多了，才可以写出更深刻的句子吗？还是因为受了什么挫折，想换种不一样的方式生活？还是故意炒作，用“甜蜜蜜”的工服来制造噱头？

“你不知道老孙是盖天下有名的贼头。我当年偷蟠桃、盗御酒、窃灵丹，也不曾有人敢与我分用……”恍惚间，她想起杨青桃给她发的这段话，说这段话唱出来会很帅，搞一个现代的朋克孙悟空。杨青桃不叫自己“孙悟空”，而是用了更为理想主义的“美猴王”。

娜迦托着腮，没头没脑来一句：“您觉得孙悟空为什么要去做弼马温呢？”

“他那时并不知道玉帝骗他，大家都是来看他笑话的吧。”记者愣了一下，随口回答。

“是这样的，那家‘甜蜜蜜’加盟店就在我住处附近，我老去买就比较熟。之前有段时间比较低沉，店长说让我去兼职，赚点零花也透口气。钱不多，但人一忙起来，就不会想太多没用的。我穿‘甜蜜蜜’的工服就是想穿而已，也没什么其他好选择。”

对方笑笑：“有想过会爆火吗？”

“我是觉得，孙悟空去西天取经也没什么意思，无论如何也没有在花果山自由快乐。”娜迦的咖啡酸了，她喝了口柠檬水。

“即使是孙悟空也得去西天取经，没法细想。”

娜迦笑笑，不知该怎么接话。

她逐渐适应了这些密集的采访，看见自己年轻的脸出现在各个杂志和娱乐版块，一些歌唱节目和活动的邀约滚滚而来。名利是雪球，是孙悟空拔下的毫毛，四散去远方。

9

我恍如从东土大唐看见漫天的曼陀罗盛开，禅中余音拨弄着耳中的漩涡神经，我好像才饮了黄河的水，又破戒喝了天竺的酒，似醉非醉，似醒非醒——如何解得般若心经？师父说我解得无言语文字，方是真解。我说解得解得，不走这若干路又如何解得。既吃过蟠桃，也吃铁弹，又喝铜汁，五百年没吃过茶饭，响当当的铜豌豆，五行大山也压不住我的筋斗云。甭管是菩提老祖，玉帝老儿，观音菩萨还是释迦牟尼，不如在花果山打一杯鲜榨果泥……十方、三世、一切佛，诸尊、菩萨、摩诃萨，摩诃、般若、波罗蜜……

杨青桃给她发来一些颇有印巴风情的伴奏带，说这个旋律变化多样，编曲时总能跟着那颇具特色的人声吟唱，激发出很多不一样的灵感。他尝试着录了一段小样发到了各个平台上，收到了不错的反响。

“第一次听到了咖喱味儿的《西游记》，感觉很奇特。”

“哈哈哈哈在花果山打鲜榨果泥也是醉了……”

“用鲜榨果泥押韵释迦牟尼，不得不说咱们猴儿哥真是有两把刷子的！”

娜迦看了网友评论笑得不行，随即问杨青桃，他的鲜榨果泥是不是抄她的椰椰拿铁。

他说：“我觉得在歌词里加一些新鲜元素看起来很juicy（有趣），你那边有什么新的想法吗？”

“我能不能从妖魔鬼怪的角度去写？”

“我觉得也是个不错的选择。白骨精？红孩儿？小钻风？奔波儿灞和灞波儿奔？还有什么，金角大王和银角大王？”

“你没有说女儿国的国王，我真的是很感谢了。”

“女儿情，若有来世……被说过太多次，都审美疲劳了。”

她从未想过杨青桃是这样活泼，交流起来很有安全感，你永远不会觉得你的话语落单，遁入空寂。这是一个靠得住的朋友。她没有跟任何人说起和美猴王合作这件事，甚至是说唱节目认识的好朋友，只是觉得一切在待定状态，没必要多说。最重要的，还是保证眼下的作品。

10

深夜，从节目现场出来，出舞台后门透口气，身上贴着被汗水浸湿的塑料演出服，汗一下变冷。周围有工作人员蹲在地上抽烟，疲惫到无法聊天，只有粗声的呼吸和短暂的轻咳。天空中的星子贴着还在燃烧的脸庞，那亿万年外的冰凉气息吹进脖颈。娜迦恍然觉得自己浸泡在遥远的星际尘埃中，星河涌进她的四肢和躯干，将内脏变得锋利透明，世界离她很远。

想起刚才在舞台上那首不得不唱的《闽南热天》，最简单的修辞和最古早的旋律，在视频软件上被切割成碎片。到处都能听见她那快节奏的“闽南，闽南，关关难过关关过。再难，再难，再难不过过闽南……”

她强迫自己屏蔽这昼夜不停的旋律，放空大脑，去听听星子擦过风的声音。这里没有聚光灯，她走到背离人群的草丛中，看到被塞满盒饭的垃圾堆和惊惶讨饭的流浪猫咪。忽然想起小弟曾拿着红瓦片重重打向墙边的小黄猫。她那时大叫一声：“累匆虾米（你在干什么）？！”

小弟回头咯咯笑起来：“阿姊，猫崽不听我的话，不听我话就会猫赞哇（死得很惨）。”

如今想来，小弟别有一份语言天赋。如果小弟很小就开始砸小黄猫，那……她不敢再往下想。最初她还想过，要赚钱，带小弟来北京看最好的精神科医生。她看报纸上说，只要积极治疗，未来还有希望。

起初阿嬷宠小弟，坚决不肯承认小弟有病，只是说小男孩长大了，难免脾气冲撞一些。况且男人是要出海闯荡的，当然气势要足一点。妈妈翻白眼，说团仔长大又不会去打鱼。可小弟的脾气不只是变差，他甚至无来由地用铅笔扎同桌，对方把他踹倒在地，正中下体。小弟吃痛举起小椅，砸破了对方的头，那小孩子破了相。

万幸小弟没有扎伤对方的眼睛，不然倾家荡产也赔不起。两家人经历了报警、厮打和调停，各自找宗族撑过腰，又上了乡镇法庭。经医生检查判断，小弟的问题显然比对方小孩脸上的疤严重。小弟的下体肿得很高，过了一段，就像摘了豆儿的荚，再无什么精神，不知是否影响日后的生育能力，简直是要了全家的命。妈妈身体不好，生小弟大出血，不能再生养。

法庭判决对方赔八万块，对方不服，又提起上诉。后他们和家里磨到六万，又不给钱，打算趁天黑一跑了之。

听人报信，爸爸妈妈叫了一帮亲戚，抄菜刀持铁棍，气势汹汹冲去对方的家门。平日素来点头哈腰，给各种老板赔笑脸，求人宽限几天的爸爸，脸憋得像关公，眉毛从脸上飞起来，整个人炸起几倍大，将那小孩的家门用铁棒砸得震天动地，里面的狗叫得声嘶力竭，似要把这多年的气都撒到那家人身上。到群情激愤处，还要打破那家的神龛。那家人报警，警察来是来，可沾亲带故，又讲不动情。

家里蹲了两日，对方才肯松口，举手投降，赶紧赔钱。

日子久了，小弟又常常闹，阿嬷看出缘由，再也不说是脾气大，而是怪妈妈没看好小弟，让他吃了保生大帝的龟粿。妈妈气不过，跟阿嬷大小声，说还不是阿仄（叔叔）一家赶他们走，立刻甩了锅铲带小弟走。

阿嬷呆呆地坐着，对着墙骂，说是夫妻俩造孽不该做生意，追债的追到头上，把小弟吓病了。娜迦站在一边，缩手缩脚地帮阿嬷往碾里浇凉水。

阿嬷会做各种各样的糕和粿。小弟出事以后，她日日都要给神龛和宗祠送糕送糖，雪白的米浆，掺上红糖白糖，做成各色糕粿，一歪一扭挪出门去。儿子给的生活钱几乎都捐给了厝里的公庙。

做这些事情时，阿嬷嘴里念念有词："一枝草，一点露，求观音菩萨保庇我的细囝平安无代志。阿弥陀佛，观世音菩萨保佑。观音塑金身，华美殊胜，衣袂飘飘，善财龙女与善财童子左右侍奉。"

没出事前，他们两个小孩在阿嬷家看《西游记》，看到观音菩萨收红孩儿。阿嬷递来西瓜说："你们都要好好拜拜。你看那红孩儿本事再大又怎样，还不是被观音收作善财童子啦！"

小弟赶忙大叫道："阿姊！原来善财童子就是红孩儿啦，阿嬷的观音边有红孩儿啦！"又跑去门外神龛，装模作样拜上几拜，不知在拜谁。接着小弟又跑回来，一脸快乐地对她嚷："阿姊！龙女长得好像你！那我就是红孩儿啦！原来我们都在观音身边喔！"

阿嬷每天都早起，拿晒了太阳的圣水，往观音身上点洒一遍，希望观音显灵，让小弟的病早点好。做这些事的时候，阿嬷从没看过娜迦一眼。娜迦也习惯了沉默，一直帮阿嬷打下手，期望爸妈的生意早点能稳定，快点，快点离开古厝，去城镇读书，远远地离开这漫长的溽暑，听说城里空调很足。高温捂住她的口鼻，她不停地擦滚进眼睛里的汗，想快点做完手中的活计，去食一碗冰。

刚刚聚光灯下，旁边的模特趁着休息夸她的皮肤闪闪发光，浅浅的棕色甚至让光都折射出了奇异的金，问她平时都怎么保养皮肤，连一丝毛孔也没有。娜迦随意答，多运动就好了。闽南的风都可以吹黑人，那时还不懂得擦防晒霜，日久，自然晒了这样一身铜色。过去的岁月竟然算镀金，好可笑。

手机忽然响起，晚风吹得她一激灵。她没有看号码，以为是节目组打来叫她去收尾。

“阿姊，是我……”

她猛地把电话摁掉，噩梦方醒。有人从后背拍她一下，她吓得几乎弹起来。“娜迦老师，节目还剩最后一点……”

等到一切终于结束，她已经困过了劲儿，脑子像被裹了一层塑料膜，沉湎在深沉的雾中，难以再应对任何复杂事。手机上弹出一些信息：“阿姊，你现在很火，你一定很害怕大家知道有我这个小弟吧？我也并不是要怎样。最近不太好混，你那边有什么工吗？只要你肯，我绝对不会惹麻烦。阿姊，你看到了吗？这么久不回家，爸妈和我都很想你。只给你一天时间。看到回复下。”

她知道这一天早晚会来，小弟是苍蝇，嗅到肉味就冲来。那么多年，他装疯卖傻和混吃等死，四处混到音讯全无。全家人提心吊胆怕警察找上门，看见报纸或网络的命案都吓得好几天睡不着，每次都怕是小弟闯祸。

对方发来最后一条信息：“我很快就能坐车到北京，列车班次发给你了，你看着办。”

陈娜迦眼前一黑。

当夜做梦，又梦见小时的小弟，还是那张阴骘的脸，黑白分明的大眼睛和紧抿的嘴唇，穿着洗旧的科比篮球背心和裤衩，全身湿答答地站在河塘边，“阿姊，你为什么要丢下我？”说着，手指竟长出很多绿水草，远远飞过来，用力地窒住她的脖颈。她瞬间憋醒，发现手摁在胸口，久久不能喘气。还好是梦，可是这个噩梦的成长版，就要到来。

还好，这段时间通告赶完，她可以匀出半天去接小弟。

11

夏日的北京，湿度竟然赶上了闽南，皮肤上包裹的这份湿度，窗外浓艳刺眼的绿色和暴躁夸张的蝉鸣，又将她带回了那个午后。

那天和杨青桃说到以妖怪入手，她下意识就想到了红孩儿。自从受了刺激，小弟失了魂魄，变得怪里怪气，如红孩儿那样惹人讨厌。后来阿嬷问得紧了，她便砸碎阿嬷侍奉的观音，像红孩儿当年袭击观音菩萨。在家里人看来，简直是大不敬。可是谁也没有怪在她头上，小弟竟然也没有说她什么，甚至装作什么都没有发生。只是从那以后，一切都变了。

地铁里冷气开得很足，好在现在大家都戴口罩，她穿得再普通不过。没人看得出来她是谁，哪怕不远处的综艺小广告的边缘，还闪着她的脸。小弟打来电话，说还有一个多小时到站。她随即挂掉，回复“收到”。

她是那么害怕小弟，连个字也不敢吐。小弟手指放出的水藻，缠得她无法喘息。她更是恨妈，竟把她的联系方式给了小弟。她早就在悄悄寻找另一处住所，想趁小弟不备，以工作的名义，远远逃离。可惜小弟来得太快，她没法迅速脱身，甚至不敢撒谎。真恨自己使不出白骨精的金蝉脱壳计。

穿过一众连锁店的招牌，她在出站口等小弟。过了两股人流，还是没有小弟的影子。她大大松了口气，心想也许小弟只是在耍她，心中的小鼓慢慢弱下来，后背的蚂蚁也归了巢。等到零星几个人，她正转身要走，忽然肩膀被敲了一下，她吃痛转身，撞上了那双黑白分明的大眼睛。这双眼就像蜻蜓的复眼，狠狠瞪她，复眼折射出无数个她，她差点叫出声。

小弟拖着灰蓝色的行李箱，穿着耐克的白色短袖和黑短裤，趿拉着一双拖鞋，个子没怎么变，瘦得像个螺钉，皮肤像在酱油里泡过，呈现出油亮的棕色，像刚从海里打鱼回来，周身还散发着潮湿的腥气。火车上的汗热，让人都馊了。

她回过头，面无表情往前走，经过李先生牛肉面、星巴克、麦当劳，留意商店的橱窗反射，看身后的小弟会不会突然掏出什么凶器。她觉得自己神经过敏，又不住害怕，毕竟他经常推搡妈，妈又不敢说。

她把他带到地铁，他才突然开口："怎么？你现在连个车子都没有？"

娜迦的怒气点满："没有，不坐就滚。"

小弟的呼吸加重了，想说什么，又嘬了下嘴唇。上了地铁，他盯着那张海报看，又侧过头盯着她，盯得她有些发毛。她转过头瞪他，又往一边挪了几步。

他凑到她旁边低语："水渣某哦水渣某。"

她不说话。

他又说："阿姊，好久不见。"

像是十三岁那年，一家人去派出所接他，他出门就踢飞一块石："妈你怎么才来，我肚好饿。"她气得浑身发抖，跟在爸妈身后，想狠掐他的脸，又怕爸妈说她吓飞了小弟的魂。

那时阵，小弟已经开始跟网友拉帮结派，年纪小，下手狠，没人管，也抓不住，给人当催债马仔，给人家门泼红油漆，写"债鬼上门"，得一两百块。冲去网吧，全充了QQ的炫舞飞车，跟人斗舞，常常摔坏好几个键盘。爸妈把门锁了，他就喊人拿锤子把窗砸开。

爸妈在家门口放了火盆驱邪，他一脚把火盆踢得老远。院子里阿嬷送来的鸡鸭吓得四处飞，翅膀差点被燎出洞。火盆里的符纸瞬间黑化炭灭。爸妈还是什么都没说，爸爸去收拾，妈妈去炒海鲜。娜迦脸色铁青，一口都没吃。

小弟没吃两筷，就跑去了网吧。他走了很久，妈才在碗池边抽噎起来。

12

下了地铁，她问小弟想吃什么，要不要一起去菜市场看看。小弟点点头，像小时那样乖。她一时有错觉。

放了行李，两人打车去物美挑青菜。小弟把几个货架看了一圈："北京水果太少，不如我们那里。咱们还在厝里偷过莲雾，你还记得吗，你最爱吃的。"

她冷冷地说："早就不吃了，快点吧。"

小弟在人参果那里看了半天，最终拿了两个。他坚持要付钱，她冷笑："还有钱买菜？"

她想好了，妈妈挨打是她一向惯着小弟，她必须每一句都压过小弟，不然小弟真对她动手，她根本打不过。报警又会激化矛盾，不利于事业。她不想三番五次出现在冲浪榜单上，免得别人总说她是靠炒作出位，败坏路人缘。明星们都先从黑料发家，后期再靠强大的公关洗白。但她躲惯了，受够了网暴，不想再惹事。

这是她渴望已久才得来的机会，绝不能让小弟毁了她。

他们付了钱，经过海鲜市场，她问小弟要不要。小弟摆摆手："算了，这里不便宜。"

她赌气似的装了几斤北美白虾，拎在手上，径直去了收银台。经过酒水柜，她对小弟说："想喝酒自己拿。"

等她结账，小弟放了几罐燕京啤酒："我尝尝你们北京的啤酒。"

两人回到小屋，小弟身上的味道更重了。她催促小弟去洗澡，想起小时候她给小弟洗澡。小弟把黄皮鸭子放在嘴里咬，吃了不少泡沫，害得她被阿爸吼。

白灼一盘虾，又炒了两个菜，电饭煲煲了米饭。她给自己倒一小杯白葡萄酒，加了冰块，投屏看《西游记》。小弟穿着背心短裤出来，瞪大了眼睛看她："看这个干什么？"

她不耐烦地敲筷子："工作需要。吃完饭你刷碗。"

这集放的是奔波儿灞和灞波儿奔。她觉得这两个名字很适合押韵，心中默数节拍。小弟呆呆地剥虾，看着电视出神。过了一会儿，他说："阿姊，我也觉得我像孙悟空那样，戴了个箍，时常头痛，什么事也做不了。"

她被打断思绪有些不悦，刚想发作，又想起小弟是真的有病，或许她应该听听。小弟穿过束身衣，做过电疗，如果这也算紧箍咒，倒是贴切。她问小弟："那是什么感觉呢？"

小弟拿眼睛瞥她，喉结上下滑动："就头痛啊。"

"你进医院穿紧身衣，是不是很痛苦？"

"勒得喘不过来气，胳膊也抬不起来，像鬼压床。"

"既然难受，就控制住自己。"她努力勒住怒马，"打你妈大逆不道，早晚雷公要劈死的。"

"那又不是我，我有时候鬼上身。阿嬷说我是偷吃了保生大帝……"

"你不要跟我在这里搞神神鬼鬼！北京医院很多！"

"那你还看什么《西游记》！"小弟咕哝一句，倏地站起身，冲到行李箱前。

娜迦以为小弟要拿箱子砸过来，下意识地弹到厨房边，抄起锅铲看着小弟。

小弟在行李箱里翻找半天，从里面掏出几盒药扔到茶几上："你妈是不是没有跟你讲我每天都在吃药？”

下一秒，小弟反应过来：“你这样子是在干什么？”

她拿着锅铲抱着头，顺势瘫在沙发上，望着窗台上的仙人掌，深深浅浅地喘气。

小弟冷笑几声，就势躺在地上，皮肤擦过瓷砖，水渍声作响。过了很久，地上才嗡嗡传来一句：“我该吃药了，不能错过时间。”

“喝酒能吃药吗？”娜迦深深吸了口气，“你骗鬼吧。”

“喝酒没关系，就是会昏头睡到晚上，起来熬夜没什么的。”

娜迦夺过他的药，随即在手机上狂按一气，小弟的身份证号她熟稔于心，很快挂了北大六院和安定医院的号。

地上传来小弟的碎碎念：“碳酸锂我一直在吃，一天三片，医生说不能再加了。妈是被我推了一下，不小心撞到门框的。对了，喹硫平还有好几盒，我朋友帮忙拿的……”

她闭上眼睛。幼年的小弟躲在柜里抱着头，闪着极亮的大眼睛：“阿姊，有钱乌龟坐大厅，没钱我们躲衣柜哦。”

现在的小弟躺在地上，像条刚被刀拍晕的鱼。

13

晚上，杨青桃来电话。娜迦有些心烦，说小弟来家里了，还没顾得上想这些。杨青桃在那边叹口气，说时间有点儿紧，有什么灵感，他也可以帮着一起想。

小弟在远处玩游戏，脸上闪着红绿紫的色块，眼睛射出缤纷的光，偶尔骂一两句。此时的他，看起来和正常年轻人无异。

小时候，阿嬷抱着小弟在竹椅子上纳凉，夸阿婴的眼睛比月娘还要光，火金姑（萤火虫）看了都羞死，一面嘴里念念有词：“一年仔倥倥，二年仔孙悟空，三年仔吐剑光，四年仔爱膨风，五年仔上帝公，六年仔阎罗王，阎罗王……”

全家所有欢喜只在臭弟一人身上。

杨青桃在那边叫她很多声，她才回过神：“灵感有的，先挂了，我QQ上跟你细说。”

“怎么了？不方便说话？”杨青桃问。

娜迦岔开话题，她不想让小弟知道自己是以他为灵感写的歌。他是一个太过沉重的负担，这么多年来，她还躲在那个衣柜中，阴暗发霉。只有小弟的眼睛闪闪发光，把生命全部输给她的那种发光，让月娘也害怕。她有时梦见自己从柜子里出来，柜子里却空空如也。柜子吃了小弟，或小弟从未存在。

“我有想法了，结合闽南童谣，做首红孩儿的歌。”

“那太好了，一定要比《闽南热天》还要炸！我周四正好去三环的录音室，咱们现场选一些喜欢的beat？”

娜迦双臂前伸搭在桌上，掐指算算，周三送小弟去医院，周四就要去录音棚试词。她还有几天零碎时间来仔细琢磨红孩儿和小弟。她已经想好要以闽南童谣作为intro（前奏）和outro（结尾），用阿卡贝拉的方式呈现，进歌的时候不要太急，不赶拍子。

快递到了，她消毒后拆了包装，是中华书局的典藏版《西游记》，杨青桃推荐的《黄周星定本西游证道书》。

杨青桃说他更想带给听众的是一种绝妙的氛围，似在云中，又在雾里，腾云驾雾，眼花缭乱。说唱不只是攻击与愤怒，写出好的歌词和钩子一样重要，跳出情绪的叙事说唱更加恐怖。

杨青桃说完就出门跑步，他说坚持锻炼身体对维持气口儿很重要，也可以保证快嘴的时候口齿伶俐，不至于让观众看字幕才能听得懂。杨青桃对于自己的咬字要求很严，他不喜欢自己的表达带太多北京滑音。

“圣婴大王红孩儿”，娜迦看到红孩儿的名号，玩味地想，“圣婴大王”和“巨婴大王”都令人头疼。她拿手指弯成望远镜，窥了眼弟弟。

不如让杨青桃以孙悟空的形象介入到这首歌中，说一些接地气的浑话：“你既是好人家儿女，怎么这等骨头轻？”“我儿呵，你弄甚么重身法压我老爷哩！”“想我老孙五百年前，曾与牛魔王结七兄弟。这妖精是他的儿子，若论起来，还该叫我老叔哩。”

不知何时，小弟已经站在了门边，灼灼地盯着她。娜迦看他一眼，视线又飘回草稿纸上的涂鸦。红孩儿比小弟的本事大，小弟是古厝里的红孩儿。古厝里有个弟就够受的了。

小弟问她：“你最近在做什么？有什么工可以让我做？”

“你除了会混还会做什么？”娜迦冷笑，“如果让别人知道我有个这样的小弟，我还怎么混？”

“你不说，谁会知道？”小弟伸出手来，“要么你给我一笔钱，我自己去想办法。”

“我看你是真疯了，现在工作这么难找，你有案底有病史还会打人，谁要你真他娘的鬼遮眼。”一看见小弟那无辜作态，她就想起妈那乌青的眼。

小弟占尽热爱又不成器，别人穿金戴银，她只能穿仿品。小弟发疯起来，古厝全知道，都说他是邪魔附体。爸妈溺爱他，进出医院十几次，生意败了再换一家做，热炉添炭，着力紧败。这样，小弟的病总是反复，总也治不好，回家总跑出去，不然就把家里翻个底朝天。

阿嬷还是照常在家庙和公庙里拜，说小弟不发作的时候是天使，发作的时候是天神荡罪。可小弟再也没看过阿嬷一眼，连古厝也不再回去。

阿嬷搭着进城卖西瓜的三轮电动车，带着大包小包的吃食，顶着逐渐升起的日头，和西瓜们一起摇摇晃晃地寻到镇上，再转车去他们家。每次上门，婆媳都会吵一架。再后来，阿嬷生了癌，走不动。臭弟只去医院晃儿下，又不知道跑到哪里去。阿嬷最疼的阿婴，也没能在她床边。

阿嬷紧拖着爸的手说些天公疼憨人的安慰话，又拉着娜迦让她帮小弟渡难关，说小弟最听阿姊话，只有她能拉小弟一把。可她给小弟发的消息、打的电话都石沉大海。从那时日起，她彻底对小弟心死。

14

日头一天天从东到西，爸妈从最初的绝望过渡到窃喜，还好小弟没有沾上毒品和赌博，否则早就衰到贴地，一家落土。而她十七岁职高毕业，学了美容美发，去一家台湾人开的理发店实习，手日夜浸泡在药水中，烧得脱皮。

那年，蕾哈娜和埃米纳姆合作的一首歌火遍大街小巷。很多人都爱听蕾哈娜唱的副歌，娜迦只觉得埃米纳姆的吐字惊为天人。在此之前，她只知道周杰伦、陈奕迅和林肯公园。她有空就插着耳机听这首歌，在网上四处搜寻组织，认识了很多年轻的说唱歌手，知道了东海岸、西海岸、old school（旧式嘻哈）、new school（新式嘻哈）、trap（陷阱音乐）、2Pac、Biggie、Nas、Wu Tang、Jay Z……走在路上就听2Pac吟诗，琢磨他的技术和吐词方式。她每天下笔写词，却发现“匪帮说唱”中的那种愤怒她无法抽出，她只有热天的白昼，出门黏在身上的潮湿。那种潮湿从皮肤撕拉出来，撕出来透明的一个小弟。她只能不断延续在初中的习惯，不断读诗词和小说，解决心中的慌乱和词汇的空旷。

正好小姐妹要去北京见网友，两人一起，坐上了去北京的绿皮车。整顿好行李，落了一身的汗，看着站牌上的字逐渐远去，终于可以告别这热天。这场告别用了这么多年。她在心中播种，默默攒钱，终于长出藤蔓。她顺着藤蔓爬出厝边头尾，甩掉湿漉漉的闽南。

多年来，通过妈妈的无数电话，她成了小弟的不在场证人，小弟害妈的，再双倍给她。爸妈坚信小弟会越来越好。这几年，小弟跑回家的时间越来越频繁。抑郁发作时，小弟看起来像个正常人，瘫在家里，几日不起床。妈中午开电动回家，带餐厅的沙茶面给他吃。就算这样，爸妈也很满足。

小弟把门打得梆梆响。她吓了一跳，回过神，对他嚷："再敲给林北歹歹去边透（再敲给老子滚一边）。"

"我跟你说了好久的话，你一点反应都没有，到底谁鬼遮眼？"小弟看上去很平静。

"没有工作给你，我这里钱也不多。不过你帮我一个忙，我自然会给你钱。"娜迦拿笔敲着纸，"我想问你，你控制不住的时候是什么感觉？"

15

澄净的一片海，翻着波光粼粼的金。我的内心很平静。我是神的凡间体，只有神才可以支配一切，谁都不能阻拦。一切人在我眼中退到像蚂蚁那么大，根本不了解我这种幸福，可以凌驾万物，我踏裂一片高楼，城市在我脚下如尘埃般逝去。这种掌控广袤的快感和爆裂的预约比任何肉体的高潮更甚。不知道这样对阿姊说，她会不会觉得我是变态。那种奔涌激烈的感情，我不知道怎么说，好像是心中有片大海，我恨不得剖开我的胸口，让那片大海倾泻而出。小时候看武侠片或者奥特曼，我喜欢对着墙壁或者柱子打拳，似乎可以运出我的拔鼎之力。如果不用力，全身都像有虫在爬。邻居在电视上看了，跟爸讲我是多动症，让我爸妈带我去厦门的大医院看，不然会很影响学习。爸妈忙于生意，四处缝补都来不及，哪顾得上我们姐弟。

阿嬷那边还有阿仄一家要照顾，追债的人有时上了阿嬷家，阿仄先是拿着棍子隔着门骂，再转过头跟爸打电话，经常爆粗口。总之，他是不想我们借住在阿嬷那里。到了暑假，我们就只能待在自己家。而那些追债的人，自然是不肯放过我们的。千两银毋值一个亲生囝，多吓几次小孩，爸妈自然就会快快还钱。

每次我们看电视一到兴头，要债的人便循声而至。阿姊拖着我躲进衣柜，那种热气让我窒息，我不断在里面站起又蹲下，闹着要出去。阿姊便给我剥花生和瓜子，最久的一次，我们在里面待了两个钟，我在柜子里昏昏沉沉睡去。我害怕门外的人，也不想躲进衣柜。闷热，窒息，还有阿姊和我的汗味。我的胸口像是被插了把刀，又好像这把刀从我胸口破土而出。如果有什么神明鬼怪，一定是那阵在我身上落了根。那些潮气在我的皮肤下扎根，悄悄地潜入我的骨髓，日夜撕咬我，我的身体里拧出一团粗麻。他们将线头留在了我脑子里，日日夜夜在头里搔我，告诉我，有朝一日，会将我点燃。

我们的古厝靠海，我总想去海边或者水池里。我爱水浸我身，可家里看我很紧，就这一个囝仔，出了事会毁了全家。算命的说我命里火太多，缺水，家里怕我贪水，给我起名叫力源。可阿姊不怕，她从小就比我胆大。每次等那些人走以后，她都要带我去戏水。海边有时带沙回来，会被爸妈发现，我们只能穿拖鞋去几里地以外的水塘。

那里的蜻蜓真的是世间最漂亮的，头顶还有蓝绿相间的美丽蜂虎，天气越热，那些蜂虎飞得越欢快，它们飞快俯冲下来，一瞬，就将正在交尾的蜻蜓衔进口中，又急速冲向电线杆。小时候我的视力很好，能清楚地看见蜂虎胸前的羽毛，黑色的过眼纹下，灵活的红棕色眼珠中，能瞟见远处波光粼粼的大海。

那日，阿姊带我去捉蜻蜓，我正得意扑到最漂亮的那只，把在手中赏玩。阿姊忽然在我身后大叫，我一回头，鱼塘的看守阿伯那头老猪哥，正把阿姊往一边的野树丛里拖。正值午后，大家多在午睡，没有任何人注意到这边的河塘。我跑不快，根本来不及。我大声叫：“阿姊！”“阿姊！”“阿嬷啊！阿姊啊！”

树丛在摇动，阿姊的声音越来越小。我扔掉蜻蜓，捡起几块石头冲进树丛，用力地掷向那人的头。那人被我砸得头破血流，吃痛转过身，光屁股站起来，一把抓住我拎到水塘边，把我扔了下去。

我曾经那么渴望能拥有一只栗喉蜂虎，将它紧紧地攥在手里，用嘴吸吮它的喙，口腔中感受它柔软轻盈的羽毛，然后一口吞进肚中。我的皮肤逐渐纤维化，变得透明，生出绿色的覆羽，眼底更加清灵，能看见每一只蜻蜓的翅痣，可以迅速扎进水塘，捕捉正在点水的蜻蜓。我甚至能感觉到它那双复眼中的惊愕，那有两万双瞳孔的复眼，无一不惊异于我从小男孩儿变成蜂虎的飞行轨迹，它能准确而敏锐地捕捉到每一丝空气的颤动，却无法躲开我的致命捕捉。我甚至能感觉到我的嘴里塞入它精美透明的翅膀，折断的清脆声正如玻璃海苔，我衔住它的肉身，满意地准备飞回。

我听到了阿姊的哭叫，我才发现水浸没了头顶。我看见了一只巨脉蜻蜓，很多年后我才知道那是巨脉蜻蜓，生活在3.5亿年前的石炭纪，翅膀展开有七十五厘米，是世界上已知出现过的最大的蜻蜓，这些都是我在网吧搜的。那只巨大的蜻蜓，正划翅破浪而来，它的复眼有阿姊的头那么大，它咀嚼型口器钳住了我的头，将那团乱麻从我的腔里抽出来，不断抽走我的一切，我的内部空了，被全部吸光，变得像水流一样冰凉而平静。我和池塘中的水体同化了。我变成漂浮的一颗卵。

醒来已是几天后，我浑身酸痛，听爸爸在门外大声咒阿姊，说师公反复交代不要让我去水边，她还要带我去水边乱乱蛇（注释方言义），就是想害死我。

可能阿姊都不记得这些了。我起先只知道他欺负阿姊，并不懂到底发生了什么。家里人报了警，把那头猪推我下水的事闹到了派出所，但阿姊的事，他们选择瞒下来，怕阿姊以后嫁不出去。光杀人未遂这一条就可以送他去坐监。但乡下人十嘴九尻川，流言蜚语很快传开来。那个暑假，阿姊几乎一直卧在床上，蒙着被子，我怎么逗她，她也不笑。遇到人来，我只能自己躲进柜里，怎么推阿姊，她也一动不动。

到了夜里，我总是做噩梦，醒来有时看见阿姊在窗边走来走去，头发疯长，背对着我，像个女鬼。漫长的病假结束，爸妈借钱，把我送去厦门一个全托的学前班，而阿姊被送到了远房一户亲戚家，转去了厦门的外来务工子女学校。只有过年或是佛生日，我们才会回到古厝。不知为什么，阿姊离我越来越远，眼睛里生满了毒刺，看我一眼，我浑身都疼。无论我怎么讨好她，剥花生和瓜子给她吃，她都会躲开我。我体内的那团麻不断扎我，扎得五脏六腑发疼发痒，好像菩萨上身。我没办法控制自己的愤怒，在汉语拼音听写时，我总会用橡皮把纸搓个大洞。我一直不明白，为什么阿姊会那样恨我。

一日，同学笑嘻嘻地羞辱我："听说你阿姊脱光光去救你喔？羞羞脸！"周围的小孩哄堂大笑。像是被一口钟压成了肉泥，就像一只苍蝇被人拍扁，他的声音在钟内无限扩大。那些笑声都变成了鼓励，几乎要震碎我的头盖骨。插在我心里的刀破土而出，我拿着铅笔扎他的脸，他捂着眼睛反击，狠狠踢到了我的胯下。

剧烈的痛让我无法呼吸，我突然就看清了，一年多以前，在水里见到的巨脉蜻蜓，是我的阿姊。原来那蜻蜓的复眼，真的是阿姊的头。

阿姊救回的是我的身，可是属于我灵魂的一部分却永坠池中。我的学习越来越烂，我恨我周围的每一个人，我甚至恨我的爸爸妈妈，为什么没能保护好我和阿姊。他们让阿姊独自负担了这么多，让阿姊也恨我。

无数次，我一入睡，都梦见阿姊躲在柜子里，长长的头发遮住脸庞，不断地给我剥着花生和瓜子，剥到指甲破裂，血流如注，染红了花生和瓜子组成的大山。我拼命叫阿姊别剥了，她头也不抬，什么也听不见。在梦里，她也始终未看我一眼。

“你走以后，我去厦门海边玩过，不过厦门水不好看，泡着也没意思……”

“海水……红孩儿的三昧真火，正是被观音菩萨用南海的水给熄灭的。”娜迦短暂忘记了小弟的事，完全浸入创作。为什么小弟说得如此精准，好像是真的红孩儿出现在眼前，让她感到恐怖。内心的茧被什么东西啮破，几乎要将她吸入那黑洞，经历那缓慢的粉碎。为了抑制这种痛苦，她飞速拿起笔写下歌词。

这种感觉就像在爱情喜剧里加了一帧恐怖镜头。人眼无法捕捉到这种帧数的异常，只会感觉到好像有一幕奇怪的东西闪过，意识并不能确认那是什么，潜意识却早已敏锐捕捉到，并将电信号传入大脑，引起了肌体的莫名冷战。

水与火，共工与祝融，龙王三太子和哪吒，南海观音和红孩儿，水与火的两种图腾代表，也许是人体的邪气和愤怒，嗔火太旺而烧尽人心，无法控制住便需要水来收。这火焰燃尽后又是什么？

娜迦问小弟：“你每次发作后，有什么感觉吗？”

“就像刚打完一场拳，全身轻松。”

“你不后悔伤害别人？”娜迦捏紧了笔。

小弟说：“哪里有那么多后悔，做都做了。”

娜迦冷笑，安慰自己无挂碍故，无生恐怖。

16

周三，去了医院，医生建议小弟还是按照剂量吃药，并叮嘱娜迦做好监督。小弟坐在桌子前，腿大剌剌地分开。医生看了看满头乱发的娜迦："病人嘛，需要长期服用药物，只需维持精神稳定就可以。家属要实在压力大的话，也可以去找心理医生。"

很快下一位。娜迦和小弟走出诊室。门外的走廊里坐着很多衣着光鲜的年轻人。他们在其中，看起来再普通不过。在这个精神病人都因人口而比例更多的超级都市，小小一个臭弟，又算什么。或许她那隔壁的邻居，也觉得她每天的念词是发疯。小弟在我身边，仍是一个定时炸弹。可惜爸妈受过的苦，注定要渡到她身上。

走出医院，外面的绿树叶都被光打得颤滚，北方高大的白杨树，叶片像打了蜡，高温让扰流变得明显，可是有的树叶还是过早地下落了。人只有一条路，那就是向前走。还是要做事情，只有做事情才能抵挡一切未知的恐惧。未成名时，总想着成名之后的各种造型，现在的娜迦总会在做造型时睡着，手里还攥着各种台词。

回到家中，她塞给小弟半个西瓜，给他打了一些钱，叮嘱他好好吃药，继续去忙。小弟在她身边也好，起码不会出去惹事。

写的词删了改，改了删。中途听了一些摇滚，愈发觉得头痛，吃了布洛芬，压不下去。小姐妹推荐了卖红参口服液的厂家，她又让小弟去便利店买些红牛和力保健。他回到家，带了两杯绿豆冰沙。

陈力源杀完最后一局，抬头一看，阿姊的屋门似乎还透出亮光。他悄悄推开门，看到桌上有一杯未喝完的沙冰水，而阿姊已经歪在面包靠枕上睡去了。他把阿姊散乱的金发从脸颊边拨开，看着那淡淡的眉毛，大而深的眼窝，平缓起伏的鼻梁和微厚的嘴唇，不施粉黛，还是记忆中阿姊的模样。他松口气。

那些短视频和海报里的人看起来艳光四射，他们把阿姊画得像盘丝洞的妖精。金发被卷成大波浪，眉毛被勾勒得很弯，半扇墨绿的金属眼影，横扫出一片孤寂冷侘，戴了深绿色美瞳，猩红的上唇翘着，露出不可一世的笑容，俯瞰着众人，仿佛全世界都在她的麾下。和出事后剃了短发，在人群中总是缩头含胸，戴着鸭舌帽和耳机的阿姊全然不同，和此时在面包靠枕上熟睡的阿姊也毫不相同。她似乎要把古厝的那个女孩从身体里永远撕出去。

他用手摸了摸阿姊的脸，如同摸到水流那样软，被空调吹得又有些冰。她没有醒，只是皱了皱眉。他低下头，像小时候那样，亲了亲阿姊的脸颊。接着再用手指去探，还是那么软，那么冰，丝毫没有因他滚烫的嘴唇而升温。他把她抱到床上，关了空调，盖上被子。五岁之前，阿姊抱住他，给他念从阿嬷那里学来的闽南童谣。有时他要抓住阿姊的胳膊，阿姊总嫌热，必把他的手捏起来，放回他自己身上。

娜迦梦见了幼时古厝的那片山野，不知道为何，那片山野中层层叠叠冒出许多空中的楼梯。楼梯呈蛹形，不断变换上下的方向，而她攀住一根梯子，不断从底层的污泥处往上爬。身后的旷野中，有什么东西在隐隐约约逼近。这让她感到恐惧，她不断地往上爬，想逃出这漫山遍野的绿色。周身好似裹满了泥浆与水汽，越来越难以呼吸，想要将她从天梯上摇下来。正在爬着，她蓦地惊醒，睁眼感觉有人在身边呼吸。

一转头，小弟在床的另一端，空调关了，挤得她浑身都是汗。她翻了个白眼，摸来遥控器调整，又拿了凉毯来给他盖好。

窗外的月娘竟这样光，白惨惨的打得人心透亮，她觉得整个胸膛都被照得很满。多年荒唐，小弟显得比她更老，甚至过早地有了抬头纹，细看，满脸密布着晒斑。他的睫毛在睡梦中抖动，闭着的眼睛在骨碌骨碌地转。她坐在床边，想起小弟小时的睡脸，那时阿嬷夸小弟是菩萨送来的团仔，真古锥（可爱）呀真缘投（好看）。如果将过去看成许多盘磁带，而小弟这一盘，她可以选择听或不听。如果我将那一盘有病的磁带永久销毁，就这样一直过，不知可否？

她想起明天要赶的通告，看看手机，凌晨四点多，准备起身去做事。刚挪动，就被小弟抓住了手腕。小弟的手掌提醒她，小弟不再是那个有着小肉手的团仔了，而是个成年男子了。

她无奈地说："去做工。"

小弟迷迷糊糊："阿姊不要丢下我。"

她只好坐在床上刷微博，脸被打出不同的光斑色块。小弟也慢慢坐起身，月光下，眯着大眼睛，眼袋鼓出，迷蒙地看着窗外的月影，月娘在他眼中凝成两个小点。

他喉结滚了几下："阿姊，你有过男朋友吗？"

"问这个干什么？"

"……你会不会被迫要做一些事……"他松开她的手腕，盘起自己的腿。

她感觉小弟的眼睛像钻出一万只火金姑，来咬她的肉。

"人变成什么样子，都是自己选择的结果。"娜迦倚着窗台，"人要是想烂，会一直烂下去。"

其实她很想跟小弟讲，刚来北京那时阵，晚上十二点和小姐妹结伴从理发店离开，沿途碰到持刀抢劫，两人的手机和钱都没了。俩人去隔一条街的派出所报案。回家已经是两点多，倒头就睡。第二天还要早起去店里排队，等着店长复盘训话。她发誓凑够钱买部新手机，立刻辞掉这份工，去找音乐相关的工作。

同好给她介绍了个小厂牌的制作人，那制作人看她漂亮，唱得还可以，问她要不要在一起，说给她介绍团队，慢慢混起来。那人不让她再去理发店上班，而是让她多混混圈子，人脉才会起来。她经常陪他出席酒吧派对，听一帮人坐在沙发上吞云吐雾，喝洋酒吹牛，只能自己悄悄塞一只耳机，藏在头发后面悄悄听歌。

这些局里，偶尔会有一个叫NeZha李的说唱歌手出现，他戴着眼镜，皱紧眉头，只叫一杯星巴克，抱着一个笔记本在角落里调音乐工程。他会玩一些很新的东西，比如把民乐和军鼓融在一起，敲进副歌打底。她有时会向他去讨教，他跟她讨论一些欧美说唱歌手的音乐技巧和各种乐器的音色与应用，说起这些技术性问题简直停不下来。他说比起当歌手，他更想做制作人。

不久后，她在男朋友那里看到了很多备份女人。她才知道她是给人当马子。每次想起来都会啐一口，庆幸自己没有染上什么病。好在那段时间她认识了NeZha李，知道音乐可以像方程式那样进行计算和铺垫，通过数学计算来编曲会更有意思。两人合作，出了几首有意思的小曲，远在地摊公主的头衔到来之前。

这些小弟永远不会知道。

她挨个回复完信息，头靠着面包靠枕，等着天空像Coldplay的*Yellow*那样逐渐亮起来，小弟不知何时又昏睡过去。她一瞬间想和小弟互换。

17

赶到三环那间录音室，美猴王压着鸭舌帽走进来，头发剃得很短，录音室里的人都停下了动作。娜迦在试那段总在卡壳的三押，脑中不断回旋汤显祖那句“不妨拗折天下人嗓子”，怎么也找不到感觉。她放下试词，金发散落在手边，夜晚下肚的鸭血粉丝汤，残余的白胡椒面在喉头发起来，汗滴到下巴。

杨青桃站在玻璃外，和录音师聊天。看她有些局促，说：“你可以先用闽南话找找感觉，普通话也许没有你说方言有感觉。”

她笑笑，声音拍在录音室的墙上：“你又不是闽南人，又如何定义闽南唇。”

她在有响棒和沙锤的前奏中念完那段民谣，感觉很好，用一种极空灵的鼓引进，在心腔轻轻地锤。重新回到广袤的榕树下，冰凉的老石板路，滚烫的脚板贴到石壁。韵律像池塘，将她浑身染成透明的。她也变得像藻花。

接着，杨青桃和她在一起选了一些曲子，仔细琢磨着其中的节奏和鼓点，想着用怎样的词组、呼吸和押韵来配合。杨青桃更想从其中得到惊喜，闽南的民谣，对于北方的语境来说，有着更多神秘与陌生。最终，他们选了一首西域风格的伴奏，不仅可以制作出变幻的韵唱，还可以有更多加肉的空间。杨青桃刚录完一首《避水金晶兽》，他说这个是受她的启发，觉得从妖魔鬼怪入手不错。

时间已晚，打车回大兴太远又不安全。她在城里这几天都有录制，杨青桃的家在附近的老小区，问她要不要暂住一下。她有些愕然：“这样合适吗？”

“我离婚都三年了。”杨青桃皱皱眉，“我不喜欢跟我的合作伙伴搞什么花边新闻，纯属有病。”

杨青桃还跟她解释，如果一个人要打美猴王的人设，至少在做专辑的这段时间里，要保持童心本源。至少要进入西天取经，要有玄奘那般心无旁骛的心境，不要被外界声色所诱惑。

她说他入戏太深。杨青桃连忙双手合十：“阿弥陀佛。”

娜迦看着街口那间黑灯的麦当劳，不得已打消了夜宿麦当劳的念头。过去还有很多快餐店可以坐一夜，一些流浪汉会帮麦当劳收拾桌子，来换在里面坐一坐。最近几年，很多二十四小时的店都关门了。她哼着流行歌，压低帽檐。她跟着他上了老破小的楼梯，隔着薄薄的门板，还能听见楼里起夜老人的咳嗽声。

直到杨青桃打开家门开了灯，她才发现，和那陈旧的楼道不同，他的房子宽阔明亮，橡木色的地板上，巨大的羊毛地毯摊在地上一如化开的奶油，地毯侧面是一排通顶的透明手办柜，里面摆着造型各异的动漫角色，旁边是一个立体的生态循环缸。他邀请她进门，在手边扶椅上换了鞋，招呼她早些休息。她坐在豆包沙发上，看见一整面光洁的电影幕布和圆盘形的B&O A9音响，看起来像是家中支起了外星信号接收器。

她知道A9这款音响，他们平时开玩笑都叫它大铁锅。她歪着头半躺在豆包沙发上散神，忽然看见小弟戴着彩色塑料耳机，坐在火车上闷闷听音乐。她的心像是被装进了大铁锅里翻炒。小弟的最后一条消息是“阿姊你早点回家”。不知多少年未回闽南，当地的比赛也不敢参加，过年都推说工作忙，和同样不愿回家的朋友一同K歌喝酒。偶尔去南方商演或者活动，最南也不过江浙沪。

躺在客房，深蓝色的床，进入未知的海洋，水母的身体闪烁着星光，窗外起风了。一个人在北京，能睡在这样安逸的房中，当然有心情读《西游记》。

闹铃响起，她迷迷糊糊摁掉，又挣扎起来看消息，准备洗漱出门。杨青桃在茶几上摆了早点，他在幕布上放了一早的球赛，说以前熬夜做歌，有时候累得睡不着，看看夜里的比赛，很快就能入睡。醒来以后，球赛刚好播到集锦或早间体育新闻，觉得自己并不孤独。

杨青桃吃完葱花油条，喝了两口豆浆，去厨房冲了两杯咖啡。两人看着球赛，在屏幕的亮光处，看见上浮的空气不断荡漾，扭出各式各样的轮廓，似乎已经相识了一辈子。

被迫按下的静止键里，她得到了一分钟的舒缓。有那么一分钟，她能在回忆的暗盒里，不去想小弟这根刺，或是那个暗盒忽然张开一道缝，射出许多光。

很快，手机铃声响起，不是甲方，竟是小弟：“你在哪里，怎么没回家？”

“我有个小节目要录制，这几天都不回家，在外面住，你照顾好自己。”

“哦——”电话那头传来一声长叹，“你是不是在躲我？”

“没事先挂了。”她挂了电话。

又是一个禁区内的射门，没成功，左边锋抱憾。杨青桃拍了下大腿：“是你弟弟？”

“我不想他问太多。”她挥挥手，拿出了歌词。

大铁锅放着选好的beat，娜迦和杨青桃在客厅中对了对词。

18

三昧真火

intro

（闽南童谣）一年仔倥倥，二年仔孙悟空，三年仔吐剑光，四年仔爱膨风，五年仔上帝公，六年仔阎罗王，阎罗王……

verse（陈）

看，从吐鲁番烧起八百里火焰一直刮到闽南

他生来体内便有三昧真火烧到东海也无法平静

铁扇公主太过宠他甚至无视他所带来的灾难

无数次轻飘飘对土地公说一句保佑我团平安

圣婴大王喝酒打牌讨债上门爸妈寝食难安

眼看他将古厝土地内的无数生灵骨髓吸干

bridge（杨）

你这小畜生，不识高低！看棍！

（童音啸叫）泼猢狲，不达时务！看枪！

hook（杨）

混世的圣婴大王，嗡嘛呢叭咪吽

混世的圣婴大王，嗡嘛呢叭咪吽

chorus（陈）

莲花座，降魔杵，步步拜去珞珈山，解得我苦

杨柳枝，一点露，泼过这三昧真火，终得极乐

verse（陈）

总是逃避四处祈求哪个神明会发慈悲显灵

看业火烧干他青春我在深渊内默念手足情

惨绿的盛夏我在咱厝里看遍山烧出的红云

无可奈何我背井离乡去冰天雪地躲避瘟神

雍和宫的佛与菩萨能否助保生大帝一臂之力

山河湖泊四海龙王日夜雷电可否驱得煞气

南海也好东海也好只求菩萨借一点甘露吧

bridge（杨）

妖精！你如今赶至南海观音菩萨处，怎么还不回去？

（童音啸叫）咄！你是孙行者请来的救兵么？你是孙行者请来的救兵么？

hook（杨）

混世的圣婴大王，嗡嘛呢叭咪吽

混世的圣婴大王，嗡嘛呢叭咪吽

chorus（陈）

莲花座，降魔杵，步步拜去珞珈山，解得我苦

杨柳枝，一点露，泼过这三昧真火，终得极乐

outro

（闽南童谣）一年仔倥倥，二年仔孙悟空，三年仔吐剑光，四年仔爱膨风，五年仔上帝公，六年仔阎罗王，阎罗王……

“成了。”杨青桃弹一下稿子，“这歌儿绝对炸，等你结束这两天的活儿，咱们就去录。”

她也从密不透风的罩子中嘶了口空气，转身歪到沙发上，问他有没有可以录视频的地方，她需要线上录个节目，需要好一些的麦克和录音设备。杨青桃很快将书房收拾干净，给她装好了设备。

终于录完一期节目，已经接近下午三点，她刚假笑着退出会议，就接到了小弟的电话：“阿姊你到底在哪儿？你是不是故意要甩掉我？”

受不住这样黏腻的小弟，恨不得躲到爪哇国去。新歌的顺利也无法冲淡她这种沮丧，一股闷腥的感觉涌在喉头。

她喝口水，把那股邪火强压下去：“我在录节目，至少要几天才能回家。你今天吃药了没？小心我给你妈打电话，把你抓回家。”

“你妈能管我的话，干吗还叫我来找你？”小弟又变得黏糊，“总之你快点回家，我一个人待着没意思。”

她敷衍着挂了电话，门外就响起了敲门声。

杨青桃问：“垫点东西吗？下午三点了，晚上再出去吃点好的吧。”

她跟着他去了厨房，看见挂面，不由得摇头。刚来北京那时阵，泡面还

算贵，为了省钱吃盐水挂面，彻底吃到伤。她问有没有云吞之类的速食，他说冰箱还有速冻饺子。打开冷藏室，那根光杆司令胡萝卜分外惹眼。

她问他是不是不怎么在家吃，冰箱里唯一的绿色怎么都是些无精打采的芹菜。杨青桃苦笑："都怪我，经常在外面跑来跑去。不过我囤了好多碳水，足够我坐吃山空了，是不是有点像玉帝降罪的那个米山和面山？"

接着他拉开储物柜，满满一柜的泡面、挂面、荞麦面和意大利面，还有各种酱料和调料包。看见娜迦苦笑，杨青桃又安慰道："没关系，鸡蛋也会有的，蔬菜包也会有。"

娜迦摇摇头，她冲了点麦片。

麦片、薯条和汉堡包，快速果腹为这快节奏，午夜那快餐店的金字招牌，工事繁忙总让人徘徊。

娜迦想起一个老掉牙的问题："喂，你觉得说唱对你来说意味着什么？"

杨青桃靠在沙发上，拨弄着一把小尤克里里，即兴诵念："是火焰山的芭蕉，是蟠桃盛宴的佳肴，是炼丹炉的巽位，是取经路上的魑魅。有时候舞台上看起来很辉煌，可缝纫的每一刻都感觉那万千奔腾的雄心，都要靠那些深山鬼岭里的魑魅魍魉来磨。直到把雄心那方宝剑都磨得看不清剑身，被岁月斩得斑驳，过后又自我腹诽，觉得自己在创世纪的同时又觉得生命毫无意义。为什么要穿这层美猴王的画皮？恐怕是因为我属猴，很小就将孙悟空当成偶像，总觉得背靠着那一座与天同寿、长生不老的大山，自己就有无穷无尽的力量。"

娜迦歪着头："而我只想远远地离开闽南，永远不再回去。"

"离开家这么久，家里人不会想你吗？"

"如果你的家就在你身上，而你想远离的那个人就像水蛭那样甩不掉，何谈想不想。"

"闽南有很多榕树，枝干落地生根，是不是像你说的那种家庭关系一样，彼此连接紧密，怎么也无法挣脱，而是牢牢地系于那棵老树，一代一代缓慢又强韧地生长下去？”

“如果有选择，我只想做一株南洋杉，我受够了榕树那种盘根错节的家庭关系。”

“嗯，我能懂。我想做杧果树，我爱吃杧果。”

“杧果是我们那边用来吸尾气的。”

“你说的是‘我们那边’。”

“也许短期内很难逃离这种话语圈套，就像我们的口音、家乡景色和固定用语。”

在两人都空闲的时刻，杨青桃带她看投屏电影《新神榜·哪吒重生》。电影中的哪吒转世李云祥正在孙悟空的指导下进行内火外导。

杨青桃说：“说来也很巧，哪吒和红孩儿都是用的三昧真火，他们在修得正果前，性格都相当偏执。哪吒的元神，自古都被称作杀神，但现实中咱们的NeZha李应该还行，我看他人还比较温和。”

娜迦点点头：“他是我好朋友，一直帮我做歌。他不是武汉人嘛，又在‘武昌鱼’厂牌。才饮长江水，又食武昌鱼的，自然水克火哈哈哈。”

于是，他们共同决定让NeZha李来制作这首歌。

19

后两天，她要参加一个语言类的综艺节目，借住在杨青桃家，在客厅背词。现在这种语言类节目繁多，不是唱歌就是演话剧，还要跨界碰出所谓的火花。她总怕做不好，看着节目组给的台本反复练习。小弟不停地给她打视频，她看见小弟窝在床脚一团，黑黢黢的，只看见两只阴暗中闪光的大眼，真想喊他起来做事。

小弟总是问她些怪话，什么北京哪里有河可以摸鱼抓虾，想去秦皇岛看大海，问她在哪个录音棚见什么明星，他想去“闲鱼”上兜售签名。又说他买了体育彩票，中了一笔大奖，可以载她下五洋捉鳖。她都只听几句，让他自己做点饭吃，不要打扰她。

不胜其烦，她将小弟静音，打算等节目结束后再说。

“我们本该共同行走，去寻找光明，可你却把我，留给了黑暗。”娜迦正在读这句话，忽看见指间有雾气冒出，结成青紫色的薄雾，笼住她全身。一股辛辣的刺激包裹知觉，让她几乎不能呼吸。好在，杨青桃走过来，问她要吃什么，那股白日梦魇才慢慢散去。她看见杨青桃的嘴一张一合，耳朵里却什么也听不清。她拿着台词摇了摇头，心跳却越来越剧烈，可能太累了。想要看看几点，却发现手机已经关机。

她觉得纳闷。等充好电才发现，手机里是铺天盖地的未接来电。

邻居家燃气爆炸。小弟刚好在屋里。

爸妈从厦门赶过来，两个黑黑瘦瘦的人，被泪水浸得皱皱巴巴。她站在病房门外，墙角两边都长满了家属，像建筑边的野草，东倒西歪地立在墙边，等着抢救结果通知。医院的冷气被沸腾的眼泪蒸干，护士提示多次保持安静，暗涌的呜咽凝聚成一座九层妖塔。嘈杂，炎热，眩晕，人肉相贴。她压低帽檐，遁入虚空。干枯的爸妈相互搀扶。爸捂住眼睛，粗大的骨节，指缝稀疏变形，枯枯巴巴的呻吟。妈向娜迦投来祈求的目光，娜迦则一直盯墙壁或是看手机。大家都戴着口罩，没人能认出她。很多人摘了口罩靠着墙涕泗横流，她才感觉到，自己的口罩是干的。她尚未从那些电话的余震中缓过来，甚至怀疑这是不是一场提前预谋的真人秀。她悄悄转头，企图从这些变形的、湿漉漉的脸庞中找出一个黑洞洞的镜头。没有。她开始商量人生这场大型演出，到底何时可以谢幕。她不愿意面对如此逼真的事。

昨天得知消息，她才感受到剧本结尾那通天的巨雷，正将自己贯穿劈碎。她刚崭露头角的事业，又像席卷而来的泡沫，在乌黑的岸边，喑声破灭。在父母的声声责问中，她开始怀疑自己随身携带着什么鬼怪，让小弟一次次替她挡了灾。

她捶半天胸口，憋出一声尖叫，瘫软在地。听到响动，杨青桃戴着麦从卧室里冲出来，不断拍她后背，试图把她扶到沙发上。平素精于锻炼的杨青桃，也拖了三四次。她不断哽住，只吐几个字，又陷入大哭。杨青桃握住她的手，用力抱住她，不断捋着她后背，想将那股寒气顺出。她很快不能呼吸，全身发抖，手指僵硬，他把毛巾塞在她嘴里，防止她咬舌头，迅速拨打了120。

呼吸性碱中毒。杨青桃按照医嘱，将一个纸袋子套在娜迦的头上，希望她将过度呼出的二氧化碳吸回去，可以缓解一定的压力。娜迦瞪大眼睛看着这一切降临，口不能言。头被罩住后，她好像在看一出默喜剧。

急救车终于赶到。杨青桃松下来，忽然觉得很多词语都憋在气口，一个也吐不出来。

小弟在爆炸中受了重伤，还好保住了四肢，除了开放性骨折，还有多处外伤，部分皮肉阙如，需要自体和异体移植。他们转院去全国最好的骨科和烧伤科。小弟的异地医保要转手续，报销又麻烦。爸妈就像节日祭船上的木偶，她暂停了很多工作，拉着那艘破破的小船在干涸的陆上走。

她不由得也怪妈，给小弟偷吃保生大帝的龟粿。心中如此恨，恨又无气力。

爸眼眶红肿，口舌和手指被烟熏得焦黄，眼睛像磨花的玻璃珠，珠子茫然转向她，怎么也揩不掉磨损的花纹："怎么会这样，怎么会这样？小弟怎么刚来就这样？你当时去哪里了？"

这样说来，好像做错的是她。闽南的神明在北方水土不服，符咒从古厝的墙上滑落，观音菩萨也未能镇住这场业火。她一想到小弟在床上呻吟，便觉这一切竟像谶言。她写下的是对小弟的诅咒，让那场火从闽南烧到北京，好报多年前的水中之仇。

杨青桃来看过她几次，每次都约在医院地下的餐厅，跑过来安慰她。NeZha李也跟着来了，戴着一顶度假的草帽，要一杯雪碧，把玩着一块五花肉耳机套。他让她不要担心，这首歌一定会让她风生水起，比《闽南热天》更炸。他说："祸兮福所倚。你要相信人的生命力，你看哪吒变成了莲藕，也能活得很好，无生无死，无死无生。"

娜迦吸一口杨枝甘露："你说的都太玄了，放自己身上根本熬不过去。"

她坐在床边看着小弟，小弟的脸裹在白惨惨的阴影里，像一只巨大的炭烤蚕蛹，隐隐有焦黑色透出。

赔偿和官司看起来有一顿扯，妈拉着她悄悄问："你还有多少钱？"

她转过脸："家里钱不够用？"

妈看着她："上午看有募捐的人来，可以给小弟在线上筹钱，你看要不要搞？"

"别开玩笑。"她语气冷酷，"小弟在我这里出的事，我会负责的，你不要理会那些人。"

"是，你现在出名了，不会不管小弟。"妈妈像潮间带上的河蟹，不断地从嘴里吐出泡泡。妈妈嚼着海藻之类的细小物质。娜迦看着自己被蟹钳紧紧夹住斩碎，送入妈那一开一合的嘴。

好巧不巧，杨青桃又打来电话催录音。她接起来，不待他说话，就说马上过去。娜迦握了握妈的手，想象中的蟹钳，常年浸泡在水和泡沫中，粗糙冰凉，纹理深刻。妈想说什么，又闭上了嘴。她又回头看了眼小弟。护士进来了，准备给小弟换药。她略一颔首，不忍看，走出门去。

20

《三昧真火》这首歌作为美猴王和陈娜迦合作的先行曲，一经推出，很快点燃各大音乐平台，有营销的一番造势，播放量增长很快，评论叠楼很高。

“这首歌的制作人是NeZha李，考虑到红孩儿和哪吒都炼三昧真火，如今这首歌霸榜也就不足为奇了。”

评论最高赞是：“这首歌聚齐了天庭三大刺头：哪吒、美猴王和红孩儿。”娜迦在被窝里看了这条评论，勉强笑了笑。这条评论的落款还是NZL。

莲花座，降魔杵，步步拜去珞珈山，解得我苦
杨柳枝，一点露，泼过这三昧真火，终得极乐

这段用电子垫音，十分朗朗上口，一经放出，于各个音频视频软件上步步生莲。很快这首歌被买走，给一部《西游记》改编的现代剧做主题曲。关于这首歌的分成，她一直没来得及和杨青桃谈。她现在也顾不上这些了，有人在医院认出了她，也发现了她是爆炸事故的家属，趁她不在的时候跟她父母套话，把这些事发了出来。

《三昧真火》和爆炸事故，有诡异的巧合。陈娜迦怎么在事故之后，还有心情发歌？好似一窝失控的马蜂，它们找到攻击热源，轰向陈娜迦的微博。它们在杨青桃的微博下面说他们吃人血馒头，妄想借用那场爆炸来为自己造势。

更有甚者，有人编出了一套阴谋论，说是在建筑业奠基和电影行业开机时，有时为了大火或改命都要用一些“人偶祭”，传说什么钢筋水泥工地里有捆绑在地基上的“人柱”，让楼基扎得更稳。

看客议论纷纷，甚至比《三昧真火》的热度更高。

“很难不怀疑陈娜迦是为了自己可以大火，故意制造了这起爆炸，希望警方严查”“这场爆炸本身就十分诡异啊，她弟弟伤于爆炸的时候她还不在家”“看业火烧干他青春我在黑渊内默念手足情……你看看哪个写歌的会这样诅咒自己的家人？业火烧干？完全是诅咒，陈娜迦居心叵测，不敢深想”……事情很快失控。

娜迦的爸妈刷到那些，对她的态度也变得古怪。偶尔打电话来，话里话外含沙射影，说她和小弟换了命，若不是小弟，哪里有她今天。如果她不肯给小弟掏钱，他们就要把这些事都告诉媒体。

刚吃下一碗泡面，娜迦就在听筒这头吐了出来。她干笑两声，挂了电话。接着，她将马桶清理干净，跑到镜子前看自己通红的双眼。看了许久，想从印堂中看出端倪。

杨青桃打来电话，大叹一口气，说因为这些谣言，自己的新专辑发布也要拖后，他在四处找人帮忙。他发布了澄清视频，但质疑声更加凶猛，又多了很多下流猜想。他看到那些，怕娜迦受影响，劝她先出去躲一躲。

她将很多客户端卸载，电话也关了机。各处活动暂停，可能面临着巨额违约金，经纪人忙得焦头烂额，四处赔礼道歉。他们开了几轮会议，都不知如何澄清如此诡异的巧合。最终决定先沉默应对，小公司也放了陈娜迦的假。

她买了备用手机，让经纪人帮忙办了新号，存了一些必备号码，打了一笔钱给家里，买了张机票直飞海南，跑到天涯海角去，远远地逃离这一切。如果这世界上真的有观音，她只想跳南海。

21

落地先睡，睡了两天，昏天黑地。一个陌生电话打过来。她接起电话，是NeZha李。还未等他开口，她问："请问哪吒三太子，如何剔骨还父、削肉还母？"

"你现在要伤害自己，在外人看来不就是于心有愧？"NeZha李的声音听起来比较轻松，"你现在在哪里？我来找你。"

"我在海口的一家酒店，靠近海边，随时可以跳海。"

"定位给我，你一定要坚持到我飞来见你，我再告诉你莲藕人的秘密。"

"好。"

"从现在开始，你不要关机。一路跟我保持通话，直到我上飞机。"

"嗯。"

NeZha李过来已是深夜，打车长驱到她酒店边的海滩。他穿着短袖和牛仔裤，帆布鞋系带拎在手中，赤脚走在沙滩上。她还是穿着那双假山茶花，拖拖沓沓地走在沙滩上。那时她已经喝了一些酒。

黑暗里，她看不清NeZha李所有的颜色，只看清他的双眼，就像动画片《哪吒闹海》里那样，在海风和浪花的湿度中泠泠闪着光。见她来，他变戏法似的从口袋中掏出两瓶虎牌啤酒，用牙齿咬掉盖子，递给她一瓶。

"心情有好点吗？"他问。

"很难说好，还是想死。"她喝了一口啤酒，反流的食道隐隐发胀，"我只是不明白我这么努力，怎么还是一摊烂泥。"

海边还是有路边KTV，在绵热的海风中，她隐约听到伍佰那大剌剌的嗓音，缓慢有力的鼓和抒情的电吉他solo（独奏）。很快NeZha李的声音响起，比伍佰克制，更像是一首歌的贝斯。

他们行走的四周被黑暗吞噬，只有海保持了可怖的湛蓝，头顶的月娘是那样亮，亮得仿佛整个人都冰冻透明，五脏六腑都变成果冻，被广阔的蓝吮吸，要从她身体中将魂魄都吸走。

他们继续向更深的夜里走。NeZha李说，她的事闹得很大，问她知不知道始作俑者是谁。他似乎想开口，她制止了他，说她不想再知道，不愿意再生事端。如果这是命，一定要认。

娜迦从沙子中间慢慢滑落下去，直到流沙封住她的头顶，她的意识全然被压垮。热带的月娘，怎么会这么冷。闽南的月，有时晚上也黏黏糊糊。她忽然理解了“冰轮”和“广寒宫”。

刺骨的月光里，NeZha李将她头上的沙拂去，试图将她从那虚幻的沙中拔起，可怎么也拖不动她，索性也跳入流沙中，和她站在一起。他说：“我从小有仇必报，我用心做出来的歌，不愿意被这种谣言毁掉。我想说的是，咱们要不要再合作一首歌反击……”

大概过了一次月食那么久，意识才逐渐归位。娜迦好像从地狱中梦回，发现自己的头正枕在NeZha李的大腿上，发黑的宇宙将她砸昏。手中余下的啤酒流了一身。她这才想起词汇如何组合，张了半天嘴：“我想吐。”

他托住她的头，慢慢扶她起来。她脸发烫，胡乱裹着些沙，不知怎么好像被风吹得失去灵魂，发了烧，在水中浸泡。眼前的NeZha李似乎长出了三头六臂，将她揽入怀中。她一时间迷惑起来，那个只会抱着电脑跟她分析旋律的男孩，怎会发出如此强烈的热。他的这种热情究竟从何而来，是三昧真火？可是和小弟的那种毁天灭地的火全然不同。她的眼前浮现出一幅画，好像是孙悟空大战哪吒三太子，又好像哪吒和红孩儿用三昧真火在斗法。

这个拥抱来得太快，似乎又来得太晚。她开始回想这些年发生的一切，似乎串起来早有预兆，又似乎是她一直蜷缩在果壳中没有察觉。但她有一点很确定，她不爱吃藕，不喜欢藕炖排骨，不喜欢桂花糯米藕，也不喜欢凉拌藕片。

她推开他：“我还想问你怎么削肉还母。”

NeZha李推了推眼镜：“很抱歉，我也想摆脱我的家庭。但似乎可能性不大，搞这一行，有时还需要父母接济，所以我才会用NeZha的拼音而不是

‘哪吒’。”

“不如我就留在海南算了，当个酒店保洁或服务员。闽南我回不去，北京又很累，还有那么多hater（喷子）、键盘侠。”

“这一切也许不会过去，但为什么要在乎？我们继续写歌就好了。哪吒从不服输。”

“但没多少人是哪吒。”

“这么好的夜，不游泳，可惜了。”

“这么大风在南海里游泳，会不会被刮到南半球。”

“南海有观音的，不要怕。”

“这么多年了，观音在哪里？”

广寂的海面上似晕出无限光环，面前忽现出一艘极精致的象牙宝船，桅杆风帆均缀满宝石，嵌珠镶贝，海豚从波浪中逐出，围绕在宝船周围。这是艘幽灵宝船，船的周身在颤抖，在引诱她开启摇曳生姿的海波之旅。她默念“南无大慈大悲观世音菩萨”，随即跟着那指引上了宝船。一味清澈浸入意识，薄荷酱抹在白面包片上，视野逐渐被湛蓝填满，嘴唇化成血红的珊瑚，牙齿幻化作水中发光的水母。她感觉皮肤像海豚与儒艮那样光滑，又不受吸盘与爪牙的困扰，她逐渐失去四肢百骸，伏于海中，变作一瓮海龟祭坛，一座呼吸的海礁，一只海滩上试探的勺嘴鹬，一只净瓶中飞翔的军舰鸟。她入宝船中一方洞天，在竹林间以斧破竹，劈开四季缤繁花雨，似得了宝训，又听得箴言。箴言无形无色无痕无感，只顺着波浪将她摇入深海更深处。她再念一遍话语，又似乎将所有的话语念出，世间所有苦厄一齐涌入心中，海啸翻出几十米高度，小船倾覆，又复翻转回来，风平浪静。藏经楼有一百零八个孔，她在第一百零八个孔隙中看见了小弟的那双眼，隔了纱布，还能感觉地狱之火在烧。幡然醒悟，悔又无悔。空荡的船顶，密密麻麻地密布蛛丝网，怎么也无法从榕树的深根中将自己拔出。

她回过神，天边微微发亮，南海龙王吐出甘霖，龙女们用人鱼的碎鳞装点天空，朝霞变作碎波荡漾，大鲸跃出海面。NeZha李躺在沙子上睡得迷迷糊糊，她拍了拍他："我们再一起做首歌吧，不然我欠的债也没办法还。"

NeZha李从地上爬起，摇掉很多头上的沙砾："我们还可以再做很多首歌。"

天完全亮后，那片湛蓝逐渐罩上一层透明的薄壳。他们去街边的小摊，买了陵水酸粉和海南粉吃，陵水酸粉配上黄灯笼辣椒，酸辣的滋味和细细的粉，吃在嘴里像很多小人儿在跳。

"第一次我被网暴，我去了周围最高的一栋楼，真想跳下去，可是窗户推不开，那些窗户早就密封防人自杀了。我只能揣着手，坐在角落里听西海岸说唱。"娜迦手臂像波浪那样滑动，"我忽然想起小弟。我以前也跟你说过，他是我最大的心病，无药可医。我不是想他长大后有多烂，而是小时总跟在我身后，唱'天乌乌，欲落雨，鱼担灯，虾拍鼓'。霓虹阵与车流的红灯交汇，风从窗户缝里吹上来，恐怕有不少尾气。我的心也像有虾在拍鼓。我想办法逃到北京，北京也没多大意思。人生哪有什么意义，不过是像我阿嬷那样每天拜观音。"

"《闽南热天》和《三昧真火》都很好听。"NeZha李拍拍胸脯，"毕竟都是我做的，你每一首歌我都会评论。"

天雷一闪，原来NZL就是他。娜迦勉强笑笑："没想到，最后还是要靠闽南。"

后来几天，他们白日各自昏睡，趁傍晚出街，逛骑楼老街，看青椰在夕阳下散发粉金的光，仔细研究为什么海水会这样蓝，又琢磨水中鱼如何看见这水波，学用动物的眼睛去看世界。娜迦不再化妆，晒得更黑，几乎没人能认出她，认出她也无所谓了。已经背上了恶名，再下一层地狱没区别。

他们谁都没再提杨青桃，据说大圣还在敢问路在何方。

22

一个略有些阴的下午，两人坐在海滨的咖啡厅，正讨论要不要做一首偏东海岸风格的歌来澄清这一切。忽然，NeZha李被朋友发来的消息轰炸。他匆匆瞥了一眼手机，便忙叫娜迦让她看视频。

镜头中，小弟半坐在病床上，被纱布缠得整个人发着白光，甚至看起来气色好些。他艰难张嘴，一句句澄清那些谣言，有时牵拉到痛处，表情还会扭曲。她从未听小弟说过那样标准的普通话，甚至郑重得有些像演戏。

“我阿姊这么多年来一直照顾这个家，现在因为网暴，我阿姊消失不见了。你们都知道，谣言是会杀死人的，乱说话的人是要下地狱的。警察找我做过笔录了，”他举起责任事故认定书贴到镜头前，“大家看清楚，这完全是一场意外，跟我阿姊的新歌没有任何关系。”

视频最后，那双阴沉的大眼睛也变得像玻璃弹珠了，和爸爸一样，花得看不清。小弟变了乡音：“阿姊，回家吧，这不是你的错，我从来就没有怪过你。”

娜迦还没来得及反应，经纪人的电话就打过来了。

“娜迦，托你弟的福，危机解除。美猴王这些天一直在联络江湖的各个朋友，帮你转发澄清，大家录了一些歌在转发。现在爆上了热搜，大家也愿意跟这个热点。之前的合作方说继续合作没有问题，你赶快回北京，最快的航班是哪一班？”接着经纪人顿了顿，“包括和你有过节的雾都辉夜，她也愿意为你发声。”

娜迦看着NeZha李，两人对着抽烟，一言不发，任由经纪人来安排她的春回大地，北方的夏天就要入秋。

“是美猴王去拜托她的，娜迦，这次真的是猴子给你请来救兵了。”

“嗯，替我谢谢他们。”

两人舍了咖啡去海边。娜迦将手中喝完的椰子送进碧蓝的海中，椰子在海面上浮了起来。

“我听过一个故事，以前东南亚有人无意中发现有片海岛的椰子很好，而且从来没有人登陆过，可以摘来卖钱。但椰树很高不好摘，而且只要他们一靠近，岛上的猴子就拧下椰子来砸他们。于是，他们想出一个好办法。船一开过去，人就用石头打猴子，猴子们非常生气，纷纷摘下椰子冲船上的人砸去。椰子砸不中，都漂在了海上。这些人不费吹灰之力，就得到了这些椰子。”

“我还听说，泰国有人驯猴，让猴子帮他们摘椰子，一天摘三百个，有只猴子实在不堪重负，最后拿椰子把主人砸死了。”NeZha李说。

眼看那只椰子越漂越远，娜迦脱下那双假山茶花，走入水中摁住它，将它慢慢带回岸边。NeZha李将她从水里拉起来，笑说：“猴子捞月。”

娜迦舔了舔嘴唇，海风有舒适的咸：“我小弟一直想看大海，可厦门的海不好看。环岛路海岸东边有巨大的妈祖像，夜晚看起来有点不同。”

“这里也有海上观音，到了夜晚，都会让人有点敬畏。”

“那就借菩萨这一净瓶。”她说着，想起那天看《西游记》，里面有一段奇怪的闲话。

> 悟空，我这瓶中甘露水浆，比那龙王的私雨不同，能灭那妖精的三昧火。待要与你拿了去，你却拿不动；待要着善财龙女与你同去，你却又不是好心，专一只会骗人。你见我这龙女貌美，净瓶又是个宝物，你假若骗了去，却那有工夫又来寻你……

可谁都知道，无论是孙悟空还是美猴王，皆无贪痴欲念，他无非就是想借一点杨枝甘露，来泼了红孩儿的三昧真火。

23

回到北京，事业迎来回春，甚至比之前要更火，她因此事更加“出圈”，当然也伴随着各种质疑。

日程一直被塞满，甚至连杨青桃都没顾得上见一面。租了个大点的房子，好让爸妈搬进来照顾弟。小弟不再黏她，由于行动不便，很少再打游戏。他的脾气也因没法活动手脚，而无法施展出来，只好憋在绷带里，扭来扭去。小弟似乎真的像红孩儿那样，被观音收在了木吒的莲花中，全身被缚，一步一叩，做了善财童子。

和家人如若碰面，也像池塘的浮萍，碰碰就散。好在她忙得只剩最后一口气才回家，也不用交流什么。从头回忆是困难的，记忆被油炸得酥脆，变成各种奇形怪状的虾片。各种奇妙的马卡龙色，在记忆中酥脆，沙沙作响，真是“田螺举旗叫艰苦”。

《三昧真火》重新上架，但娜迦不再听，也不再点进去，很多人只是跟风，来庆祝她劫后余生。

又一个深夜，她倒头躺在床上，想起曾问美猴王：“欸？小西天、灵山、万寿山、四大部洲，你们北京的地名都跟《西游记》有关系，好神奇。”

“有意思吧，有时间咱们都可以去逛逛。”杨青桃回复。

如今约美猴王会显得很怪，NeZha李刚好回了“武昌鱼”，小弟还躺在床上等待康复。闽南的龙女决定自己走一遍那些奇怪的地名，好像是她去西天取经。这是一场极大的业火，眼看一岁一枯荣，眼看春风吹又生。有什么东西彻底燃尽，夏日也已死去，南海借了杨枝甘露回来，她要好好饮上一杯。她闭上眼睛，决定明天先去小西天看看，不知道那里有没有小雷音寺和黄眉大王。

原载《当代》2024年第4期

微不足道的一切

——献给我的父亲

哲　贵

壹

丁小武碰到难题了。其实，不是他的难题，是父亲丁铁山痴呆了。不过，反过来讲，这也是他的难题。

丁铁山的病，是半年前出现征兆的。走着走着，迷路了。他是个四海为家的人，是个探路和开路的人。迷路，对他来讲就是耻辱。他出现的另一个症状是遗忘，迎面碰到一个人，记忆中似曾相识，却想不起“来者何人”。

刚开始，丁铁山并没有认真对待，他对身体很自信。他年轻时练南拳的刚柔法，一身硬功夫，两三个人近不了他的身。他了解自己的身体，也充分信赖，只要休息两天，就能调整过来。

丁铁山的病来得猛烈，像夏天的雷阵雨，一声霹雳炸响，雨点迫不及待地砸下来。好像是蓄谋已久，更好像是不由分说，不到半年时间，就完全失去记忆。有人叫他“丁铁山”，他认真地问：“丁铁山是谁？”

痴呆后，丁铁山还是喜欢到处走，这个职业习惯他依然保持着。可他找不到回家的路了，更找不到家门，只能站在路边发呆，直到有人问他：“你是谁？”

他说：“丁小武。”

“在这里等谁？”

“丁小武。”

“你家住哪里？”

“丁小武。”

“你家里还有什么人？”

“丁小武。”

警察每一次都将电话打到丁小武手机上。丁小武放下手头的活，开着富康车，急匆匆赶往派出所。隔两天，丁小武又得去一趟派出所。

丁小武带他去信河街人民医院做检查，身体各个器官都没问题，也都有点问题。没有查出病因，医生没办法对症下药。换一家医院，也一样。

丁小武思来想去，最后将他送入养老院。

丁铁山在养老院住了不到一个月，就被遣送回来了，因为他在里面演绎“武打片”。他功夫还在，出手动脚更是没轻没重。话说回来，打养老院里的老头老太也不太需要功夫，丁铁山一伸手，撂倒一个，一抬腿，又一个躺下。相当地轻松，相当地好玩。他上了瘾了，乐此不疲。

养老院只好将他送回来。再不送他回来，肯定出人命。

丁小武将他送回石坦巷的单身宿舍，请了一个保姆照顾他。丁铁山这一次倒没有对保姆“动手动脚”，他知道这是在自己家，要斯文。

但是，一个月后，保姆跑了，因为丁铁山在床上拉屎拉尿。不管不顾了。丁小武一连请了三个保姆，每一个都做不到一个月，最后一个只做了一天，不辞而别了。

丁小武每一次去石坦巷，丁铁山都会面无表情地高喊一声“丁——小——武——”。每一个字都有一个后音，“武”字拉得更长，像唱歌。丁铁山每喊一声，丁小武心里就刺一下，莫名其妙地想大哭一场。

在丁小武看来，父亲是决绝性格，从不拖泥带水，从不儿女情长，说话从来是斩钉截铁的。当然，这只是丁小武的看法，他和父亲没有做过沟通。他对父亲的认识，从来是站在外围观看。而父亲呢，在丁小武的记忆中，也从来没有主动跟自己谈过心。在丁小武心里，父亲像个战士，他在销售科工作，东征西战，周游全国。而丁小武只是一个工人，一个模具工人，他的世界只是一个车间。他们是两个世界的人。相貌也不同。父亲是瘦高个，手长脚长，像只鹭鸶。丁小武的个子不算矮，接近一米七，但他骨骼粗壮，像只猩猩。还有，他有两颗明显的虎牙，父亲没有。最主要的是，两个人不亲。父子之间，亲不亲，不是指两个人之间有没有话，能不能聊得起来，而是指两个人见面，什么话也不用说，甚至都不用看对方一眼，那股血脉关系的亲情就会流淌起来，就会荡漾起来。丁小武和丁铁山没有这种感觉，不亲。

丁小武自认不是一个冷漠的人，用妻子柯又红的话说，他是“拖拉机”。丁小武承认，在很多时候，他是犹豫不决的，是能拖就拖的。他是个软性格。相比之下，丁铁山立场坚定，处事果断。

有一件事，丁小武印象深刻。他和柯又红属于“无证驾驶”，结婚前就住在一起——柯又红的宿舍，很小，只有二十三个平方米。丁铁山住在石坦巷，他的宿舍有二十六个平方米，多出来的三平方米，是一个卫生间。结婚前，柯又红让丁小武去跟丁铁山商量：“我们结婚，你爸一分钱没拿，对换一下宿舍总可以吧？”

柯又红这么说是有道理的。信河街的风俗，子女结婚，男方父母是要准备一间婚房的。而他父亲“屁也没放一个”。其实，丁小武并没有对丁铁山说过结婚的事，丁铁山并不知道有柯又红这个人。柯又红想跟丁铁山对调房子，让丁小武为难了。他开不了口。柯又红干脆将话挑明了：“如果你开不了口，这个坏人让我做。我去讲。”

“还是我去吧。”说出这句话，是丁小武的本能反应。他知道柯又红说到做到，而她和丁铁山根本没有见过面，一见面就说调换房子的事，想想都难为情。但是，话一出口，丁小武就后悔了，后悔死了。柯又红想去，让她去好了，是她想调房子的。

丁小武一直拖着没去见丁铁山，拖一天是一天。直到结婚前一个月，柯又红再一次问丁小武：“调换房子的事，你爸怎么说？”

丁小武这次老实了：“我还没说。”

柯又红早就猜到丁小武会这么说了，不抱希望了：“你是不是不想问了？”

丁小武觉得还是要实事求是：“我实在开不了口。”

柯又红生气了，应该说是很生气。跟自己父亲有什么开不了口的？又不是抢他的房子，是调换，只差三个平方米而已。但柯又红没有发作，她很清楚，对丁小武发作有什么用？解决不了问题的。她说：“我知道你脸皮薄，我脸皮厚，我去总行吧？”

这一次，丁小武没有说行，也没有说不行。他本来想说——“要不要我跟你一起去？”话到嘴边，又吞下去了。

柯又红去石坦巷12号201室找丁铁山。

进门之后，柯又红先环顾了一下房子。其实，也不需要环顾，单身宿舍的结构都差不多。柯又红关注的重点是卫生间。她只关注卫生间。就在靠近阳台的角落里，卫生间的门开着，一览无余。很小，小得刚刚容得下一个人，如果是个胖子，转身都困难。可是，够了，足够了。这不是大与小的问题，而是有与无的问题。其实，也不是有与无的问题，这是先进与落后的问题。更进一步讲，这是生活质量的问题。有卫生间的生活是完满的，没卫生间的生活是不完满的。差别就在那三平方米。就这么简单。对于柯又红来讲，她马上要跟丁小武结婚了，跟丁小武父亲调换一下有卫生间的宿舍，过分吗？当然不过分。名正言顺。理所当然。

柯又红先做了简单的自我介绍，然后说了调换宿舍的事。言简意赅，直奔主题。不是商量，不是要求，不是请求，而是宣布。丁铁山直直地看了她好长一段时间，他觉得这个女人的脑子肯定进水了，肯定塌掉了，丁小武的眼睛肯定也瞎掉了，找了这么个“条直”的女人，这种事轮得到她来讲吗？要来也是丁小武呀，她还没过门呢，算个屌！丁铁山斩钉截铁地说：“想要我的宿舍，门都没有。”

柯又红纠正说：“不是要，是调换。”

丁铁山更坚定地说：“调换也不行。”

一开始就僵住了。也不是僵住，而是一开口就谈崩了。不可调和。不留余地。双方各踞一边，互不相让。也不存在让的问题，没有沟通，没有商量，事情从一开始就变成水火不容。两个人都是气势汹汹。两个人都是杀气腾腾。

柯又红生气了。她的生气是理直气壮的，是义正词严的，她质问丁铁山：“丁小武是不是你的儿子？”

这个问题火上浇油了。这不是质问，而是侮辱，丁铁山的态度已经很不好了：“是又怎样？不是又怎样？”

柯又红听出了挑衅，听出了无可无不可，听出了逃避。哪有这样做父亲的？一个父亲怎么能说出这种混账话？柯又红不是生气了，而是可怜；不是可怜自己，而是可怜丁小武，他有父亲，又没有父亲。她为丁小武感到不值，也感到羞辱，她对丁铁山说：“如果是，你就承担责任；如果不是，以后丁小武就没你这个父亲。”

这就是威胁了。丁铁山原本是冷静的，这时更加冷静了，跟一个脑子不灵清的人，有什么好讲的？他准备速战速决：“那是我和丁小武的事，轮不到你来指手画脚。”

柯又红很伤心，但她没有表现出来。那就铁了心吧，不就是三平方米的卫生间吗？不要了。她突然对丁铁山笑了一下，说：“是的，确实轮不到。再见。”

柯又红说的“再见”，其实就是不见。从转身离开201室的那一刻开始，她就迅速删除了调换的念头，同时，也删除了丁铁山这个人。他不是丁小武的父亲，丁小武没有这个父亲。退一步说，即使他是丁小武的父亲，跟她也没有关系，没有任何关系。她割断了。本来就没有连在一起，一割就断。此生不再相见。

所以，他们结婚时，丁铁山没有出现。是柯又红不让丁小武通知他的。柯又红对丁小武说“有他没我”。但丁小武还是偷偷告诉丁铁山了，结婚这么大的事，于情于理都应该说一声，但他没有说结婚日期。丁铁山问他有什么需要，他说没有。丁铁山又问“确实没有？”他说“确实没有”。丁铁山就不再问了。摆结婚酒席时，只有女方家长出席，有人问起来，丁小武说他父亲出差了。酒席地点是柯又红定的，在华侨饭店，四星级，当时信河街只有这一家四星级饭店。柯又红不是一个铺张浪费的人，但是，她说了：“丁小武，结婚就一次，铺张浪费怎么啦？”

丁小武连连点头。

柯又红说到做到，从那之后，再也没有提过丁铁山的名字。在她的生活里，丁铁山是一个不存在的人。包括他们的女儿丁点点出世，包括他们搬迁到公爵山庄新居，丁铁山都是缺席的。但她知道，丁小武跟丁铁山有来往，包括派出所给丁小武打电话，让他去领丁铁山，她每一回都听得明明白白的，但从不过问。她只有一个要求，是在他们结婚之前提出来的：丁小武不能在家里提丁铁山的名字。当然，丁小武也不会提。在家里提丁铁山的名字，不是没事找事吗？

丁小武没觉得这种关系有什么不对，不来往就不来往，双方都清净。眼不见，心不烦，挺好。可是，现在的问题是，丁铁山成了一个生活不能自理的傻子，柯又红可以不管，他能不管吗？丁小武觉得不能。也不是内疚，不是。只是每一次看着已经不认识自己的丁铁山，他会心酸，也不是心酸，而是无端地悲从中来。

他当然没有哭。一次也没有。又过了半年，就在除夕的那一天，丁小武突然跳出一个念头——将丁铁山接到公爵山庄。

这个念头太疯狂了。无法经过柯又红那一关。过不了的。柯又红不可能接受丁铁山住进公爵山庄，她会毫不犹豫地捍卫自己的主权和领土的完整。公爵山庄是她的家，是她的城堡，是她的王国，她绝不会让别人踏入一步。丁铁山更别想。是的，即使他变成了傻子也不行。

但是，作为丁小武来讲，明知柯又红不会答应，却还是要将这话讲出来。果然，柯又红听了之后，没有任何犹豫地说了两个字："不行。"

停了一下，她又补充一句："你如果一定要他住进来，我搬出去。"

这就是断了退路了。她没有理由搬出去的，也不会搬出去。这是"没有商量"的意思了。丁小武当然明白她的意思，也早就料到她会这么说。可他还是想从柯又红嘴里得到证实。他满意了？当然不满意。他站在满意和不满意之间，一头是父亲，另一头是妻子。他想平衡两头，可是，做不到。不过，当他听到柯又红的答复时，居然有一种如释重负的感觉，居然有一种身轻如燕的感觉，他用犹豫却又坚决的口吻说："你不用搬出去嘛，我搬出去。"

出乎意料了。柯又红不能理解丁小武的话，更不能理解丁小武的行为，她跟这个男人睡了几十年，却一点也不了解他。她的心突然冷下来了，是绝望的冷，她面无表情地说："随便。"

贰

这一年，丁点点大学毕业了。

四年大学，她做了五件事：家教、支教、旅游、当学生会副主席和谈恋爱。当学生会副主席是大二，当上之后，发现还要到社会上拉赞助，立即谈恋爱去了。

丁点点在大学谈了两次恋爱。第一次是和学生会里的师兄，是师兄主动追她，说“你是我梦寐以求的人”。毕业时，他的“梦”醒了，双方很客气地说“拜拜”。第二个是学生会里的师弟，名字叫季增石，比她低一届，是她主动的，属于“老牛吃嫩草”。她追季增石只有一个原因，他笑起来时，会露出两颗小兔牙，相当地讨她欢心。丁点点毕竟谈过一次恋爱，是“过来人”，不再矜持。几乎没有征求季增石的意见，直接将他收归麾下。

季增石读的专业是营销。这个专业相当开阔，什么都学，却又什么都没学，很神奇的。季增石是个沉默的人，一天说话不超过三句。他觉得这样很酷，很有个性，更主要的是，他觉得自在，有什么话可以在脑子里和自己说，自得其乐。丁点点和他谈恋爱后，他对丁点点也是惜话如金，丁点点威胁他：“你是不是不喜欢我？为什么半天没跟我说一句话？”

他立即用眼睛无辜地看着丁点点，露出两颗小兔牙。丁点点继续威胁他：“你再不说话，我真的生气了。”

这话一出口，丁点点都觉得自己有点“为老不尊”了，忍不住笑了起来。季增石见她笑个不停，摸着脑袋，一脸惶恐地看着她，喃喃地说：“我说我说。”

他还是什么也没有说。

季增石在学生会负责电脑维护，没有他解决不了的电脑问题。丁点点发现，他看电脑的眼神比看她的眼神明亮得多，完全是要一口将电脑吃掉的架势。这让她嫉妒，丁点点希望他能用这种眼神看自己。好多次丁点点故意弄坏学生会的电脑，以泄心头之愤。后来她发现，这一招正中他心意，让他有更多时间和电脑待在一起。丁点点立即改变策略，学生会的电脑谁也不能动，她让季增石加了锁，只有她才能打开。

毕业了，也和季增石“拜拜”了。没有举行任何仪式，甚至连招呼也没有正经打一个。根本不需要嘛，潮涨潮落，缘聚缘散，随便了。本来就算不上有很深厚的感情，也就不存在离散的痛苦。毕业之前，丁点点已经考入一所中学当语文老师。实习啊，毕业论文啊，答辩啊，各种聚会啊，忙得晕头转向。到了上班的学校，新手上路，手忙脚乱，根本顾不上痛苦。

丁点点算是走向社会了，有了一份正式工作。学校离家只有十五分钟路程，丁点点也没想在外面租房子独住。她知道，如果提出来，柯又红肯定会同意的。丁小武心里估计舍不得，但他肯定不会说出来。丁点点觉得住家里挺好，空间够大，最主要的是，他们不管，晚上多迟回去他们也不管，夜不归宿也不会问。柯又红是不愿意问。丁小武是想问又不好意思问。丁点点知道他们是故意的，都这么多年了，成自然了。这很好。这地方免费吃住，又不干涉个人自由，当然得住。再说了，这是丁小武和柯又红的家，同时也是她的家。

丁点点指的家，已经不是校场巷的宿舍了，而是公爵山庄的套房。

丁点点成长的二十年，是信河街翻天覆地的二十年，丁小武的经历没有大风大浪，却也算随波逐流。丁小武原来是信河街模具厂工人，喜欢写点小文章，后来招聘进文化局下属的杂志社。再后来，杂志封面登了一张大屁股女人照，他这个编辑就当到头啦，只好下海和朋友李其龙办打火机厂。

李其龙和丁小武是朋友，和柯又红是工友。柯又红是信河街火柴厂仓库保管员，李其龙是车间主任。丁小武和柯又红的认识，就是他牵线的。

李其龙做的是整机，分两大类：一类是一次性打火机，另一类是充气式打火机。李其龙胸怀大志，目标是做出世界上最好的打火机，比“都彭”“登喜路”还要高级的打火机。为此，他专门去上海恒隆广场，花两万四千四百四十元，买来五只“都彭”打火机，将机身拆解，研究各个零部件和构成。他要做到知己知彼。

丁小武先跟李其龙合伙做了一年整机。他们是好朋友，却有本质区别。区别最先体现在世界观上。李其龙要的是“大”，工厂名字也体现他的追求：大世界打火机厂。工人和老板加起来不到二十人，厂房也是租来的，哪来的“大世界”？李其龙不管，这是他的气势，是他的格局，更是他的人生追求。“大”是李其龙的特点。丁小武有自知之明，他把握不了“大”，他的选择都是从“我”出发的，他对世界的认识是“小”，他只能想象看到的东西，只对看到的东西有把握。

工厂的生意还可以。什么概念呢？一年生意做下来，纳完税，还清货款，付清房租，发完工人工资，一结算，两个老板寒碜了，除了每月预支的两千元工资，年终分红也是两千元。

这种状况可以理解，两个老板的心思不在一块儿，力量也使不到一起。

那年春节过后，丁小武主动和李其龙谈了分家的事。丁小武对李其龙说：“你做整机，我做配件。我还是归你管。”

丁小武又对李其龙说：“我不是不想做世界上最好的打火机，而是不敢想。我要赚钱，要尽快买一套带卫生间的房子。”

紧接着，丁小武又补充一句：“这也是柯又红的想法。”

话说到这个份儿上，李其龙还能说什么？放行。

丁小武独立出来后，办了一家小工厂，做的配件是镍片，信河街人叫银片、限流片。限流片是打火机里的一个出火装置，出火口只有六微米，比头发丝还细，是真正的小本生意，赚的是辛苦钱。丁小武是做模具出身的，只要有一台冲床，火箭都能做出来，限流片不在话下。对于丁小武来讲，只要能赚到钱，累和苦，他不怕。

限流片做了十年后，丁小武终于实现愿望，购买了公爵山庄的房子。房子是柯又红看中的，顶楼，跃层，九跃十，最主要的是大，二百三十个平方米，楼上楼下加起来，有三个卫生间。也就是说，他们一家三口，每个人都有一个卫生间，怎么用都行。为了奖励丁小武，柯又红给他买了一辆富康轿车。

又过了十年，信河街的限流片泛滥成灾了，从最开始只有丁小武一家，变成了几百家。价格从一片一元，压到一片一毛——这生意没法做了。

刚好，丁小武将工厂关闭了，一门心思去石坦巷照顾丁铁山。

自从丁小武搬进宿舍后，丁铁山再也没有在床上拉屎拉尿过。他会突然高喊一声“丁——小——武——”，丁小武像屁股被人捅了一刀，一跃而起，一把将他抱起来，冲入三平方米的卫生间。丁铁山的喊声一天最少要响十次，没有任何规律，没有任何征兆，完全是突发性的，有时是午夜零点，有时是凌晨两点，中气十足，声音凌厉。

没有人理解丁小武为什么要这么做。从外人的眼光看，他是丁铁山的儿子，他在尽一个儿子的责任。但丁小武知道，这不是主要原因。主要原因是，他没想到，自己会以这种方式找回父亲，并以这种方式找回自己。在很多时候，丁小武觉得，自己并不是在照顾父亲丁铁山，而是在照顾另一个自己。

还有一个更隐秘的原因。这个原因，连丁小武自己也否认，但肯定存在：父亲丁铁山曾经是那么强壮和强大的人，现在却变成一个需要他照顾的傻子。孱弱。无知。浑浑噩噩。生不如死。他心里似有所得，却又怅然若失。实在是五味杂陈。

这种结果也是柯又红没有料到的。对于她来讲，她不能接受丁铁山来公爵山庄，也不能接受丁小武住到石坦巷宿舍。丁小武是她的人，她不会和任何人分享，即使丁铁山也不行。所以，丁小武搬到石坦巷，柯又红是有意见的，相当地大。可是，如果必须在“搬进来”和“搬出去”之间做选择，她选择后者。这是她的态度。但是，更大的问题来了，她没想到，丁小武居然连家也不回了，不闻不问了，“他的眼里只有父亲”，父亲成了他的命，成了“他的唯一”。

对于丁小武，柯又红是不满意的，几乎心灰意冷了。什么叫家庭？什么叫夫妻？只有同心同德才叫家庭，才叫夫妻。丁小武的行为极大地伤害了她，他居然为了那个无情无义的父亲抛弃了这个家，抛弃了她。她不能原谅丁小武这个行为，这辈子都不会原谅。柯又红做好一切准备了，她不会低头的，绝对不会。她要有力地证明给丁小武看：没有他，这个家照样是个家；没有了他，她也依然是她，而且，活得更逍遥更自在。

柯又红对丁小武的不满另有隐情，丁小武一身肌肉，看起来凶猛，可是，他在“那个事”上表现欠佳，最大的问题是毫无章法。每一次都是横冲直撞，好像牛入羊群。可是，每当他找到入口，马上就全力以赴了，救火似的。每一次，柯又红的兴致刚刚上来，丁小武就兀自鸣金收兵了。柯又红不满意，不满意极了。她每一次都让丁小武慢一点，她说：你是做模具出身的，就当我是你手中一个模具，你要有耐心，要循序渐进，要精益求精，要把我当成一件艺术品来打磨。什么叫打磨？就是要有“打”有“磨”，要双管齐下，比翼双飞，而不是急吼吼地独自赶路。可是，丁小武屡教不改，不开窍，很不开窍。柯又红兴致索然了。而丁小武也知道自己没有做好，他每一次都想努力表现，可是，他越是努力，表现却是越差，几乎无功而返了，都心理自卑了。愧疚成了阴影，压力相当大。日子一长，“那个事”成了两个人的禁忌，成了刻意避开的禁地。身体的荒芜慢慢演变成内心的荒凉，疏远了，很疏远了。似乎变得可有可无了，可内心的渴望却愈发激烈。急死人了。从柯又红的角度来讲，这样的丁小武在不在身边有什么区别？根本无所谓嘛。有点赌气吗？有点。赌气的点在于，丁小武是个“有能力”的男人，他却故意把事办砸。这就不可原谅了。这些话不能摆到桌面上来讲，羞于启齿啊。那么好吧，眼不见为净。这样的人有什么好留恋的？

柯又红对丁小武的不满，还跟一个叫董南妮的女人有关。

董南妮曾经是丁小武的正牌女友，或者说是绯闻女友——丁小武去兰州给董南妮送过毛衣。从信河街到兰州，何止千里，就为了送一件毛衣。这是什么情况嘛，明摆着的，这不是送一件毛衣那么简单。丁小武的解释是，他们是同事，同事间应该互相帮忙。那时，丁小武在文化局当编辑，董南妮也是。有半年时间，她在兰州大学培训。她到了兰州后，给丁小武打电话，说没想到兰州这么冷，冷得骨头都麻了。最要命的是，她忘带最喜欢的红色高领毛衣了。丁小武接到电话后，立即联想到西北的冰天雪地，仿佛看见瘦弱的董南妮被冻得瑟瑟发抖，甚至奄奄一息了。他立即决定千里送毛衣。他说这完全是自告奋勇，是本能反应，跟一个人掉进江里他伸手去救是一个道理。而且，毛衣送到之后，他赶当天的火车回来了。是一趟纯粹的送毛衣之旅，纯粹的好人好事。但是，在柯又红看来，这个解释根本站不住脚，漏洞百出啊。第一，董南妮去兰州不可能忘记带毛衣，而且是她最喜欢的毛衣。女人出门，可以忘记回家的路，甚至可以忘记自己的姓名，绝对不会忘记带最喜欢的衣服。这是女人的特性。也就是讲，董南妮“忘记带毛衣”是故意的。第二，董南妮忘记带毛衣，为什么选择给你丁小武打电话？她怎么可能让一个非亲非故的男人千里送一件毛衣？于情于理都说不通。事情是明摆着的，她有想法。很明确了。第三，你去哪里拿董南妮的毛衣？当然是董南妮家。也就是讲，这件事，董南妮爸妈是知道的，也是首肯的。他们如果不认可，不会让你进他们家门，更不会让你拿走毛衣，没有毛衣，你去兰州送什么？第四，也是最重要的，董南妮一个电话，就将你召到了兰州。你奋不顾身地去了，是心甘情愿的。好了，你情我愿了，还有什么好讲的？嗯？

柯又红无法接受自己和丁小武之间藏匿着另一段故事，无论丁小武如何辩解都不行。柯又红拥有一个女人最敏锐最准确的直觉，丁小武不可能对董南妮没有意思，否则，他不可能送毛衣去兰州。除了爱情的力量，男人不可能有这么大的动力。

柯又红去过一趟文化局，也是唯一一次。以柯又红的性格，是不愿去丁小武单位的。她是自尊的。她是工人编制，进了机关，有无形压力，有巨大自卑。但柯又红决定去一趟。这一趟不一样了，她是以胜利者的姿态进入文化局的，她是以视察封地的姿态进入丁小武单位的。她必须走一趟。在丁小武还没有介绍之前，她越过所有障碍，一眼就看到了娇小玲珑的董南妮。就是这么精准，就是这么神奇。她以为董南妮会慌张，会落荒而逃，甚至当场落泪。出妖怪了，董南妮居然同时盯上了她，四目相对，剑拔弩张。谁也没有开口，谁也不愿退缩。“战争”一开始就进入胶着状态，气氛相当激烈，相当惨烈。柯又红这次来文化局，属于突袭，她完全打了丁小武一个措手不及，丁小武完全乱了阵脚。一看见柯又红和董南妮对峙的架势，他腿都软了。他预感到，此时自己无论说什么，都会变成一条导火线，一场战争难以避免，而他肯定是引火烧身的。可是，这种情况之下，如果他不开口，这种无声的战争更加可怕，更有杀伤力，后果不堪设想。所以，丁小武只能牺牲自己，只能将笑容堆到脸上，拉着柯又红对大家说：“这是我的女朋友柯又红，大家也可以叫她阿红。”

是这句话挽救了一场一触即发的战争。或者，换一句话说，是这句话让这场战争见出胜负——柯又红完胜。她和董南妮在僵持，在角力。两人都没有挑明，两人都心知肚明，完全是一场精神上的争夺战，谁也不让。谁也不会让，谁让谁输。可是，丁小武一开口，胜负立判了。柯又红要的就是这句话，她很满意。丁小武通过了她的考验。她更满意的是，这次彻底击垮了董南妮，从精神上击垮了她。但她没有轻易放过丁小武，她不会的，这辈子都不会。在出了文化局大门后，她向丁小武颁发了一道“圣旨”：“从今往后，你不能和那个女人讲一句话，一个字都不能。”

董南妮后来嫁给一个文化局科员，嫁得相当潦草。没想到的是，她父亲作为文化局领导，放出话来：“在我退休之前不能提拔我的女婿。”这是什么混账逻辑？不提拔也就罢了，为什么要说出来？不说出来会死人吗？科员生气了，绝望了，更主要的是赌气，辞职下海去了。丁小武听文化局老同事讲，董南妮和科员婚后的生活并不顺，应该说是相当的不顺，据说科员办了一家外贸公司，生意做得一般，私生活却相当出彩。董南妮提出离婚，他不肯，他说："你爸为了标榜自己清廉和正派，要将我耗死，他妈的，老子现在跟你死耗。"

就这么耗着。一直到科员查出结肠癌，他终于同意和她去民政局办离婚手续。出人意料的是，董南妮反而不离了。科员骂她："他妈的，你跟你爸一个德行，又臭又硬。"董南妮不还嘴。科员动手打她，她也不还手。她带科员去各地找医生，带他去上海做手术。去上海之前，她找到丁小武，向他借了十万元。工厂的钱由柯又红掌控，丁小武不敢动，也动不了。他是从客户那里直接提走货款，借给董南妮的。

柯又红知道这件事后，不肯了，她没有跟丁小武哭和闹，她只有一个要求，必须将十万元追回来。丁小武可以将钱借给任何人，但"那个女人"不行。丁小武后来将十万元交还给她，至于是不是从"那个女人"处追回来的，柯又红没问，伤心透了。

有了这两个污点，丁小武还值得珍惜吗？还值得挽留吗？随他去好了。她不需要这样的男人。不需要。

半年之后，考验柯又红的时候到了，她必须面对一个问题，这问题是她之前没有想过的：她的生活将如何维持？从表面上看，这个问题不堪一击，因为柯又红未来的生活根本不需要"维持"。这些年，丁小武赚了一些钱，不出意外的话，这些钱足够柯又红用一辈子。再说，她有工资，退休之后会有退休金。她无须为未来的生活担忧。但是，面对未来，柯又红第一次乱了方寸，产生了深深的恐惧。她的恐惧来源于：即使安坐在二百三十平方米的套房，她的眼前依然是一片虚无。此时，她才发现，丁小武对于她是多么重要，对于这个家是多么重要。丁小武在时，他的意义和作用被日常生活屏蔽了。一旦离开，他的重要性凸显出来了，他的作用不只是在现实层面，更具精神意义。也是在这时，柯又红才猛然明白过来，她这辈子，不管愿意不愿意，也不管满意不满意，已经和丁小武捆绑在一起了。离不开了。

叁

柯又红对丁点点说："你去叫你爸搬回来。"

柯又红跟丁点点讲这句话时是一个周末，虽然住在一起，两人平时很少交流。丁点点一日三餐基本在学校食堂吃，不是食堂的菜好，而是她不愿面对柯又红。丁小武搬出去后，柯又红的脸色再也没有舒展过，好像丁点点欠她五千元，有种压迫感。丁小武在家时，他的虎牙能部分消解柯又红的凝重，丁小武一走，丁点点觉得家里的空气凝固了，好像空气也欠她五千元。喘气都吃力，何况吃饭。丁点点看了看她，故意说："他要服侍爷爷的。"

柯又红脸上没有表情："叫你爸带他回来。"

丁点点坚决地摇了摇头说："我不去。"

紧接着说："要去你自己去。"

柯又红撇了撇嘴，骂了一句："你这个死丫头，什么事都不干，养你有什么用？"

丁点点不会去的。这是母亲和父亲的事，是母亲和爷爷的事，是父亲和爷爷的事。他们的事他们处理，她不干涉。也不是不干涉，而是无法干涉，不能干涉。母亲既然要让父亲搬回来，她必须自己去面对。更重要的是，母亲还要面对爷爷。这是最重要的。这不是小事情，更不是一天两天的事情。母亲肯定知道，如果将爷爷接进家门，他将会在此生活到死，而谁也不知道爷爷什么时候会死。毫无疑问，这将是一个漫长的对峙过程。没错，对于母亲来讲，就是对峙。母亲每天得面对爷爷，这将是她此后每一天的重要课题。

柯又红亲自出马了。这是她这些年来第一次来石坦巷。自从上次离开这里，她再也没有来过，路过这里也是绕开走的。这一次，她豁出去了。

她对丁小武说明来意后，提了两个条件：第一，她不负责照看病人，不会给病人煮饭烧菜，不会洗一件衣服，不会烧一杯开水。摔倒不扶，死活不管。她只是提供一个栖身之处，不承担赡养义务。第二，丁小武必须重新办一家工厂，什么工厂不管，工厂大小也不管，但必须能赚钱。

丁小武接受了柯又红的条件，因为他看到了柯又红的变化：柯又红接纳了他父亲，虽然她提出什么都不管。这不重要，重要的是，柯又红松口了，同意让父亲搬进公爵山庄，而且，她亲自来石坦巷了。她的行动说明了一切。对于丁小武来讲，只要柯又红同意让父亲搬进公爵山庄，他什么条件都答应，做牛做马都行。

丁小武要感谢柯又红。是柯又红成全了他，成全了他作为一个丈夫的名义，也成全了他作为一个父亲的名义，更成全了他作为一个儿子的名义。他是在意这个名义的。他不认为名义是虚无的，于他而言，正好相反，这个世界是虚无的。世界是个巨大的实体，看得见摸得着，可是，丁小武却悲观地认为，这一切终将化为乌有，跟他没有任何关系。或者换一句话讲，这个巨大的世界终将抛弃他，使他湮灭，成为灰烬，什么痕迹也不会留下。而名义呢？虽然看不见摸不着，可它却有无比坚韧的生命力，可以穿透历史，更可以穿透人心，流传在人们的记忆和传说之中。丁小武有时也反问自己，这是不是软弱的表现？在面对坚硬的现实世界时，只能自欺欺人，抱着一个无用的名义来安慰自己。

看起来，丁小武接受重新办工厂的条件，直接因素是柯又红，是迫于她的压力。他是被迫的。其实对于丁小武来讲，重新办工厂更是他内心的需求。他在石坦巷照顾父亲的这段时间，是一个寻找和弥补的过程。他找到了，也得到了。他很满足。同时，他也发现了一个巨大的问题，在和父亲相处的过程中，他丧失了直接面对父亲的勇气。说到底，谁也不能接受自己老了变成一个傻子。不能。所以，也可以讲，是柯又红提供走出困境的一个机会，他不能一直和父亲待在一起，他必须有自己的生活，必须找到不同于父亲的人生形态。他必须给自己一个信心，他的未来，不是父亲的翻版。

搬回公爵山庄后，丁小武将父亲安置在跃层的顶楼。这当然也是柯又红的意思。父亲在顶楼，他下不来，她不上去，生死不来往，死活不相见。这样也好。但是，丁小武的问题来了，他要办工厂，虽然还没决定办什么工厂，但无论办什么工厂，他不可能将父亲带在身边，他得出去见熟人，得花时间找人办事，得去了解市场动态。这跟他以前去菜场买菜不同了，菜场是被动的，菜也是被动的，他是主动的，时间是可控的。而现在不同了，谈业务，办工厂，对象是人，有的是他找对方，有的是对方找他，时间变得不可控了。

丁小武跟父亲作了一次谈话，很正式很认真地“谈”。

父亲躺在床上，丁小武坐在收起的折叠床上。两个人的构图是一竖一点，像个“卜”字。丁小武拉着父亲的手，看着他的眼睛，父亲的眼睛也看着他，但父亲的眼神穿过他，看向更辽阔的过去和未来。丁小武说：“我得出去办工厂。”

父亲一动不动。

“我不能带着你出去办工厂，对不对嘛？”

父亲还是一动不动。

“可是，将你留在家里我又不放心。”

父亲依然一动不动。

“你有什么好的建议吗？如果有的话，你跟我讲讲。”丁小武停了一会儿，看着父亲，似乎在等待。又过了一会儿，丁小武说：“你不开口也没关系，点点头，眨眨眼睛，都行。”

父亲没有点头，也没有眨眼睛。丁小武等了一会儿，继续说：“那好，既然你没有建议，我倒有一个建议，你看行不行？”

父亲依然没有点头。

“我每天早上出去，中午回来；下午出去，晚上回来。在我出去的这段时间里，你能不能憋住？”

父亲的眼睛还是没有眨。

“我相信你能憋住。我对你很有信心。”

父亲这时突然张开嘴巴，喊道：“丁——小——武——”

丁小武马上伸手将他从床里捞上来，抱着他往卫生间跑，一边跑一边说：“这就对了嘛，这就对了嘛。你这算是同意了，说话要算数的。”

跟父亲“谈”过之后，丁小武去找李其龙。当然，丁小武和李其龙的见面从没断过，只不过，他专职照看父亲后，去不了李其龙的“大世界”，都是李其龙来石坦巷。李其龙过一段时间会找他谈一次话，都已经是一种心理需求了，不谈不行的。

“都彭”打火机为李其龙打开了一个新天地，他对丁小武说：“老子现在才知道什么叫作井底之蛙了。”

丁小武只是笑笑，不点头也不摇头。他知道，以李其龙的性格，一般是不会讲这样的话，他从来都是蔑视一切的。李其龙马上接着说：“不过，认真研究之后，也没什么了不起，老子一定能做出更好的打火机。一定能。”

形势明朗了，丁小武拼命地点头。他相信李其龙，李其龙说能做出来就能做出来。李其龙如果说，他能做出一只比上海东方明珠电视塔还高的打火机，他也相信。

李其龙将新产品命名为“麒麟”。传说中，麒麟是能吐火的神兽，他喜欢这个名字，神气，张牙舞爪，有力量感。自从准备做“麒麟”，李其龙就换掉了所有设备，原来设备做出的配件精确度不行，打个比方吧，原来的配件像猪八戒的嘴巴，多一点少一点，感觉不到差别。而“麒麟”对配件的要求就不一样了，它是孙悟空的火眼金睛，那就不是眼睛里容不得一颗沙子的问题了，差一丝一毫就是“妖怪”，就要现出原形。李其龙从德国引进一套全新的设备，他发现，德国的设备最多只能做出跟“都彭”差不多的打火机，做不出他要的“麒麟”。这当然不行，他的“麒麟”必须超过“都彭”。必须。他拿着新的参数，又高价向德国厂家定制设备。

整整用了三年时间，李其龙才做出他想要的“麒麟”。为此，他付出的代价是卖掉了房子，第二任老婆跟他离了婚，并开走了跑车。不过，对于李其龙来讲，这根本不算什么代价。“麒麟”就是他的房子，就是他的老婆，就是他的全部。

“麒麟”的零售价是五千元。这是李其龙的底线，也是他的底气。他的产品必须比“都彭”卖得贵，“麒麟”的品质一定要胜过“都彭”，这一点不能商量。

“麒麟”走上了市场。走得相当好。他到北京、上海、广州招合作伙伴，在电视上打广告，来加盟的人络绎不绝。他去各大商场谈合作，商场也非常乐意给“麒麟”开设专柜。很了不起了。在知名商场里开专柜是一种荣耀，是市场认可的标志，是身份的象征。要知道，在这之前，只有国际大品牌才有资格开专柜，国内的打火机想都不敢想。

李其龙特意去了上海恒隆广场，他曾经对这里“都彭”专柜服务员说过“再见”。他是个言而有信的人。专柜就设在“都彭”边上，“都彭”专柜的美女服务员还在。李其龙对她说“你好”，她也笑着对李其龙说“你好”，笑容很甜，很迷人，甚至比三年前更甜更迷人。但是，李其龙发现，她对他的笑容是职业化的，是千篇一律的，是空洞的。也就是讲，她已经将李其龙忘记了，彻底忘记了。这让李其龙有点伤心。他心心念念了三年，每天想着打回来，而在美女眼里，他只是一个顾客，根本没往心里去。不过，李其龙也明白，这无关紧要，要紧的是他回来了，跟她“再见”了。他兑现了诺言。

最多的时候，李其龙在全国知名商场里开了近三百家专柜，最好的专柜，一天能卖出十只“麒麟”。这是一个了不起的数字。当然不只是钱的问题，钱是重要的，没有钱，他不可能做出“麒麟”来。但是，做出“麒麟”之后，钱就退到次要位置了。李其龙知道，时候到了。李其龙所谓的“时候”，指的是将“都彭”啊“登喜路”啊“芝宝”啊统统压下去。李其龙不赶它们，赶是多么野蛮的手段，多么武力，多么血腥。他现在要做的是蔑视它们。他眼里只有“麒麟”，能做好的也只有“麒麟”。他要将“麒麟”做大。不对，“做大”显得低档，很不上台面。他要做的是“扩大”。“扩大”温和多了，有内涵多了，有文化多了，同时也有力量得多。相较于“做大”而言，“扩大”是看不见的，是循序渐进的，是潜移默化的，是滴水穿石的。但是，“扩大”的力量也正在于此，它是不知不觉的，是暗潮汹涌的。

李其龙就是想用“扩大”的方式，一点点拓展“麒麟”的版图。在他的脑子里，这个版图里有江河湖海，还有草原和戈壁，甚至还有“都彭”和“登喜路”们的老家。他不急，一点也不急。他急什么呢？“麒麟”是他研制和生产的，是他“生”的，谁也抢不去。

但是，意想不到的事情发生了，李其龙没有想到，市场上很快出现了“麒麟”的仿制品。一看就是假冒伪劣产品，做工粗糙，连抛光都不均匀呢。这样的产品，李其龙看不上。更让李其龙不能接受的是，假冒的“麒麟”卖得那么便宜，一只售价五十元。

他对这种情况很不满意，感受到莫大侮辱。那么多企业明目张胆地仿冒“麒麟”，完全无视他的存在。假冒产品在蔓延，病毒一样扩散开来。无边无际。无法无天。而他却不能站出来讲一句话。那么多人都在仿冒“麒麟”，有什么办法制止他们？没有。成千上万，无从下手。

李其龙深受打击。这种打击是精神上的，是灵魂深处的，是致命的。这种打击使他对这个世界产生了失望，很深很深，他觉得全世界都在欺负他，合起伙来欺负他。明摆着欺负人嘛。既然如此，他也不想反抗了。他妈的，既然你们要，都拿去好了，老子不玩了。

丁小武就是这个时候找到李其龙的，丁小武说：“你不能这样消沉嘛，你这么做正中了别人心意。”

李其龙摇摇头说：“老子知道，可老子累了，真的累了。”

丁小武说：“这不是我认识的李其龙嘛，我的朋友李其龙是个打不败击不垮的大英雄，他雄心万丈，意志坚强，是个从来不认输的人。”

没等李其龙接话，丁小武接着说：“李其龙你要知道，如果一定要找一个能打败你的人，那就是你自己。”

李其龙见丁小武这么说，突然“哇”地放声哭了起来。相当意外，相当放肆。他一把抱住丁小武说：“小武，老子心里苦哇。”

这是丁小武第一次见李其龙哭，而且是抱着他的头，号啕大哭。泪水滂沱。山崩地裂。势不可挡。泣不成声了。丁小武不知道他心里到底有多苦，但他猜想，李其龙的哭，也不完全是因为仿冒“麒麟”的事。这些年来，所见的是他的付出，他的坚持，他的勇往直前，他的坚硬如铁。对外，他是一个超人形象，战无不胜，无所不能。可是，丁小武知道，李其龙不是超人，他是一个人，所有人的弱点他都有，他只不过是将这些弱点和软肋包裹起来，埋藏起来，将坚强的一面呈现出来。他比普通人过得更累，更辛苦。其实，丁小武何尝不是如此？他比李其龙做得好的只有一点，他会示弱，他会认输，这对他来讲就是放松，就是缓解。他可以脱下盔甲，暴露所有缺点，这是身体的放松，也是精神的放松，这就是调和，就是平衡。李其龙没有，他的人生一直是铜墙铁壁，一直战车滚滚。作为朋友，丁小武能够感受到，那哭声从李其龙心底奔涌而出，那是抑制不住的哭声，是委屈和无辜的哭声，甚至是无助的哭声。丁小武深受感染，他抱着李其龙，也大声痛哭了起来。这是一次不同凡响的碰头，在丁小武和李其龙交往史上是载入史册的，也是最释放的一次“碰撞”。两个人足足抱头哭了半个钟头，泪水几乎把对方的肩膀变成沼泽，甚至是一条河流。哭完之后，两个人互相看看对方，都朝对方羞涩地笑了笑。李其龙很快恢复了常态，将头高高抬起，用俯视的眼神打量周围的一切，好像什么事情都没有发生过，更没有哭过。没有，李其龙怎么可能哭？不可能的。

丁小武告诉李其龙，他想重新办工厂。李其龙这次没有拉他入伙，问他要办什么工厂，丁小武说想办一家眼镜厂，他想征求李其龙的意见。李其龙看着丁小武，没有讲话，但他的眼神似乎在讲话。

肆

人的一生，冥冥之中，似乎有某种定数。当然，“定数”这种东西，信则有，不信则无。丁小武介于信与不信之间。他自己或许不信，可是，他的所作所为，包括思维方式，显示并注定了他的某种归宿。

做打火机时，丁小武选择了最不起眼的限流片。没有再小的了，微乎其微了。办眼镜厂，他还是做了最简单的选择。他做的配件叫中梁，就是两个镜框中的横梁。眼镜主要由四部分构成：镜脚、镜框、镜片和中梁。中梁的位置处于两个镜片中间位置，相对而言，作用最弱，价值最低。有意思的地方就在这里。在中国人的观念中，正中位置肯定是最重要的，最尊贵、最有价值。在眼镜的构造中恰恰相反，中梁只是起到过渡和衔接作用，它可以无限简化，直至用一根铝钛合金来替代。但是，中梁又是无可替代的，没有中梁，眼镜无法架到鼻子上，无法起到眼镜应有的作用。可以这么讲，没有中梁，眼镜是不成立的。

这大概是丁小武选择做中梁的最主要理由，也是他人生的必然选择。往形而上方面讲，这是他的人生观在起作用，也是他给自己的定位：他的人生无足轻重，却又必不可少。当然，这肯定不是他的初衷。他的初衷想必有更大的理想，否则，不会从模具厂考到文化局。那么，他是从什么时候改变了初衷？是什么原因让他篡改了人生定位？这个原因，丁小武没有说。他不会讲。更大的可能是，他也不知道。

眼镜配件厂的名字叫：小日子眼镜配件厂。

这中间有一段插曲。丁小武去工商局登记注册时，被告知小日子限流片厂还没有注销。丁小武说，那个工厂早就停办啦。工商局的人说，这是两个概念，停办是个人行为，注销是法律程序。如果没有注销，法律上认定工厂一直在生产，各项税收还得照样缴纳。丁小武大吃一惊，问道，那我岂不成了偷税漏税的人了？工商的人看了看他，一副见怪不怪的样子，说，可不是嘛。丁小武说，我补缴行不行？工商的人说，这不是行不行的问题，你必须补税，注销税务登记，再注销工商登记，才能再登记注册。这是程序。丁小武问，补缴之后，我还算偷税漏税吗？工商的人突然呵呵笑起来，说，你这个同志很有趣，问的问题也很天真烂漫。

丁小武补缴了税款，也缴了滞纳金，然后回到工商局注销了“小日子限流片厂”，再重新登记注册“小日子眼镜配件厂”。但是，丁小武知道，从此以后，他的人生不完美了。他有污点了。这个污点将像胎记一样，伴随他的人生，甚至铭刻上他的墓碑。这让他脸红，让他羞愧，让他沮丧。他一生的清白毁于一旦了。

丁小武的“小日子眼镜配件厂”做得不算好，但也不算差。他有他的原则。他的原则是所有中梁的模具都是他亲手设计的，他让厂家自己选。当然，他也可以根据厂家的要求设计模具。他有这个信心，也有这个能力。他不急，更不贪，心态好得不成样子。他有一个准则，绝不允许质量不过关的产品离开工厂。一个也不行。这为他的工厂赢得了口碑，当然，这也是他的口碑。这是声誉，是他办工厂以来一直努力的方向。他很看重这一点。反过来讲，他的追求，从某种程度上也制约了他。在一个缺少规则的混乱时期，坚守往往能成就一个人，但从更大的方面来讲，也限制了一个人。

柯又红关心的是，丁小武的眼镜配件厂能不能赚钱。当然，赚得越多越好。她的底线是不能赔钱。这一点，丁小武做到了。柯又红是言出必行的，她果然对丁铁山不闻不问，完全无视他的存在。

出人意料的是丁铁山。他居然听进了丁小武的话，成功地憋住了。自从住进公爵山庄，他没有在床上拉屎拉尿，每天中午都能憋到丁小武回来。他对丁小武是有感应的，丁小武的小车刚进小区，他的身体就开始蠕动，嘴唇开始颤抖，脸色发红，小声地念着“丁小武”。随着身体蠕动得越来越激烈，叫喊声也越来越响亮，脸色越发红亮了。当丁小武开门进来时，他的叫声已经变成嘶吼了，脸色乌青，整个身体猛烈抖动，他拉开喉咙喊“丁——小——武——”。丁小武鞋子也顾不得脱，袋鼠一样蹿上顶层，嘴里喊着“来了来了”，抱起丁铁山往卫生间冲刺。

从卫生间出来，丁小武将父亲放在床上，两个人似乎都经历了一次凶险的长途跋涉，惊涛骇浪，同舟共济。船到静水区，他们耗尽了力气，像两条垂死的鱼，张着嘴巴，大口地吸气和吐气。

至于丁铁山是否每一次都能憋住，这事只有丁小武知道。对一个失智的人来讲，是很难做到这一点的。他根本无法控制自己嘛。有这个意识的人不可能失智。不可否认，丁铁山在公爵山庄的表现，是个不大不小的奇迹。

当然，丁小武也参与了创造奇迹。他在顶层另起炉灶，包揽了丁铁山所有生活上的事务，烧饭，煮菜，洗衣，洗碗，洗澡，都是他一手包办。他毫无怨言。他不但对丁铁山没有怨言，对柯又红也没有。她接纳了父亲。以丁小武对柯又红的了解，她很难接受这个现实。可是，她接受了，没有任何不良情绪表露。所以，丁小武没有任何怨言。他觉得这种生活是踏实和满足的。能够和家人住在一起，又能将工厂办起来，他觉得生活又有了希望，他还能做事，还没有被生活打败。这让他觉得充实，这让他觉得幸福。

丁小武的生活基本上算是走上了正轨，丁点点的生活却还在不停地颠簸。她在学校当了一年老师，考到信河街晚报当记者。

丁点点离开学校，并非不喜欢当老师。如果她有什么朦朦胧胧的想法的话，或许，当一名老师曾经是她唯一动过的念头。当然算不上理想。说理想太沉重了，甚至过于美化了，最多只能算是一个美好的憧憬。丁点点进入学校才知道，自己还是过于“理想”了。她没有后悔当初的选择，也不怀疑当老师的意义。但是，她发现，自己不适合当一名老师。老师虽然也是个体劳动，但在整个教育体制里，却有一种深深的无力感。简单地说，就是她想在课堂上告诉学生的，却不能讲；而她平时所讲的，却不是最想讲的。更主要的是，她不知道自己想讲什么。

至于到报社当记者，这也不是丁点点的人生选择，她对人生并没有清晰的规划。从来没有人要求她怎么做，她不会硬性要求自己做成什么样。丁点点不想做成父亲那样的人，更不想变得像母亲。她想过跟他们不一样的生活。问题的关键在于，她找不到自己生活的轨迹，甚至连方向也没有。但是，丁点点没有觉得这有什么不好，因为她知道一个简单的道理，这个道理是从她父母身上反观到的，她不希望自己的生活轨迹太明显，更不要有一个明确的方向。

每个记者有一条主跑线，丁点点跑的是旅游线。这是她喜欢的。只要愿意，可以到处跑。只要跟大自然接触，只要跟山水接触，她都愿意。相对来讲，她更喜欢跟山相伴，山有一个优点，能给人自信心，特别提气。和水相遇，则要忧伤得多，有一种无端的忧愁。而丁点点却不知道，这种忧伤和忧愁从哪里来，因何而来，更不知道如何排解，或者，干脆就没想去排解。

丁点点是在海南采访时接到季增石的电话的。面对着大海，海风将椰子树吹得如泣如诉，吹乱了她的头发，乱得一团糟。她很伤感，无端地想找一个人倾诉。手机一响，她看见是季增石打来的。刚开始，她有点恍惚，有那么一刹那，心里在想，季增石是谁？毕业之后，她换过一次手机，但没有将季增石的号码删掉。没有特别的意思，只是觉得删掉也没有意思。这期间，她和季增石之间，没有通过电话，连念头都没有动过，她似乎真的将他忘记了。但是，当她站在海南的海边，忧伤弥漫之时，接到了季增石的电话，突然有点茫然失措了。

从海南回来后，她和季增石见了一面。季增石毕业后，和朋友办了一家网络公司。他办网络公司，丁点点能理解，他没有理由荒废了电脑技术，那是他的强项。

从那之后，他们又恢复了来往。这一次，是季增石主动的。他约丁点点去看电影，还请她吃四川火锅。但他还是话少。与以前不同的是，他更喜欢笑，一笑就露出两颗小兔牙。一看见那两颗小兔牙，丁点点心里就充满了温暖。她有时会想，她可以不要季增石这个人，把他嘴里那两颗小兔牙拔给她就行。当然，她清楚地知道，如果那两颗小兔牙离开了季增石的口腔，也就失去了意义，她也不会要它们了。这真是个两难的选择。

丁点点去了季增石家。他父亲很早就死了。季增石一开始没有告诉她是“生病死的”，他只说父亲在他很小的时候就“没了”。丁点点后来才知道，他父亲是得肝癌死的。季增石的家在信河街西角，他母亲原来是信河街玩具厂的技术员，改制后，去私人办的儿童玩具厂当工程师，工资比以前高了十倍。但他们住的依然是老房子。房价此时已经升到每平方米两万元，瓯江的房子更甚，卖到每平方米八万以上，依靠工资，很难买得起好楼房了。丁点点看得出，季增石母亲的眼神里有一种讨好的成分。她的眼神是谨慎的，带有技术员的较真。

丁点点也带季增石到公爵山庄，一起吃了一顿饭。丁点点还带季增石到顶层见了爷爷，季增石主动叫了“爷爷”，爷爷睁着眼睛，一眨不眨，眼神辽阔而空洞，嘴巴张成O形，似乎想说什么，又像什么也不想说。

丁点点能够感觉出来，母亲不满意季增石。她的不满意是写在脸上的，也表现在态度上。她虽然接待了季增石，去菜场买了对虾和江蟹，可她的姿态是明显的，是高高在上的，甚至是盛气凌人的。她曾经向丁点点打听季增石的家庭情况，丁点点告诉她三个字——“你别管”。可丁点点知道，柯又红不可能不管。她三句两句就套出了季增石的家庭情况。来公爵山庄之前，丁点点交代过季增石，无论柯又红问他什么，他都不要回答。可是，进了家，季增石立即将丁点点的交代忘得一干二净，柯又红问什么，他回答什么，比派出所审问还老实。丁点点感觉到，柯又红每问一句，姿态就上升一层，最后像雄鹰一样盘踞在半空中。丁点点一开始挺替季增石着急：太实在了，太不把我的话当话了。后来一想，我急个毛，柯又红想打探一件事，连玉皇大帝都阻止不了，我阻止有什么用？退一步说，自己和季增石的事，作为母亲的柯又红问问也没有什么不对。最主要的是，她打探得水落石出有什么用？我的事，我可以决定怎么做的。

打发走季增石后，柯又红给丁点点下了一道“懿旨”：“你不能和季增石在一起。”

丁点点早就等着她这句话了，立即回答说：“我偏要。”

柯又红见她这么说，口气突然柔和了下来：“我是为你好。”

丁点点说：“我马上和他结婚。”

“我不是嫌弃他家贫，也不是嫌弃他公司看不到前途。”柯又红停了一下，叹了口气，说，“我担心的是他的身体，他父亲得的是肝癌，他爷爷也是，这就是基因。不出意外，他的肝以后也会出问题，而且是大问题。”

柯又红这么说，大大出乎丁点点的意料。她确实没有考虑到这一层。这是个很现实的问题。但是，她不准备听从柯又红的意见，恰好相反，柯又红如果不跟她说明这个问题，自己跟季增石在不在一起真的无所谓，现在，柯又红把问题摆上桌面，她就必须跟季增石在一起了。

是不是有点怄气？丁点点承认有一点。但她不认为全是怄气，她这么做只是想向柯又红表明：世界不是都像你看到的那样，也不是都如你所想的那样。有例外的。你要允许有例外。而我，就是一个例外，是个活生生的例外。所以，丁点点的态度相当坚决：“我决定了，他就是现在得肝癌，我也要和他在一起。”

丁小武什么话也没有说。当然，柯又红也没有征求他的意见。丁点点也没有。丁点点甚至看不出他脸部表情的变化。当然啦，她也没有细看。在这种时候，丁点点更多关注自己的内心情绪，以及做出决定后的坦然，至于别人的看法，实在不是很重要。相反，如果这时阻力越大，转化成的动力也越大。

第二天，丁点点就和季增石去了民政局，领了结婚证。然后，去了一趟银饰店，季增石花了一百二十八元，给她买了一枚银戒指，套在她左手的无名指上。结婚了。

柯又红很生气。她没有跟丁点点争吵，甚至也没有骂她一句。只是不理她了，看也不看一眼。柯又红的态度，促使丁点点更快地逃离这个家。丁点点太了解母亲了，她的没有态度就是明确的态度。可她又拿丁点点没有办法，她对付丁小武那一套手段对丁点点无效。在丁小武眼里，她是中心，她的一喜一怒都会掀起风暴。在丁点点这里，她只是一个家的概念，而丁点点随时随地准备离开这个家。这就是丁点点和父亲的区别。这种区别，也是这么多年来，丁点点从他们相处的关系中学到的。她不会让别人成为她的中心，她不会让别人影响她的决定。她的中心和决定必须来源于自己，虽然她也不知道自己到底需要的是什么。

丁点点有一点点积蓄，季增石是一点也没有。买房是不可能的。西角的老房子，她也不想住。只能租房。他们在报社旁边租下了房子。那天晚上，丁点点回了一趟公爵山庄，在房间整理自己的衣物。柯又红知道她回来干什么，不闻不问。这挺好。这才是丁点点认识的母亲，这才是柯又红。如果这时问东问西，那不是她的风格。丁小武进了她的房间。印象中，读高中后，这是父亲第一次进她的房间。他站了一会儿，见丁点点忙着收拾衣物，也没有开口。丁点点见他站了很久，就问："有事吗？"

他受惊吓的样子，连忙摇头说："没事没事。"

见丁点点没有再说什么，他停了一下，小心翼翼地问："需要钱吗？"

丁点点摇头说："不需要。"

他更加小心地说："如果买房子，我给你付首付。"

丁点点看了他一眼。她当然知道他的意思，但依然摇头说："不需要。"

他叹了一口气，像失望，又像松了口气，说："有需要就跟我说嘛。"

"嗯。"丁点点点点头。这次没敢抬头看他。丁点点担心，一看见他的眼神，会忍不住流泪。在这种时候，特别是在父亲面前，丁点点不想落泪。

她不想在他面前流露真实情感，更不想给他负担。

“你保护好自己。”他走出房间前，轻轻地说。

丁点点觉得，这句话由她讲出来才对。老实讲，丁点点对他不放心，很不放心。这种不放心毫无来由，却又挥之不去。丁点点总有一个不好的预感，总觉得他会出事，却又不知道他会出什么事，更不知道会在什么时候出事。最主要的是，她帮不上忙，相当无能为力。

伍

丁小武的眼镜配件厂办到第八个年头，丁铁山的病情出现了变化。其实，也不是病情有变化，只是晚上不睡觉了，不停地喊“丁——小——武——”。

丁铁山喊一声“丁——小——武——”，丁小武必须回一声“我在”，否则他会一直喊下去。到了这个地步，丁铁山的喊叫已经不是上卫生间了，他需要丁小武在身边。只有丁小武答应“我在”，他才会稍微安静片刻。丁小武的夜晚被撕得粉碎。丁小武晚上不能睡觉，白天却要去工厂上班，睡眠严重不足了。睡眠不足带来一个后果，他总是在等红灯时睡过去，引得后面的汽车狂按喇叭，甚至跑下车来，指着他的鼻子，骂他是“猪头”。丁小武被骂醒后，不停地说“对不起”，赶紧开车走人。更为严重的是，经常被交警抓住。交警怀疑他酒驾，不由分辩，先是吹气，再带到医院抽血检查。验血结果出来后，交警很严肃地对他说，疲劳驾驶是最大的安全隐患，危害比酒驾还大。丁小武笑着对交警说，是是是，以后一定“整改”。有一个交警和他特别“有缘”，抓了他十多次，都抓出交情了，一看见他就说，老丁啊，做企业不要这么拼命，命没了，赚再多的钱有什么用？丁小武很赞同他的看法，笑着说，是是是，你说得很对。我以后不拼命了。

无论在外面，还是在家里，丁小武从来没有叫过一声苦。无论丁铁山怎么喊，他都是带着笑意说“我在”。回应及时，态度诚恳。但是，丁小武的变化是明显的，他的体重从七十五公斤降到了六十公斤。嚣张的胸肌消失了，像瘪了气的皮球。手臂上飞扬跋扈的肌肉不见了，变成有气无力的皮。特别显而易见的是他的脸，原来是国字形，现在瘦成了倒三角。用“形销骨立”来形容，一点不过分。眼睛又大又空洞，猛地一看，相当吓人。

这样的日子，丁小武又坚持了一年多。突然有一天，丁铁山不吃东西了。他不是不吃，而是吃不进了。他胃口一直很好，每顿一大碗米饭。丁小武调羹还没将米饭打好，他的嘴巴早就张得像隧道，嗷嗷待哺。饭一送进去，几乎没有经过口腔嚼动，直接被送进了肚子。丁铁山有牛一样的反刍功能，闲着没事，他的口腔一直在嚅动，两个嘴角经常挂着几滴白色唾沫。

丁铁山的变化是突如其来的，他不会反刍了，直接将吃进去的东西吐出来，吃多少吐多少。丁小武将米饭换成稀饭，他照样吐。吐了两天，丁小武将他送到信河街人民医院。医生给他做了包括肾功能项目的全面检查，最后得出一个结论：机器老化，回天无力。也就是讲，丁铁山不能反刍，不是身体里某个零件出问题了，而是所有零件的责任。

第二天，丁小武将他运回公爵山庄。

此后十天，丁铁山粒米未进。他依然会喊丁小武的名字，声音已经很微弱了，如蚊蝇叫鸣。如果丁小武不在，他会一直叫下去。那已经不是叫了，是哀号，是饮泣。那是肝肠寸断的寻觅，是绝望的呼唤。

第五天，丁铁山进入昏迷状态，偶尔醒来，嘴里挤出的唯一声音是“丁——小——武——”。他已经没有力气了，声音像呻吟。丁小武立即应道：“我在我在。”

第九天中午，丁铁山像一副皮囊在漏气。丁小武知道，他大限将至。

午夜零点刚过，丁铁山突然高叫了三声“丁——小——武——”，喉咙里发出一阵咕噜声，然后便归于寂静了。

这中间大约有十来分钟的停顿，仿佛时间静止了。

丁铁山去世的前一天夜里，丁点点的羊水破了。季增石紧急将她送到医院待产。比预产期提前了十天。

躺在医院的病床上，一轮阵痛过后，丁点点给柯又红发了一条微信，柯又红立即回了两个字：就来。

丁点点和柯又红的关系，是在她怀孕后修复的。本来就没有深仇大恨嘛，只是因为人生观的不同，产生了裂痕而已。于柯又红而言，大约是出于对丁点点的失望，辛苦抚养，不但不知报恩，反而一意孤行，让她伤心了。更主要的是担忧，担忧丁点点的未来。可是，这孩子太固执了，太让人寒心了。无论如何，丁点点是她肚子里掉出来的肉，她可以失望，可以生气，可以愤怒，甚至可以怨恨，但是，她没有办法不牵挂。不过，她终究是骄傲的性格，不会主动联系。而丁点点呢，虽也有过主动向母亲示好的念头，可实在不知如何表达。最主要的是，她觉得来日方长，有的是时间和机会，何必急于一时？所以，当她得知自己有了身孕后，并没有告诉柯又红，而是将信息告诉父亲。丁小武当然是高兴的，他们虽然只是通了微信，但丁点点可以想象，父亲一定露出了他的两颗虎牙。很快，父亲又给她发了一条微信，希望她将这个好消息告诉母亲，他的微信是这么写的：你妈肯定会很高兴的。丁点点想想也是，就主动加了母亲微信。半个小时后，柯又红通过了她的微信，丁点点将这个消息告诉她，她回了一句：你这个死丫头，为什么不早告诉我。

完全是冰释前嫌的口气了。

从那之后，柯又红每周来一趟出租房，每次都带来烧好的菜。刚开始是对虾、子梅鱼等海鲜，后来是炖鸡汤和炖鸭汤，再后来是燕窝、鱼胶等补品。丁点点怀孕六个月，已经胖得不像样子，体重从五十公斤飙升到六十五公斤，身体横向发展，原来的瓜子脸，变成了国字脸。体现尤为突出的是肚子，她觉得肚子里装着的不是一个孩子，而是一个班级的孩子。不能好好走路了，只能依靠身体的晃动前行，左摇右摆，相当艰难，也相当霸气。

丁点点已经从报社请假在家。请假的原因是她心绪不稳定。由于身形的巨大变化，她心情灰暗、懊恼、自卑，怀疑一切，怀恨一切，不想见人了。可是，另一方面，她又无比骄傲，因为肚子里怀着孩子。在她看来，那不仅仅是一个孩子，而是一个完整的世界，一个独一无二的世界。她是这个世界的创造者和孕育者，完全有理由为自己骄傲。怀孕期间，丁点点一直在这两种情绪之间来回跳跃：上一刻灰心丧气，下一刻斗志昂扬；上一刻泪流满面，下一刻转悲为喜。这种近似精神病的行为，弄得她身心俱疲。离预产期还有三个月，她决定请假在家。也是从那时起，柯又红每天下午都来陪她，她还是每次带菜过来，没有空过一次手。

丁点点能感受到，柯又红不喜欢他们租住的房子。也对，八十平方米的老房子，陈旧，简陋，怎么能和公爵山庄的跃层房相比？最主要的是，这是租住房，没有安全感，没有归属感。但柯又红没有说出来。丁小武顺路来过几次，提出让他们搬回去住，丁点点没同意。

丁点点是在第二天中午十二点产下女儿季笑笑的。这个名字是她和季增石商量好的，不论是男孩还是女孩，都叫季笑笑。没有特别含义，只是希望孩子将来快乐，多笑。

季笑笑跟她的太爷爷丁铁山擦肩而过了。

没有人告诉丁点点这个消息。她还处在产后恍惚中。让她略感意外的是，丁小武没有来医院，但一想到他要照顾丁铁山，还要去工厂，也就没往深处想了。有点反常的是柯又红，经常走神，惘然若失的样子。那天下午，她回了一趟公爵山庄，不到两个小时，依然回到医院。丁点点问她，有事吗？柯又红只当没听见，也没回话。

丁点点在医院住了三天，第四天，丁小武开着车，将他们一家三口接回公爵山庄。柯又红还是什么话也没讲，丁点点也没问。但丁点点知道，这事肯定是母亲和父亲商量好的。她住在原来的房间，但房间已经“面目全非”，到处摆满婴儿用品，婴儿床、婴儿服、儿童玩具以及尿不湿等等，墙上贴满了各种儿童照片，喜怒哀乐，各种表情都有。丁点点发现，居然有一张她的儿童照，上半身裸露着，下半身包着布包，张着嘴巴，挂着哈喇子。照片上的人肯定是她，可她从未见过。

一开始，丁点点只想在公爵山庄住完满月。她要搬回租住房，那里才是她的家。季增石的母亲去过医院，也来过公爵山庄，热情里夹带着客气。这种客气是距离，是生疏，是楚河汉界。她每一次来看孙女，都是坐坐就走。其实，丁点点看得出来，她想多待一会儿，甚至想一直待下来。可她是理智的，也可以说是矜持的，时间基本控制在半个小时。短了太急促，显得迫不及待；长了不得体，似乎赖着不走。她做得很有分寸。这种分寸其实就是排斥，就是对立，丁点点甚至想到了仇恨。丁点点有时会想，季增石母亲会不会仇恨自己呢？多少会有一些吧，她的客气说明了一个问题，她对自己不亲。亲不起来。丁点点想，或许搬回租住房后，季增石母亲可以不那么拘谨了，季增石是她的儿子，季笑笑是她的孙女，她想什么时候来都可以，想待多久都可以。她有这个权利。这样的话，她可能会和自己亲一些。丁点点觉得自己对季增石母亲算不上好，但她的节制和自尊让丁点点有好感，让丁点点会站在她的角度想问题。或许，这也算慢慢成长的一个标志吧。特别是她怀上季笑笑后，似乎对这个世界和人事多了一份理解和包容。

柯又红自作主张退了租住房，叫了搬家公司，将家具和衣物运回公爵山庄。她没讲任何理由，对丁点点说：“如果你过意不去，每个月可以给我伙食费和保姆工资。”

她说的当然不是真话。自从有了季笑笑，丁点点发现母亲跟从前判若两人。她从前是不会主动对人示好的，脸上是见不到笑容的。现在不一样了，她这是主动要求他们住在公爵山庄呢。要知道，这套房子是她的私人领地，她不会与任何人分享的。她现在主动要求他们留下来，主要是因为季笑笑。当然了，在接纳季笑笑的同时，也接纳了她，也接纳了季增石，更接纳了季增石的母亲——她不能不让季增石母亲来看望孙女是不是？丁点点觉得，柯又红能够接纳季增石的母亲，等于接纳了整个世界。相当开阔了。丁点点觉得柯又红最大的变化还是笑容，她现在每天笑声不断，抱起季笑笑，讨好地说："笑一个，宝贝给外婆笑一个。"

然后是做鬼脸，身体做出各种扭动的姿势。柯又红的身体一扭动，季笑笑就咧开了嘴。她大惊小怪地说："笑了笑了，宝贝对外婆笑了。"

从语气和表情看得出来，柯又红得到了巨大的奖赏，无比满足。她是真的快乐。而且，她的快乐是主动追求得来的，这种快乐是敞开的。

父亲丁小武当然也希望他们住下来，只是他没有说出来。不会讲的。他用商量的口吻问丁点点："住得习惯吗？"

这话问得太客气了，见外了。这是她的家啊，即使出嫁，依然是她的家。丁点点知道父亲还有一句潜台词：习惯就一直住下来。这是他的心愿。他已经习惯了隐藏自己的心愿。

季增石的网络公司两年前就不开了，没有业务，赚不了钱。他开始在网上开商店，卖他母亲工厂生产的玩具，当然也卖其他工厂生产的玩具。

丁点点一开始没有将季增石的转行当一回事，更没有将他的网店当一回事。只知道他比过去忙，手机就有好几部，还叫了几个工人帮忙。丁点点还替他担心，每个月能否按时给工人发工资。担心归担心，她没有问季增石。她从来没有问过季增石网络公司的事，他也从来不说。只在公司关闭时跟她打了一个招呼，她"哦"了一声，等于没有任何反应。那个时候，她还没有怀上季笑笑，还是喜欢到处跑。她和季增石是两条各自奔跑的线，不同的是，他是画圈圈，她是画各种直线。他们唯一的结合点是租住房。那是他们的家。

他们在公爵山庄住了半年多，到了腊八那一天晚上，季笑笑已经睡下了，季增石对她说："咱们买一套房子吧。"

丁点点故意问道："发财了？"

他说："我手头有两百万，首付应该没问题。"

丁点点说："你没做什么违法的事吧？"

他说："没有，都是我这两年开网店赚来的。"

季增石的回答让她吃惊。太出乎意料了。丁点点没有想到，他不声不响赚了这么多钱。果然是个沉得住气的人。她更没想到的是，开网店这么能赚钱。她说："那就买。"

季增石问："买哪里好？"

丁点点说："无所谓，钱是你的，你想买哪里都行。"

次日，丁点点将季增石想买房的消息告诉母亲。她觉得这事越早说越好，不需要偷偷摸摸的。母亲一听，立即说："我昨天刚好看到小区贴了一张启事，楼下有一套房子要出售。"

这事母亲比她和季增石积极性高。联系好后，让她和季增石去看房子。房子就在同一幢楼，在七层，是单层，面积一百二十平方米。所有费用加起来，刚好三百万。丁点点咨询了单位，公积金可以贷款八十万，加上季增石两百万，还差二十万。母亲自告奋勇地说："我借你们二十万。"

就这么定下来了。办完过户手续后，父亲找了一个装修队，将房子重新粉刷一遍，只花了两万元。

买房子这件事，最高兴的人是父亲。当他听到这个消息后，两颗虎牙闪闪发光，说："好嘛，好嘛，楼上楼下，你们不用开伙，就在这里吃。"

母亲白了他一眼，说："你奴役我还不够吗？"

父亲讨好地笑了起来，说："我负责买菜和烧菜，洗碗也包了。"

母亲说："做好你的事，把工厂办好。"

父亲不停地点头说："那当然，那当然。"

母亲表面上没有表现出来，可她的高兴是难以掩饰的。她主动借二十万就是证明。她的高兴还表现在和季笑笑的对话中，她扭着身体对季笑笑说："宝贝买房子咯。"

季笑笑"咯咯咯"地对她笑。

母亲又说："以后外婆每天都可以抱宝贝咯。"

季笑笑当然还不知道"买房子"的概念。她不到一周岁，话还不会讲呢。"买房子"概念是外婆讲的。外婆终于暴露了内心秘密，她想"每天都可以抱宝贝"。

丁点点能感觉出来母亲对笑笑的爱，几乎到了依赖的地步了，去菜场买菜都是小跑着回来的，进门第一件事就是叫"宝贝"。她的眼睛似乎有了特殊功能，总能第一眼抓到季笑笑所处的位置。季笑笑也没有辜负外婆，她跟外婆特别亲，无论哭得有多凶，只要外婆一抱，哭声戛然而止。外婆一扭身体，她立即破涕为笑。她自己可能不知道，她将最多的笑声给了外婆，也将最美的笑容给了外婆。外婆身心得到极大的满足。

产假结束后，丁点点回单位上班。短短半年，世界发生了巨变。首先是外部的，自媒体对传统媒体造成了巨大冲击。这种冲击是现实的，是看得见的，也是摸得着的，对报纸的发行和经营都产生了很大的影响。丁点点觉得，最主要的影响还是人心。从事传统媒体的人心里慌了，乱了。一个乱了阵脚的人，还能打仗吗？还能打胜仗吗？不可能嘛。人人自危，自己把自己吓死了。其次是丁点点的变化。她以前没有中心，如果有中心的话，她就是中心。她是太阳，也是流水。可是，有了季笑笑后，丁点点发现自己完蛋了，她不是太阳了，也不是流水了。太阳还在，换成了季笑笑。季笑笑成了中心，成了她的中心。做任何事情，她的出发点都是从季笑笑那里开始的。丁点点不无悲伤地发现，自己无时无刻不在想念她、牵挂她，甚至担心她。在媒体上看到关于儿童的新闻特别敏感，特别容易伤心落泪，已经完全堕落成一个多愁善感的人了。

半年之后，丁点点从单位离职了。她想成立一家自己的旅行社，开辟几条专门针对年轻人的旅游线路。

在此之前，季增石找她商量，他扩大了网店规模，成立了公司，想让她辞职去他公司管财务。她没同意。她的理由只有一个，如果去了他公司，她将失去独立性。季增石说：“你管钱，我给你打工，行不行？”

“不是这个意思。”她对季增石说，“我要的独立性是指两条各自运行的线，如果我去了你的公司，我们就成了一条线。”

季增石没有强求。他从来没有强求过她。

开旅行社的事，丁点点跟父亲说过。是“说”，不是商量。父亲想也没想就说：“好嘛。”

丁点点知道，他的支持，是态度的支持，可态度有时很重要。

陆

丁铁山死后，丁小武并没有显得多么悲伤。丁点点和柯又红都为他松了一口气，为了丁铁山，丁小武累得只剩一副骨架。以前那个铁塔一样的壮汉消失了，丁铁山如果再拖延半年，丁小武的身体状况让人不敢想象。从这个角度来讲，丁点点和柯又红是盼望丁铁山早点走的。他的走，从某种意义上讲挽救了丁小武。

李其龙专门送了两大袋海参过来，他对柯又红下命令：“让他当饭吃。”

李其龙不喜欢自己是个肌肉男，但他希望丁小武恢复成肌肉男，他说，那样的丁小武，看起来很有力量，给人很有希望的感觉，有一种蓬勃茂盛的生命力。他喜欢那种状态的丁小武。

李其龙没有将“都彭”和“登喜路”赶跑。他现在知道了，世界是圆的，事物是流通的，堵是堵不住的。他不能阻止任何事情。一个人怎么可能阻止地球运转呢？这是个简单的道理。那段时间，他怨恨过，怀疑过，消沉过，甚至想到过放弃。他最终发现，能要求的只有自己，能做好的只有自己。只能如此。他不能要求别人不仿冒“麒麟”。他能做的，只有将“麒麟”做得更好。

李其龙告诉丁小武，他最近接待了好几拨天使投资人，他们都想投资“麒麟”，一起将“麒麟”打造成高级工艺品级别的打火机，甚至是艺术品级别的打火机。李其龙说：“活了这么多年头，老子总算有点明白了。想做成一件大事，单靠一个人的力量不行，要学会借力。别人有大把的钱，想跟老子做大事。傻瓜才会拒绝呢。”

丁小武为李其龙活明白了高兴，他一直担心李其龙钻牛角尖，李其龙确实一直在钻牛角尖，现在他终于不钻了，他看到了一头牛，甚至是比一头牛更宽广得多的世界。这多么好。

李其龙发出邀请，说：“来吧，小武，咱们一起干。”

丁小武很感激李其龙的邀请，但他不会接受，他说：“我争取将中梁做好。”

丁小武不担心李其龙的“麒麟”，作为朋友，他担心李其龙的生活。一个人的生活总是动荡不安的，总是兵荒马乱的。丁小武劝李其龙“再找一个”，他说：“要一个小孩吧，有一个小孩就有了未来。”

李其龙想了一会儿，问丁小武：“你知道咱们的区别在哪里吗？”

丁小武说：“你比我勇敢。”

李其龙摇摇头说：“不对，是你比我勇敢。”

停了一下，李其龙补充说：“我有时想，会不会变成你爸那样。”

丁小武摇摇头说：“你不会的。”

李其龙说：“谁说得清楚呢？”

刚说完，他对丁小武挥挥手说：“不说了，小武，老子很高兴，交了你这样的朋友。很荣幸。”

丁小武对李其龙说：“我也很高兴，交了你这样的朋友。很荣幸。”

丁小武决定好好干活。父亲丁铁山走完了他的一生，画上了句号。外孙女季笑笑刚开始她的人生之旅，未来不可知。他的旅程还得继续。他自觉责任重大。他得根据柯又红的指示，好好赚钱，将眼镜配件厂办好。这是他的责任。他承诺过的。

那年春天，季笑笑两周岁了。丁点点的“丁点点旅行社”运作顺畅。季增石还清柯又红的二十万。一切似乎都很顺利。一切似乎都向着美好的方向发展。

那年清明节，一家人去给丁铁山扫墓。晚上，丁点点发现了父亲的问题。是季笑笑先发现的，吃晚餐时，丁小武用筷子去夹一只对虾，对虾没夹住，结果把筷子夹掉了。季笑笑拍着手说：“哦喔，外公害怕大虾咯。”

这是丁点点第一次注意到父亲的手在颤抖，平时她很少注意这些细节。他拿筷子的右手像钟摆一样抖动，不停地抖动，好像很冷，抑制不住地冷。见她看着他的手，父亲摇摇头说：“没事嘛，最近突然手抖，抖一阵就好了。”

父亲说完，想努力挤出笑容。可丁点点发现，他的脸上像戴着一个面具，他的脸部肌肉是僵硬的，是缺少变化的。丁点点问他：“多长时间了？”

父亲说：“一个来月。”

丁点点说：“找个时间，我陪你去医院看一下。”

父亲连忙说：“不用的，我的身体我知道，没事的。”

丁点点看看母亲，她正在给季笑笑喂饭。丁点点没有再说什么。这时再看父亲的手，已经不抖了，很轻松地夹起一只对虾。但丁点点发现，父亲的手已经瘦得只剩皮包骨头了，颜色是黄褐色的，好像被烟熏过。在丁点点的记忆中，父亲的手曾经是多么粗壮有力啊，他的手就是一个饱满而生动的世界，不仅能写文章，还能做各种模具，还能烧出各种美味佳肴。她印象最深的是，小时候只要他抱着她，她就觉得那是世界上最安全的地方。他的手就是温暖的家，可以为她阻挡一切。看着父亲的手，她感慨的不只是父亲的老去，她有一种隐隐的担忧，有那么一天，父亲也会像爷爷那样。这担忧令丁点点不寒而栗。

父亲出事是在三个月后，丁点点接到母亲在信河街人民医院急诊室打来的电话。母亲说父亲从工厂回家的路上，将车开出了马路。马路外是斜坡，斜坡下面是瓯江。江水正在退潮，水流湍急，如果掉进瓯江，不消片刻，人和车便会被冲进东海。幸好斜坡有一块巨石，父亲的轿车一头撞了上去，整个车头都被撞烂了。父亲被撞昏迷了。交通警察将他送到信河街人民医院他才醒来，他请求警察不要通知家人，但他全身是血，样子相当吓人。警察决定通知家人，父亲没办法，才给母亲打了电话。母亲接了电话，抱着季笑笑，急忙赶到医院。见到父亲后，父亲让她不要告诉丁点点，免得女儿担心。

母亲是偷偷给丁点点打的电话，她说："你爸的脾气你是知道的，平时让他来医院，比割肉都难。这次既然进了医院，干脆做个全身检查。"

丁点点完全同意母亲的想法，在电话里说："我马上来。"

丁点点到了医院，季笑笑指着推床说："哦喔，外公打败仗了，成了伤兵。"

她还伸出两根食指在自己的小脸蛋上刮几下。她觉得外公给她丢脸了。

父亲的额头被车玻璃扎了一个口子，医生给他做了处理，绑上了纱布，很像电视剧里的伤兵。他见季笑笑这么说，有点不好意思地笑了。他的笑容很不好看，很不自然，僵硬的面部肌肉挤不出生动的笑容，反倒增添了悲哀，一种日薄西山的悲凉。他肯定是不愿意将内心的情绪流露出来的，躺在推床上对丁点点说："我没事嘛，你跟医生说，我们马上出院。"

丁点点说："好的，我去跟医生商量。"

丁点点转身去找医生，不是办出院手续，而是缴了押金，办理了住院手续。她跟医生商量好了，给父亲做全身检查。

一周之后，检查结果出来了。一个好消息，一个不好的消息。好消息是，父亲身体状况不错，对于一个年近六十的人，没有"三高"，很难得的。这大概得益于他年轻时的健身，底子好，也得益于他多年来的良好习惯，吃什么都讲究适度。不好的消息是，医生诊断他得了帕金森病。他这次出车祸，就是帕金森惹的祸，让他身体反应迟钝，甚至失去反应能力，眼看着轿车驶出马路，心里明白，身体却无能为力。

丁点点上网查了一下，结果让她一喜一忧。喜的是，这种病对父亲的生命没有直接威胁，它只是大大降低了父亲的生活质量。也就是说，从此之后，父亲要与这种疾病共存亡，两者既是朋友，也是敌人，既要和平共处，又要相互竞争。忧的是，到目前为止，只知道这是一种神经系统病变的疾病，无法对症下药，无法“集中火力打击”。没有特效药，也没有针对性的手术。可以这么讲，以目前的医疗水平而言，这种病是“无解”的。

父亲知道自己得了帕金森病后，显得相当平静，平静得看不出这事是发生在他身上的。要知道，帕金森病虽然不是绝症，却是一种顽疾，极其难缠的。丁点点猜想，父亲的平静是表面的平静，是做给大家看的。丁点点想，当父亲知道自己得了帕金森病、了解了帕金森病之后，他的内心肯定是灰暗的，甚至是绝望的。这意味着，他的余生将背上一个巨大包袱，这个包袱是他的，也是这个家的。丁点点觉得，他最大的负担正在于此，他是最不愿给别人增添负担的人，对朋友如此，对家里至亲也是如此。可是，现在得了这种“无期徒刑”的疾病，肯定要给家人带来无尽的负担。一想到这一点，他必定充满愧疚。正因如此，他更要表现得平静，他笑着说：“我出院后马上去健身馆。”

季笑笑马上接话说：“哦喔，外公说话要算数。”

父亲说：“外公说话当然算数。”

父亲在医院住了两周，强烈要求出院。丁点点和医生商量，医生同意出院，给父亲开了药，要求他每两个月来检查一次。医生给父亲开了三种药，让他每天按量吃药，一天三次。这三种药是目前国内能买到的最好的药，分别是森福罗、柯丹和美多芭。后来，因为美多芭对父亲的身体有副作用，换成了息宁。丁点点算了一下，按照医生的治疗计划，父亲每年吃药的花费约一万五千元。这笔费用不会是很大的负担。

父亲出院后，将小日子眼镜配件厂转让给别人了。这事是母亲决定的，手续也是母亲办的。她绝不恋战。消息放出去后，第二天就有人来谈判，开了三百五十万的转让价，母亲一口就答应了。母亲有点虚张声势地告诉对方，工厂最少值五百万，但跟父亲的身体相比，一百五十万不在话下，卖了，连厂名一起卖了。

父亲恳求说："让我继续办嘛。"

这一次，母亲态度坚决，她说："不办了。"

父亲说："轿车报废了，我以后不开车了嘛，不会再出交通事故了。"

母亲说："我不管什么交通事故，我要的是一个放心。你这种状况，我怎么能放心？"

这是母亲第一次对父亲说这种话，表面生硬，内心温柔，坚决里有体贴，已经很接近矫情了。

父亲说："你不是有驾照嘛，我们再买一辆轿车，你每天接送我上下班。"

母亲撇了下嘴说："呸，你想得美。"

母亲的坚决是有原因的。父亲的病情发展得特别快，快得让人心慌。不到一年时间，他到了完全依赖药品的程度。吃了那三种药，半个小时后，药气上来了，他的身体才能"活"过来。脸上的笑容也有了，手也不抖了，腿也能迈开了。这种状态最多维持两个小时，之后，先是从后脑勺开始发紧发硬，慢慢扩展到全身。这种扩展和蔓延是清晰可感的，水一样流淌，流到哪里，身体僵硬到哪里。好像流水被冻住了，整个身体也被冻住了。只有手不可抑制地抖起来，抖动的幅度越来越大，像狂风中的一片叶子。医生告诉过丁点点，帕金森的病情是不可抑制的，得了这种病，就像一块巨石从山顶朝下滚，医生能做的，是尽量让这块巨石滚动得缓慢一些。也就是讲，医生能做的，是尽量减缓病情的发展，延长患者的有效生命，因为帕金森病到了后期，患者会失去自理能力，甚至失智。

这正是丁点点最担心的。她想起了爷爷丁铁山生命最后的那些年，如果不是父亲的服侍，他完全没有生命可言，更谈不上体面和尊严。丁点点的隐忧正在此，父亲是否遗传了爷爷的疾病基因？他的人生晚年，是否将是爷爷的翻版？丁点点问过医生，爷爷和父亲得了这样的病，她得病的概率是多少？医生的答复比较含糊，只说“有可能”。她上网查，信息泥沙俱下，有一种说法最可怕，她得病的概率有百分之八十。丁点点当时没有太大的触动，也说不上担忧，当她将这事联想到季增石时，不一样了。季增石父亲是得肝癌去世的，他爷爷也是，季增石身体里是否隐藏着疾病基因？那么，季笑笑呢？一想到季笑笑，丁点点双眼一黑、双腿一软，几乎瘫坐下去。她觉得前方一片黑暗。

到了此时，丁点点才体会到母亲当年的心情，才感觉到母亲对她的提醒是多么用心良苦。而她的一意孤行，是多么让母亲伤心和失望。

柒

丁小武的病情让医生惊讶。医生说下坠速度这么快的病例，还是第一次碰到。两年不到，巨石已从山顶滚到半山腰。按照这个趋势，不到三年，巨石就可能到底。

丁小武的坚强这时显现出来了。他没有食言，从医院出来后，就去家对面的东方健身馆办了年卡，每天一大早去“撸铁”。锻炼当然是好事，丁点点和柯又红劝他吃药后再去，药气上来后，身体灵活。他偏不。他不吃药的状况很不好，身体不能弯曲，不能正常走路，只能小步跳，是挪着脚步跳。他跳得吃力，看的人更吃力。但丁小武坚决不吃药，很固执的。是的，医生对丁点点说过，帕金森病会改变人的性格，变得无比固执。当然，也可能是药物的副作用。

柯又红觉得不能让丁小武这么任性下去，在健身房一练就是四个钟头，铁打的人也受不了，更不用说一个帕金森病人。她强势出手了，规定丁小武只能健身两个小时，两个小时到了，她立即去健身馆，把他从器械上拉下来，绝不手软。其次，柯又红规定丁小武每顿吃两个煮鸡蛋，必须吃。吃完煮鸡蛋后，再喝一碗高压锅打出来的老番鸭汤。这是补品，是运动的有力后盾。必须这么吃。

除了控制运动时间和增加营养，柯又红做了另一件事，到处搜寻治疗帕金森病的偏方。在柯又红眼里，没有中医西医之分。她只有一个目的，将丁小武的帕金森病治好。柯又红的想法非常简单，她不相信世界上有治不好的病，所谓治不好，只不过是没有遇到对的医生和对的治疗方法，当然，包括对症的药。

柯又红打听到，南京有一家医院，专门治疗帕金森病，是可以动手术的。柯又红得到这个消息时是秋天，她对丁点点说，想带你爸去江苏散散心。

丁点点说，我可以替你们安排好江苏之行的路线，包括预订好住宿的酒店。母亲不让丁点点预订，她说他们要“自由行”，预订好线路和酒店，就失去自由了。

也不是没有道理。不就是去一趟江苏嘛，又不是徒步穿越罗布泊，没什么好担心的。丁点点给他们买了去南京的动车票。买了一等座，空间大一些，也安静一些。他们出发那天早上，丁点点开车送他们去动车站。母亲带了一个巨大的行李箱，还带了一个不大不小的行李箱。丁点点当时也有疑问，问她：“又不是搬家，带这么多行李干什么？”

她回答说：“你爸这种情况，出门多带点东西总没错。”

丁点点想想也是，就没有深问。

他们一到南京，当晚就住进了医院。三天以后，丁小武的头顶被开了一刀。

这些情况，丁点点都是后来才知道的。父亲住院期间，母亲每天和她微信聊天，她只说父亲想在南京住几天，过几天再去苏州逛逛。这是丁点点的疏忽，她多次去过南京，如果多问几句他们去过什么地方游玩，母亲肯定会露出破绽。他们根本没有离开医院。

丁点点是在第七天上午十一点接到母亲的电话，她在电话里严肃地说："跟你说实话吧，我和你爸来南京不是为了旅游，是做手术。"

丁点点的脑袋立即膨胀了。出事了。她听医生介绍过，也上网看了很多资料，知道天津有一家医院，几乎是目前国内最权威的专门做帕金森手术的正规医院。她没有带父亲去，不是因为费用问题，更不是时间排不出来，而是手术成功率并不高。说它"不高"，是指手术之后，对患者的症状并没有革命性的改变。也就是说，手术效果不明显。意义不大嘛。丁点点一听母亲的话，第一个念头就是他们遇到江湖骗子了，赶紧问："还没做吧？"

母亲说："做了。"

"怎么样？"话是这么问，心里却想，完蛋了，花点钱没关系，父亲要白白挨一刀了。白挨一刀也就罢了，丁点点担心的是，这一刀加速了病情恶化。

"本来还不错的，没想到，伤口出现感染。"母亲犹豫了一下，接着说，"医生说，如果只是伤口外面感染还好处理，担心伤口里面也被感染了。"

"医生检查了？"丁点点问。

母亲说："医生正在检查，我想来想去，还是给你打个电话。"

丁点点说："给我地址，我马上赶过去。"

挂完电话后，丁点点跟季增石说了父母的情况。他说，你赶快去南京吧，我让奶奶过来带笑笑。丁点点立即上网，买了最近一趟去南京的动车票。

丁点点也知道，自己去南京，起不了什么作用。她不是神仙，甚至连个医生都不是，于父亲的病情无补。但她知道自己的作用很大，非常大。父亲现在处于危险的境地，而母亲目前的处境是孤立无援。他们需要一个后援，需要一个精神上的支持和鼓励。此时得有一个人跟他们站在一起，他们两个人是站不稳的，是摇摇欲坠的。有了她以后，情况不一样了，三足鼎立了。这是一个牢不可破的结构。这点太重要了。

上动车之后，丁点点接到母亲的电话，她说医生已经处理好父亲的伤口了，只是外部感染，但医生要求，父亲这几天最好住到无菌病房里，对伤口的恢复有好处。丁点点说，立即转到无菌病房，不要考虑费用。母亲说，我也是这么想的。

丁点点赶到父亲病房时，已是晚上七点多了。隔着玻璃，看见呆坐在病床上的父亲，他这次真的像伤兵了。上次出车祸时，他头上也受伤，纱布是从前到后绑一圈，有点像运动员。这次纱布是由上而下包扎，跟影视剧里伤兵的包扎方式是一样的，看起来特别悲惨，也特别悲伤。

丁点点不能进病房，只能隔着玻璃叫了一声“爸”，父亲没有反应，母亲在边上，提高了声音说：“点点来了，你的宝贝女儿来了。”

病房的走廊很安静，只有母亲的声音在回荡。

父亲的脑袋朝她们这边慢慢转过来了，他直直地看着丁点点。丁点点看见他喉结上下滚动几次，张开嘴。她似乎能听见他的声音，却不真切。那声音断断续续的，从他的嘴型判断，似乎是：“你——怎——么——来——了——嘛？”

丁点点感觉得到，那声音是空心的，是干枯的，甚至是腐朽的，好像是从地底下挤出来的。他来南京之前不是这样的，虽然讲话语速缓慢，但每个字是清晰的，是真实有力的。丁点点赶紧说：“我来接你回家。”

他的姿势没有动，眼睛还是直直地看着她，又似乎是看着她身后无尽的远方，张了张嘴，似乎在问：“笑——笑——呢？”

丁点点知道他关心外孙女，大声说：“你放心，有她奶奶和季增石陪着呢。”

丁点点本想说“笑笑等着你回去呢”，又觉得这话过于哀伤了，好像父亲已经不行了，回不了信河街了。再说，看他在病房里的样子，未必能听见外面的话，就将话咽了回去。

母亲这时欣喜地指给她看：“你看，你爸的手是不是不抖了？”

丁点点仔细盯着父亲的右手看了一会儿了，是的，千真万确，他的右手不抖了。母亲有点得意了。这是他们这趟出行的成果，是母亲的“战利品”，她有理由得意。丁点点当然为父亲高兴，手抖是帕金森的特色，这个“特色”已严重影响了父亲的生活。让父亲的手恢复平静，是母亲和父亲的梦想。现在，这个梦想实现了，她没有理由不高兴。

看完父亲，丁点点和母亲从医院出来吃饭。她们走了一段不短的路，才找到一家稍微像样一点的酒家，名字叫淮扬人家。所谓“像样一点”，就是干净一点，不要看起来油腻腻脏兮兮。丁点点点了清炖蟹粉狮子头、烫干丝、松鼠鳜鱼和马兰头。母亲每样只夹了一两筷子，说菜有一股泥味。丁点点的肚子是饿的，但没胃口。好像这顿饭只是为了完成一个仪式。一个吃饭的仪式。母亲和她好像已经将该讲的话都讲完了，她问季笑笑的情况，丁点点拨通了季增石的电话，让她和季笑笑在电话里聊天。她一听到季笑笑的声音，脸上立刻焕发出了灿烂笑容，声音盖过酒家里的一切杂音。问宝贝在幼儿园听话不听话，问宝贝吃了没——问宝贝乖不乖，问宝贝想没想外婆。她和宝贝有讲不完的话。

半个小时不到，她们结账离开淮扬人家。她和母亲住在医院旁的一家全季酒店，是家连锁酒店。酒店不大，好在干净。这是丁点点成年以后，第一次和母亲共睡一室。感受相当奇特。有点陌生，却又如此亲近；有点疏远，却又如此亲密；有点忐忑，却又如此安然；有点排斥，却又充满好奇。两个人离得如此之近，却好像远隔万水千山。似乎有千言万语，却不知从何说起。

两人都没有讲话，丁点点先去卫生间冲了澡，然后是母亲去冲澡。两人躺在床上，也没有开电视。丁点点用微信交代了两件旅行社的事，时间已是晚上十点半。母亲看了她一眼说："睡吧。"

丁点点也看她一眼，点点头说："好。"

关了灯，各自钻进被窝。丁点点想了一会儿呆坐在无菌病房里的父亲，觉得他太孤独了。但她没有伤心，迷迷糊糊中，很快睡着了。至少她是这样的。

第二天起来，天已大亮。全季酒店的装修很有特色，全部以竹子为原材料，房间以黄色为主调，显得特别亮，视野特别开阔。丁点点睁开眼睛，第一件事是去看邻床的母亲，发现母亲也正看着她。这一看，再加上昨天晚上一夜同宿，让丁点点觉得，她和母亲的关系似乎发生了某种质的变化，仔细一想，却又没有变化。

早上，丁点点和母亲去医院找主治医生。她怀疑母亲私下给过医生好处，至少送过信河街的虾干、虾皮什么的，医生出乎意料地客气，首先说父亲的伤口没有问题，只是外部轻微感染，已经处理好了，让她们不用担心；其次是极力描述父亲手术的成功，从他的描述来看，这种成功是"历史性的"，是里程碑。父亲是多么幸运。医生说得越好，丁点点越是怀疑，总觉得他是在表扬自己，非常夸张地表扬自己。丁点点对他讲话的真实性产生了极大怀疑。

后来的事实证明，至少有一点，医生讲的是事实，父亲的伤口确实被他们处理好了。三天之后，医生检查过父亲的伤口和身体指标后，表示可以出院。丁点点问："伤口上的线还没有拆，能出院吗？"

医生说："现在不用拆线了，可以被身体吸收；吸收不了，线头会自行脱落。"

但伤口还是明显的，刚好在脑门上，如一条一指长的大蜈蚣，有点触目惊心。丁点点去运动专卖店给他买了一顶阿迪达斯运动帽：一是为了遮盖伤口；二是帕金森病人是“不喜欢阳光的生物”，日照直射，会加重病情的。

好了，丁点点去财务室结账，一共花了四万一千元。母亲觉得太贵了，不就是在头上挖一个洞嘛，用得了这么多钱吗？这个数额丁点点能接受，她疑虑的是父亲以后的身体状况。丁点点认为，手抖只是细枝末节，父亲的整个身体机能和精神状态才是主干。如果这次手术是本末倒置，那就得不偿失了。

不过，值得高兴的是，终于可以回信河街了，而且是将他们两人完整带回去。还有比这更令人欣慰的事吗？

捌

在南京时，丁点点就发现了一个问题，父亲说话含糊不清了，好像他的舌头被拉直了。丁点点以为是手术之后的暂时反应，总需要一段时间恢复嘛。回到信河街后，她发现，父亲的舌头卷不起来了。

丁小武是个很自尊的人，当他发现别人听不懂他的话时，立即选择了闭口不言。他原来就是一个沉默寡言的人，决定闭口不言后，他就成了一尊雕塑。除了吃饭和健身，他就木坐在卧室里。他不喜欢开灯，窗帘布拉得紧紧的。卧室里一片漆黑。他是黑的，沙发也是黑色的，他坐在沙发里，就像掉进黑暗里，和黑暗融为一体了。没有任何动静，好像凭空消失了。

丁小武当然在的。他成了非常顽固的存在。丁点点以前每两个月带他去一趟医院，让医生做一次检查，或者调整一下药量。他现在不去了。无论怎么劝说，他不动。

他的顽固还体现在吃药上，他只听自己的，只按照自己的节奏吃药。一天两次：上午十二点一次，下午五点一次。丁点点和母亲劝他多吃一次，他坚决不吃。

丁小武不去健身馆了，开始跑步，选择去家边上的秀山公园跑步。他每天六点半起床，不吃药，跳着上卫生间，跳着去刷牙、洗脸，跳着去喝一杯牛奶，然后，换上跑步衣服，戴上丁点点在南京给他买的运动帽，跳着去秀山公园跑步。他不是一般性的跑，而是长跑，从早上八点，一直跑到十一点。绕着秀山公园，一圈又一圈。一圈是一点六公里，他每天跑五圈，少一点都不肯。他跑得趺趺撞撞，跑得气喘吁吁，跑得身体严重倾斜，跑得面目狰狞。可他一直咬着牙在跑，谁也阻止不了他的脚步。

丁小武的跑步风雨无阻。他不管。他的目的是跑，至于天气，他不在乎。跟他没关系的。

有关系的是柯又红。她不想让丁小武跑。也不是不想让他跑，而是不想让他这么跑。这哪里是跑步？是玩命嘛。但是，柯又红阻止不了。她劝过丁小武，跑步是好事，医生也说了，“适当跑步有好处”，但丁小武已经完全超越了“适当”。柯又红对他说：“咱们慢慢跑，跑一个小时就够了。”

丁小武没有回答，他已经迈开脚步了，这一迈开就是三个小时。时间不到，他是不会踩刹车的。柯又红能把他锁在家里不让出门吗？不能。能在他跑完一个小时后拉住不让跑吗？她当然拉过，她一拉，丁小武就停下来。但丁小武一直处于待机状态，她一松手，他又跑起来了。拉回家里也没用，他照样跑出去。

柯又红做了一个意想不到的决定，她上网买了亚瑟士的运动行头，还帮丁小武买了亚瑟士的运动帽。她陪他一起跑，一起风雨无阻。

柯又红这么做有两个原因：第一，她确实不放心丁小武一个人跑，她得跟着，反正他跑得也不快，她跟得上；第二，她发现，跑步之后，丁小武虽然还是没有开口讲话，但他脸上似乎有了若隐若现的笑容。对柯又红来讲，这笑容就是阳光，就是甘露，是世间的瑰宝。只要丁小武愿意，只要他高兴，她做什么事都愿意。

这就是柯又红最大的改变了。她的改变是从丁小武生病开始的。这个家，原来是以她为中心的。她心情的风雨阴晴，决定了这个家的喜怒哀乐。

丁小武每天看她的脸色行事，小心翼翼，战战兢兢。现在反过来了，丁小武谁的脸色也不看，也不给任何人脸色。他完全活成了自己。这个时候，柯又红变成了以前的丁小武，她每天小心谨慎地观察丁小武的脸色，她知道丁小武不会生气，可总是担心丁小武不高兴。她变得絮絮叨叨了，不停地对丁小武说话，什么话都说，连去菜场买菜的见闻都说，连昨天晚上做的梦都说，甚至连小区里两只宠物狗打架也说。事无巨细，不厌其烦。她知道丁小武不会给她反应，可依然在说。她的絮絮叨叨变成了自言自语，成了一道风景。用季笑笑的话说，“哦喔，外婆是一台讲话机器”。

母亲的变化让丁点点吃惊。这不是她想象中的母亲，她应该居高临下，应该盛气凌人，应该神经质，应该让人难以捉摸。可是，现在的母亲，变得如此婆婆妈妈，如此琐碎繁杂，如此家长里短，如此普通平凡。原来那个母亲呢?

丁点点一时不能适应，难以接受。

李其龙经常来坐坐。他一来，柯又红异常热情，连忙对着卧室喊：“你的朋友李其龙来了。”

丁小武从卧室跳出来，坐在客厅的沙发里，面无表情地看着李其龙，连眼睛也没有眨一下。都是李其龙在讲。李其龙告诉他最新进展，他和一家投资公司签了合作协议，对方投资一点五亿，共同打造“麒麟”品牌。李其龙告诉他，第一期五千万已经打入账户了。李其龙告诉他，自己又买房了，又买跑车了。他想明白了，生意要做，而且要做好，生活上也不能亏待自己。李其龙告诉他，自己还是想和他一起做事，一起将“麒麟”打造成世界品牌，他非常有信心。现在资金有了，如果有了他的加盟，他会更加有信心。李其龙每一次都是以这样一句话结束会面：“好了，这次就聊到这里。你再想想，下次来时，你将决定告诉我。”

柯又红留李其龙吃饭，李其龙总是说：“下次，下次一定留下来吃。”

李其龙开门离去，丁小武的眼睛依然看着他离去的方向，然后，他不声不响地站起来，跳回卧室。

季笑笑读小学一年级了。丁小武得病已经六年。他除了每天早上三个小时的跑步，其他时间都在卧室枯坐。他已经很久没有讲一句话了，甚至连眼睛都很少眨。他成了一个活死人。这话是季笑笑说的，她偷偷对丁点点说："哦喔，我觉得外公已经死了。"

丁点点问她："你知道什么是死吗？"

她说："就像外公那样一动不动呀。"

丁点点很认真地告诉她："外公不是不动，是不想动。他太累了，需要休息。"

"哦喔。"小家伙似懂非懂地点点头。

那年中秋节后的一个周末，下午三点，家里门铃响了，是柯又红去开的门。两个人的眼神对了一下。虽然这么多年过去了，柯又红还是一眼就认出了她。没错，是董南妮。柯又红第一句话是脱口而出的："你来干什么？"

柯又红的口气是生硬的，态度是鲜明的。

董南妮变化不大。她的娇小是没法变的。三十多年过去了，她还是那么瘦，还可以用清秀来形容。她的眼睛还是那么大、那么黑，皮肤还是那么白。她化了淡妆，看得出来，皮肤不如以前细腻、紧致了。这是岁月的痕迹，谁也不能幸免。发型变了，她以前扎着一个马尾辫，现在剪成了露耳短发。董南妮肯定也认出柯又红了，她朝柯又红身后看了一眼："我来看看丁小武，听说他病了？"

董南妮声音很轻，但她咬字清晰，每一个字都说得明明白白。她的声音是有力量的，不是从嘴里飘出来，好像是从胸腔里钻出来的。她的表情有点腼腆，但声音似乎更能代表她的内心。她是坦然的。

"小病，问题不大。"柯又红依然站在门口，一手抓着门的把手。她的姿态很明确，她不想让董南妮进门。这不是待客之道。但是，对于柯又红来讲，她从来没有将董南妮当作客人。她可以接受世界上的任何人，但董南妮除外。她没有下逐客令，是看在丁小武的面子上。

“我想见一见他。”董南妮讲这句话时，态度是坚决的，她的口气里没有祈求，更不是商量。

“他在休息。”柯又红的回答坚定而决绝，是没有商量余地的。

“我要见他一面。”董南妮毫不气馁，更是毫不退缩，“我欠他一笔钱，我来还债。”

柯又红想起来了。她其实早就应该想起来，那笔十万元的钱，她怎么可能忘记？虽然丁小武后来将账目补齐了，但她知道，他是从李其龙那里借来的，她只是不说破而已。说破有什么意义？她不能逼着丁小武去向董南妮要债。她不想丁小武再见到董南妮，即使能要回十万元也不想。

“这些年，我办作文培训班。”董南妮抬了抬手中的黑色皮包，接着说，“这些钱都是我办培训班赚来的。”

柯又红犹豫了。谁愿意和钱过不去呢？当然，也不完全是钱的问题。她显然是被董南妮的行为打动了，她一直没有忘记还债，一直记挂在心上。这样的人值得尊重。应该让她见丁小武一面。柯又红犹豫的是她和丁小武曾经的关系，这是柯又红这辈子最大的禁区，是个死角，谁也不能碰，谁碰炸谁。

“我只想见一面，这是最后一面。”董南妮看着她说。

花言巧语。柯又红不会相信这样的言辞，她不相信甜言蜜语，更不相信信誓旦旦。她不会被这样的说辞打动的，她说：“你把钱交给我就行。我会转告他的。”

“我必须见他一面，否则我于心不安。”董南妮看着柯又红，过了一会儿说，“我听说他得了帕金森病，已经失智了。如果需要的话，我随时可以来帮你照顾他。”

“不需要。”柯又红毫不犹豫地说，她突然提高了声调。她被董南妮那句话惹怒了，她不需要别人来照顾丁小武，更不需要董南妮。但是，说出这三个字后，她居然松开了门把上的手。

柯又红让董南妮到客厅，她去卧室扶丁小武。丁小武是自己跳出来的，他看见了董南妮，身体似乎颤抖了一下。董南妮看着丁小武，往前走了一步，马上又停了下来。丁小武跳到沙发边，坐了下来，依然看着董南妮，似乎又没有看着她。

董南妮这时转向柯又红，问道："真的失智了？"

柯又红说："他认得你。"

"真的？"

"他对你笑了。"柯又红冷笑了一声，接着说，"他对别人不笑的。"

董南妮原本想在沙发上坐下来的，一听柯又红这么说，弯下去的身体立即拉直了。她向前一步，打开黑色皮包的拉链，从里面拿出一捆一百元的钞票，轻轻放在丁小武面前的茶几上。然后，她退后一步，对丁小武鞠了一躬。当她抬起头来时，已经是满脸泪水了。她捂着嘴巴，对柯又红也鞠了个躬，转身冲出门去。

这个出乎意料的变化，是柯又红没有料到的。直到董南妮跑下楼去，她才回过神来。当她转头去看丁小武时，发现他的眼睛里似乎也噙着一汪晶莹的泪水。

柯又红看着丁小武，她发现，自己突然之间就不恨董南妮了，甚至产生了喊她回来的冲动。当然，她没有开口。怎么可能呢?

丁小武依然木然地看着董南妮离去的方向。柯又红慢慢走过去，在丁小武身边坐下来。坐了一会儿，突然呜呜呜地哭起来。

原载《收获》2024年第3期

与永莉有关的七个名词

张 楚

屋顶

郭永莉的自行车老是慢撒气。她想换条轮胎，刘兰英说，换啥换！换条轮胎七块钱，腿子肉才六块五一斤！吃得比母猪多，留着蠢劲做啥用？刘兰英说这话时正忙着往槽子里扻猪食。她养了十六头约克猪。

郭永莉瘦瘦的，饭量却顶两个刘兰英。她嘟着嘴跨上自行车，去村口的赤脚医生家借打气筒。通常气还没打完，郭亮和肖恩慧就一前一后到了。她束手束脚地站旁边，看着郭亮将轮胎打得梆梆硬。郭亮脑袋大，人家都管他叫郭大脑袋。

郭大脑袋他们仨，都在镇上的中学念书。

郭永莉一直想不明白，为啥要读书，那些不读书的同学，都去县城里打工了，没关系的去了百货大楼，去了小饭馆，有关系的去了轧钢厂，去了药房，去了桃源宾馆。他们回家的时候，骑着鲜艳的电动摩托，女孩子们涂着口红，男孩子们叼着万宝路香烟。他们疾驰而过，柏油路上扬起的灰尘通常让郭亮大声咳嗽起来。有啥洋气的，郭亮撇着嘴说，不就是个破电动车吗，又不是奔驰宝马！他嘴上这么说，郭永莉还是能看到他艳羡的目光。一个口是心非的人，郭永莉心里想，郭亮是个口是心非的人。他爸妈有钱，有钱的爸妈就是不给他买摩托车。他们拒绝的理由很符合他们的身份和秉性：车多辆多的，出了事咋整？

不过，无论郭亮说什么，她还是信的。郭亮说，郭永莉长得瘦，可眼睛大，是她们三姊妹里最受看的。郭亮说，郭永莉脑子笨点，可能吃苦，对她能在镇中的英语比赛中获得纪念奖很是钦佩。郭亮说这些话时，通常跟她并肩骑着自行车行驶在乡间的柏油路上。路两边全是白杨树，芒种后叶子黑亮黑亮的，路上拉铁矿石的大解放车更多，他的声音要跨过解放车的喇叭声、堵车时司机的咒骂声，还有肖恩慧那条土狗的吠声，才能断断续续传进她的耳朵。她不说话，满脸通红，时不时偷偷瞄一眼跟屁虫般尾随着他们的肖恩慧，小腿将慢撒气的自行车蹬得更快。

肖恩慧总是带着他那条狗。肖恩慧上课时，它就在校门口撒欢，要么跟野狗们去田野鬼混。肖恩慧一张丝瓜瓤子脸，单眼皮常年抹搭着，看人时白眼仁多黑眼仁少。说实话，郭亮长得比他威武多了，大头粗颈，不过十六七岁，却早早蕴了肚囊。你能快点吗！他不耐烦地扭头朝肖恩慧喊，死螃蟹没沫！肖恩慧也不生气，朝他们俏皮地吹着口哨。口哨响亮，颤抖的尾音似乎将那大卡车的鸣笛声都盖了过去。

镇上的中学，离家并不远，可中午和晚上还是在学校吃。相对于母亲身上浓烈的猪圈味儿，她更喜欢学校食堂里飘着的剩菜馊味。她最稀罕的一道菜是干豆腐片炒辣椒，翻来拣去总能挑出几片油腻的肥肉。郭亮呢，顿顿都买那最贵的，猪肉炖粉条，油炸鲤鱼啥的，不住往郭永莉碗里夹，夹就夹了，郭永莉却不吃，最后剩碗里。郭亮也不恼，似乎将好吃的给了她就好，她吃不吃倒不打紧。有时郭永莉将肉片再夹到肖恩慧碗里，肖恩慧小心翼翼地将肉挑出来，犹豫着放到餐桌上，时不时地朝那块肉瞄两眼。绿头蝇很快乌泱乌泱扑过来，滚成一团黑云，肖恩慧嘴角抽搐，舞动着筷子将苍蝇们掸走，喉结涌动几下，快速地扒拉着碗里的米饭咸菜。

肖恩慧只有一个奶奶。奶奶是瞎子。郭永莉还没见过这么能干的瞎子，种地，做饭，洗衣晾衣，养鸡，啥都会，只是家里像垃圾场。头次去肖恩慧家，郭永莉难免皱起眉头。她母亲忙得吃饭都蹲猪圈里吃，可家里照例拾掇得溜光水滑，而肖恩慧他们家，灶台上的灰尘积得比冬天的雪还厚，灶具黑腻，粘着菜叶米粒，地板上是尘土、碎纸屑、破鞋烂袜。“你忒懒，”郭永莉对肖恩慧说，“你奶瞎，你又不瞎。”肖恩慧耷拉的单眼皮微微挑了挑。再去他们家，地板明显干净许多，衣裳也叠摆得四致。肖恩慧奶奶咧着嘴给她和郭亮递茄子吃。郭永莉看到紫茄子上粘了块鸡屎般的黄泥，没敢吃。

郭亮家倒是常去。他爸妈在县城里卖烤鸭，家里少有人迹。他们仨就在宽阔的客厅里写作业。只有她和肖恩慧写，郭亮忙着给他们做吃食。说实话，郭亮做饭比学习有天分。他炸的鸡柳金灿灿，上面撒了咖喱粉和黑胡椒；他煮的素面里会加哈尔滨红肠和沙瓤西红柿，吃起来酸爽微甜；他用木柴烤的老玉米，饱满脆生的焦皮轻烫着口腔，当粒芯被牙齿挤压出来时，焦煳的香气和水嫩的甘甜立马混淆着扑进鼻腔……当然，她和肖恩慧的待遇是不同的，郭亮分给她的鸡柳，总比给肖恩慧的多两块，面汤里的甜肠也多两根。肖恩慧才不介意呢，也许长这么大，他还从来没有尝过这么好的吃食。他爸原先在煤矿上班，下夜班时被拉矿石的解放车碾死了，他妈拿着补偿金跟卖保险的东北人跑到三亚开饭馆。未过半载，他爷查出是肺癌晚期，在炕头熬了不过几天，睁眼死了。从小学四年级开始，他跟奶奶过。瞎眼奶奶哪里都好，只不过炒菜时，会弄混糖罐和盐罐，酱油瓶和醋瓶。

有年夏天，好像快出伏了，晚上，郭亮给他们炖了锅莲藕糖醋排骨。郭亮嫌热，说，我们去屋顶吃吧。郭永莉说，你个神经病，不怕被邻居笑话吗？郭亮说，我在自个家屋顶上吃饭，关他们屁事！郭永莉去瞅肖恩慧，肖恩慧没吭声，径自去搬梯子。他们仨，一个往屋顶端排骨，一个往屋顶拿碗筷，还有一个往屋顶拎啤酒。

屋顶也热，坐在上面犹如坐在炭火才熄灭的炉上。不过，有风，虽是晚夏的热风，多少掺了些夜晚的凉意。郭永莉声明她不喝酒，郭亮还是嘻嘻着给她倒了碗。排骨里的糖放多了，齁甜，郭亮为他的手艺失常先干了碗啤酒。肖恩慧的白眼仁瞥着长满豌豆的院子，也喝了碗，喝完后就打嗝，他说，这是他第一次喝啤酒，咋是泔水味。郭亮说，原来你还老喝泔水啊？肖恩慧佯装去打他，郭亮嘿嘿着又给他倒酒，说，喝吧，喝吧，不醉不归。郭永莉不敢大口喝，只小口小口抿。她坐在郭亮跟肖恩慧中间，老怕被屋檐下路过的街坊邻居瞅到。天色越来越黑，听不到蝉鸣，倒能听到蟋蟀的叫声，夏天很快就要过去了。喝着喝着，郭亮跟肖恩慧直挺挺躺下了，不久鼾声浮升。郭永莉俯视着被夜色覆盖的村庄，既觉得舒心，又觉得有点难过。可为啥难过呢？她想不明白。后来也迷迷糊糊睡去。等骤然醒来，发觉郭亮的手搂着她的腰，她皱着眉头甩掉，另一条胳膊又围圈过来。她干脆起身盘腿坐好。肖恩慧也醒了，坐在空酒瓶旁端看着他们。

他的脸庞只是团黑乎乎的细长影子。她便问，喝多了？肖恩慧说，没。她又悄声问，你……想啥呢……肖恩慧沉默了片刻说，真羡慕你们。她本来想问他羡慕啥，可想想他的瞎眼奶奶，就没吱声，后来她起身走过去，站他身旁摸了摸他的头发。她能感到他的身子颤了两颤。他们谁都没再说话，她重新坐到郭亮身边，从锅里拣出块排骨慢慢地啃。排骨凉了，腻口，她就嘬了点啤酒。不久，便听到刘兰英扯着嗓门喊她的名字，似乎恨不得全庄的人都能听到。她不敢应声。肖恩慧替她扶着梯子，她一步一步往下缩。肖恩慧的脑袋跟夜空中划过的萤火虫离她越来越远，四野阒然，连犬吠和蟋蟀声也没有，整个世界也在静默中透亮起来。她想，能跟他们在屋顶上坐一辈子，也挺好的。当她跳下最后一根槽木时，不禁朝屋顶张了张，不料脚没站稳，崴了下。她龇牙咧嘴地揉了揉，刘兰英呼喊的声音犹如浪潮涌来。她仰着脖子看屋顶，肖恩慧正机械地朝她摆手，还笑了笑。他刷牙不用牙膏，都是用精盐，可能刷得过于用力，被盐渍出了颗粒般的凹槽。他笑起来特别像一只修长而害羞的绿扁蚂蚱。

刘兰英拎个手电筒，母女一前一后往家走。刘兰英边走边发出轻微的呼噜声，仿佛走着走着睡着了。她的呼噜声跟那些心宽膘肥的母猪越来越像。她很少管教郭永莉，她跟邻居说，这是让她最省心的一个闺女，看上去傻乎乎的，可又没傻到会被人拐走的份上，心又宽，万事都不入眼。也许她的话没错。郭永莉还有两个姐姐，她行三，熟络的人都喊她郭三。大姐辍了学，跟刘兰英养猪。她跟郭永莉长得像，只是左眼有点斜视，相看了几个对象，男方都有些嫌弃，这心事就一天比一天低。二姐呢，高中才毕业，去县服装厂上了班，不过个把月，就找了男朋友，还喜滋滋带到家里来，把刘兰英气得一宿没睡。郭永莉她爸有个战友，在山海关卖水果，战友有个儿子，在京唐港当海员，两家从小就定了娃娃亲，单等到了合适年岁，战友变亲家。二姐呢，属辣椒的，戗人是常事，七八天没回家了。要不是家里的那头母猪快生崽了，刘兰英早攥着擀面杖去厂里抽她了。

水塔

学校里有座水塔。红色，砖砌，不高，顺着铁质扶手能爬上去。有鸟在塔上鸣叫，不是麻雀，不是喜鹊，也不是斑鸠。打热水从塔下路过，郭永莉都忍不住驻足仰望。她想，叫得那么好听，肯定是夜莺吧？她没见过夜莺，也不知道夜莺是否会在白天鸣唱。有天晚上，郭亮爬了上去，将腿从塔沿耷拉下来，讨好似的朝郭永莉招手。郭永莉将暖水瓶放下，贼眉鼠眼地环顾四周，校园里静悄悄的，快打熄灯铃了，孩子们正在洗漱，她就弓着腰爬上去。失望是难免的，蔓生着杂草，草里有只死斑鸠，肉腐烂了，只几根灰羽支棱着。她捂着鼻子将斑鸠扔到塔下，还没来得及擦手，郭亮就将她扑翻。她挣扎了两下。

这年他们上高一。都考的县第二中学。开学前，郭亮父母先是派了村里的媒婆到郭永莉家说媒，后来又亲自登门拜访。郭永莉家向来是刘兰英当家。父亲有哮喘病，整日在村委会屋檐前跟老头们晒太阳，家里的大事小情从不过问，早习惯了做甩手掌柜。刘兰英想了想说，这俩孩子，倒是般配，天天腻歪一块，只是年岁太小，要不，再等等？媒婆说，大嫂子啊，等啥呀，郭家两口子在县城卖烤鸭，光楼房就有两套，就这么根独苗，多少人家盯着呢！狼多肉少，可别等着快到手的鸭子再飞走。刘兰英当时正在拌猪食，她将一大袋添加剂倒进热气腾腾的桶里，又吭哧吭哧搅拌半晌，这才直起腰盯着媒婆说，行，过年了，给你送条猪背腿。郭亮的父母是开着夏利车来的，后备箱里装了八只烤鸭，还有台爱多VCD。刘兰英让二闺女骑着自行车，将烤鸭送给了娘家人。她有五个兄长三个弟弟。她当时暗自庆幸，亏得爹妈没再给她多生养几个兄弟。

郭永莉呢，也没多说啥。这个连一千五百米都跑不下来的胖子，如今是连喝粥也要鼻尖沁汗。可他对她是真好。两人不在一个班，没下早自习，郭亮就偷偷摸摸去打饭。郭永莉的碗里总有枚剥了皮的鸡蛋，中午更不消说，肉菜青菜荤素搭配营养均衡。晚自习后，他拽了郭永莉偷偷爬上水塔，从兜里掏出橘子，剥好，一瓣瓣喂她嘴里。郭永莉扭捏着掸掉他的手。他说，有啥害臊的，媳妇？郭永莉说，滚，谁是你媳妇？郭亮嘻嘻笑着来摸她。他的手没干过农活，软而肥，比郭永莉的手还要柔滑，不过倒是常帮他父亲杀鸭烤鸭，能闻到股松果的香味。有时两人搂抱着昏昏睡去，等秋风顺着尾椎骨爬蹿，郭永莉才打个寒战，揉揉眼愣愣地盯着郭亮。她真的要嫁给他？真的跟他在土炕上睡一辈子？他这么胖，老了会不会得脑出血或心衰？他真的稀罕自己？听着熄灯的铃声，看着一盏盏的灯次第灭掉，她心里空荡荡的。此时，肖恩慧的脸就在静谧的黑暗中浮升起来。

肖恩慧跟郭永莉一个班，前后桌，两人很少说话，仿佛他们以前根本不认识。碰到了不懂的题目，郭永莉扭头问他，他也讲，却从不正眼瞅她，自说自话。郭永莉难免有些生闷气，他讲完了，她就狠狠瞪他两眼。他斜着眼，装作没看见。也许他真的没看见吧。他的白眼仁那么多，瞳孔又小，没准还散光。他也没再跟郭永莉他们一起吃饭，有时郭亮也叫他，声音懒懒的，肖恩慧就摇摇头，自己端着饭盆大踏步走了。他很瘦，走起路来轻飘飘的。有一次郭永莉问他，你的黄狗呢？肖恩慧摸了摸鼻子，说，生了窝小狗。郭永莉“呀”了声，说，我最稀罕小猫小狗了。她期待着他说，你要稀罕，我送你。可他半晌没吱声，她有些赌气似的说，那，你送我一只呗？他仍不吭声，顾自埋头做数学题。郭永莉觉得肖恩慧越来越小气了，很长一段时间内都没有搭理他。踽啥呢？她瞥他两眼，看到他头顶上生了白头发。活该，她恨恨地想。

还是郭亮对她好，才入冬就买了小护士护手霜，说怕她的手皲了，还买了顶粉色针织帽，帽顶缀着苹果大的绒球。他说，等下了雪，就戴着这顶帽子打雪仗。他还给她买了爱立信手机。她说，我们家连电话都没有，我要这玩意干啥？郭亮说，等着我打给你啊。郭永莉把手机给了刘兰英。经常有外镇的猪贩子找她，电话都是打到邻居家。这下好了，无论她是在猪圈里还是在集市上买饲料，猪经济们都能听到她浓重的鼻音了。

天冷了，去塔上的次数也少了。放寒假的前一天晚上，很多同学都回了家，校园里黑乎乎的。郭亮偏拉着她爬水塔。郭永莉说，你有毛病啊！冷飕飕的，灌西北风啊？郭亮嘿嘿地笑着，犹如一头北极熊缓缓爬上，从怀里掏出只烧鸡，撕巴撕巴，先吃了个鸡腿，又掏出瓶北大仓白酒，吱喳着喝了口。郭永莉抓着冰凉的扶梯扶手往上爬，爬到半腰处，便听到有人喊：喂！干啥呢？声音粗重，一听便是保卫处的老王。老王可能也不太老，只是满脸络腮胡，脸上是那种因常年酗酒浸成的酒斑。同学们都怕他，尤其是女同学。他最喜欢跟女同学聊天。

郭永莉忙朝水塔上望，郭亮却不见了踪影，又朝梯子下瞄了两眼，凛冽的西风携带着酒气。她嗫嚅着说，我在锻炼身体。老王喝道，小小年纪就撒谎！给我爬下来！郭永莉就乖乖下来，搓了搓手转身想走。老王说，你哪个镇的？放假了也不回家！等野汉子是吧！郭永莉吃惊地瞪着他，实在是没料到他会说出这么恶心的话。老王又说，你是不是冷啊？郭永莉“嗯”了声。老王欺身过来，说，冷的话，叔给你暖暖手。一对熊掌箍住了她的手。郭永莉挣扎了两下，老王就将她搂进怀里，胳膊夹着脖子将她往水塔后边拖。水塔后面没有路灯，黑漆漆的，郭永莉扯着嗓子喊，郭亮！郭亮！郭亮也没动静，老王的手又钳住她腰身，嘴巴先凑了过来，郭永莉这才彻底醒过来，大声喊，郭亮！郭亮！救我！一双散发着柴油味道的大手瞬息堵住了她的嘴巴。她浑身颤抖，猛地挣了几挣，却发现老王那厢似乎松软下去，她喘息着小跑到一杆路灯下，看到有团影子正跟老王滚翻到一起，擦了擦眼，迷迷糊糊的，只晃到那团瘦削的身子，一会儿在上面，一会儿被老王压在身下。老王大声咒骂着，朝着影子就是几记老拳。正在发怔，手却被攥住，哆嗦着扭头，却是郭亮，不禁骂道，死胖子！你跑哪里去了？跑哪里去了？！郭亮左手拎着烧鸡，右手拽着她，手指放在唇边嘘了声，又朝老王那边瞅了眼，说，快跑！快跑！

他们那晚住在了学校附近的宾馆。宾馆没有暖气，只有台漏风的空调呼噜呼噜着躁响。郭永莉蜷在床上，风寒病患者般筛抖。郭亮帮她脱了鞋袜，又去褪她的衣服。她噘着嘴掸掉他的手。郭亮说，他方才吃鸡腿，噎住了，灌了口酒，又呛着了，跪在塔顶抠喉咙，想将鸡腿吐出来，听到她呼喊，却没听清她喊的是啥，寻思她冷，不来塔上了，等那只鸡腿总算吐到草丛里，才看到她在路灯下哆嗦，那边呢，却是穿着保安服的老王在跟人打架，怕沾包，这才拉她跑出来……郭永莉不想听他说话，她觉得他说的全是假话，她疯了似的喊救命，难道他都没听到？那个跟老王干仗的人，看身形倒有些像肖恩慧。肖恩慧……不会有事吧？想着想着困顿了，似乎睡着了，又似乎清醒着，老感觉身上压了座山，动也动不得，睁了眼，却是郭亮趴她身上乱动，动了没几下，就安生了。他躺在她身旁喘着粗气，她战战兢兢地摸了摸下身，还好，套着秋裤，只不过，秋裤湿漉漉的。

翌日午时，两人才懒洋洋地爬起来，郭永莉也没有搭理郭亮。郭亮买了豆包和奶茶，她一口没吃，一口没喝，两人偷偷去学校拿行李，却发现学校门口贴着张白榜，上面写着：高一（二）班的肖恩慧同学，违反学校纪律谈恋爱，被保安处工作人员发现，恼羞成怒，殴打保安，性质恶劣，被开除学籍。

郭永莉身子晃了几晃，郭亮扶住她，手也在抖。郭永莉说，学校真混账！信口雌黄，明明是肖恩慧救了我……郭亮忙捂住她嘴巴。她的嘴巴很大，嘴唇很厚，郭亮的手显得那么娇嫩稚小。郭永莉扯开他的手说，我去找校长！我要告老王非礼我！郭亮贴着她耳朵说，乖乖，你别没事找事，你差点被他强奸，这要是被村里人知道了，我们家这张脸往哪里搁?！郭永莉木木地望着他。他的脸又白又胖，没有一丝血色。

寒假那些日子，郭永莉老想去肖恩慧家看看。有几次走到他家门口，却只躲在麦秸垛后面。别人家全是红砖垒砌的院墙，只他家是高粱秆和玉米秸搭就，稀稀拉拉，站在狭长的院子里，也能望到外面的行人。郭永莉听到肖恩慧奶奶的咳嗽声，说话声，洗衣裳的声，吆喝狗的声，却唯独听不到肖恩慧的动静。有次郭永莉听到了老人哭泣的声音。老人们哭起来，是没有大声息的，气流从喉咙里艰难地淌出来，仿佛有人扼住了脖子，咿咿嘤嘤，呜呜嗯嗯，听不出悲伤。她听到老太太呜咽着喊，这可咋好呢，这可咋好呢！郭永莉转身小跑着回了家，边帮着刘兰英淘泔水边盘算着，要不，到学校把事说清楚？肖恩慧成绩那么好，肯定能考出去的，不过，眼下放了假，学校里除了值班的老师，也不会有啥校领导，不如等开学再说吧。

大年初一那天，要挨家挨户拜年。到了肖恩慧家，只他奶奶坐炕沿上。她说，恩慧一早就出去了，估计是上祖坟放炮仗。等回了家，刘兰英说，肖恩慧来过了，这个可怜的崽子，说是开春就出去做工了，他念书不挺好吗？郭永莉没敢接话茬。大年初六，从郭亮家吃饭回来，路过小卖店时，忽听到有人喊她，不是肖恩慧是谁呢？她心里突突的，站住，想转身，这身子却锈住，或许过年这些天，肉吃得太多了些。后来她又听到肖恩慧弱弱地喊了声她的名字，她猛地转过身，却发觉身后空无一人。难道是自己惊乍了？她四处瞅了瞅，只看到灰色雪花一朵朵落下，落到睫毛上，落到黑魆魆的槐树枝干上，落到冒着烟的烟囱上，落到她手里的那只烤鸭上。

过年最糟心，平日里不怎么往来的亲戚也要走访一遍，嘴里说着吉祥喜庆的话。别人家都是男孩拎着白酒跟点心去拜年，他们家呢，仨丫头，大姐呢，是属夜来香的，白天见不起人，二姐呢，属刺猬的，逮谁扎谁，这拜年的活就落在郭永莉头上。等拜完年，郭亮母亲又邀她去家里小住了几日。这些年的风俗就如此，只要定了亲，女方就搬到男方家，住上几年，够了结婚年龄再办仪式。她和郭亮还在读书，平时也难得去，便在刘兰英撺掇下索性住了三晚。第一晚还跟郭亮母亲睡，第二晚郭亮就不干了，搬过来陪她。陪也不好好陪，老鼓捣那些让她脸红的事，不过，刘兰英叮嘱过，要矜贵些，不该给的，死活不要给，免得被男人轻贱，越是守得牢把得紧，男人家越是敬你重你。郭永莉向来听刘兰英的话，把郭亮气得险些动粗。郭永莉就有些委屈，又不能哭，就对着墙生闷气。

很久，郭亮说，你知道不，肖恩慧走了。郭永莉没搭茬。郭亮又说，他表舅在丽江开宾馆，去帮忙了。郭永莉半晌才闷闷地问了句，丽江在哪儿，远不？郭亮说，在云南，听说有六千里地呢。飞机也要飞半天。那晚郭亮喝了酒，也没闹，老实得很。丽江，六千里。她嘴里轻声念叨着，用食指在墙上默默写着“丽江”两个字。她听说过九寨沟，听说过神农架，还听说过桂林，可没听过丽江。六千里，有多远呢？她眼前浮现出肖恩慧那张丝瓜脸，那双老是抹搭着的眼睛，又想到那条又老又馋的黄狗。

肖恩慧说老狗生了崽，他真抠心，一只都舍不得给她。

岗上

郭亮辍了学，跟他爸去烤鸭子。他时常骑着他爸的摩托车来学校。同学们都知道她有个男朋友，卖烤鸭，便有那嘴馋的，时不时托郭永莉买几只，好歹一只能便宜三五块。郭亮就跑得格外勤。郭永莉呢，书读得好不到哪里，也孬不到哪里。老师说，照这成绩，日后读理科的话，上个卫校或专科啥的不成问题。她也没往心里去。从小到大，都是个没主意的人，人家说啥，就是啥，说不是啥，就啥也不是。高二暑假时，在郭亮家里住了些时日。这年闹猪瘟，刘兰英养猪赔了个底掉，郭家知晓了，送来了两万块钱，说是先把饥荒还了。刘兰英就跟郭永莉说，你们定亲也两年了，上你婆婆家住些天吧。

郭家在县城买了两处楼房，有处早已装修好，看来是等着结婚用的。头个晚上，铺的红被罩红床单，连枕套都是艳红色，绣着对小鸳鸯。郭亮有些手忙脚乱，可该做的也都做了。郭永莉倒有些心不在焉，似乎什么都不懂，又什么都懂，也没啥可在乎的，可又觉得女孩最在乎的，瞬息就没了，终归觉得委屈，可话又说回来，委屈个啥呢，村里的女孩都这样，早早找了婆家，吃喝拉撒睡，炕上一条被。她觉得她跟那些女孩不一样，哪里不一样？委实想不明白。该来月事那几天，干干净净的，也没在意，又过了俩月，还是如此，难免有些狐疑，赶上高三月考，日日学得蓬头垢面，姑且放一旁。等肚子渐渐鼓囊起来，先就被刘兰英察觉，忙带她到镇医院检查。医生说是快四个月了。已经立秋，郭永莉骑着自行车，跟刘兰英往家里赶。她懵懂着想，咋整呢，明年春天分娩，夏天就高考，要奶着孩子去考场吗？半路上刘兰英钻到玉米地里小解，钻出来时边系裤腰带边说，丫头，打掉吧，可要跟郭家说声，毕竟是他们家的种。郭永莉咬着牙想，日后再不跟郭亮搞事情了，敢情他舒坦了，却耽搁了自己考试，让他戴避孕套，偏不听。就说，妈，孩子不能要，我才多大，孩子生下来谁养活？刘兰英说，三儿，郭家对咱不薄，于情于理，还是跟郭家念诵声，听话，啊。

当晚将郭亮跟他父母请过来。他们一家听说郭永莉怀了身孕，瞳孔立时变成了灯泡，险些射出光来。还没等刘兰英往下说话，郭亮扑通一声跪在地上，求郭永莉将孩子生下来。郭永莉整个晚上都没说话，大人们却聒噪个不停。郭亮他妈说，翌日起就要保胎了，正是婴儿长脑子的关键时刻，明天就去买些新疆大枣核桃，排骨人参汤是要日日喝的，鸭子呢，先不要吃了，性寒凉。等闺女生了，请专职保姆伺候，断不能委屈辛苦了她。等孩子大些，就给他们操持婚礼，用不着郭永莉家陪嫁，房子、家电、宝马车，统统他们出，还要给郭永莉二十万的彩礼钱。说着说着嘴就咧成朵蜀葵。

全家人只二姐不同意，她说，我妹又不是生育机器，这么小当妈，一把屎一把尿地拉扯孩子，啥时是个头？你们要真心疼她，赶紧带她去妇幼医院堕胎……话音未落，刘兰英的巴掌就扇了过去，叱喝道，先将你的糟心事料理好！哪里有闲心说三道四！二姐瞥了眼郭永莉，摔门拂袖离开。前些日子，她跟那个染头发的男孩分了手，找了个有家室的出租车司机。

书是暂且念不了，只得跟学校办了休学。郭亮隔三岔五往她家跑，钱是舍得的，毕竟一只烤鸭能赚九块钱，大包小包地送，鱼虾牛羊地拎，主人哪里敢嫌弃？见了郭永莉，总是先趴在她小腹上细细地听，还轻声哼着小调，唱给那看不见的孩子听。总之，郭亮很有副做父亲的派头。郭永莉看着他耳朵后面的汗珠，听着他由于蹲蹴而稍显急促的呼吸声，埋怨也就稀淡了，一种园丁培育胎芽的喜悦感暗自涌动着，从心房拱出来。我就要当妈了，这么想着，很快，一股巨大的、沉默的恐惧感攫住了她的心房，让她坐卧不安，听着母猪的哼哼声也心烦，甚至看着清晨猪圈顶上绽放的倭瓜花，也有种欲哭的念头。

挺着肚子的郭永莉时常到村西的高岗上散步。小时候，高岗是片荒地，她老跟肖恩慧郭亮来岗上挖田鼠，岗上还有片密林，他们用粘网粘斑鸠和麻雀。如今高岗上种满红薯，眼瞅着也要刨了。她躺在茂密的红薯秧子上，看着瓦蓝的天空。不时有飞机如儿童玩具般飞过，拉出又细又长的白线，线一截一截断掉，他们常常朝着飞机拉线的方向跑，跑着跑着，飞机就消失在肉眼瞅不到的天尽头，变成一枚白点，融入云层。她揪了片红薯叶子，默默嚼着，不知怎么就念起了肖恩慧。不晓得他在那个叫丽江的地方活得咋样。还那么瘦吗？吃住得惯吗？他表舅待他如何？又想到瞎眼奶奶，唯有叹息。

等孩子生下来，正是春暖花开时节。郭家大宴宾客三日，村里人家俱来贺喜。是个男孩，又白嫩又肥胖，特别爱笑。出了月子，阳光好时，她抱着孩子去高岗上晒太阳。郭亮仍跟他父母在县城烤鸭子卖鸭子。郭家没请保姆，她也没去郭家住。婴儿是种多么奇妙的物种啊，话不会说，歌不会唱，饭不会吃，除了拉屎尿尿睡觉，啥都不会，可他们有着神奇的本领，让生养他们的人，甚至是不相干的人，都愿意为他们的睡眠、吃食和排泄焦虑、奔走、失眠。他们哭哭啼啼，他们咿咿呀呀，他们白白胖胖，他们快活如佛。反正郭永莉闹不懂婴儿是咋回事，想到自己也曾经是个婴儿，难免讶异。

高考最后一天，她偷偷抱着孩子坐着公交车去了县城。考场都被警察围圈起来，画了黄线。她抱着孩子在附近转悠，转累了，跑到商场给儿子买玩具。临近晌午，又踅摸着去考场，正赶上散场，学生们乌乌泱泱拥出来，看得她有些眼晕。有个女孩径直朝她走过来，近处才看清，是曾经的同桌。同桌长了口龅牙，人都叫她龇牙龅。见到郭永莉她无疑很开心，见了孩子却是一脸茫然，忙问是谁家的？当初郭永莉只是谎称生病，办了休学手续，没人晓得她是去生孩子。郭永莉支支吾吾地说，这是她弟弟，来县城打疫苗。龇牙龅摸着婴儿的脸颊说，唉，可惜你生了病，不然今年肯定高中，题简单着呢。郭永莉蔫头蔫脑地问她，打算报哪里的大学？龇牙龅说，她想去沧州念书，都十八岁了，还没出过市呢。郭永莉有些黯然，她不仅没出过市，连临近的县城都没去过。龇牙龅摸了摸婴儿的大耳朵，说，看样子你的病也好多了，秋后赶紧返校吧，以前大家老念叨你。唉，你跟肖恩慧，可惜了呢。

郭永莉听到肖恩慧的名字，脑子嗡了下。龇牙龅又说，唉，你运气比肖恩慧好多了，听说他在丽江当导游，出了车祸，还在昏迷当中呢，也不知道啥时能醒过来。郭永莉闻听此言大惊，忙问，你咋知道？我们一个村的，都没人提起。龇牙龅说，肖恩慧的表舅，是我们家隔壁的连襟，打电话时提起，有个远房外甥，姓肖，没爹没妈，高中没毕业，奔他去了，在宾馆当服务员，有时也带游客，不承想出了车祸，把他愁死了。你说，不是肖恩慧是谁？郭永莉说，你别瞎说了！要是出了车祸，他奶能不知道？！龇牙龅说，你傻呀，谁忍心把这话传给一个又老又瞎的人？不说，留个念想，真要说了，老太太还能活？

看着眉头紧皱的郭永莉，龇牙龅笑了笑，又说了几句客套话，走了。郭永莉乘公共汽车回了家，也没心思喂娃，刘兰英唤她帮忙去大队交电费，她也不应，只在厢房里枯坐了半晌。思来想去，肖恩慧八成无恙，那么可怜的人，菩萨会怜惜的……干脆抱了孩子佯装在村里转悠，转着转着便到了肖恩慧家。老太太正坐院子里择豆子，眉眼和善，不像是家里出了灾祸的模样，心里踏实了些。正要走，忽听老太太问，是三儿吗？郭永莉屏住呼吸，不敢应声。老太太说，进来吧。郭永莉抱着孩子进了庭院，坐马扎上看她剥豆子。老太太说，你好久没来了呢。听说你结了婚，又生了个大胖儿子？多好的命啊。郭永莉“嗯”了声，老太太站起来进屋，出来后手里捏着封信，递给她，说，这是恩慧走前留给你的，一直晃不到你面，在我手里都快攥熟了。

郭永莉接过信，招呼也没打，抱着孩子踉踉跄跄出了庭院，寻了块干净石头坐下，将信拆开，只有张白纸，称呼也没有，白纸中央有行字：三儿，等你考上了大学，来丽江玩。

这么简单的几个字，却让郭永莉打了个寒噤。她又从头到尾看了几遍，这才将信撕成碎片，随手扔了。

到了八月，郭亮回村里时，郭永莉跟他念叨，她想去接着读高三。郭亮的眉毛惊得险些掉下来，问道，你说啥？郭永莉说，你耳朵聋吗？孩子也生下来了，我想接着念书。郭亮哈哈大笑起来，说，你去念书，儿子咋整？这还没断奶呢。郭永莉说，你妈当初不是说，要请保姆的吗？郭亮问，你要考上大学咋整？郭永莉想了想，说，考上就读。郭亮问，然后呢。郭永莉说，毕业了就跟你结婚。郭亮说，你说的可是真话？郭永莉说，我跟你连孩子都有了，为啥说假话？郭亮说，我先跟我爸妈商量下。郭永莉说，不管他们同意还是不同意，我都铁了心去读。郭亮冷冷地瞥了她两眼，又哼两声，将儿子抱了过去。

不承想郭家对她去念书的事倒是欣然应允，反倒是刘兰英震怒。她骂道，不知好歹的玩意！念书有屁用，毕业了不也是到企业打工，就是考上了，也没钱给你交学费！

郭永莉只是埋头整理行李，将书一包包用麻绳捆好。

丽江

她比谁都能吃苦。班里的同学也不认识谁，同学们对这位插班生也不感兴趣，她只管踅踅摸摸地读书。婆婆还真找了个保姆，保姆没有奶水，每天早中晚，她都要跑到楼房给孩子喂奶。奶水本也不多，郭亮就托人从香港买奶粉。闻听奶粉的价格，她委实吓了一跳。跳也白跳，她也没钱，只是听说店里烤鸭的价格涨了两块。

她体验到了一种从来没有体验过的……快乐。学校晚上十点半准时熄灯，她睡不着，点了蜡烛在教室做题，被巡查的发现，将她训了一顿，后来，她干脆猫被窝里打着手电筒背英语单词。期中考试，她考了班级第十九名。到了期末，她考了全年级第十一名。浑身总有使不完的劲，日日跑三趟郭家，将肿胀的奶头塞进嗷嗷哭闹的孩子嘴里。不过她很少留宿，她骗郭亮说，宿管每日都查寝，要是被发现夜不归宿，是要挨处分的。郭亮斜着眼瞥她，问，老王还在当保安吗？你提防些。郭永莉说，他天天喝酒，早被教务处开除了。郭亮说，哎，不知道肖恩慧咋样了，真是对不住他。

她也没言语。

有天傍晚，她老是心神不定，似乎听到婴孩的哭声，她悄悄地走出教室，在昏黑的走廊里，她看到郭亮抱着孩子木桩般站在那里。孩子在哭，不过声音很小，像是猫崽的哼唧声。她才猛然想起，课外活动加塞数学周测，忘了回去给孩子喂奶。郭亮明显有些恼，绷着脸，将孩子塞给她。她慌里慌张地看了看四周，这才扒开衣襟给孩子吃奶。郭亮说，别念了，咱回去吧，念书有个屁用，公务员也没有我卖烤鸭赚得多。郭永莉不说话，警惕地瞄了瞄走廊尽头，那厢传来高跟鞋的声音，肯定是老师们来讲题了。郭亮说，你是聋子吗，没听到我说话吗？！郭永莉忙堵住他的嘴巴，将散发着鸭油味的牢骚按下去。郭亮一把抢过孩子，说，不想过就别过了！我找啥样的女人找不到！郭永莉战战兢兢地抻了抻他衣角，郭亮撣掉她的手，抱着孩子走了。他越来越胖，又有些猫腰，不过十八九的年岁，从背影看竟像是位老人。孩子没吃饱，哇啦哇啦地号哭着，哭得她心烦意乱，又怕被别人瞧见，小跑着进了教室，坐在座位上，一个字都看不进去。她感觉自己正走在一条幽深狭长的隧道里，隧道里只有微微了了的光，她蹑手蹑脚地往前走，却不晓得要走到哪里，何时又走到尽头。

开春时，模拟考试一轮接一轮，她的成绩也像涞河的春水一天天地涨。一模的时候，她竟考了全年级第五，按这个成绩，是能上211大学的。老师们对这个木讷寡言的学生充满了好奇，长得矮矮瘦瘦，脑瓜竟还灵光。他们这所高中，本来就是所普通中学，升学率不高，对成绩好点的学生，要格外照顾，前二十名的，各科教师都要开小灶。小灶是开了，这一日三次喂奶的时间，便又被缩减了。为了节省时间，她央求郭亮给她买辆电动车。郭亮说，你自己的事，你自己解决吧，我没那闲钱。她也就作罢，毕竟这世上，除了割肉疼，就是掏钱疼。反正春天到了，阳光酥痒得很，空气里满是黄刺玫的香气，她的腿脚伶俐许多。

有天晚上，郭亮来找她，说孩子发烧了，让她回去照看一晚。她就偷偷回了家。孩子的烧已经退了，不过小脸仍是通红，时不时手脚抽搐。她将孩子紧紧抱在怀里，想，当初自己多傻，稀里糊涂把他生出来，又不能好好照看他，鼻子一酸，眼泪就落在孩子脸上。她向来是个别人说啥是啥的人，天生不知道“主意”两个字咋写，耳朵软，每走一步，似乎都是听别人吆喝，仿佛一头蒙着眼罩的驴子，当初要是铁了心堕胎，哪里有如今的委屈？郭亮面子活做得好，日后若真要结了婚，不见得是如何的模样，这才几天啊，天天甩脸子。又念起前些年，一起骑着自行车上学的日子，竟恍若旧梦。我说啥也要读大学，她用酒精棉球擦拭着孩子的耳朵，想，大不了，我抱着儿子去读。

这天气一天比一天热，教室里别说空调，连吊扇都没有。大腿和胸腹生了一层层痱子，痒得很，抹了痱子粉，还是一层一层地胡生。那天正在做化学真题，忽就身旁矗了个人，挑眼去看，却是郭亮。郭亮手里拿个空尿素袋子，先是甩地板上，随即将她书桌上的卷子课本抱起，一股脑往里塞。郭永莉怔怔地看他，脑子里却还在想着化学公式，不知道他这是要啥幺蛾子。郭亮又将她手中的试卷抢过来，揉巴揉巴扔了。她这才反应过来，颤声问道，你想干啥？你这是在干啥？郭亮大声道，走，回家！他的声音很响亮，也很板正，仿佛播音员在字正腔圆地播音。回去！不念了！郭亮扯着嗓子喊，别他妈给脸不要！边喊边继续往尿素袋子里塞书。

教室里的同学都放下手中的笔，好奇地伸着脖颈朝这厢张望。郭永莉的脸颊涨成猪肝色，蹲伏下去，将袋子中的书一本本往外掏。郭亮一脚将她踹倒在地。这时同学们都围圈过来，大声质问着他为何打人，又有旁的同学去喊班主任。郭永莉从地上爬起来，死死地盯着郭亮。郭亮将她所有的书和卷子全卷进袋子，掏出条铁丝，扎紧袋口，抻着往外走。郭永莉的下嘴唇被她咬出了血珠子。从小到大，还从来没有这般丢过人。

就这么着回了家。班主任寻过几次，都被郭亮赶跑了，去找刘兰英，刘兰英不养猪了，开始养貉子。庭院里散发着尿臊气。她听班主任讲明来意，这才说，郭永莉早就是郭亮家的人了，嫁出去的闺女泼出去的水，她不好掺和，也不好撕破脸，小两口的事情，就让他们自己看着办吧。班主任怏怏回了，又拜托校长来找郭亮。郭亮倒是挺给校长面子，给校长沏茶点烟，说是郭永莉当了母亲，就要尽当母亲的义务，哪里有当妈的不给婴孩喂奶的道理呢？哪里有当老婆的不跟男人睡一张床的呢？校长被他说得一愣一愣的，瞅了瞅郭永莉怀里的孩子，叹息两声，只得撤了。临走前，郭亮给校长拎了两只烤鸭，说，以后去我们店里买熟食，我给您打五折啊。

郭永莉整日神情恍惚。她显然是被郭亮唬住了。她从未想到过，一个白净的胖子有这么大脾气。白天侍弄孩子，晚上还要伺候郭亮。郭亮花样更迭，每每让她羞愧，觉得被羞辱了般，将他推下身，他就更兴奋难耐，攥按住她的手，将夜晚变得更为漫长。他佯装变得蛮横起来，或许他知道只是暂时将郭永莉的气焰灭了，若是不压住，哪天郭永莉心头的火再烧起来，可就是大麻烦了。每次离家前，郭亮先将菜买好，将房门反锁，这才去烤鸭店。保姆手艺不错，原先是饭店的面点师傅，烙饼、蒸饺、甜点、馅饼样样拿手，郭永莉很快就胖了一圈。她也不再跟郭亮提高考的事，还有半个多月就到日子了，这样子，也没法进考场。她每日傻吃茶睡，眼看赶上以前刘兰英养的约克猪了。郭亮对她的看管放松了些，允许她抱着孩子到烤鸭店里逛一逛。郭永莉站在店门口，抱着孩子看那路上的行人。她目光呆滞，少言寡语，渐渐地连走路都稍显迟缓。

刘兰英探望过她两次，见了她，老觉得哪里不对劲，就跟郭亮说，小两口过日子，可不能动手，胆敢欺负我闺女，我饶不了你！郭亮对刘兰英颇为忌惮，他见过刘兰英骟猪，晓得这老女人手黑得很。刘兰英又对郭亮母亲说，要把郭永莉接到村里住些日子，郭永莉性子拧得很，要是想不开，有啥三长两短，孩子不就成孤儿了？郭亮父亲便亲自开车，将刘兰英和郭永莉母子送了回去。

郭永莉呢，一直在娘家住到六月初，其间她偷偷跑到镇上的高中，跟在那里复读的老同学借三模的试卷。同学大概也闻听了她的事，安慰她说，反正高考早就报了名，实在不行，直接去考试，看他能把你怎么样！还能杀了你不成！郭永莉只是嘟囔着道谢，并没有理会同学的话。她没体检，也没领准考证，考啥呢。六月中旬，郭亮将她接回县城。他看来是彻底放心了，高考结束，郭永莉也没耍闹，一切都很好，像他预料的那么好，他得意地抽着烟，摸着郭永莉的手说，我们去商场逛逛吧？给你买几条裙子。郭永莉慢吞吞地说，有啥逛的，下午去妇幼医院给孩子打疫苗。

没想到医院的婴儿那么多，鬼哭狼嚎的，郭永莉恹恹跟保姆说，太热了，我去商店买瓶水，你先排队。等她出了医院，正好有辆车停靠在路边。那是通往北京的长途汽车。大抵出了点小故障，司机趴在车轱辘下修理，郭永莉怔怔地在旁边看他拿钳子东敲西敲的，鼓捣了很久。等司机爬出来，看着郭永莉站在一旁，以为是旅客在看热闹，就说，弄好了，赶紧上车吧！郭永莉问，啥？司机说，快上车吧，热死人的。郭永莉犹豫着被他推上了车。车上的旅客并不多，午后的阳光和热风把他们都催眠了。除了发动机的声音，听不到旁的动静。

郭永莉挑了个靠窗的位子，呆呆地想，为啥要上这辆长途车呢？孩子跟保姆还在医院，疫苗还没有打呢，想到这里，她趔趔趄趄地走到车门处，不承想哐当一声，门就关上了，司机皱着眉头说，你瞎跑啥？还不赶紧坐好！前几天有个老太磕破了头，跟我们要了两千块的医药费！这世道！郭永莉支支吾吾地说，我……我……我不是……坐在前排小憩的售票员忽然苏醒过来，她望着郭永莉说，咦，你刚上来的吧？赶紧买票。郭永莉掏了掏裤兜，裤兜里有四百块钱，是郭亮让她买裙子的。售票员翻着白眼说，你没有零钱吗？郭永莉又摸了摸上衣，掏出五十块钱。售票员一把夺过，又找了她十块。郭永莉弱弱地问，终点站是哪儿？售票员说，北京四惠！郭永莉问，四惠有火车吗？售票员说，有地铁，想去哪个火车站都行。郭永莉又问，有直达丽江的火车吗？售票员明显被她问得有些不耐烦了，说，不知道！郭永莉低声“哦”了声，自言自语道，那咋样才能到丽江呢？

这时司机师傅戴上墨镜，嚼着口香糖说，妹子啊，想去丽江？简单得很，从北京坐火车，一天一宿就到了。郭永莉望着窗外一闪而逝的白杨树，没有吭声。师傅就说，怕啥呢？买张卧铺票，睡醒了，就到了。唉，你们这些孩子啊，总是没耐心，老嫌时间过得太慢。

阁楼

很长一段时间，饭馆的人都寻思郭永莉是个哑巴。勤快是勤快的，手脚不识闲，忙完了，低眉耷眼缩在一角，等有人大声呼喊她的名字，她才激灵下，仿佛梦中惊醒般。闲来无事，她便和郝丽梅偷溜到门口，郝丽梅点着支中南海，大口大口地抽，仿若濒死的人在贪婪地呼吸，她则靠着墙壁看着郝丽梅发呆，间或贼眉鼠眼地往店里瞄两眼。郝丽梅抽完烟，朝她使个眼色，两人便一前一后踅进。在外人看来，她像是郝丽梅的跟班。郝丽梅颧骨高，唇线长，手骨节比男人的大，油亮的短发摸上去像是老刺猬的棘刺。只不过说话时，一双眼眯成线，瞳孔被硬生生挤碎，闪出恍惚流离的光。

这家小饭馆跟某知名大学隔了条马路，主营烤鱼，生意倒也红火。老板给他们租住的房子就在饭馆后边的胡同里。她和郝丽梅住阁楼，没有床，铺了张海绵垫，躺久了腰酸肉疼。也没有空调和电风扇，郝丽梅买了两把折扇，通常一边赌气地扇着，一边絮叨着家长里短。郭永莉这才知道，她攒的钱大部分都寄回家里，将来好给弟弟盖婚房。郭永莉听不出她话里的埋怨，相反，倒透露出一种难以自抑的得意。她的男朋友，就在马路对面的那所大学读金融。说着说着她打起哈欠，翻个身的空，呼噜声便嘹亮起来。窗外的蝉不死不活叫着，郭永莉睁着眼，看着黑魆魆的墙角，恍惚间便听到孩子的哭闹声。

让她惊讶的是，自己已然忘了孩子的模样，只有郭亮的大脑袋时不时于黑幕中浮现。他们肯定到派出所报了案，在电视台循环播放着寻人启事，不出意外，汽车站旁的电线杆上、人劳局的招聘栏里也贴满了她的照片。如今，她和他们被密密匝匝的高楼大厦隔开，他们看不到她，她也不想再看到他们。那天，当她走出四惠长途汽车站顺着台阶迈上天桥时，巨大的声浪险些让她崩溃。她心里明白，不可能去丽江的。想到丽江，肖恩慧的脸便从天桥下的车流中朝她张望。她看不清，禁不住扶住栏杆将身子微探出去。随着一辆接一辆的轿车飞驰，肖恩慧的那张脸被碾碎了，脸颊上满是汽车轮胎的印痕。她噙住泪，压着自己的胸口，不让自己哭出声息。

每个月，郝丽梅有那么几天在外面留宿。不用猜，肯定是跟男友出去了。她攒的那点钱，除了给家里，大部分都花在男友身上。她自己呢，倒舍不得乱花一分。她爱吃糖炒栗子，每次路过栗子店，都要犹豫良久才支支吾吾地跟店家讲，要三十颗，三十颗哦。十颗分给郭永莉，剩下的她直接灌进裤兜，也不用纸裹一裹，她讪笑着说，草纸最吸油和糖呢。她吃栗子的模样多年后郭永莉也忘不了：随着嘎嘣嘎嘣的脆响，栗子皮被完整地吐出来，全然看不出没了果肉。那时郭永莉觉得，这个女孩真不简单。

每次郝丽梅外出，都要凌晨才回来，然后蹑手蹑脚地爬到阁楼。郭永莉能听到她轻轻褪掉衣服的窸窣声。她浑身散发着一种奇异的味道。不久，天光缓缓爬上她的脸。郭永莉侧身盯着她，看光线从她的乳房浮游到她的下颌，再从下颌攀到嘴角。她的嘴角上翘，让她黑瘦的脸庞有种油画般的明朗。她没有心事吗？她会和男朋友结婚吗？恍惚听她念诵过，其实她想跟她姑姑一样，当名企业会计，每天在财务室喝喝茶，做做账，既体面，薪水又高……一想到这些，郭永莉总是有些难过。她搞不清楚，自己为什么会难过。从前是头蒙了眼罩的驴子被人牵着走，倒也省心，如今牵绳子的人没了，眼罩也摘了，却委实不知道往哪里走。

亏得有郝丽梅。她来北京的时间比郭永莉长，去过故宫和颐和园。她是那种永远对名胜古迹充满了好奇心的女孩，哪怕每个礼拜只有半天休息时间，她还是拽着郭永莉爬了长城，去动物园看了蟒蛇和孔雀，到雍和宫烧了香，还去延庆游了青龙峡。“十一”期间，她又拽着郭永莉去香山看红叶。同行的还有郝丽梅的男友岑亚楠。

那是第一次见到岑亚楠。朴素得很，脸红扑扑的，穿着双布鞋。岑亚楠不是个话多的人，只朝她咧嘴笑了笑。他满嘴的四环素牙。郭永莉便隐约有些失望，觉得他长得有些太老相，配不上郝丽梅。不过郝丽梅可不这么想，她蹦来跳去的像只春天的花栗鼠，一会儿往他嘴里塞栗子，一会儿抱着他胳膊假装荡秋千，即便有游客朝他们这厢张望，她也只是咯咯笑。她像一团总也灭不了的火，没有灰烬和影子的火。待在她身边，郭永莉觉得自己也是暖和的。那天傍晚他们在小吃店吃的卤煮和包子。岑亚楠嘴巴小，包子却一口一个，看得郭永莉有些眼晕，等筷子冷不丁掉地上俯身去捡，便听身后有人说，×，这酸豆汁也忒难喝了！她的身子立马僵住，半晌动弹不得，竖了耳细听，那人又埋怨道，天斗（气）也乍古，比家里冷忒多。她勉强直起腰身，猛地将凳子往前拽了拽。郝丽梅问，咋了你？小脸煞白煞白的。她抓起张餐巾纸擦了擦嘴角，没吭声。

听身后那人说话的口音，明显是桃源县的人，不仅如此，声线跟郭亮还有些像，咬字重，声音却含混，仿佛嘴里随时含着块糖。她没敢吭声，也没敢回头，直到那人离开，才颤抖着对郝丽梅说，走吧，我们赶紧回。岑亚楠一直盯着她看，半晌指了指自己的嘴角，闷声闷气地说，菜叶。她“嗯”了声，却没动。郝丽梅似乎察觉出她的异样，凑到她耳边问，咋？来事了？她羞涩地摇了摇头，又瞄了瞄岑亚楠。

那晚，郝丽梅没回阁楼。她没睡着。

郝丽梅是个好干净的人，空闲时最喜欢洗衣裳。不光洗她自己的，洗岑亚楠的，连郭永莉的也一起洗。虽说是阁楼，也只七八平方米的样子，没有阳台，只能在窗前抻了条绳子，拴在钉子上，免得水滴落地板革上，下面通常会接连摆放三五个洗脸盆，花花绿绿盛大得很。入了冬，没有拧干的水就冻成了细长的冰锥。那件郝丽梅最喜欢的桃红色羊绒大衣让她很是懊恼，嘀咕着说，咋起了这么多球？唉，该去干洗的。

腊月二十三，郝丽梅也正是穿了这件羊绒大衣，拉着郭永莉去的大红门批发市场。公交车上人很多，渐渐两个人就被挤散，郭永莉正打着瞌睡，忽听到声尖叫。她慌忙着起身探头，就见一团红影跟一团黑影纠缠扭打在一起，耳畔回荡着郝丽梅的喊声，臭流氓！打死你！臭流氓！打死你！郭永莉挤过去，屏气站在郝丽梅身旁。公共汽车也停下，围观的乘客才明白是如何一回事。原来是个中年男人不停用下体蹭郝丽梅后腰。郝丽梅将那男人骑在身下，不停扇着他耳光，边扇边喊，臭不要脸的！老娘就这么件好衣裳，还被你糟蹋了！

那人好不容易挣脱开，捂着脸仓皇逃走。两人也下了车。郝丽梅的眼眶有些湿，不停嘟囔，是亚楠给我买的呢，是亚楠给我买的呢。郭永莉便安慰她说，快过年了，我送你件羽绒服吧。郝丽梅梗梗着脖子说，不用！别乱花钱，又说，你记住了，永莉，对坏人千万不能手软。郭永莉想了想，这辈子好像还没有遇到过坏人，不过还是郑重地点了点头。郝丽梅似乎处于一种莫名的亢奋中，也许公交车上的遭遇让她的神经过于紧张。这种亢奋一直持续到晚上。

这天客人尤多，其中有一桌大概喝高了，结账的男人摇摇晃晃过来。恰巧吧台妹子出去如厕，托郭永莉帮忙收账。总共是二百四十六元，男人打着嗝说，二百三，二百三。郭永莉忙说，店里没有打折的规矩。男人蹙着眉头骂道，你傻×啊！把你们老板喊来！郭永莉小声说道，老板不在。男人咧嘴笑了笑，说，那你把剩下的钱找给我。

郭永莉有些发蒙，盯着男人不知所措。男人说，我给了你三百，你不该找给我五十四块吗？郭永莉支吾着说，先生，您还没付款呢。男人拍了拍桌子嚷道，你还讲理不！我明明付了三百块钱！怎么睁眼说瞎话！想私吞啊！

他这一闹，那桌酒友们便围圈过来，酒气熏天，朝着郭永莉大声斥责。郭永莉满面通红一时语塞，这时郝丽梅背着手走过来，慢条斯理地说，大哥，吃霸王餐也没你这种吃法，太难看。我一直旁边站着，啥都看得一清二楚。您哪，可是一毛没拔呢。

男人扫了郝丽梅两眼，忽就抬手扇了她一记耳光，郝丽梅想也没想，反抽了男人一记耳光，嘴里还骂着，吃不起饭去吃屎！欺负我们打工的乡下人，算什么男人！众人都愣住，男人似乎也清醒些，铁青着脸掏出钱，啪地拍到桌上，又死死盯了郝丽梅半晌，这才挥了挥手，连同那桌人闪出了屋。郭永莉和另外几位服务员呆呆地望着郝丽梅，郝丽梅笑了笑说，看啥看？我这件羽绒服是不是很漂亮？是永莉送我的新年礼物哦。

下班后，郝丽梅说出去趟。郭永莉晓得她是去会岑亚楠，也没多嘴。那晚郝丽梅没回阁楼，她也没往旁处多想。第二天上午十点，才到饭馆不久，老板便接到电话。什么？老板的声音颤抖起来，没错，郝丽梅是我们饭店的，啥？死了？咋可能！昨晚还端盘子呢！我不认得她家人！我们小饭馆的服务员，都属苍蝇的，四处飞来飞去……

郭永莉两三天没睡着觉。听饭馆里的人说，郝丽梅是横穿马路时被辆黑色桑塔纳撞死的，车主逃逸，她男友眼睛近视，也没看清车牌号。派出所通知郝丽梅的家人去认尸。是她父亲去的，一个罗锅，没有灶台高，满嘴鸟语。郭永莉将郝丽梅的衣裳一件件叠好，小心翼翼地装进空尿素袋，专等着她父亲来拿，等了几日也没动静。后来又听人说，郝丽梅父亲抱着骨灰盒坐着绿皮火车回家了。

郭永莉没流一滴眼泪。有天深夜，一丝睡意也没有，随口便说，丽梅，我睡不着，可咋整？数绵羊也不好使呢。说完她马上意识到什么，环视着屋内。黑乎乎的，只听到风从窗隙吹进来的细小呜咽声。她打开灯，将衣橱里的那件桃红色羊绒大衣摘下来。她记得，这件衣服郝丽梅本来是要扔掉的，郭永莉劝她说，个败家娘们，洗洗不就干净了？郝丽梅将香烟捻灭，说，我明明知道脏了啊，别扭。恰巧赶着去上班，郭永莉手忙脚乱地将大衣重新挂进衣橱……她将衣服平铺在海绵垫上，用湿毛巾将秽物痕迹擦了又擦，拿熨斗将褶皱熨平，仔细叠好，坐着发愣。腿麻了才起身，却发现地板上有张卡片，捡起来，却是郝丽梅的身份证。身份证上的郝丽梅看不出长得黑还是白，头发翘着，一双眼朝她眨呀眨的。郭永莉鼻子猛地一酸，起初只是短促的、时断时续的抽泣，后来便是大滴大滴地落泪，怕楼下的同事听到，手死死封住嘴巴。窗外黑魆魆的，百鬼夜行，连只麻雀的影子都没有。

那天下班出门，便看到岑亚楠矗电线杆下。见到郭永莉时他木木地晃过来，没待郭永莉说话便拽着她胳膊抽噎。郭永莉半晌没动弹，后来见他哭累了，才嗫嚅着说，会好的，会好的。岑亚楠点着头，却仍哭个不停，好不容易停住，才说，都怪我，都怪我，去北海公园玩，回来晚了，在学校门口碰到巡逻的，要查暂住证，她便慌了，小跑起来……不过，我后来想了想，那辆黑色轿车，好像一直跟着我俩……都怪我懒，眼镜坏了也没修……都怪我……都怪我……郭永莉蹑手蹑脚走过去，犹豫着拍了拍他肩膀。岑亚楠一把抱住她，喃喃道，你不知道，她怀孕了……法医说的……郭永莉身子晃了晃。岑亚楠说，估计她自己也不知道吧……大大咧咧的，假小子似的……从初中就那个傻样儿……

郭永莉咬着嘴唇问，派出所那边，有线索了没？

岑亚楠又抽泣了半晌，才说，没。

过年时，岑亚楠也没有回家。他邀请她吃老北京菜。他本壮实得很，如今却缩了半圈，一口四环素牙更黑更黄。郭永莉有些心疼他，却委实不晓得该如何劝慰，只得偷偷结了账。岑亚楠似乎很是恼怒，非吵嚷着将饭钱给她，推搡间手就碰到了她的胸部。两人都呆住。岑亚楠结结巴巴地道着歉，郭永莉说，我那里，还有她很多衣裳，要不，你去阁楼拿一下？

房子里难得地安静。岑亚楠随郭永莉上了楼。她将那个鼓鼓囊囊的尿素袋子从衣橱里拽出，弯腰推至岑亚楠腿边。岑亚楠呢，只是面无表情地看着窗外。窗外间或传来鞭炮声和孩子们的喧闹声。她便说，不想留的话，你给个住址，我邮到丽梅家里。岑亚楠不言语，径直躺到海绵垫上，双臂枕在脑后。郭永莉问，喝水吗？岑亚楠嘟囔道，不。郭永莉问，为啥不回家过年？岑亚楠说，我得留在这儿，陪她。她一个人，多孤单呢，她可最好热闹。郭永莉心头一紧，郝丽梅死了不过七天，按照老家的风俗，这日恰巧是头七，便说，要不，我们上街烧些纸钱？岑亚楠哽咽着说，人死如灯灭，收不到的。

郭永莉不晓得如何接话。岑亚楠缓缓搂住了她的腰身，她没有躲闪。后来，两个人肩靠肩躺着。岑亚楠说，我和丽梅早商量好，一毕业就结婚的。郭永莉“嗯”了声。岑亚楠说，我们从初中就是同学，她不爱学习，淘得很，我来北京上学，她非跟着来打工。郭永莉“嗯”了声。岑亚楠说，你信命吗？郭永莉“嗯”了声，随即又说，不信。岑亚楠说，你为啥出来打工？在老家多好。郭永莉没有回答，而是问，你们学校有会计专业吗？岑亚楠说，有啊。郭永莉问，能蹭课吗？岑亚楠说，当然。郭永莉一把攥住他的手，说，我想参加自学考试。岑亚楠反手攥住她纤细的手腕，翻身将她压身底下。她没有动，他也没有动。半晌，他叹息着翻身下来。

郭永莉又听到了断断续续的哽咽声，她将头扭向窗外，一大朵烟花恰巧从楼隙间升腾起来，只是屋檐太低，又有衣物遮掩，她没看到烟花是如何在黑夜中裂碎的。她想起往常家里过年，都是她负责串亲戚，二姐负责放鞭炮。她呢，跟大姐、爸妈远远站檐下捂着耳朵张望。那年，落下的火焰不知怎么将麦秸垛点燃了，熊熊大火将天空都映亮，整个村子的人都慌里慌张地来灭火，大姐不慎摔了一跤，磕掉了半颗门牙……

筒子楼

郭永莉是在考点认识的宋佳欣。考完一科，郭永莉在厕所门口看到个女孩东张西望，难免多瞅了两眼。女孩便迈着小碎步过来，轻声问，我来事了……你有卫生巾没？郭永莉摇摇头，窸窸窣窣从包里拽出包纸巾。饭店最不缺的就是餐巾纸。中午，考生都聚集在校门口的小吃店。郭永莉到了家拉面馆，只见人头攒动闹语喧腾，哪里还有空座。才想去旁边的饺子馆，便看到个女孩站起来，倾着上身朝她拼命招手。

女孩就是宋佳欣，她是个自来熟，不光给郭永莉点了面，还点了烤串和酸奶。很快郭永莉便晓得了她的名字，不光晓得了她的名字，还晓得她是青岛人，目前在酒店做服务员。她父亲呢，是个渔民，哥哥叫宋德明，在朝阳区一家鲁菜馆当大厨。郭永莉不时颔首微笑。后来宋佳欣说得有些疲累，这才漫不经心地问，呀，倒是忘了问，你叫啥名字？

郭永莉说，我叫郝丽梅。

宋佳欣问，老家哪儿的？郭永莉说，安阳。

宋佳欣又问了些有的没的，她问啥，郭永莉答啥，一个多余的字也没有。宋佳欣似乎看出她谈性不高，索性闭了嘴。闭了嘴的宋佳欣娴静漂亮，一双丹凤眼显得羞涩明亮。

考完这一科，就能拿到专科毕业证了。她忘了这三年是如何熬过来的。但凡得闲，便去岑亚楠他们学校蹭课，下了班，就猫在阁楼读书。岑亚楠呢，倒极少联系。他找过她几次，要么请她吃饭，要么邀她游玩，都被她婉言推辞了。她知道，他可能对她有点意思，不过，这点意思到底是源于对郝丽梅的念想，还是源自本心，她倒搞不清楚。她也不想搞清楚。最好的选择，大概就是慢慢断掉往来吧，反正两人委实也没啥，除了除夕夜晚的拥抱，他们连手都没牵过。后来岑亚楠便不再找她，只是到了郝丽梅忌日那天，会给她发个短信。她通常也不回复，买些草纸，夜深人静时偷偷寻个马路岔口，一张一张地烧，看着黄色草纸被火舌吞成黑色灰烬，看着黑色灰烬被疾风旋走，她心里觉得无比踏实。一晃离家五年了，这五年来，她很少想到家人。想到郭亮时，只闻到一缕两缕松果烤鸭的香味。那个在她怀里蠕动的婴儿该上幼儿园中班了吧？他长得像郭亮，还是像自己？一个没妈的野孩子……想到他肥胖的小脚小手，想到他吃奶时的贪婪小嘴，她的心脏难免会抽搐不已。

没想到在学校门口，她又碰到了宋佳欣。宋佳欣笑着跑过来，说，好巧啊，我哥待会儿来接我，你住哪儿？让他送你回去。郭永莉忙说不用了，我住海淀黄庄那边。宋佳欣“哇”了声，说，好巧啊！我住万柳，离得真近呢。不一会儿宋德明开着辆掉漆的夏利来了。第一眼看到他，郭永莉暗暗吃了一惊。他长得太像肖恩慧了，丝瓜瓤子脸，单眼皮，只是看着比肖恩慧老，眼角处多雕了几丝皱纹。宋德明见到她也没问啥，只说赶紧上车。也许，对于妹妹的诸多闺蜜，他早习以为常了吧。

先送的宋佳欣，后送的郭永莉。郭永莉下车时，宋德明说，你手机号多少？我那妹妹，可不让我省心，日后有啥事，少不了麻烦你。郭永莉说，佳欣是多可爱的女孩啊，有啥不省心的？宋德明说，嗐，一个字，傻。

没想到翌日傍晚便接到了宋德明的电话。他问，丽梅啊，你吃猪大肠吗？郭永莉说，吃呀，逢年过节，我爸都会做一道焦熘大肠呢。宋德明说，太好了！我才做了九转大肠，给你来份？郭永莉没吭声。认识不过一天，他委实有点吓到她了。宋德明说，没别的意思，这道菜以前是用微火炒，讲究酸甜香咸，我做了点改良，味道偏辣——你得意辣口不？郭永莉说，大老远的瞎跑啥，谢谢你昨天送我回来，改天请你们吃麻辣烫。她没说“你”，而是强调的“你们”。宋德明叹了口气说，倒不麻烦，是佳欣想吃，我多炒了份儿，才给佳欣送过去，这不顺路嘛，给你也捎份儿。这时后厨催着上菜，郭永莉慌忙道了声谢谢，挂了电话。

第二天临下班前，听到门口有人大声喊着什么，并未留意，后来有个服务员说，真是见了鬼，丽梅都死这么久了，咋还有人在外面叫魂呢？郭永莉打个冷战，三步并作两步出去，却见宋佳欣正梗着脖子叫嚷，忙将她抻到角落，问，你咋来了？边说边逡巡着四周。宋佳欣一把搡掉她的手，问，你慌个啥？我下班了，闲得无聊，想找你去吃夜宵呢。郭永莉这才长舒口气，说，想吃啥？我请你。宋佳欣懒洋洋地说，我想吃小龙虾，我想吃好多好多小龙虾。

那晚郭永莉彻夜未眠，晨起便跑到饭馆，跟老板辞了职。阁楼是不能住了，又忙着找房，找来找去，在回龙观寻了处筒子楼。搬家那天，她扔了很多衣裳，可郝丽梅的那袋衣服却没舍得丢。搬完家又立马销了手机号。2004年时，她就去了趟郝丽梅的老家安阳，在派出所换了第二代身份证。她也搞不明白，郝丽梅的家人为何一直没有注销户口。无论如何，无人知晓那个叫“郭永莉”的县城女孩死去了，而早已化成灰烬的女孩“郝丽梅”，又在京城的茫茫人海中诞生。

工作倒是好找，不消几日，便去了家川菜馆当服务员。日子变得更为乏味，除了端菜便是读书。她报考了本科自学考试。这一天，跟剩下的所有“这一天”，并没什么不同，就像一个老人的影子，不会再蜷缩，也不会再膨胀。郭永莉觉得对她来讲，日子无非一个字，熬。她长期处于一种惶恐中，仿佛被判了死刑的犯人，无比焦灼地等待着行刑日的来临。她跟这个世界彻底失联了，那些她认识的人，认识她的人，都被缓缓吸入肉眼看不到的二维空间，匿身于只有长和宽的世界。可是安全感并没有随着那些人的消失而变得牢固，相反，她老感觉到有只看不见的、浑身冒着血腥气的巨兽在缓缓朝她逼近。她不知道那头巨兽是什么东西，不过她能闻到它腌臜的气味，听到它巨爪抓挠的声响……这种不祥感常常让她失眠，导致她次日总是带着浓重的黑眼圈去饭馆上班。即便如此，她还是胖了些，让她惊讶的是，个子也高了些。有一天她望着镜子里的自己，都不敢认了。这是个丰腴得并不过分的女人，眼神空洞，贴皮短发犹如刺猬棘刺，当她咧开嘴巴，她仿佛看到了郝丽梅正在朝她心不在焉地微笑。没错，除了眼神，她跟郝丽梅越来越像。她诺诺着想，其实郝丽梅并没有抵达另一个世界，她的魂灵跟自己的魂灵住在同一具躯壳里，只不过她的魂灵一直在睡觉，没有打扰自己；没准，是她一直都醒着，自己在沉睡，镜中的自己，原本就是她。

一晃三年过去，她拿到了本科毕业证。她发现，没有比考试更容易更纯粹的事了。那是北京奥运会的第二年，世界似乎更喧闹，一派欣欣向荣的景象。她揣着毕业证去了几家规模很小的私营企业，可并没有被聘用。那些公司的财务人员，不是海龟的留学生便是985的高才生，她的文凭在旁人看来，简直是既可疑又可笑。癞蛤蟆想吃天鹅肉，她难免自嘲。吃了几次闭门羹，便想开了，继续在饭馆打工。三更半夜睡不着，又蠢蠢欲动，想报考中央财经大学的研究生。没了绳子和眼罩的驴子豁然开朗，已然知道走哪条路。路都是没有尽头的，唯有没有尽头的路，才让人心生念想。

五一劳动节时，北京已是盛夏，劳累一天，浑身黏糊糊的，快要下班时，又来了拨客人，明显是来旅游的。上菜时有位顾客不时瞄她，瞄来瞄去似乎再也憋不住，一把抓住她胳膊大声道，郭永莉！郭永莉！你是郭永莉吗？！

郭永莉？多熟悉的名字啊。她怔怔地看着那人。是个妇女，黄脸庞，头发油腻，看着面熟，却愣是想不起。女人惊喜地喊道，天哪，真的是你！只瞥了你一眼，我就知道是你！天哪！原来你在北京！原来你还活着！说罢上上下下打量着她。她木木地盯着女人说，对不起，您认错人了。女人见她神色冷淡，又一口标准的普通话，顷刻间便有些委顿，喃喃道，咋这么像呢……唉，又不太像。讪讪着撒开她胳膊，视线却黏在她身上。

郭永莉蓦然想起，这女人不是别人，正是她的高中同学龇牙龅。多年前高考时，她抱着儿子在校门口遇到过她，也正是从她嘴里知道了肖恩慧出车祸的消息。她转身去了后厨，咕咚咕咚喝了杯冰水，喝完冰水后她立马意识到，必须打消龇牙龅的疑虑，不然就没法安生了。当她上完那盘夫妻肺片，便装作有一搭无一搭地问龇牙龅，这位大姐，饿坏了吧？出来旅游啊，就是遭罪。

龇牙龅勉强笑了笑，能看得出，她很是为自己方才的莽撞感到尴尬。郭永莉轻声道，您刚才提到的那个……啥啥莉，是你们家亲戚？龇牙龅叹了口气说，唉，不瞒你说，是我同学，七八年前失踪了，有说是被人贩子拐走的，也有说精神出了问题，失足掉河里淹死了，反正是活不见人死不见尸。郭永莉说，年纪轻轻，可惜啊。龇牙龅说，可不是吗？听说她丈夫抱着儿子，找了四五年，天南海北都跑遍了，从三亚到乌鲁木齐，从西宁到福州，拉萨也去了呢，连个人影儿都没找到。那男人啊，失心疯了……郭永莉咳嗽两声，问，她公婆也不管？龇牙龅说，管不了，那男人啊，就是头犟驴，为了找媳妇，前前后后花了四五十万。四五十万啊！连他们家的烤鸭店也兑出去了呢。

郭永莉唉声叹气，半晌才说，天底下竟有这样的男人。龇牙龅说，不是咋的，后来，他丈母娘怜惜他，将大女儿许配给他了，听说这两年好歹安稳些……就是永莉啊，不知道是死是活，唉，可怜的永莉，当年可是班里的学习尖子……

这些年来，她从不敢去细想自己出走后，家里到底发生了如何的变故。她只隐约觉得，像郭亮那般没心没肺的人，肯定早娶了别家姑娘。没想到他这么轴。咋就这么轴呢？她竟一点都不了解他。这么想时，难免有些心酸。又倏地想起水塔上的日子，想到他白皙的、柔若无骨的手变魔术般烹炸出的各种佳肴……她坐马桶上，呆呆地望着厕门……心乱如麻，端了盘水果去大厅，龇牙龅一帮人早结账离开。站在干燥的热风中，她萌生出一股强烈的念头：她要回家，她要回去看郭亮和儿子，看爸妈，看姐姐们，看肖恩慧奶奶……

当然，也只是想了想。想了想而已。

她早没有家了。她只有她自己。连自己也是假的。

翌日早早醒了，抓了把糙米煮粥，一晚没睡踏实，难免又是打哈欠又是流眼泪。才从厕所出来，便听到个女人尖声叫道，郝丽梅！郝丽梅！是你吗?！

这两天的遭遇让她心脏时刻处于爆炸的边缘。她捂着胸口缓缓抬头，却是宋佳欣。

一晃多年未见，宋佳欣还是那个宋佳欣。她找了个男朋友，是房地产公司的销售员，她呢，早不在宾馆当服务员，去了燕郊一家家具厂当会计。五一前领了结婚证，只是还没举办婚礼。你这个坏人，宋佳欣嗔怪道，莫名其妙就失踪了！又是搬家又是销号！难不成犯了滔天罪行？郭永莉强挤出一丝笑容，说，嗐，家里出点事，待了段时间，我也是才回北京不久。你看你呀，真是越来越漂亮。宋佳欣嘻嘻着说，那当然。对了，我哥还老打听你呢！他呀，如今做老板了，开了家湘菜馆，生意火得很呢。

宋德明，如果没记错，她哥哥好像叫这个名字。便说，你哥哥手艺好，饭馆不火才怪。宋佳欣拉着她的手说，晚上我们去他那儿蹭饭吧！让他好好款待款待你。他要是见到你，八成要乐得跳起来。

见到郭永莉时宋德明没有跳起来，只不过手里的铲子掉到了地上。他比前几年老了，脸短了些，单眼皮也有些肿胀。他有些拘谨地走上前，想跟郭永莉握手，可能觉得手不干净，忙在围裙上蹭了蹭。郭永莉一把攥住他的手，说，恭喜啊恭喜，都当大老板了。宋德明似乎才缓过神，哈哈大笑两声，说，丽梅啊，你这是从哪块石头里蹦出来的？当年我和佳欣可是把海淀区翻了个遍。宋佳欣说，可不是呢，我哥还以为你出了事，非拽着我去派出所报案呢。

郭永莉沉默片刻，这才笑着拧了拧宋佳欣的腮帮子，说，我这种无才无貌的，最安全了。

宋德明那晚陪她俩吃的饭。他的眼睛一直盯着郭永莉，盯得她汗毛都竖起来，就说，宋大哥，你忙你的，千万别耽误了买卖。宋德明笑了笑说，也好，你们姐俩好好亲热亲热。

那晚回到筒子楼，宋佳欣也没让她好好睡，咕咕唧唧说了一晚闲话。翌日迷迷糊糊才到饭店，便看到门口停了辆奔驰，心想，啥好日子啊，这么早就上客了？不料车门推开，宋德明从里面钻出来。郭永莉疑惑地看着他，他嘿嘿笑着说，走吧。郭永莉问，去哪儿？宋德明说，上班啊。郭永莉更是糊涂了。宋德明说，我帮你把工作辞了。郭永莉问，你是不是没睡醒，说梦话？宋德明说，你昨个也看到了，我们店缺个大堂经理，我呀，觉得你是最合适的人选。你不是学过会计吗？可以兼职管账，我给你开双倍工资。郭永莉哭笑不得，方想质问，却被他径直拉进了轿车。郭永莉说，你这人，强买强卖啊。宋德明说，这不是为了你好吗？郭永莉说，总得事先跟我商量商量吧？哪儿有你这样鲁莽的。宋德明便佯装打自己的脸，说，罪过罪过，我这不是怕夜长梦多吗？

就这么着到了宋德明店里。

店位于芍药居，虽是湘菜馆，他最拿手的九转大肠啊葱烧海参啊爆炒双脆啊却都还留着。店有些窄，却也被分割出三个像模像样的包厢，无论中午晚上都爆满。宋德明呢，是主厨，手下还有两位师傅，即便如此，每日忙得俱是脚尖朝后。郭永莉呢，也察觉到大堂经理的不易。下班回了家，脑子里仍是顾客嗡嗡的讲话声，做梦都在手忙脚乱地算账数钱。更让她不安的是，无论多晚，宋德明都开车送她回家。推辞了几次，宋德明便说，咱们店十二点才打烊，地铁公交都没了，难道你要天天打车回？他的话不无道理，不过，时间长了，难免招致店员们的闲言碎语，干脆将回龙观的筒子楼退了，在芍药居附近租了间十多平方米的住处。宋佳欣甚是不满，嫌郭永莉没跟她事先商量，做不成邻居了。住处离饭馆四五里地，即便步行也很是方便。宋德明咧着大嘴笑说，好得很，好得很，现下送你是捎带脚，这下你没话说了吧？郭永莉哭笑不得，只好应了他。

春节放假，又只剩她自己。除夕那晚早早吃完速冻饺子，便去楼下放烟花。她觉得人老了，仪式感总归要有。积雪尚未消融，北京冬日的风吹在脸上，生疼，烟花也没她想象中那般美，瞬息便随风坠落。她怏怏着回到房间，打开电视看春晚。不久有人砰砰敲门，透过猫眼，便晃到宋德明那张丝瓜脸。

他不是空手来的。他几乎把饭馆库存的食材悉数搬来了。郭永莉说，我才吃完，你这是唱哪出戏？宋德明也不搭理她，转身去了厨房。不一会儿，便听到厨房里传来咔嚓咔嚓的切菜声，火苗噗噗噗噗的燃烧声，食材滑入油锅的嗞啦嗞啦声，听着听着便有些困顿，竟趴桌上睡过去。等宋德明将她唤醒，才发觉窄小的饭桌上挤满了菜，热气腾腾的，勾得肠胃也咕噜着响。便说，奇了怪了，你不回青岛了吗？宋德明嘿嘿笑两声，并未言语，倒了两杯白酒，说，你一个人在北京过年，我还真放心不下，反正父母有佳欣陪着，我也省心。郭永莉接过杯子，说，那嫂子和孩子们呢？她听宋佳欣偶然提及，宋德明早有了家室，是三个女孩的父亲。

宋德明说，一年又一年，人比草木老得快。郭永莉见他未搭话，便说，男人啊，心肠硬起来，跟钻石一样，嫂子在老家拉扯孩子，容易吗？宋德明跟她碰了碰杯，说，你这人啊，让人捉摸不透，人家好心好意陪你过年，偏问那丧气的话。郭永莉觉得他似有难言之隐，也不好再过问。

宋德明说，你要真想听，我不妨给你讲个故事。郭永莉给他夹了块猪肝，说，快说，八卦下酒，越喝越有。宋德明将猪肝塞嘴里说，从前哪，有个小伙子，早早娶了媳妇，后来去北京打工，平时很少回家。老婆呢，给他生了仨闺女。那年回家，老三生了病，要输血，男人便让医生抽他的，他知道自己和老婆都是O型血。医生说，你女儿是B型，只能用血库的血。男人有些发蒙。他文化不高，可好歹上过高中，清楚父母如果是O型血，子女必定也是，难免起了疑心……

郭永莉目不转睛盯着他，他垂头笑了笑，说，后来，男人偷偷带孩子做亲子鉴定，跟他猜的一样，闺女不是他的。他本来是暴脾气，却并未发作。后来，又带老大老二的头发去做鉴定，你猜，是啥结果？

郭永莉盯着他肿胀的眼泡，心里早有了答案。他嘴角耷挂片韭菜，她忍不住伸手替他擦掉。宋德明笑着说，男人获得了自由，却再没信过女人。直到有天，他遇到了妹妹的朋友。郭永莉的手有些抖，却仍装出副心不在焉的样子，问，你咋那么肯定，这女人，跟他前妻不是一类？宋德明给她夹了块海参，说，她的眼睛，比水晶都亮，她的身上，随时都穿着铠甲。你说，这样的女人，怎么会跟她一样？郭永莉的眼眶潮得很。还从来没有哪个男人如此赞美过她。

宋德明说，吃吧，吃吧。郭永莉说，那男人，有啥想法呢？宋德明说，他呀，想娶她。说着便去拉郭永莉的手，郭永莉拿筷子掸掉，说，要是那女人，比男人的秘密还多，他会咋想？宋德明说，男人管天管地，管不住女人的过去。谁没有过去呢？武则天还当过尼姑呢。郭永莉扑哧笑了。宋德明得意扬扬地说，男人想好了，要送女人最好的聘礼。郭永莉将头扭向窗外，一大团烟花将好炸裂，在空中绽成朵巨型牡丹。她不禁叹道，真美啊。宋德明又去拉她的手。这次她没躲。宋德明说，我打算，把我的饭馆送给她。你说，这份聘礼是不是很有创意？

年后一上班，宋德明便带郭永莉去行政审批中心变更了各种登记。其实郭永莉倒觉得无所谓，如果两人结了婚，法定代表人是谁又有何关系？可宋德明倔得很，仿佛她若不应了他，便是瞧他不起。他这种想法可笑得很，可她内心又涌动着难言的感动与欢喜。接下去便是商量结婚的具体事宜。按照宋德明的意思，要在十月份办三场婚礼，一场在老家，一场在北京，还有一场在安阳。老家的婚礼是走个样子，给爹妈看，给那些喜欢看热闹的乡亲们看，他要让他们知道，他新娶的老婆是何等的神仙人物，让那些嘲笑了他多年的狗眼们彻底闭嘴；北京的婚礼是给老乡们看，给同行的老板们看，为了让他们知道他的实力和魄力，婚礼要在最昂贵的五星级酒店举办，烟要摆中华，酒要摆茅台；安阳的婚礼当然是给郭永莉的家人们看，让他们知道，她嫁给了一个有钱的好男人，他们要是不放心，那这个世界上就再没有更好的女婿了。郭永莉说，安阳那边没什么亲戚，就算了，更不用回门，另外，即便是在北京操办婚礼，也不用这样大张旗鼓，两个人是否幸福，跟别人的祝福和赞美都没关系，也用不着名烟名酒，抽进嘴里喝进胃里，无非变成烟和屎。活要面子死受罪的事，只有蠢人才干。

宋德明竖起大拇指，说，丽梅啊，你不愧是学会计的，算得精，道理讲得更清！

一晃到了春天。郭永莉最喜欢北京的春天，空气中满是槐花香味，虽说有点干燥，可干燥得恰到好处，身体被阳光抚晒得舒泰自如。那天下午，她和宋德明抽空在元大都遗址公园转了转。宋德明说，等结完婚，我们就在太阳宫附近开家分店。北京真是古怪，明明又热又干，人却偏喜欢吃辣。郭永莉说，报纸上不说了嘛，孩子们压力大，辣椒素能刺激人体释放那什么肽，类似麻醉效果，能减轻疲劳，让人身心愉悦呢。宋德明说，我说呢，自从跟你在一起，浑身便总有使不完的劲，原来你就是一棵辣椒啊！说完猛地亲了她一口。郭永莉佯装去打他，他机敏地跳到百叶蔷薇花丛后，晃着丝瓜脸朝她傻笑。

那晚店里的顾客格外多，郭永莉有条不紊地结账、催菜，叮嘱新来的服务员千万别上错菜，为了安抚一对从干锅肥肠里吃出头发丝的情侣，她特意送了他们一份湘西外婆菜。她老想去趟厕所，那泡尿憋了足有半个时辰，可要么洗手间有人，要么恰巧顾客来结账。好不容易抽空去了，才蹲下，便听到嘭的一声巨响。开始她以为是压路机在碾压路面，斜对面的那条路刚铺好沥青和碎石，然而像塑料积木般倾斜着坍塌的墙壁让她立马惊声尖叫起来。她最后的意识是想站起来系好裤腰带，可在第二声震耳欲聋的爆炸声响中，她很快失去了知觉。

地下室

没想到会在学校碰到岑亚楠。郭永莉没认出他，可他随口就喊出了她的名字。她眯眼打量他半晌，才迟疑着问，岑……岑亚楠？岑亚楠点点头，说，神奇啊神奇！我们多少年没见了？他掰着手指算了半天，十六年？还是十七年？你呀你，这些年跑哪儿去了？那时我还去烤鱼店找过你，老板说你早辞职了。

岑亚楠穿着黑色西裤黑色夹克，夹克里是雪白衬衣，脚上却是双布鞋。她记得他上大学时就天天穿布鞋。她低头看了看自己，套着件桃红色羊绒大衣。大衣不仅满是毛球，还褪了色，跟被春雨打落的海棠花仿佛。她笑了笑说，天南海北地瞎跑，混口饭吃。

岑亚楠又细细扫看她半晌，问，在哪里高就？她沉默了会儿说，唉，待业。岑亚楠若有所思地看着她，看得她不自在起来，就问，你留校了？岑亚楠说，在后勤处。她便说，当领导了吧？他面无表情地点点头，说，副处长。她忙说恭喜恭喜！当初以为你会搞学术，没想到从政了。从政好，路更宽，以后有啥事啊，我就找岑处长。

岑亚楠抖了抖眉说，我们后勤啊，缺宿管，你要愿意，不妨纡尊降贵。她愣了愣，立马说，天上掉的馅饼，我当然得接着。岑亚楠咧嘴笑了笑。他嘴巴小，只露出上面的牙齿下面的牙龈。她留意到他以前的四环素牙如今比牛奶都白。

那个案子……郭永莉将目光移向旁边的灌木丛，淡淡地问道，派出所后来有消息吗？

岑亚楠似乎愣住，半晌才回过神，木木地摇了摇头。两人一时都无话，只听到楸树上喜鹊的叫声。后来岑亚楠说，永莉啊，你下个礼拜一去后勤报到，就说岑处长介绍的，填个表盖个章，就完事了。

郭永莉赶紧上前握了握他的手。他的手比从前软多了。

他说，永莉啊，我们加个微信吧，联系起来方便。

郭永莉尴尬地笑了笑，说，不好意思，我没微信。要不，你记下我的手机号码？

岑亚楠肯定不知道，她不仅没微信，也没抖音、快手或小红书。她不会网购，不知道淘宝、京东、美团、拼多多和当当，买东西都是跑商场，吃饭都是下饭馆，买书都是去新华书店。她也没下载滴滴软件，无论白天黑夜，很少能打到车。坐地铁的时候，看到无论男女老幼都垂头看手机，她心里难免犯嘀咕。她惊讶地发现，手机已经变成了人体器官，变成了公交卡，变成了钱包，变成了身份证，变成了贷款机器，变成了照相机，变成了电影院，变成了收音机，变成了婚姻介绍所。仅仅七年时间，这个世界像是一部被谁按了快进键的电影，她无论如何也难以想象，中间错过了如何翻天覆地的剧情。

她在牢里整整待了七年。

对于当年那场著名的饭馆煤气泄漏爆炸案，京城各大媒体都做过详尽报道。死亡三人，重伤六人，轻伤十四人。死了的三人俱是饭馆的大师傅，当然也包括宋德明。重伤的有服务员，还有三名前来吃饭的大学生。郭永莉是轻伤，头部被砸，腰部脊椎受损。两位大师傅的老婆从湖南乡下急匆匆赶来，哭天抢地，要求赔偿每人六十万，另一名死者是位才退休的老干部，家属要求赔偿两百万，还有那些重伤的……作为手里只有五万元积蓄的法人代表，郭永莉没有别的选择。这个选择，大概就是最好的选择。

租住的那间地下室，离学校有点远，每日都是先坐地铁，再转公交，最后步行。她的工作很清闲，就是防止陌生人和女生进入男生宿舍楼。为了记清每位学生的长相，她天天翻看着学生登记表。除此之外，还要偷偷复习英语和政治。那天来学校，就是问询一下研究生招生事宜。她想十月份报考会计专业的研究生。

除此之外，她好像也没有什么好惦念的。

出狱后，她先去了趟丽江古城。这么多年来，她还记得当时肖恩慧留给她的那封信，信很短，只有十三个字：三儿，等你考上了大学，来丽江玩。她不知道肖恩慧是活着，还是死了。虽然没考上大学，丽江总是要去一趟的。等她到了丽江，发觉跟想象中的不一样，那么多的花儿，那么多的水，那么多的植物，完全不像是高原，倒像是江南。她去的时候正是五月，天天落着细雨，她在宾馆里昏睡了两天后，终于撑起伞去了趟狮子山公园。狮子山不高，但是能俯瞰到古城全貌。望着灰扑扑成片的老房，她想，肖恩慧如果还活着，如果还在丽江，哪一间房子是属于他的呢？他结婚了吗？孩子多大了？狮子山上有很多柏树，她从石阶上捡了很多柏树籽，随手揣进裤兜。下山时她在一个小酒吧坐了很久，喝了杯啤酒，花五十块钱点了首歌。回到北京后，洗衣服时，那些柏树籽便四处散落开去，她捡起来随手扔进花盆，不承想，没多久柏树籽便发芽了。她有些吃惊，这么阴潮的地下室，柏树都能长出来，这个世界上，还有什么是不可能发生的呢？

从丽江归来不久，她又回了趟老家。从四惠汽车站到县城的长途客车又添了好多趟。听着身边的人说着陌生的家乡话，她努力让自己变成个聋子。到县城后，她直接打了辆出租车奔村子。站在黄昏的村头，她有些难过。这么多年了，村子几乎没有变化，村口的诊所还开着，小卖店的招牌也没变，仿佛她不是离开了十八载，而仅仅是一个昼夜。

她忐忑地朝家里走去，每挪一步，心脏便爆破一次，在她怀疑自己快要晕倒前，一个抱着皮球的孩子从身旁跑过。她一把将他拽住，问道，小家伙，你叫啥名儿？很明显孩子有些意外，他气呼呼地盯着她问，你是谁？从哪儿来的？她笑着塞给他几颗奶糖。孩子说，你是坏人吗？我妈说，坏人诱拐小孩时，都会给糖吃。她柔声道，我不是坏人，我就是这个村子的啊。我问你，你认识刘兰英吗？

孩子摇摇头，她只得指着自己家的房子问，就是这家，刘兰英以前养猪，后来养貉子。孩子歪着头想了想说，你问的是二奶奶吗？她有三个女儿。她赶紧说，没错，三个女儿，有个女儿……还离家出走了。孩子脆生生地说，你来晚了，二奶奶二爷爷早死了。她眼睛倏地一下黑了。孩子又说，二奶奶后来不养貉子了，又养猪，犯了心脏病，给猪接生时，死在猪圈里。二爷爷第二年也死了。

她只觉呼吸困难，缓缓蹲下身去。孩子问，你没事吧阿姨？她皱着眉头摆摆手。孩子没再说话，转身跑开了。后来她站起来，朝着家门口蹭。大铁门生了锈，锁头也生了锈，透过栅栏，她看到院子里堆满了塑料垃圾和柴火，猪圈上蔓草丛生，麻雀扑棱着蹦来蹦去，原先种西葫芦的墙根处，挣扎着几棵瘦小的蜀葵。恍惚间，她仿佛听到刘兰英在大声呼喊自己的名字，倾耳细听，却只有夜风拂过的声音。这个家的灯，再也不会亮了吧？后来，她捂着胸口坐到大门口的石头上，呆呆地看着夜色一点一点将村庄笼罩，将牲畜和树木笼罩，将活人和死人笼罩。

那是她最后一次回家。

这栋男生楼的宿管有三个人，轮流值班。其中有个大姐，退休前是北京自来水厂的职工，喜欢看小说，跟她很是聊得来，知道她至今仍是单身，便张罗着给她介绍对象。她说，我都这把年岁了，还找啥男朋友啊？大姐便说，你可不能轻贱自己，不过才三十六七岁嘛，还是朵花呢。她便垂头不语，大姐又说，别整天跟哑巴似的不说话，人都有惰性，你不跟人往来，人家咋能猜到你是啥心思？我有个表弟，是公交车司机，不到五十，有车有房，儿子开地铁，老婆得癌症没了，你要没意见，不妨见上一面？

她只是机械地翻着学生登记表，不说一句话。

到底是没见。大姐待她便不似先前那般热情。她很是满意。秋天开学后，新生便要入住了。北京的秋天比春天好，凉飕飕的，鸽子的哨音在楼间萦绕，野猫不停扑逮着喜鹊，蟋蟀在鸢尾花丛里嘶鸣，一切都仿佛要结束，一切都仿佛要开始。或许是受了些风寒，她在家里躺了几天，等回去上班，新生已入住。她百无聊赖地盯着一张张娇嫩的面孔推开门，又关上门。

有天晚上她洗了头，正用吹风机吹头发，一个男生抱着脸盆从门外走进来，看样子才洗澡回来。她并没在意。男生看到她似乎愣了下，随后喊了声，阿姨好。她边整理头发边说，同学好，你是大一新生吗？

男生说，是啊。她漫不经心地问了句，老家哪儿的啊？男生说，兰若市桃源县的。她咦了声，是吗？男生不无得意地说，我们老家有河有海，有虾有蟹，物华天宝。

看来男生是个很健谈的孩子，生硬的普通话并没有阻止他交流的热忱。她朝他笑了笑，男生说，阿姨，您是哪儿人啊？她想了想说，我跟你是老乡，也是桃源的。

男生戴着副厚厚的眼镜。她看到他的眼睛闪了闪，他说，老乡见老乡，两眼泪汪汪，唉，我又想我爸了。

她便打趣道，男孩都跟妈亲，难道，你不想妈妈吗？

男孩迟疑了会，说，我没有妈妈。我一周岁多点，她……她就失踪了。

她心里咯噔了下，随口说道，唉，可怜的孩子……难怪你跟爸亲近呢。

男生笑着说，我爸厉害着呢，专跟家禽牲畜打交道。以前卖烤鸭，人称桃源鸭王，后来养貉子，貉子皮返销东北呢。

透过玻璃窗，她目不转睛地盯着男生。她的嘴巴翕合了几次。她以为自己在说话，实际上，她没有听到任何声音。

原载《长江文艺》2024年第3期

歧　园

沈　念

1

海瑞思从宾夕法尼亚州飞过来，几地中转，几次改签，如同独行侠，开启她的第一次跨国之行。这位刚毕业的女博士，曾经的理想是做一名人类学家，听从父亲的规劝而选择了生物医学。年初以来，她跟我这位不用付费的中文老师语音聊天，让我帮她矫正词语搭配，我打心眼里佩服她的广泛兴趣和超强的学习能力，还有那股子不管不顾的冲劲。不然谁会选择以这样的方式跨国旅行呢。

她的跨国旅行，其实是想要拍一部追溯家族史的纪录片，拍她曾祖父一个世纪前建在巴丘的教会学校。很久以来，人们似乎忘了有这么一所学校，旧址早被改名唤作歧园。她前期做了详尽的案头工作，最近传给我的文案上，给一直没想好名字的纪录片取的英文名叫*Float and Rise*，中文名被我译成了《浮现》。她喜欢这个译名，说有画面感。我觉得她要做的事背后有股神奇的力量，又像是神秘之物潜游水底，会突然破空跃出，水花四溅。我的工作任务是当好向导兼翻译，全程陪同并协助她完成拍摄。朱广泰每次见到我，就抑制不住激动，说，你要盯紧她，歧园这个项目，成败在此。

此事与我发生关联，缘于一年前区里的选调，我从街道办进了合并新成立的文旅局。这种单位换在早几年，闲云野鹤者多，往往会诞生很多文艺爱好者，去单位蹭个空调，写字画画，有你没你无大碍。但人员改制分流后，退了一些年纪老的，新招选调一批年轻的，一个部门挂好几块牌子，事情明显多了起来，招商这一块的工作去年并入文旅局，安排到了我这个新人的职责范围内。

三十年河东，三十年河西，眼下的招商政策和理念也有变化，过去招的是能来钱的项目，讲究真金白银，都限在工业和商业，周期长回报少的文旅项目压根不谈，现在环评要求高，从上往下又都在讲青山碧水、旅游发展、文化赋能，对我们这个前身是旅游度假区后来升格独立建制的行政区来说，就盘算着要从故纸堆、老建筑、旧地名旧物件里，抠出一点有文化历史的感人故事来。故事讲好了，力量无穷，这是当过文物考古副所长的朱广泰最近给我们灌的“鸡汤”。歧园，在他心里，就是一个好故事。

朱广泰没当局长前，喜欢逛逛古玩市场，市场正好在我工作的街道辖区，他去哪家店坐馆帮人鉴赏点旧物件，我没事也凑过热闹，当过他的拥趸。我们也算是旧相识。到区文旅局后他变了个人，一心扑在工作上，再也不扎古玩圈了。区里新上任的孟书记是他的学长，当过几年的市旅游局局长，领导们是干一行爱一行熟一行，嘴里大会小会都碎碎念，文化旅游不分家，关键是挖深这口井，巴丘的老底子有多深啊，上世纪九十年代的国家历史文化名城，我们生活在这片土地上何其荣耀，大家要有荣誉感啊，不能给老祖宗丢脸啦。一句捧一句打，让底下的干部心里绷得紧紧的，一下还适应不了他的节奏。孟书记自春节后宣布，今年的文旅发展，一个月一调度。前天的调度会一开，他就去了歧园，朱广泰用心良苦，趁机特别汇报了海瑞思与纪录片的事，然后我就被叫过去了。孟书记听我简单介绍完，眉头舒展，叮嘱我们抓紧和海博士的联系，打好“感情牌”，让纪录片一炮打响，推动歧园变成网红打卡地。

书记当着众人的面给我打鸡血，我只有拍胸脯回答，万事俱备，只欠海博士三天后抵达开拍的东风了。我的话刚说完，手机来了舅舅的微信：外公这次真的不行了。我等着领导们把歧园转了大半圈离去，才赶紧往医院跑。

外公病危通知年前医院就下了，好歹挺过了新年，家里人都松了一口气，以为又会像往年悠悠拉拉再活上一年。但前几天，身体又出了状况，只好继续往医院送。我揪心的是，在《浮现》这部纪录片里，外公是那个年代所剩无几的几位见证者中年纪最大的。他若活着出现在影像中，说上几句话，哪怕就拍些场景和背影，打个字幕介绍，效果也是杠杠的。海瑞思每次和我互动，比我对外公的健康还上心，她一边忙着毕业答辩，一边盯着国际航班的调整，想走最快捷的航线从天而降。

出了歧园，我回电话给舅舅陈光宗，他在电话里语气急促，像拉了一个破风箱，伴着话筒里一段沙哑的嗞啦之声。我说，刚被领导调研给绊着，你在哪里？他用嗤嗤的嗓音说，外公最疼你，这段日子你多陪陪外公，说不定眨眼人就没了。我想他素来喜欢语词夸张，加上之前有过几次“狼来了”的经验，嘴里回复没事的，心里却急得很。他接着说，我们在医院，你外公要回家。我又急了，说，病人都得听医生的啊。他说，私下和医生聊了，医生说尽量让老人保持稳定情绪，住医院和住家里，哪里环境合老人心意就住哪里。我说，那你也不能答应。他说，我是左右为难，刚综合考虑了，最后选择还是听你外公的。我说，先等着，我马上赶过来。他说，你来了，我再让护士站安排救护车送回去。

到了医院，外公刚入睡，眼闭着，满脸褶子，皮肤微微透明泛红，鼻孔发出时粗时细的鼾声。都是早年湖上漂落下的老毛病，后来当渔业队长，一辈子没离开过水，因为风湿对心脏器官的影响，医生说有可能随时停摆。陈光宗告诉我，老头子刚又发犟气了，吵着要回家。他过去进医院没两天就吵着走，说要死也死在家里。医生对这种不动手术的病人大多也不在意，正发愁床位紧张，病人要回家休养一下，他们就顺着老人心气，说回去吧，回去不定又可以挨过一阵子。我们虽说心里早有个准备，但总抱着更长远的希望。我请在医院工作的朋友探问，说是没有别的感染，还是老毛病，言外之意是回去也没问题。

陈光宗正在打电话，听着是电视台的事，挂了电话，与我示意去走廊外，问我，你说的美国博士何时到啊，再不来真是赶不上了。我说，大后天就到了。他说，那应该能撑下来，但也不好说。他强调是半个小时前，外公主动问起这事，我心里一惊，外公不是有什么要特别交代的吧？他说，病房那一阵吵，我不知他嘀咕说些啥，俯到他嘴边，认真听才听清，你猜他说了谁的名字？我说，你赶紧说，猜不着。他说，海福记，海牧师什么时候到啊？我说，你怎么答的？他说，我想你外公是犯糊涂了，纠正他也没意义，就说人快到了，嗯拉嘎（您老人家）安心等。

我松了口气，说，还是回亮灯好了，医生跟我讲明白了，顺着老人的心意，就没什么遗憾。

2

接着说我和海瑞思建立联系的事。去年冬天，她费力巴哈地给毕业论文打上句号后，觉得要给自己安排一件意外的事情做一做，某天夜里突然心血来潮就登录上巴丘的网站。那段时间正好市外宣办在做旅发大会的集中宣传，很多媒体链接刊发了一篇篇图文并茂的报道。她从小听家里长辈讲到过巴丘，以及曾祖父在中国的生活经历，当即灵感炸裂，在论坛发了一篇言辞恳切的帖子，说想在博士毕业后去一趟中国，要去巴丘做一部纪录片。她是这么说的：

我的曾祖父海福记，从美国复初会筹措到资金，选在开埠不久的洞庭湖畔办学。他在一个叫青沙湾的地方购买了一块地，大约有13亩地，从规划、设计、筹资、建设、完工，历时近四年，建设过程十分艰辛，没有建筑师，没有承包商。曾祖父一人负责所有的事宜，包括购买材料和监管施工过程，所有建筑，都是按照他绘出的草图所建。我听家人说学校还有遗址，地方政府还在管理着，我想去曾祖父曾祖母生活过的中国，去他们亲手建成的学校看一看。我们家族的根得到过那一片湖水的滋养，那是我梦里都想去的地方。

一个人对家族的一段历史溯源，跨国界跨文化，言辞中充满深情，叩人心扉。帖子一发出，就在论坛引起了关注。本地自媒体“标题党”蹭热度：被遗忘的“国际学校”，这个地方要火了！

网站管理员把信和相关媒体跟风报道转到了外宣办、文旅局，一级级往上报，最后管文旅的副市长作了批示：加紧联络，热情细致，为海瑞思博士拍摄纪录片提供好服务。

可海瑞思来巴丘的事，落实的过程并不顺当，最后阴差阳错也是顺理成章就由我们区文旅局担当起来了。副市长又指示，要专人对接，而且让选一个英语好的年轻人，左挑右选，对接任务就落在了负责招商工作的我身上。起初我拿到联系邮箱，给她发去一封简短的介绍信，表达了我们的邀请。她很开心，为了方便联络下载了微信，加上微信后，我正发愁大学读的那点纸上英语丢得差不多了，特意下载了每日英语听力、星火英语词典几个APP，结果海瑞思在语音聊天中飙起了中文。我惊诧不已，她呵呵地笑着解释，这是他们家族的强项，对中国汉语的使用有着天生的优势。我很纳闷，难道基因真有如此强大的力量？她有一天跟我解密，她读过三年的周末中文班，跟一位清华毕业赴美读博的室友学过汉语，那个女生恰好是湘南人。又说她这一年读了几本外国人写中国的书，还尝试着做中文翻译，整理曾祖父那个时代的一些史料。她当时正在电脑前，顺手给我发了一篇文字，像是给我的信，又像是她的一篇翻译。第一句话是："你一定听说过赛珍珠的名字。"我心中一乐，居然还端出了一位诺贝尔文学奖作家，然后迫不及待地读下去：

……我不是要和你说赛珍珠的故事，而是比她小七岁的妹妹格蕾丝（Grace Sydenstricker Yaukey）。她曾于1924年至1935年在巴丘生活过一段时期，并以这段经历为背景，在1947年出版了小说《传教士》。这是一部历史小说，像是记叙作家本人及家庭在中国南方传教的真实写照，有一个主人公是名叫吴醴生的中国青年，是一位信教的年轻教师，另一个是他在教会医院当护士的妻子。小说还讲述了几位共产党人，都是了不起的英雄。格蕾丝一共写过20多部关于中国题材的作品，我当然没全部读完，但《传教士》给我的影响很大，毕竟她写的文字里能看到我的家族在中国生活过的身影，我也正好边读边想象你生活的那个地方。

我把信转给朱广泰，为了歧园的开发，他也做过很长时间的功课。看过后，他说，格蕾丝确有其人，但市里的文史专家没挖掘过她和赛珍珠的关系，更没想到她也写过关于中国的作品。海瑞思还拍了照片发来，是一张发黄的《华盛顿邮报》，上面刊发了一条消息："格蕾丝·赛登斯特里克·遥克逝世：著作多书写中国。"她在信的末尾写道：格蕾丝于1994年5月去世，我那年四岁不到。

我的曾祖父叫海福记，1900年4月，这位在日本仙台生活了八年的传教士，提着长途旅行的棕色牛皮箱，乘坐法国邮轮伊丽莎白公主号到了上海，稍作停留，他往南在宁波上岸，去过绍兴、诸暨等地后，又返回宁波走水路向西到了汉口。他对要考察的地方是模糊的，汉口停了半个月，再度上船沿长江逆行两百多公里到了城陵矶。这一次长达两个月的远行，原本并没打算扎根洞庭湖畔这座老城的他，五年后在青沙湾建起了一所颇具规模的学校。

这段历史海瑞思给我讲过好多次。接待她的任务落到我头上后，有一天我回到从青沙湾划出去的渔村亮灯，突然一惊，想到外公在这里住了一辈子，离歧园并不远，“城南旧事”多少是要知道一些的吧。他那时尚未生病卧床，多数时间喜欢坐在屋门口高处的一块阶基上，望着远远的湖面，手上端着一大缸浓茶，茶叶不讲究，好歹都喝。陈光宗有次到四川出差，在山里买回一大包野生茶，熏过后茶梗又粗又长，抓一把丢水壶煮着喝，可以反复煮上二十泡。他把烟戒了，肺受不了，支气管也咳个不停，酒也减了量，唯独浓茶的喝法没变。

我与外公谈起海福记，他被我突然的发问弄得发蒙，神色慌乱，我把原委说明，他才如释重负。他说，我记得那个美国来的牧师，一天到晚笑眯眯的，有人干脆叫他“笑面虎”。我说，你见过他吗？他睃了我一眼，似乎我的不信任对他是种侮辱。渔民的性情与水有关，随遇而安，江湖义气，但听不得瞧不起人的话。他说，那时城陵矶大码头，外国人来了不少，有许多是来传教的，海牧师不拉人进教堂，却建了一所学校。话虽这么说，但外公到底见没见过海牧师，一直是我心中的谜。从时间上考证，海牧师在巴丘的最后一年，外公刚满三岁。常理而言，这个年龄段的记忆是很不靠谱的，但外公在清醒之际说出那个年代的往事，绘声绘色，具体到事件发生时的时间、天气和细节，记忆如同刻在脑子里，随时调用。

海福记取中文名的来历，已无从可考。海瑞思从家族长者那里也没得到准确的答案，有做社会学研究习惯思维的她一边顺藤摸瓜，一边浮想联翩。

她与我说多了，我也跟着烧脑。我想，海福记到中国后，不是喜欢走街串巷吗，那时江浙、汉口的店铺招牌，多是叫福鼎记、福生堂，他是不是从中得到的灵感？我把想法告诉海瑞思，过了几天，她给我发信息，说真查到了一个叫福记的品牌。我一看链接介绍，确实是清道光年间一家紫砂器制作和销售商号的名号，创始人陈寿福是制作朱红泥水平壶的一等高手。我顺嘴问，海牧师喜欢喝茶吗？她立刻说，喜欢，父亲说他有一把紫砂的，壶不离手。我说，那壶还在不？她说，壶没活下来。我遗憾地说，壶要活着，也算是一件古董了。

一个人漂洋过海，去了日本，又到了中国，给自己取姓海，又图吉利取名福记，全对上了。海瑞思像有了重大考古发现，欣喜不已。我问她，海牧师原名叫什么？她拍了张照，给我看家谱：威廉·埃德温·霍伊，1858年出生于美国东北部的宾夕法尼亚州的米夫林堡，24岁本科毕业于富兰克林与马歇尔学院，27岁兰卡斯特大学神学院硕士毕业并获得传教士身份，之后去仙台担任大教堂牧师，后赴湖南巴丘创办教会学校，中国名字叫海福记。半年前，朱广泰就着手找人编撰一本未打算公开出版的文史资料，从档案馆调取的信息过于粗线条或有残缺，类似于古代史官的大事记。我把这份家谱转给他，他兴奋不已，指令我多从海瑞思那里找些能确证的史料。

海瑞思坚信她的曾祖父与我外公之间有交集。她说，海福记是个喜欢孩子的人，正是基于这一点，他才把后半生的精力集中放在了异国他乡的教育上，也才有了这所教会学校。我直人直语，说也可能是当时传教很难，办教育才是最好的方式，中国有个话叫“明修栈道，暗度陈仓”。她问这个成语是什么意思，我说你自己查。我猜她会生气，但她过一会儿回复我，并无恼意，很认真地说，每个时代的理想主义者是大有人在的。我心中存疑，在那个纷纭的时代里，海福记是纯粹的理想主义者吗？

有一次她要与外公视频通话，我担心语言不通，她要听明白外公的巴丘方言几乎不可能，偏没想到他们对话的效果很神奇，话语的意思大概能对接得上。陈光宗在一旁也听得傻了眼，捂着嘴窃笑。外公告诉她，当年海牧师初来乍到，整天走街串巷，跟那些渔民和商贩问这问那，讨价还价，一个多月后就能开口说中国话了，不看脸的话，真还以为就是青沙湾跑出来的一个乡下老头。如此说来，海瑞思的语言天赋是有源头的，她身上有从海牧师那里遗传的基因。

基因研究正是海瑞思的专业范畴，我打趣地说，这个语言的基因遗传可以成为你的研究方向。她一本正经地说，我还想过基因程序参与到AI的研发中。我说，具体会是个什么关联？她说，人工智能将是改变医疗领域的领先技术，已经有很多尝试，比如是否设计一种语音AI，代替失去表达能力的老人说出脑子里的想法。我说这个想法好。她说，好想法还没完全打开，在等待机会。我说，等待什么？她笑着说，灵感。我也笑，灵感不正来了嘛。

外公与海瑞思视频就很开心，我就想多从他那里挖点“料”。朱广泰总提醒我，歧园是个有意义的项目，开发歧园也是开发一段历史。我凡事也喜欢探究个原因所在。在那个不太平的年代，群体的观念固化，接受新事物的过程从来都是漫长的，一个外国人怎么能如此迅速融入另一个国家的底层民众之中，文化的壁垒又是怎么拆毁的？我请外公释疑，为什么那时大家都喜欢海牧师？他沉思了一阵，给出的回答是，海牧师是个爱笑的人，有再多的烦恼事，他都满面春风，一笑而过。这个答案，仔细一想，比什么大道理都更通透。

海瑞思在视频中也始终笑眯眯的，外公说，你笑起来特别像海牧师。她当即尖叫起来，在房间里欢呼蹦跳了一圈。外公蒙了，不知自己是不是说错了什么。她说，外公太厉害了，我祖父也说过同样的话。也就是那次聊天后，海瑞思变得特别关心外公的身体健康，纪录片要拍外公的想法也越来越强烈，一个活着的证人，是证实一个世纪前所有故事真实与否的关键。外公的身体看起来晃晃悠悠，却也算坚挺，偶尔想到了就会让舅舅问我，海家的孙女什么时候来？

岐园荒废多年，偶尔有人跑进园子里转一圈，四栋砖木结构的欧式建筑，和许多棵树交错着长在那里，看上去就是存在很长时间的样子，但半个小时不到就转完了。旧址唤作岐园，自有它的缘故：顺着入园主路上坡，走到四分之三处，分岔一条小路，下行绕到宿舍楼东面，又有新分岔出来的小路，园里多歧路，就像一棵活了很久的老树分出去的枝杈。陈光宗告诉我，过去这里叫过祈园，祈祷之地，也有人叫过弃园，废弃之地。每个名字都有它的来历，但我一直觉得岐园这个名字很独特。

半小时能走完的地方，压根就留不住人，谈什么旅游，说出去不是一个笑话？我把对“半小时”这个问题的思考跟朱广泰和盘托出，他频频点头，却不作任何表达，只是说，我们不要走马观花，静下心再去走一走。我常常一个人跑去岐园，这倒不是因为朱广泰的交代，而是遇见了那里的门卫老头，我们一见如故，有点忘年交的味道。

岐园建在青沙湾的甑壁山上。甑壁山顶是平的，像个桌面，南北有一里路长。地上潮气重，四处长了杂草和苔藓，大树掩映，蕨类植物长得多，这个环境里的中式屋顶、西式墙身的老建筑就都有了苍老的感觉。靠西侧砌了一条一里长的青砖路，两人并行刚好通过，保存完好的四栋建筑是牧师楼、小教堂、外籍教师楼和宿舍楼，大操坪上从北往南有篮球场、健身场、田径场。这一片原本整体归入老城区，周边拆了两三轮，但这里维持原貌，被保护了下来。我心中唏嘘，过了一百来年，历史像一棵棵根深叶茂的树长在这里，树还在，但能说全它故事的人，很难再找到几个了。

岐园西面临湖，从西门步行，过观景台就能下到湖边。南校门是正规通道，有个长长的缓坡上山，坡脚的门卫室，有个姓文的老头白天会守着，晚上回家，虚掩一扇小侧门给人进出。我第一次在岐园遇到他，搭讪了几句，他说自己以前是钢球厂的工人，我读中学有几个玩伴都是钢球厂的子弟，熟悉厂区布局，对从那里出来的人有种天然的亲近。我问他怎么称呼，他说，过去有姓有名，也有身份，现在退休了，一个老头子，大家叫我文老头。我乐了，说，我也这么称呼您？他说，你不这么叫，给我来个新称呼？我想了想说，那我叫文爹吧。

后来我知道文爹不是普通工人，当过钢球厂的总工，是高考恢复后的第一批大学生。他没事喜欢刷年轻人爱看的抖音，还爱拎着一个小收音机，本地音乐频道有个固定的节目，轮番播放《夜梦冠带》《打差算粮》等巴陵戏曲。这种戏的弹腔伴奏有胡琴、月琴、小三弦，辅以唢呐、笛子等。他见我听懂得戏，以为我是票友，就和我聊戏里的打击乐器哪里是板鼓、堂鼓，哪里是大锣、小钞等。收音机里的声腔咿咿呀呀，在这空旷之地平添几分凄凉。我有时候是清早去，有时候是天快断黑了，山顶很安静，湖风吹得树叶婆娑作响，让人误听为一群孩子在交头接耳，偶尔刮来一阵大风，枝杈间发出嘈杂的响动，又会误听成一个板着脸的老师在声嘶力竭地训斥。

后来去几次，文爹闲着无聊，也陪着我走，我问他这地方有什么好？他开始没吱声，而后答我，人好。我以为他会说这里“安静”“有历史”，就问，什么人好？他就说出一长串的名字，许多是我没听过的。过去这所教会学校也是新式学堂，富家穷户的子弟都有来读书的，有头有脸的人自然也出了一拨拨，虽多已作古，但事迹和影响甚广。走到东南侧坡角的凉亭，是典型中国式的雕砖小品，文爹一屁股坐在亭中的石凳上，说，我一坐在这里，脑子就会冒出一个八股老秀才的身形，长辮青衫，见人要拱手施礼，或者撩撩长衫，斯文人的礼数。很多人说过这老秀才的传闻，他是海牧师请来的国文教员，教几名外籍教师学习中文。凉亭上原来有块金丝楠木的雕匾，被市博物馆借去展览后就变成馆藏品了，上书“秀挹湖山”四字，也有人读成“山湖挹秀”。字是老秀才写的，但据说请的当地雕匠花了大半年工夫，才把这蚕头燕尾、铁画银钩的书法感觉雕刻出来。博物馆馆长还回来的是一块石头牌匾，机器大半个上午就弄好了，电脑字，刻得浅，没有着色，久了就有些模糊，要细细辨认才认得出。他讲话的口气听似随意，我却听得沧桑起伏，叹惋不已。

很小的时候，我去过歧园，但不记得和谁一起去的，除了到处都是树，没有别的清晰印象了。最近几次去，我一上坡，就听到各种声音，像是有人要与我说话。声音重叠，拥挤着奔跑着钻进耳朵，嗡嗡作响。我扭头四处张望，除了文爹，再无人影。又一次去，文爹帮我开小教堂的门锁，那里平时不对外开放。我看小教堂的第一眼就惊诧了，它的造型既不高耸也不对称，与印象中的教堂完全不是一个样。后来我琢磨了教堂的设计，在平面图上大概就是一个大正方形的一角突出一个小正方形，立面看，左边一幢平房，右角是钟楼，四周绿树环立，颇有几分雅致幽静。

我问文爹，来这里参观的人多吗？他说，谁还来看这旧地方，地方又偏，也没修缮，光零零几栋屋。我说，嗯拉嘎（您老人家）在这里守了多少年了？他不假思索地说，说久不久，第九个年头了。

文爹的家就在歧园附近，祖上留下来的一块宅基地，有个小院子，他从钢球厂退休后，儿女在外地安家立业，不需要他做贡献，他乐得清闲，就来当了歧园的门卫，一个月没几个钱，但习惯了这地方，又仿佛有在歧园做过校工的老父亲的气息，就把歧园当了另一个家。文爹已经是歧园的高级导游，对几栋楼的功用来历，建楼的先后顺序，当时是谁住的，后来谁住过，楼的特点是什么，他三言两语，清楚明晰，是那种有文化又有趣，接地气很朴实的老头。

话一说开，文爹竟然认识我外公。他问起外公的身体，称赞说，他拉嘎（他老人家）别看是个穷渔民，那也算个传奇，把一儿一女培养成了大学生。后来我跟外公说起文爹，他也记起来了，就跟我讲文爹的父亲在歧园上过学，家里负担重后来休学了，抗战爆发后，他父亲被聘到学校当校工，又跟着学校迁至沅陵待了几年，转回来，教会学校几经更名，解放前后办过私立湖滨高级农业职业学校、湖滨中学、省立湖滨农林技术学校等，他一直没离开过学校，死心塌地地热爱，只可惜患肝病早逝。

后来我和海瑞思的交流，传递的很多信息一半来自外公，一半就来自文爹。和朱广泰偶尔碰到一起聊，我又鹦鹉学舌，他听后立刻对我刮目相看，说，你小子下了功夫啊，是个干事的人。我心里就暗自得意，无怪俗话说得好，家有一老是一宝。我身边有这两位老宝贝，很多事就好办得多了。

3

从医院出来，我边开车边给海瑞思发语音信息，说了外公身体情况，她也很焦虑，但再急也没办法，航班已经被航空公司调整过一次了，大概是乘客少航班合并的原因。她说，菩萨保佑，让我一定见上外公一面。我调侃她，应该是请上帝保佑。她严肃地问我，你还有心思开玩笑，你们不是遇到难处就请菩萨保佑吗？我不想和她辩论，就发了个红脸的表情。我心想，生老病死，顺其自然，当我们明明白白懂得生死的规律，自然就有了活着的踏实感，毕竟生命的长短，谁也没办法左右。

早几年，城市南延，一条湖滨大道提质扩建，顺带把几条偏支岔路打通，从市区回亮灯村半小时车程就到了，过去的偏僻之地，浮在半空中的鱼腥味，现在为一股汽车尾气所取代。陈光宗陪外公由救护车送回家，我开车尾随。车上湖滨大道，速度减缓，我打电话问陈光宗外公的状态。他声音压得很低说，奇了怪了，车一跑动起来，你外公的气色就红润多了，问过几次到了哪里，刚才在湖滨他还侧起身，让护士扶起来望了窗外几眼。

外公要看什么呢？天色渐暗，灯火夜驰，这片老城区不断拆了重建，建了又拆，就变成一片新中有旧、旧中有新的奇怪面貌。几年前在街道办，重心就是忙征拆，每天走家入户，耐心细致讲政策讲未来，哪家哪户都各有生活的难处，条件好的人家早搬去了东边新城，这片西南角就变成了一个疖瘤，动不动手术，都是麻烦和难题。市里主导的渔火季文旅工程规划庞大，前面实施的部分慢慢把这一片带热闹起来了。上面鱼腾马跃，下面不能死气沉沉。朱广泰顶着孟书记的施压，就把压力传导给我们。我是首当其冲，被他叫去办公室，他直接就说，对教会学校的功能和招商要多动心思。他的目的还是想激活教会学校这个文旅资源。我心里有抵触情绪，与朱广泰心急火燎的想法有分歧，歧园是可以做文章的地方，但我们得先想好，不是单纯为招商而招商。我在基层工作那么多年，懂得“说和做”是分开的，说了就要做，这是我的原则，我也可以不做，但不能不说。

外婆去世后，外公不肯进城，这两年舅舅陈光宗多半时间就住到村里来照料生活。他从电视台采编一线岗位退下来，到了工会，不用上班打卡。这位当年的名记者，虽是半退休状态，但徒弟们仍然恭敬有加，依然没少跑过来探望。他对外公百依百顺，最根本的缘由，正是文爹说的，如果不是外公拼死命出湖捕鱼养家，不是外公坚持送他到岸上借读，他现在就有极大可能是亮灯的一个皮肤黝黑、头发半秃、满脸深纹的半老头子。

外公说，哪个不想子孙后代有出息，是没那个条件，也没那个认识啊。我问他，怎么就想到要送子女去读书呢？他说，不上岸读书，就下湖打鱼，两条路，没有别的选择。外公所说的确是湖区的现实，有些人的命运，非此即彼。我说，村里怎么就外公知道读书比打鱼重要呢？他说，这得感谢一个人，美国来的海牧师，他在青沙湾办学兴教，有了读书的氛围，不然哪动过这个念头，那个年代，哪个人不是在水里深一脚浅一脚过来的。

我回到村里，外公身体状态好的时候，会主动讲起海牧师的往事。在外公眼中，海牧师不止是传奇，还很神奇。他说，海牧师竟然在半个月时间里把夹杂着几种方言的巴丘话听了个差不离。我质疑，未免太夸张了吧？外公感慨地说，人家是有心人，上船就学中国话，到了武汉，停留期间，也一直在找中国人学习。我后来在一份史料里读到海牧师到汉口后用中文给妻子写的信：“在我离开之前，哮喘再次困扰着我。快两个月了，在长江中游的这座大都会，哮喘意外消失了，身体从未有过比现在更好的感觉。”

那时，他的妻子带着三个孩子，中途在一个叫牯岭的地方小住了一段日子。外公说，海牧师妻儿歇脚的那个地方在江西庐山，是英国一位喜欢旅行的传教士李德立发现的，那里清凉，适合避暑，有商业头脑的李德立灵机一动，租用了一大片山地，划分很多块区域后当起了中介商，向各国友人拍卖。当地人根据“清凉”的英文cooling，把那地方叫成了牯岭。拍卖很成功，有22个国家的传教士来这里买地建别墅，不到两年，建成了“万国别墅群”。直到今天，在牯岭还有口味纯正的咖啡，有地道的西式壁炉，冬暖夏凉，外国人都特别中意。我听说后上网一查，最高峰时期牯岭建有一千多栋别墅，被日军飞机炸毁了不少，剩下不到一半。又是一段不知藏了多少悲欢离合的历史。

我和外公聊天的时候，陈光宗也坐在一旁听，有一回他忍不住说，你们漏了一段海牧师最重要的经历。外公不吭声，我侧目，问，哪一段？他说，海牧师是怎么来巴丘的。我说，不是走水路，从上海到宁波，再由武汉到城陵矶吗？他说，这个路线考证是没错，那你知道他上岸后经历了什么吗？

外公讲过海牧师上岸后，带了一个人，是在汉口等待他的助手史蒂文。这个人是个中国通，人家喊他李指南，一头自来卷长发，但他一上岸，就被一群不喜欢洋人的民众丢掷石头，眼睛受了伤，又赶紧逃回船上去了。我说，陈大记者，有什么新说法？陈光宗说，有一年台里做了一档节目叫《城南旧事》，找了不少老街巷的老人家采访，地方研究会的罗先枢会长就说到了海牧师。罗先枢是本地知名的文史专家，真正的巴丘通，经他之嘴说的必定是有准确的依据。

外公似乎没听我们说话，眼皮子合拢睡着了。我说，罗先枢讲的海牧师从城陵矶下船登岸进城的那一段，我想听。陈光宗一笑，这一段我印象特别深，都跟巴丘的吃喝玩乐有关。我说，别卖关子，快讲。

他说，海牧师上岸进城时是午后两点，但南正街的潇湘大饭店还在营业，他似乎早就做过功课，先进店点了王百兴酱菜，八个小碟，酱菜上浇了少许小麻油，香气扑鼻，蓑衣萝卜嚼得脆嘣，再没有比这更好的下饭菜。饭后他在天岳山的君山茶庄喝了一杯声名在外的银针茶，芽壮多毫，条直匀齐，汤色杏黄明亮，滋味鲜醇回甘，就是茶钱贵得让人心疼，后来在巴丘的几年，他都只选择喝物美价廉的北港毛尖。傍晚不到，他进百香园看了场花鼓戏，一句话都没听懂，只是觉得日本歌伎的装扮，都是从中国的戏剧人物里学来的。

你猜他第一天住在哪里？陈光宗问我。我摇头，心想那个年代，一个外国人初来乍到，会是有接待安排的吧？他说，说出来好多人不信，他就住在半边街。半边街三十多年前就陆续拆没了，我从没见过，倒是听说过。半边街在老城墙靠汴河园的北坡，坡南半边是菜园，北半边的一排又破又旧的老房子，是穷人住的地方。陈光宗说，那个客栈的房间小，只能放下一张小床，下床就是门外，不过他那晚睡得很安稳，似乎史蒂文被砸伤的事压根就没发生过。

陈光宗边说边联系罗先枢会长，请求发一些有关海牧师的资料文章。他发来一张照片，照片上的海牧师有个宽前额，头发一边倒，眼睛里笑意流淌。海瑞思也给我看过海牧师在塔前街租住的民舍创办求知学校的师生合影，年龄不一的学生拢共24名，那是他到巴丘两年之后的事了。罗会长还发来一个文档，讲的正是海牧师办学初期的经历：

> 海牧师最初是在租的家里办英文培训班，一个月里，只招到了四名学生，有两个学生是他请来教自己中文的雇员的孩子，一个是比较早睁眼看世界的那种洋务派人士的孩子和他的邻居。情急之下，海牧师把妻子从牯岭接回来，妻子是宾州高等师范毕业的，特别爱孩子，她一来，招生广告贴出去，又陆续来了十几个学生，也包括五名女生。学校是从无到有办起来的，海牧师在1903年打算回美国筹款时打的报告上写过一段话："中国人是最能吃苦的，有些贫寒之家的孩子读跑学，早出晚归，中饭就是一只箩碗装了家里带的饭菜，一条手绢包了，拎着带到学校吃，非常不易。"

外公颤悠着又把眼睛睁开了。我们在说这些事的时候，他像并没睡着，嘴边打着眯笑。他看着屋顶上的横梁。这些年，他坚持不肯搬离他的旧屋，他说住新屋睡不踏实。外公家的房子是村里最奇怪的一幢房子，半边新半边旧，当时拆旧建新时，陈光宗要面子，说推倒重建，外公坚决反对全拆，理由是老房子的几根木檩条是有来历的。

我过去对房子也没在意，有一次无意中听他们议论，多听了几句，弄清了原委：那几根木檩条是海牧师送的。当时太外公是老渔民，半夜下湖捕鱼，清早送到鱼巷子赶早市，风里来浪里去，也就是混口饭吃。有一天他听几个卖鱼的摊贩说新来的外国人要在青沙湾办学校修校舍，没工钱但管饭吃，他就动了心。其实在巴丘有个地方习俗，邻里之间盖屋，都是要去帮忙的。从亮灯到教会学校约十里路程，并不远，架桨划船，顺水而行，一个半小时左右能到，不像现在路修好了，十几分钟车程就到了。那个时候的海牧师满腔热诚，他的办学受到当地人的欢迎，报名上学的越来越多，于是他不得不听从妻子的建议，选到偏僻一点的青沙湾建一所更大的新学校。太外公心想，青沙湾也算得上是亮灯的邻居，当天驾船返家路过时就去报了名。工地上已经来了很多他认识不认识的泥瓦匠、木匠、石匠、铁匠，城里有手艺的人做手艺活，没手艺的人来帮着搬砖拌泥。太外公做事是个守承诺的人，工地上有活就干活，没活就帮着打杂，一直到校园几栋房屋全部建成才离开。看着一栋栋房子按照自己的设计立起来，海牧师对太外公为人做事特别满意，临走时派人将材料中剩下的两根半截洋槐树檩条，搬到了他的船上。两根半截洋槐搬回了亮灯，太外公当时哪有钱盖屋，就找了几块旧油布严严实实包着丢在那里，后来直到外公成年盖屋时才派上用场。

这段日子，朱广泰消瘦了些，原本已发福的肚腩不那么现形了。他对涉及渔火季文旅项目的事格外上心，岐园的教育、文物、建筑等功能发挥，是他的心病。那股心火转移到别处，就是口腔溃疡、嘴角疱疹，随身杯里泡的是杭白菊加莲心，吃的是牛黄解毒上清丸。他白天四处跑，局里改在晚上开会，会上会下他给人洗脑，大谈创业精神，又语重心长地讲如何不愧对这一片湖水这一方土地。

他忙碌，我正好躲开，怕他反复交代，说什么关键是要以最快速度“拿下”海瑞思。我当时就撑回去，怎么个“拿”法？我们只要做到了真心诚意，她就能感受到，如果她不敏感，我也没办法。朱广泰把我叫去办公室，他对我的表态颇有不满，但知道我是个认真做事的人，也不计较。他拿出一份文件说，请了第三方做了个评估，教会学校管理修缮的全部费用，一年没六百万拿不下来。我听到这个数据很惊讶，平时也替歧园算过一笔账，一草一木、一点一滴的开支，累积起来就是个大数字。我说，教会学校当初建设总共花了16859.13美元，折算成白银不到4万两，再折合现在的人民币，也就是4000来万吧。朱广泰睁大眼，像是不信这个被我折合出来的数字，这么些钱建一个大学校，那是个奇迹啊。我又把太外公帮海牧师建学校而后得到洋槐树檩条的事说了，他激动起来，这个故事好啊，有人证有物证，太难得了，纪录片里这一段得好好拍。我说，局长放心，这些线索已经提供给海瑞思了，纪录片里都会去拍到的，如果拍摄有需要，我舅舅也答应了出手相助。

朱广泰听我这么说，情绪好转，才把核心产地的龙井泡了一杯递给我，呵然一笑，出去可不要说，所剩无几。茶不假，根根挺直光滑，嫩绿光润，甘醇香气扑鼻而来。我故意说，这个叶嘌呤碱多，缓解疲劳，提高思维能力，是不能让不干事的人喝了。他不介意我话中带刺，又谈了目前招商口上的同事初步衔接的项目，有想在教会学校办陶瓷馆的，有提出建名人蜡像馆办书画作品展的，也有人说把宿舍楼拆掉重建，继续办私立学校的。我初听，要么觉得投资水分多，难以实现，要么觉得不靠谱，没有任何特色：搞个展览卖场热闹一阵，又人去楼空；重新办学各种配套达不到标准，已经不现实，反而是破坏。我向他建言，有时候保护也是发展，一定得等到合适时机，再来破局。朱文泰说，现在什么时代了，时间不等人，机会也不是等来的，要去创造。我说，创造固然没错，但也不是我们死皮赖脸拽着人家吧。大家各执一词，有些不欢而散。茶才喝了一小口，出来后我就后悔了，浪费了那杯好茶，真是暴殄天物。我和陈光宗聊了这事，他劝慰我，拍板权在上面，办事的人就不要多争论。我说，我不说大家都不说，也不能由着上面任意为之吧。陈光宗说，你这性格，属火，换在早些年就该跟文爹去钢球厂当火炉工。

朱广泰的态度，让我对那几栋老建筑的命运有了隐隐的担忧。遇人不淑，始乱终弃，不如养在深闺。海瑞思到来的前一天，他又找我了，好像忘记了我们之间的争论。我哭笑不得，想，他的性格是属水的，缠绵，柔韧，不达目的不罢休。他这次郑重其事地告诉我，别小瞧了海氏家族，其中海瑞思的父亲这一支，现在经营着一家生物医药企业，在美国小有名气，专门研制抗癌治癌创新药，还是纳斯达克的上市企业。如果海氏集团愿意为先人在异国他乡存续一份怀念，成立一个基金会或者捐助一笔款项，那歧园这个项目就有了转机。言谈之间，朱广泰对自己的设想充满信心，他说，这个情况已经核实过，所以你使命光荣。

我没有他乐观，也比他苦恼。海瑞思与我交谈时说过，她素来独立，这不仅是说她的行为，也包括她的经济状况。我委婉地问过她来中国的费用开销，对纪录片拍摄的投入。她说这种个人性质的拍摄，类似于采访，前期不怎么花钱，便携式摄像机是家里原本就购置的，她自学了拍摄技术，后期剪辑、配音效可能需要请专业的人指导，但她可以请学校的专业生帮忙，而她的交通住宿费，有这几年的奖学金和参与导师项目的补贴，应该绰绰有余。从头到尾，她压根就没提到过有那么一位企业家父亲。我问她家里人对纪录片什么态度？她说，我选择自己想做的事，家人的态度并不在考虑之列，从小到大，每一件事，家人都尊重我的决定。话说到此，我就讪讪无语了。

我把聊天所得信息转告朱广泰，说事情怕是宜缓不宜急。他的脸色先是沉了一下，继而喃喃自语，不该是这样的，也许你说得对，我们的热情感动了她，到时窗户纸捅破，她就懂了，这对她的家族是多么荣耀的一件事。

4

飞机为了避开突变天气的雷电，在空中盘旋了漫长的三圈后才落地。太阳是跟着飞机落地出来的，碧空如洗，金光万丈。我以为延误会让她厌烦，没想到她的眉眼里都是欢笑。一身休闲装，戴着米黄色小礼帽、墨镜、白色卡通口罩，推着一只大号行李箱走出来。我早在视频和照片中认过她的形象，原本这趟航班乘客不多，我像个粉丝见偶像，挥动手中的那束鲜花，她脚步未停，直接向我疾步过来。见了面，我犹豫了一下，要不要握个手，或是拥抱一下，她却是左手握成拳头，举在空中，我旋即明白她的意思，也握拳相对。这样算是打过招呼了，她颇为得意，哈哈大笑。

海瑞思的中文名是他祖父取的，很奇怪的一家人，从出生后，不分男女，都要取一个海姓的中文名，有的家庭成员可能一辈子也不会来中国，但取名之事成了家族的传统。对于她来中国的动因，我问过是不是她祖父的遗愿。她说是，又不是，家里有一张曾祖父留下来的照片，看了就特别想来中国。我说，什么照片，是全家福？她说，我给你发过的那张师生合影。我当然记得那张照片，海牧师来中国半年办起的求知学校，黑白照片已经模糊不清，但能认出坐中间长着宽额头的海牧师。

海瑞思问外公身体怎样，我说，从医院回了家，医生下了病危通知，也许就在等着你吧。听我这么说，她说，那我们赶紧出发吧，我这几天都梦见外公了。我把当日行程和朱广泰接风洗尘的晚宴说了一下，海瑞思很坚决地说，见外公是大事，晚上就在亮灯吃吧，你不是说过有打鱼佬农家乐吗？我说，打鱼佬你都记得啊。我心里愈发佩服这个美国姑娘，平常不打眼的聊天中的重要信息，都存储在她的“芯片”上，形成了一个区块链信息库，想要用到之时就自动蹦出来了。

车上了高速，我给朱广泰去了信息，告知人顺利接到了，大概两个小时后到入住酒店，海瑞思临时改变计划，安顿好后先去亮灯看望外公，然后在打鱼佬吃晚饭。朱广泰回复，这个安排好，我还在开会，晚饭前去打鱼佬会合。

海瑞思路途奔波，却无半点倦意，隔窗打量着高速路两旁的风景，向我请教路牌上的地名的来历。我看她没有休息的意思，就找话题聊。东拉西扯了几句，又说到了歧园的项目上。这件事我再不情愿对她开口，但好歹也得试一试。我动了个心思，从最近的一个事实说起，关于歧园文旅开发对外整体招租项目的事。有一家从广东迁至本地的陶瓷生产企业，去年就在接洽，想把湖滨做成陶瓷学校，展示陶瓷历史和现代工艺的产品。她问，有景德镇那么有名吗?

我说，那远比不上，景德镇是中国瓷都，钧窑、汝窑那些是中国名窑，巴丘曾经发掘出过所谓的官窑，但老窑址不在这里，工艺也早已失传，有一些杯碗碟的残片，考证说是始于东汉，延续至唐代。

她说，我知道有一种青瓷，祖父用过的一只喝茶的杯子就是青瓷，小时候被我打碎了。我听说她打碎过青瓷，就笑着说，你真厉害，说不定是个天价之宝。她说，妈妈生气了，说是曾祖父从中国带回来的传家宝，我吓得不行，后来祖父出面说这只是仿制品，碎了就说明它不重要了。我说，你祖父对你真好，为了安慰你，故意说是假的。她睁大了眼睛，你这一说，提醒了我，祖父后来不那么爱喝茶了，我们一家人都没留意。

海瑞思的祖父是在她进大学后去世的，祖父特别爱她，她也爱祖父，后来选的生物医学专业，虽是父亲主导，但也与祖父有关。祖父研究医学化学，年逾五十后撤离实验室现场，结束了那一场场仿佛没有尽头的实验，创办了一家医药企业，他的实验室搭档后来带着团队拿到了诺贝尔生理学或医学奖。这是祖父心中的一个遗憾，如果坚持，他的家族就会拥有另一种荣光。也许是我们的聊天引发感伤的怀念，她闭上眼睛，没了言语，我从副驾驶回头瞄了几次，她似乎入睡了，眼角有泪痕，双臂环抱胸前，像个孤独的洋娃娃。

海瑞思走到外公床前，摘下口罩，握住外公筋络暴起的手。她将自己的手覆盖在外公的手背，肤色迥异，像一片新鲜的绿叶叠在一片枯叶上。外公听到我说话，睁开眼朝她看了看，眼神里先是一片漠然，然后像一片水流过的荒地，有了欢喜的湿润。她表情凝重，轻声喊道，外公，我来看您了。我在旁边补充道，海瑞思刚下飞机，直接从机场过来了。

外公示意我们扶他起来，我把床头的被褥垫高，垫在他的腰背之下。他一只手示意海瑞思坐在床边，她的手攥紧着他的另一只手。架好的摄像机已经开始拍录下这场景的每分每秒了。

你多笑，这是外公开口说的第一句话，接着又说，长得真像海校长。我知道他说的海校长是海瑞思的曾祖母。这个叫海玉音的女人一生和丈夫生育了四个孩子。1927年，中国战乱频仍，学校停办，教堂活动停止，海牧师带着妻子和孩子乘坐麦金利总统号邮轮返美。那是一次纷乱的远洋之旅，不幸的是快到美国西海岸时，海牧师有天深夜突然中风，没来得及抢救就脑出血去世了。两年后，听说中国时局有所稳定，战乱稍有缓和，深情重义的海玉音带着大女儿和二儿子海恩斯再次来到了巴丘，继续丈夫未竟的教育事业。那时，教会学校设立了三年制的小学部、四年制的中学部和四年制的大学部，海玉音被委任为中学部校长。

曾祖母从美国再度返回中国，到底是出于一个怎样的目的？海瑞思之前和我探讨过这个问题。我也问过外公。外公对海校长的第一印象是记得她的精致，她随身兜里会带一条手帕，手帕打开会有淡淡的香味，花露水的气味，吃饭的时候，她就会把手帕抖开平展，放在大腿上。有人看到了会笑，但没人去学，学了也不像，东施效颦，更会让人笑掉大牙。她牙齿洁白，唇启露齿，像湖面阳光闪过的一道光。她饭后要刷牙漱口，一天三次，只喝白开水，从来不喝茶。人们想，这大概就是她牙齿白的原因吧。后来有人私底下说，她从小牙齿让虫蛀光了，戴了一口假牙。这件事一直无人探究真假。外公说，大家都喜欢这个圆脸庞的外国女人，她不苟言笑但待人和善，每次上街见到乞讨的穷人，都要从小包里拿出点钱施舍。那些没有钱交学费又想读书的孩子，她都会答应，先入学，有了钱再补交。有的学生读了书又没交学费，都是从她的薪水里扣的钱。

我对海瑞思说，你不是说理想主义吗，也是那个时代里人的纯粹性所致吧。她说，我明天要好好看歧园的树，曾祖母最爱的是树。这个说法让我心中一惊，当年经海牧师之手种了很多树，加上请人种下的，大大小小有一千多棵吧。小教堂前那棵四人合抱的大柏树，被夏天一个炸雷劈开，燃烧了一个多小时，最后火扑灭了，只剩下一截两米多高的枝干，像块黑黢黢的墨炭。过去这么些年，各种原因砍挖了不少，但依然还剩很茂密的一片绿荫，一棵树的叶冠连着另一棵树，挤挤挨挨，耳鬓厮磨，在校园里行走，可以不用雨伞。所有的风仿佛是因为枝叶的摇晃而产生的。海牧师为什么要种那么多的树？也许就是因为妻子的喜欢而爱屋及乌吧。

打鱼佬农家乐今夜灯火明亮，因为海瑞思的到来。它是亮灯的外来户盛全伍开的。当年他家祖上从江苏漂流过来，两兄弟是孤儿，船上穷得空空荡荡，只有用不尽的力气和好水性，夜里遇上十几米的大风浪，船被打翻了，周遭一片漆黑，幸好兄弟俩各抱着一块碎船板，冷飕飕地漂了一夜。第二天早上睁眼就到了青沙湾，听说附近有个渔村，来了之后，老二还是当渔民，老大倒插门学了门酿酒的手艺。现在的老板盛全伍是老大的儿子，从小怕水，但学会了喝酒，就跟着父亲酿酒，亮灯村纳入全市渔火的文旅项目规划后，村委会鼓励有一技之长的渔民前店后家，做出有点渔村特色的东西。他灵机一动，就把旁边兄弟家闲置的屋盘租下来，几间屋一布置，又借钱在屋后的连片空地挖了一口小鱼塘，去年放了点鱼苗，也偶尔从鱼贩子那里买一些野生的。他的酒原本名声在外，听说他开饭庄了，活水煮雄鱼、清焖翘巴、油煎刁子、酒糟鱼块，跟鱼有关的都是他的拿手菜。买酒的顾客平时没事或节假日，就开车跑到这里来吃个饭打个牌，走的时候带点鲜鱼，打鱼佬农家乐一下就火了起来。

打鱼佬的院子比平时多聚集了一些村民，听说来了一个眼睛蓝得发黑的外国女人，又听说是海牧师的后代，大家更是兴致勃勃。歧园的历史多少有些耳闻，但大家心里的印象是那里废了，此刻更多是想打听海瑞思中国行的真正目的。她来干什么？朱广泰比我们先到，已经和人打起了哑谜。有人认识他，请朱局长透点口风，他光顾着笑。他确实有很久没笑过了。村支书往自己脸上贴金，说亮灯村是市里渔火季文旅项目实施的重点区域，朱局长请海牧师的重孙女来，是要拍电影，到美国去上映。大家又来了兴趣，围着村支书问会有哪些演员，亮灯村民会不会拍进去。朱广泰趁机抽身，钻进了隔着帘子的包厢。

面对一大桌鱼鲜饭菜，海瑞思的兴趣不在吃，而在菜名的研究，包括来历、食材、做法。朱广泰用公筷夹了一堆碗菜，她就蜻蜓点水尝了点味道，却特别喜欢喝汤。对鱼的腥味，她并不在意，反而说腥味浓的更鲜。朱广泰从头到尾边吃边当讲解员，介绍巴丘的自然历史，说海牧师办学培养了哪一些有名的人物，谈市里在开发歧园这块宝地上的重视态度。他说几句，就停顿一下，有意看看海瑞思的表情，她咧嘴一笑，他又继续讲，她要皱眉，他就换个话题。

中途朱广泰朝我使眼色，我懂他的心思，把话往海氏集团上引。朱广泰接我的话问，海氏集团有没有在别的领域拓展？海瑞思直截了当地回答，没有。朱广泰说，鸡蛋不要放在一个篮子里，你爸爸海克文先生完全可以跨国界跨行业嘛。海瑞思说，祖父对我们家族成员说过一句话，人生能把一件事做好就算成功了，所以爸爸必须遵照。尬聊之间，正好盛全伍进来敬酒，想听听外国朋友对他手艺的评价。朱广泰把盛全伍的家世夸张地渲染了一番，海瑞思来了兴致，站起来端茶与盛全伍碰杯，说，我可以拍你吗？盛全伍连忙摆手谢绝，朱广泰狠狠瞪了他一眼，说，天上掉馅饼到你头上，你还傻不拉叽不答应，知道要是把你一拍，打鱼佬就世界有名了。

第一次见面的饭局，虽有尴尬，但急切的朱广泰略有保留，没有直接提到“投资”这个让我敏感的词。人家初来乍到，不知我们对歧园保护和开发的实情，要是带着心理阴影，不知要把我们想象成什么人。平常朱广泰主持的饭局，加上喝酒会把时间拉很长，但这顿饭都没喝酒，关键也是海瑞思说到酒就连说不会喝。路途奔波，见到外公后的复杂情绪尚未缓解，她对朱广泰谈论那些地方发展理念的词汇不敏感，打了好几个哈欠，我瞅个间隙提议，早些结束饭局回酒店休息，这才把他有板有眼的讲话刹了车。

送海瑞思回酒店，朱广泰说，中餐西餐酒店都有，吃完报房间号就行。海瑞思突然说，酒店费我能自理，不能给你们多添麻烦。我看到他脸上有些挂不住了，赶紧打圆场，先安心住下，后面再说。海瑞思并不介意，打着哈欠和我约时间，明天她想赶到教会学校拍黎明。她从包里掏出一沓装订好的文件纸，递给我，说道，上面有一些拍摄的想法。我翻开第一页，上面写着：

第一幕：日出

时间：黎明

地点：歧园

拍摄对象：树，房子，湖面，小路……

注意事项：光与影，自然环境，叶尖上的阳光，空中的灰尘……

她说过她是时间管理者，但我没想到她考虑得这么周细，对每一天的拍摄工作都做了具体安排。等她进房间安顿好，我们准备回去休息，朱广泰拽着我说有事商量。他不说话，站在大堂门口抽烟，他近段时间烟瘾比过去明显了，头发也不“刷漆”，一片黑白参差。我心里有种隐隐的同情。他说，你今天没开会，我说了一个重要观点。我跑这一天下来也有些疲累，但只好耐着性子把话听完。他深深地吸了一口，然后用力掐掉烟头，说，市场时代，任何东西都可成为商品，我们要把这片荒芜卖掉，变成荒芜经济。我眼睛瞪圆了，头一回听他讲荒芜这个词，过去我们只是觉得歧园的冷清现状有些可惜。我心想，这是荒芜吗，有那么多活着的历史和活着的人曾经在那里生活，留下了气息和声响，留下了记忆和过往。但他说的又没错，现在无人参观，闲置废旧，不形同废墟吗？不是荒芜又是什么呢？

5

乍暖还寒的季节，清晨六点，天刚蒙蒙亮，流淌着一股湿润的气息。歧园的运动场四周种的是两圈法国梧桐和丹桂，宿舍楼的背面半坡上种的是一排银杏，再往下是一片板栗林，再就是漫山遍野的香樟、栎木，但凡有点空地，都是尺树寸泓。当年的小树，现在都是枝叶扶疏、亭亭如盖。

空旷之中的鸟声和寂静，界限十分清晰。海瑞思一走进园子，径直奔向牧师楼，那是她曾祖父亲手建起又住过好几年的房子，站在靠西的走廊上，可以看到坡下种的几株芭蕉，肥硕青翠的叶子丛生交错，但长得不高，没有挡住人的视线，因此有了一片开阔之地，正好看得到湖，就像特意留出的一扇窗子。我想，当年海牧师茶余饭后，是不是也喜欢坐在走廊上喝咖啡、看日出日落，也欣赏那些在不同季节争芳吐艳的杜鹃、紫薇和栀子。

海瑞思走进这歧园后，就缄默不语，像是害怕惊扰了这里的静默。有的地方，很多年过去，独独留下的树，是人活过的证明。树比人活得久，至少在歧园是如此。海牧师死去都快一百年了，但山上的树愈发郁郁葱葱。

水波上的光亮一下撕开了天幕，我被洞庭湖的黎明震住了。一道金光在远处刺破云层，顿时炸裂开来，碎成片片羽毛飘落。光是贴着水波摇动起来的，越来越近的时候，颜色变浅变白，像很多条银蛇舞动起来。

你感觉到房子在摇动吗？海瑞思对我说。我诧异地看看四周，连风都停了，树上的枝叶安安静静。再一抬眼，湖上的颜色又发生了遽变。太阳露出半张脸，金色都化为了大块的橘红、杜鹃红，继而是洋红、朱红、嫣红、猩红、灼红、宝石红，像一张红色的网从天而降撒下来，每一个网眼里的红都有着千姿百态的差异。摄像机一直架在那里拍摄，海瑞思脸上的沉默，也被镀上了红色，她没有笑，却如同在笑。她望着我，说，我想起了一种酒，就是这样的红色，是勃艮第红酒。

我们很久之后才发现，文爹一直站在身后，直勾勾地看着我们。之前我告诉过他这次的拍摄计划，他也是海瑞思要采访的对象之一。打过招呼，海瑞思就手持机器，拍阳光下的一面面墙，拍一根根廊柱，也拍一块块的青砖。文爹挨到我身旁悄声说，我在一本画册上看到过她的画像。我问，在哪里？他说，几年前市政协编的一本书里，上面配文印了海校长的画像，她们长得太像了。我想起来，那篇文章我也读过，是市里几位做文史研究的老同志共同写的回忆，配图找了些黑白人物照片。说真心话，那些照片原本就是黑白色，年深月久，反复印过之后，已经有些模糊不清。我没法确定，照片上的海校长和眼前的海瑞思到底有多像，但文爹说话的语气，斩钉截铁，像是曾经见过海校长本人。

文爹拎着一串钥匙，带我们边参观边拍摄。走进刷成银灰色的牧师楼，他说这楼又叫银房子，L形回廊一面向湖一面朝向校区，转角处立有五根拱券状立柱。去了外籍教师楼，刷成了红色，他说这叫红房子。年深月久，掉了色，只剩一点淡淡的红，浮在墙面上，又像是很早之前就长在墙砖里了。走廊上也是拱券形立柱，简化涡卷的柱头，有点像刮大风时湖面上泛起的一朵朵浪花，花瓣的边缘线很长。房子里电源有的好有的坏，我拿出手机灯照明，从客厅到卧室内是圆拱形小门，通风和采光靠的是长方形玻璃窗，其中有建筑代表性特点的是大量采用了繁缛的巴洛克灰塑浮雕线脚。线脚很长，虽然每间屋子并不宽敞，但因为线脚带来的视觉效果，空间就有了延展感。

两栋楼一北一南，风格相近，并不完全是建在山顶上，而是选择了缓坡，也不突兀，像是对地形凹缺之处的弥补。我转过几次后，发现了这些建筑的秘密，依山就势，错落有致，其实这也是公开的秘密，但不得不佩服当时设计者的匠心。我问海瑞思，这些房子都是海牧师设计的，你傲骄不？她不说话，也不点头，只是痴迷地看着一面面墙，一块块砖。

海牧师就是总设计师，文爹感慨地说，他没学过建筑，但把中西建筑合璧这件事干得一点也不马虎。过去文爹带我里里外外把四栋建筑看完后，我想确实值得赞美几句，可赞美的词汇枯竭，就说了两个词：洋为中用，古为今用。文爹显然有些不满意，我说出两个不痛不痒的公共词语。他说，人家一个神学博士，对建筑学一点也不外行，还说明一个理，专注做事的人，一通百通，什么都能做好。海瑞思一边看一边拍，嘴里念叨着，太棒了。我疑惑地问，海牧师一点建筑知识也没学过？她摇头，说，我也从没听说过。文爹大大咧咧地说，没学过但可以依葫芦画瓢，没学过并不代表他不懂原理。他拿自己为例，说，过去我天天和钢球厂的机器打交道，根据产品的需要画图铸模，也是边学习边实践。这几年呢，每天瞅瞅这些建筑，都看出不少门道，你们看这里所有的建筑都没改变原生地貌，都是利用丘地边缘起建的。他领着我们细致地察看过面积最大的宿舍楼，传统穿斗式构架，走廊东西排布，每间宿舍各开两扇窗朝外，通光透风；外廊是多立克柱，如同能发出美妙韵律的琴键；外墙是清水砖，屋面是中式青瓦琉璃剪边，屋脊为西式涡卷装饰。房子沿山地南缘起建，南面看是三层楼，北面看则是两层，地上地下功能既独立又有整体性，形成了通风、排湿的地下层和架空层。

海瑞思突然感慨地说，我有个想法，要让爸爸在家乡仿建一座歧园。

海瑞思对拍摄的用心和专业超出我的想象。她有时取好景，摆好摄像机，对着一棵树，一面墙，会反复拍，最多的时候拍十来遍，也不嫌劳累和烦琐。她出镜时，会中英文夹杂地说一下到这里的感觉，做一番介绍，有时完全是沉默，只是摸一摸斑驳的树干、灰旧的墙砖，仿佛它们能替她说话。我和文爹都成了镜头里的“演员”，她让我沿着西面那条青砖铺的路，慢慢往前走，前面两次走得快，没有通过，她让我看镜头回放，取景框里，满地落叶，杂草萋萋，荒凉流淌。她说，这样的环境里，时间是停滞的，我们的脚步也要放缓，意味着时间里走过的每一步都是艰难的。我似乎听懂了艰难，一下触发了我对海牧师的理解，那也是我始终没真正弄明白的地方，在那个凋敝、纷乱时期的中国，是怎样的动力让海牧师夫妻俩来兴教办学的？海牧师死在了归国途中，妻子和两个儿子死在了中国。

当我再次走上青砖路，背影变得庞大而沉重，压在我身上，我迈不开脚步，像西西弗斯走向山上，推着巨石，脚上灌了铅一般的重量。这一遍拍得很成功，海瑞思喊完cut，兴奋地击掌庆祝。她竖着大拇指，跑到我身边，脸上浮着一层红丝绸般的红润，说，太棒了！我还没从内心的忧伤中走出来，耳道里有一种轰鸣，差点听成了“太笨了”。

我确实是个很笨的人。朱广泰布置我的任务，始终没有开口。上次海瑞思当面说海氏集团专注医药领域，我多问更会显得突兀。降低身段求人投资，跟感情的事一样，如果不是情投意合，求的这一方张嘴就先拜了下风。如果说，海氏集团愿意参与歧园的修复、投资与开发，双方就其功用的理念达成一致，让每一棵树每一块砖石在时间里复活，那是最理想不过的了。但海瑞思并没想过这个话题，也不懂我们的心思，她一心想着把纪录片拍好，不管最后拍成什么模样，这至少是她的一次寻找，她的生命有了先祖血液的流动与共鸣，于她是生命和情感的一种延展。

6

海瑞思的时间把握很紧凑，环环相扣。没有拍摄的时间，她就选一棵树，或是靠着哪栋建筑的廊柱，闭目养神，或是望着天空发呆。我不打扰她，也进入一种冥想，心中奇怪地获得一种宁静。有一次，她说，我在这里能感受到曾祖父就在身后，你能不能帮我借到一台摄像机。难道她还想拍到身后的“海牧师”？我觉得这就是个臆想。但跟在一旁的文爹却对这个想法持双手赞成，他也很“专业”地说，用两个机位，这样对同一个时段场景的呈现，可以多维度也可以节省时间。我说，借了机子还得借个摄像师，我只能请我舅舅出马了。海瑞思对陈光宗留有印象，开心地说，那就辛苦舅舅吧。我把想法在电话里一说，陈光宗下午就扛了台大摄像机过来了。他说，我原想带几个助手，嫌碍手脚，索性亲自上阵，正好可以给海博士讲讲她伯祖父的故事。

海瑞思从家谱上记住了两个死在中国的伯祖父的名字：海顿和海恩斯。我也查阅过资料，关于海顿的记述寥寥无几。后来海瑞思说得更详细些：海牧师先期抵达巴丘时，十岁的次子海顿留在牯岭避暑。隔了几个月，到巴丘就生了一场病，头疼发热，也许跟气候和水土有关，但当时海牧师每天忙碌得分不开身，见不到人影，等到有天深夜回来，海玉音告诉他儿子生病了，他才到床前去看嘴唇发干脸形消瘦的儿子。海玉音安慰他说经人指引，已经找了城里的中医，吃了退烧的药，喝了羚羊角煮的水。海牧师稍感放心地睡了，第二天早上出门，再去看海顿时，发现他的脸又红又热，但身体皮肤是冷冰冰的，海玉音说儿子昨晚时而喊热时而怕冷，折腾了半宿。海牧师这才觉得不对劲，赶紧从宝塔巷找了一个船老板租了条小火轮，跑了大半天，傍晚到了汉口的普爱医院。值诊的是位英国医生，他说孩子怕是感染了伤寒病，前一段汉口有相当多的病例。做了化验开药打针，海牧师忐忑不安地陪在留观室里，祈祷海顿能转危为安，但次日凌晨，他从梦中惊醒，摸到的是海顿冰凉的手。海顿悄没声息地死了，夜里几点死的都无人发现。海玉音听闻噩耗，像丢掉了魂魄，痴言痴语，晕厥卧床休息了半个月，身体才渐渐恢复。

陈光宗架起机器，和海瑞思简短交流以后，就进入工作状态之中。机子扛过二十多年，专题片、新闻节目，场内室外，他一上手，就看得出专业性，大家对他的取景构图也是赞许有加。那天下午，刚对小教堂的外景开拍，就下起了雨。伞盖般的枝叶承载不了雨的重量，雨水一颗颗落了下来。我从车里取了伞，赶紧给两台摄像机撑着伞遮雨。此前，海瑞思就有个想法，一年四季、风霜雨雪、黎明黑夜，每一个时间点的镜头都要能拍到。难得遇到雨，她很兴奋，从远拉近，绕着小教堂和通往教堂的碎石路，一镜到底。把这一组镜头拍完，雨滴打湿了她额前的鬈发，汗流出来，头顶看得到迷蒙的热气。陈光宗突然很神奇地说，你看，海博士冒的热气有人形，像不像一张脸，鼻子眼睛嘴巴，都清清楚楚的。我和文爹好奇地围拢来，她身体一晃动，不知我们要看什么，那些热气瞬间就消失了。

外景拍到了大量的素材，然后就是采访几位和教会学校有过各种交集的老人。很奇怪，这些老人一见海瑞思，就莫名地欢喜。他们耐心解答各种提问，从家里找各种老物件老照片，提供各种线索，有的临走还送特产和礼物。海瑞思也很有心，带去的是一张当时海牧师在牯岭拍的全家合影，一女三儿，虽然是一张复制版照片，但配上一个精致的小木框，镶嵌纸面的人物，反而有了浮凸感。她也给外公送了一个，外公把照片放在枕边，没事的时候就摸到它，举到眼前看看。看一会儿，他眼睛里就有了眼泪，顺着皱纹流下来，打湿了枕头。

在几个采访者中，外公的拍摄，海瑞思是最用心的，前后去了五次，每次外公精力有限，说的时间短，她也不着急，亮灯离城近，有时也不用我陪，她就让司机开着车扛着机子直接登门了。外公那几日的气色明显有了变化，脑子里的记忆也活络了起来。在很长的一段时间里，外公在村里受人尊敬的主要原因，就是他养育的子女，不像其他人家的，没有走出过亮灯村，继续在水上漂。舅舅在电视台，我母亲是小学老师，端公家饭碗的人，天然有种心理优越感。

有一天，外公精神显得格外好，中餐吃了两片肥扣肉，陈光宗见机，打电话把我们叫去了。见到海瑞思，外公更是喜笑眉开，我们把竹躺椅摆在屋门口的老樟树下，扶他出来透透风。海瑞思摆弄着机器，外公目不转睛，眼神里一会儿笑意涌流，一会儿充满忧愁。外公说，我之所以送子女读书，全都得益于海校长那个时候返回巴丘在青沙湾办学。我自己没有读书，太外公送不起，十几岁的时候，同太外公驾着船偶尔经过青沙湾，靠岸借着给学校海校长送点鲜鱼的机会，我就悄悄站在外面，听从教室里传出的洪亮的读书声，觉得那是世界上最好听的声音。后来我勒紧裤带借钱欠债，把子女送到岸上借住在一个亲戚家中，跟着亲戚的孩子一起读跑学，心中只是一个念头，不让孩子走我的水上老路。

海瑞思请外公回忆她二伯祖父海恩斯的事。据说海恩斯当时引起过很大的轰动，我也略知一二。海恩斯是在海顿去世三年后出生的，海玉音已是高龄产妇，但很顺利地生下了这个小儿子。海牧师慎重起见，把小儿子送回美国乡下的外婆家中，直到十七岁那年，他才又跟着海玉音来到这所教会学校。海牧师去世后很长一段日子，海玉音长久地陷入悲痛之中。她心心念念于来自中国的消息，每天要把报纸上有关那个遥远国度的新闻从头到尾读一遍，生怕错过一点细枝末节，她也跑到教堂向身边的人打听，看有些什么新消息。听说中国战乱停止，海玉音决定带着女儿海菲娅和海恩斯再次前往中国那座湖畔小城。在大西洋西岸长大的海恩斯从小水性极好，到了洞庭湖，他一放下行李就欢呼起来，眼前的一湖碧水，也跟家门口的海洋一样阔远无边，却有着说不清的奇怪感觉。

外公咳了几声，指了指陈光宗。舅舅会意，说，我对海恩斯的中国经历有过一次比较深入的寻访，是电视台做的一档有关洞庭湖的节目。节目中提到一种叫江豚的水中动物，弯来绕去，七挖掘八追溯，结果有段故事牵扯到海恩斯和外公的身上。

陈光宗给海瑞思递了根烟，她点燃，烟雾聚拢散开，像个嬉戏追逐的孩子。海瑞思问，少年时的海恩斯很淘气？陈光宗沉思一会儿，说，我觉得海恩斯的故事不是一个词可以概括的，那是一种不同心性的少年对世界的态度。

他说，那个年代，城里的许多人家喝的就是洞庭湖水，每天有专门的供水人员清早拖着大木桶车走街串巷，买水的人把水倒入家中水缸，用盛明矾的竹筒摇一摇，不一会儿水就清亮亮的了。人要上湖，须得乘船，当时的水上交通船舶，典型的有渔民的渔船和商行、大户人家买的小火轮。海牧师为了教会学校采买的便利，就从汉口买了一艘二手的小火轮。海恩斯到来后，立刻和开船的师傅建起了亲密的交情，只要学校没有安排，他就伙同船工开着小火轮去湖上兜风去了。有时候，他也叫上几个朋友，去湖对岸的芦絮湾和水洼子打野鸭子。野鸭子是一种候鸟，到了秋冬季节，就成群结队地跑到湖湾里来了。他落过一次水，幸好太外公的渔船经过，把他捞了上来，正是这个机缘，十七岁的少年海恩斯和十二岁的外公交上了朋友。

我没听外公讲过和海恩斯之间的交往，就催陈光宗赶紧讲。海瑞思却示意我不要急。躺着的外公挣扎着坐起来，眼眶周围薄得透明的皮肤变得越来越红，又细声地抽泣起来。

过了好一阵，外公情绪平复下来，陈光宗望了录制中的荧光屏一眼，说，还是我来替外公说吧。

海恩斯落水被救后，就视外公为知己朋友，没事就约着一起驾着小火轮出湖。有一年春天，海恩斯选了一个阳光和煦的日子，开船去了三江口。三江口是洞庭湖与长江荆江段的交汇处，那里的水泾渭分明，一半清一半浊，也正是在这个地方，湘资沅澧四水才算是经洞庭湖流入了长江。那天临近中午，湖上能见度特别高，船突突地响，船尾冒出一股黑烟。他们从三江口兜了个圈返回时，突然外公有了一个发现，接着海恩斯也看到了湖面有几个白色的影子。海恩斯赶紧拿枪朝其中一个白色的背影开了一枪，外公告诉他可能是江猪子，但又不能确定，因为平常所见的江猪子多为黑色，黑得油光发亮。外公听大人说过遇见江猪子的经验，一般会在出现不远的地方再次出现，因为它需要跃出水面呼吸换气。两人就死死盯着前方的水域，几分钟后，白影子再次出现时，他的枪响了，似乎击中了它。船工驾驶船慢慢靠近，江猪子受了伤，半浮半沉，他们用渔网把它打捞了上来。

回到学校，海恩斯像凯旋的勇士，奄奄一息的白江猪身边围满了人，也有闻讯而来的渔民。按照地方的习俗，外号江猪子的江豚是投湖公主的化身，有灵气，会在大风浪来临前给渔民报警，渔民从不主动追捕，有人意外获得后，见者可以讨要它的油和肉。江豚油味凉，是治烫伤的特效药，肉大补。听了围观人群中渔民的一番言论后，海恩斯就请船工把江豚的油和肉分给了看热闹的人。

喜欢生物学的海恩斯有一种强烈的好奇心，决定要搞清楚白江豚这个物种的来龙去脉，于是给美国国家自然历史博物馆哺乳动物馆的馆长写信，米勒馆长很快回信，建议他有机会将头骨带回美国深入研究。半年后，海恩斯借一位外籍老师回国之机，托他将头骨送到了米勒馆长手上。这个标本成了世界上第一个白豚头骨标本。

我隐隐激动起来，这些都是歧园这棵故事大树的粗枝茂叶，问道，当时海恩斯捕到的其实是白豚？陈光宗说，是的，海恩斯的伟大就在于他的那次无意中的捕获和敏锐发现，让这种存活过2500万年的动物进入了世界名册。海瑞思说，有一年，美国一家报纸的记者登门要采访这段往事，但家里人都记不太清楚，我祖父对这段往事也只是略有耳闻。我问她，海恩斯后来是怎么死的？她眼神里的光突然黯淡，不说话了。陈光宗也沉默了，外公的眼泪却哗哗地顺着面颊流了下来。

外公声音颤抖，缓缓地说，我的命是海恩斯给的。我惊诧地站起来，屋里的气氛像是遭遇极寒冰冻，大家都失了话语。过了长久一阵，外公的情绪再度平复，说，那天我们从艑山岛准备返回，天气突变，乌云压顶，狂风骤雨很快就来了，船摇摇晃晃，随时像要翻沉一样，海恩斯站在船舷边勾扯掉水里的渔网，滑了一脚，掉水里去了，我抓了块木板丢下去救他，船晃得厉害，也跟着落了水，我力气小，四处抓瞎，呛了几口水，迷糊中是海恩斯把我推了一把，醒来时我紧紧抱着那块木板，船工吓得脸色惨白，说海恩斯不见了。风平浪静后，船工请了很多艑山岛的渔民帮着找人，后来是在艑山岛的水湾发现的海恩斯，人淹死了，他要是抓住那块木板，可能死的人就是我了。

海瑞思眼睛又湿又红，眼泪圆滚滚地无声滴落。我心中浪潮翻滚，一股揪心的疼。扭头看身后，摄像机的工作指示灯闪烁着，机位正对着外公。海瑞思说，海恩斯的命原本是您父亲救的。外公说，我的命是海恩斯给的，活到今天，我还记得他那张脸。屋外夜色沉静，海恩斯的故事经由外公，也经由舅舅和我们，共同完成了夜晚的一份口述。

海恩斯的死，对海校长的打击最大，办学辛劳，丈夫离去的阴翳尚压在心头，现在的变故彻底摧毁了她心中的那道防洪堤。一年后她也患病去世了，剩下女儿海菲娅孤零零一个人留在歧园，幸好有一群孩子相伴，学校的事情忙得让她没有时间感受孤独。我陪着海瑞思去见文史专家罗先枢，采访中他拿出那篇他写的关于海菲娅文章的报纸复印件，一句一段地读给我们听：

> 七七事变之后，国内人心惶惶，海菲娅那年已经45岁了，即使再舍不得离开父母亲一手一脚建起的学校，但也只能无奈地跟着学校的大部队转移。当时的迁移路线，是一路向西，先西迁至华容的罗家嘴，没有停留太久，又去了怀化的沅陵，与当地一所女中联合办学，后又西迁至湘西的花垣，在那个偏远的边城，她待了八年，直到抗战胜利，她才返回巴丘，但那时的校园一地狼藉。海菲娅又扑在校园的建设修缮上，她的付出曾得到了国民政府教育部颁发的奖励。她的弟弟几次写信，恳请姐姐回国，少受颠沛流离之苦，但海菲娅没有退缩，直到四年后的解放前夕，她才回到美国家乡，终身未婚。

听到文字中描述姑祖母抽象的一生，海瑞思的神色浮现出一种怅然的伤感。她说，当时写信的弟弟其实就是她的祖父，他们家族的长辈也私底下议论，当时海菲娅不愿回国的原因，是与一个中国人相爱了。那个他，是学校西迁过程中认识的一名地理老师，他们准备等战争平息后，就在小教堂举行西式婚礼，可不幸的是那位男老师死于日军的一次飞机轰炸。

我说，我知道为什么你要关注格蕾丝的小说了。海瑞思说，她的小说中有他们的影子。我说，这么说，她们曾经是同事，都在岐园里生活过。陈光宗说，他们的命运让我特别感伤。海瑞思说，任何时候，人所经历的一切，历史的眼睛终会看见，不是吗？

拍摄的间隙，朱广泰陪市文旅局和区领导来看望海瑞思，但她对这些官方交往并不在意，直来直去，有时干脆以拍摄时间紧推辞了。朱广泰每天和我有信息互动，也单独来探过班。我时时揪心这件事，但又忘了这件事。有一次他到岐园，我们正在拍建筑，从录制屏上，看得清屋顶上用的象牙椽飞、琉璃勾头滴水剪边瓦和本地的小青瓦，古色古香。

朱广泰跟这些古旧物没少打交道，随便挑一个也能说出个子丑寅卯。他说，海牧师真是天才的设计师和建筑师，这些建筑是岐园的灵魂，应该好好保存下来。海瑞思听得感兴趣，他就指着录制屏上屋脊、戗脊正面的六瓣花饰，说，过去的中式古建筑，都是吻兽、戗兽，海牧师换成了花饰，就有了现代建筑的味道。海瑞思问，真有价值的话，没想过把这里变成旅游景点？朱广泰故意沉吟，轻叹一声，说，岐园不能真的变成弃园，想法是有不少，但投入要真金白银，目前还没有遇到中意的合作开发方投资。海瑞思不接话了，脸凑到机器前，把镜头拉近，静静地拍着檐头上长有一层薄薄青苔的几块青瓦。朱广泰自言自语，还是缘分没到吧。

夜景并不好拍摄，陈光宗说没有灯光设备，拍出的效果是黑的，但海瑞思提议了几次，我们只好遂了她的愿，拍一次夜晚的岐园。有一次坐着休息，海瑞思问道，歧园未来可能会变成什么模样？陈光宗知道我的心思，接过话头说，歧园可惜了，海氏集团完全可以来投资嘛！她耸耸肩，说，企业的经营有一套管理模式，海氏因为产品的稀缺性，很多时候都不用自己去经营，医药市场给了它独特的地位，我们家族有规定，做技术的不干预经营，投资的事情必须是由经营者决定的。陈光宗说，如果我们能拿出一个好的方案，合作也不是不可能的，是吧？她拍了拍屁股上的尘灰，笑了一笑，起身去摆布带来的几支立式照明灯。灯一亮，热气爆开，眼就花了。但这点光在偌大的甑壁山上，在被几百棵树包围的建筑里，就像大湖里的一滴水，又像几只停在半空中的萤火虫，发出微弱扑闪的光。

拍摄了一段时间，海瑞思把灯关了，光热缓缓散去，夜空一会儿就清爽起来。眼前的黑暗，铺天盖地，或者说原本就是一团墨黑。她说，虹膜扩张，黑暗中的光线进入人眼，视力会适应并改善，视觉会变得更敏锐。我们都不说话，似乎声音会把黑暗打碎。那个场景有些瘆人，但渐渐地，我们习惯了黑暗，习惯了寂静，我能看见树叶在晃动，看见昆虫和夜鸟倏忽间穿过叶丛，飞到邈远的夜空。那夜，天上有半轮明月，湖上的天光，一齐投射过来，穿过那片空旷，银房子的墙壁有了亮影，倒像是变成了一个弱光体。歧园也就跟着有了隐约的光，细心的人能看到光会移动。我突然发现，黑色也有了层次与变化，青骊，烟墨，夜紫，墨黪，及至硫黑，陨石黑，晦黑，黢黑。黑色不再沉重，而是在滞缓中变得灵动起来。

她席地而坐，背靠着银房子的墙壁，有时她也像被点亮了似的。眼睛、鼻子、嘴和四肢，身体的局部在黑夜里被擦亮。陈光宗说，最好的摄影师是一道光，把拍摄对象照亮，也把自己隐藏起来。我们继而沉默着，过了许久，她要我们听。她说，她闭上眼睛能听到曾祖父在屋子里的呼吸声，曾祖母的脚步声，还有海菲娅用英语朗读着《圣经》里的句子：凡是真实的，凡是高尚的，凡是正义的，凡是纯洁的，凡是可爱的，凡是荣誉的，不管是美德，不管是称誉：这一切你们都该思念。这些句子，也曾从不是基督徒的外公嘴里听到过。外公说起过，海恩斯死后，他有过很长一段时间，就坐在牧师楼的石阶上不肯离开。太外公说，他死了，你就是海校长的儿子。

岐园的故事，从不同人的嘴里说出来，拼凑出一条比较完整的时间链。这正是海瑞思需要且在寻找的时间链。她的笑容比过去少多了，有时听得入迷，眉头紧皱，有时眼里盈满泪水，悄悄用手擦去颧骨上的泪迹。有一次她面对镜头时说，我来寻找的，不只是看到的事物，也不只是听到人们复述时间里的往事。

那又是什么呢？海瑞思没有说出她心里的回答。陈光宗那天提出“拿方案”的说法，突然让我心中一动，灵光乍现，接连几个晚上无论多晚回家，我就趴在电脑前，开始敲打一份方案，主题为“《浮现》新岐园设计发展方向”。

拍摄进度推进很快，要结束的前两天，真让我们遇到了湖上天气剧变。先是簌簌风威，岐园里所有的树都在摇摆，山也跟着晃动起来，似有一种“孤蓬自振，惊砂坐飞”之感。继而大雨如注，地上浮起一片吧嗒、吧嗒的响声，雨雾浓密，天地像是沦陷在黑暗之中。摄像机指示灯变成了最大的光亮，海瑞思伸出双手，接着从檐下垂落的疾雨，她额前的头发也被打湿了。

半小时后，风停雨歇，空气中的水腥气弥漫。又过了一刻钟左右，湖面的亮光越聚越多，水波就在那一片光的水色里缓慢升起，升上天空，又从半空滑落，像高处峡谷的闸门打开，水拼争着向黑暗之地奔涌而去，占领黑暗，光尾随着，并浮现出来。真是一个奇特的夜晚，这般变幻的自然物象，如果不是在这里，是永远无缘见识，也不会留下深刻记忆的。

一场大雨，也让海瑞思的情绪得到一次释放。她脸上的笑出走之后再度回归，对我们大声说道，我懂了，我该思念的是什么。我们看着她，虽有不解，但也跟着笑起来。她接着说，你们相信气息吗？我能感受到他们的气息，这些树就流淌着他们的气息。我说，你的基因里流着海牧师的血。她说，他们留在中国的意义，是把信仰看得比生命更重要。我问她，如果他们还活着，最希望这里是什么样子？她说，以前的模样。我说，以前是回不去的，那你最希望这里变成什么样子呢？她脱口而出，他们信仰的样子。

我渐渐喜欢跟随她走进夜里的歧园，似乎有幻游之感，看到一束光把脚下照亮，很快光亮就消逝于庞大的黑暗之中，也不是消逝，是另一种方式发光。好像什么都看不见了，又好像有更多不可言传的感受从深水里浮了出来。她的气息，召唤着家族先人的气息从时间里苏醒且移游过来。

《浮现》方案完稿的那天晚上，我梦到了海牧师，他一改平常的忙碌，和海校长悠闲地站在歧园的树荫下说话，听不清他们在说着什么。几声悠扬的铃声响起，海菲娅夹着课本从教室里走出来，海恩斯不知从哪里跑出来，手上挥舞着那封米勒馆长的回信，向田径场跑去，只有年幼的海顿孤独地站在走廊的护栏边，哇呀哇啦地唱着一首没人听得懂的英文歌曲。没过多久，教室里的人如水流般涌出来，走走停停，走到歧园的每个角落，到处都是人，奔跑，追逐，交首接耳，引吭高歌，树林间躲着的鸟突然之间扇动着翅膀，挣脱茂密枝叶之间，发出一阵阵哗响。

第二天来到歧园，当我向海瑞思讲述这个梦的时候，她抓着我的衣袖，一手捂着嘴，很惊讶的神色，她也梦到了在歧园的他们，远远地向她走来，默默地望着她笑。她像孩子一样摇着我的手，一个劲地问，你梦到了，梦到了吗？我也说不清我们居然会在同一个晚上梦到相同的人，也许真是应了人们通常说的日有所思夜有所梦吧。

文爹自称读过解梦之道的书，问我们的梦里有没有人说话。海瑞思摇头，说大家一声不吭，都是安静地看着她，发出浅浅的笑。他说，梦见故去的亲人，不说话是好兆头，是好消息。海瑞思说，会是什么好消息呢？他诡秘地说，天机不可泄漏，到时好消息来了就是梦解了。她哈哈笑着说，好一个神算！

沿着歧园上山的路走，这条路我们最近来回走了很多次了。文爹问我，政府对歧园有什么新规划？我说我希望歧园就是现在的模样，不是说保护也是一种发展嘛，但现实要求它改变，发展成别的样子。他说，照我看，万变不离其宗，海博士家族的故事是个好影视题材，找人写一个好的剧本，国际主义情谊，爱恨情仇，悲欢离合，中西文化交汇，世界故事，中国声音，诸多元素，应有尽有。海瑞思和我不约而同笑了起来，他接着说，要是政府能拿钱，或者找人投资，这里不妨做影视城，外景地拍摄，加上婚庆主题公园，西式婚礼，洋装，婚纱，电车，民国风，怀旧风。他呱啦呱啦，像个正经请来的策划大师，说的都是金点子。

海瑞思说，文神算，变成了文策划，都是高水平。文爹面露羞意地说，这些说法并非全来自他，而是他那刚读大学的孙子春节回来时，陪他到歧园散步时“慷慨激昂”说的话。我们开心地笑起来。笑声在歧园里没飘多远，就被静谧吞噬了。我们重新陷入一种轻松的寂静中，我想，他的说法中不乏一些好的创意，新新人类的创意，也许就是未来的模样。

海瑞思朝我嘘了一声，我不知发生什么，她说，灵感来了，我想起了AI。文爹说，是人工智能吗？我朝文爹竖起大拇指，示意听她说。

她说，我想到开发一种体验感强的人工智能应用。我们可以在先人住过的地方，或设定一个模拟场所，通过先人用过的器皿，存留的气息，留下的影像，加入遗传编程的研究，再综合仿生学、控制论、视觉神经等学科，创造一种AI，让后人仿佛回到先人身旁，与先人对话，去讲述过去、谈论未来。陈光宗一直没说话，也兴奋起来，说，我是谁？我从哪里来？

我无法想象那个场景或是特定场景智能化所需要的诸多技术支撑，只是心生感慨，AI来势汹汹，人类每一步的变化，往往源于少数人的突发奇想或某个念想，依旧要解决的是人存在以来未解决的哲学终极命题。

我来多久了？海瑞思望着夜空，像是同时对我们发问。不等我们回答，她又说，记得是第十一天了，我却感觉经历了一个漫长的人世间，物是人非，这是你们经常说的一个词吧？我微笑着说，再教你一个新词：万物生长。

7

海瑞思按照预定的方案完成了拍摄，让她感动的是还有很多意想不到的收获。她经沪回国，朱广泰坚持和我一起到机场送行。航站楼前，她和我拥抱告别，问我，你相信前世吗?

我诧异不语，也不知如何回答。她说，我觉得自己被打开了，是往前世走了一回，算不算一次寻根之旅?我点头说，美好的寻根之旅。她沉思一会儿说，谢谢你帮了我这么多，可我什么也没帮你，你设计的方案我看过了，我会带给爸爸看，祝你好运！我说，祝歧园好运！她再次伸手拥抱，我鼻子一酸，有点哽咽，故作镇静地说，我也要感谢你，如果不是因为拍这个片子，我也不会对这段历史做这么多的挖掘，有收获的是你，也是我。朱广泰转过身，插话说，有收获的是我们，是歧园。

送完机返回的路上，朱广泰和我彼此都不说话。他佯睡，我实在忍不住了，道歉说，事情没办好，请局长谅解。他睁开眯缝的眼睛，说，哪里的话，纪录片拍好了，就是把事办好了。我说，歧园投资的事没谈。他说，哪有这么容易谈成的，之前你说的真情实意，我后来理解了，保护也是一种发展，歧园的未来，宜缓不宜急，我们从长计议。我说，其实我做了一份合作设计方案，给了海瑞思带回去。他说，我就知道你小子是个有想法的人，海瑞思悄悄告诉我了，你要是信任我，把方案给我一份，三个臭皮匠顶个诸葛亮。

回国后，海瑞思和我的联系少了，但并没完全切断。她偶尔在深夜发来《浮现》这个片子的制作进展。她回国后就迅速拉起一个小团队，初剪、A拷贝、正剪、选曲、配音合成，四个月后正式交片了，正好参展国内的青年电影节竞赛单元。她也问过我歧园的开发有没有新消息。我说了一些靠谱和不靠谱的项目规划。她说，朱局长还很着急这件事吧?我说，说不着急是假的，但他观念改变挺快，走到哪里，都要宣传这是中西文化教育友好交流的遗产，而不是遗物，他责无旁贷的使命就是要让文化遗产发声发光。她说，其实你说得对，没有想到最合适的，保护也是一种发展。

朱广泰在一个半月的时间里，组织了几位专业人士，在我的方案基础上完善补充，又制定了一份更详尽的关于歧园建立影视摄制基地、研学教育基地和中西教育文化史陈展馆的综合开发合作项目书，其中有些亮点，比如角色扮演、时光隧道、沉浸式婚庆等，都是从年轻人那里征集的灵感。有一天加夜班出来在办公楼前遇见他，他一忙碌就忘了染发，走在黑暗中，参差白发真就发出了银色的亮光。我们交流着一个好消息，是由海瑞思半小时前传递来的，她给父亲和家人讲了她的中国之行后，他们共同看完了她拍的纪录片，海克文先生拿走项目方案书后认真读了，提出了几点合作上的建议。

外公是半年后去世的。那天大清早醒来，说口渴、胸口疼，喝了一杯凉白开后，又躺下来休息。凉白开他喝了多少年了，雷打不变。过了十几分钟，他入睡了，一声不吭，像个乖乖娃儿，等到舅舅陈光宗唤他起床的时候，已经没有了呼吸。去年的城市规划调整把青沙湾一并纳入后，早些年外公给自己看好的墓地，已经不允许再土葬了。外公要离开亮灯了，他是村里第一个死后葬进陵园的人。陈光宗给他在白鹤陵园新开发的山头买了个位置，墓碑的方向正对着青沙湾。

葬礼结束，我接到朱广泰的电话，他说收到了一份来自宾夕法尼亚州的邮件，还有一笔一万美金的汇款。这是海瑞思获得的电影节基金会对《浮现》这部新锐纪录片的奖励资助。邮件是海克文先生发来的，说他反复看过项目方案书，对一些设计建议充满期待，并商定时间要亲自到中国洽谈具体事宜。在保护中发展，在发展中保护，这是我们递交方案中的核心理念，海克文先生表达了高度认可。

昨晚我坐在外公灵柩前的时候，海瑞思发信息说，祖父生前说过一件后悔的事，他做过无数次设想，要是当时他也与姐姐海菲娅去了中国，以后的人生会怎样？她又说，有一次跟父亲聊天，问过同样的问题，父亲说，人生没有假设。我回复她，你们父女从事的基因医学研究，不就是一种让假设成真的事业吗？她突然问我，外公还好吗？我原本没想告知她外公去世的消息，见我没有回复，她说，昨晚做梦，梦见又到了歧园，看到夜空里有颗闪亮的星星坠落了。我说，是的，外公走了。

手机屏幕沉默了很久，海瑞思才发来一张图片和一段语音。图片拍的是进歧园的路，配了一段英文，她告诉我是梭罗的话，我查阅后的中文意思是：大地的表面是柔软的，人们一走过就会留下踪迹；同样，人的心路历程也会留下踪迹。语音里播放的是一段音乐，曲调寥廓深沉，如泣如诉，她说这是纪录片中的配乐，教堂祷告时会播放的曲子，名字叫《我要看见你》。我想，外公十几岁走进歧园，以及后来多少次在那里，悄悄凑到小教堂门缝前听到的旋律，是不是就是这首曲子？

外公头七过后的那天夜里，我又去了一次歧园，里面空无一人，眺望市区方向，远处车灯如豆，一睞一睞，没有任何声响，连虫鸟都隐匿了。我拍了一张黑暗中浮动着几颗光斑的照片发给海瑞思。甑壁山的安静像一头睁着大眼伺机跃起的巨兽，又如同一艘驶入茫茫大海远去的航轮。我走了很长的一段青砖小路，忽然听到声音从天而降，风声四起，水声扑打，夜鸟低鸣，草木私喁，歧园里沉睡的一切仿佛都苏醒了，发出密密匝匝的响动。我知道，过去从未过去，谁也阻挡不了的时间，又要从过去出发了。

原载《十月》2024年第1期